太阳系历险记

[法]儒勒·凡尔纳◎著

陈筱卿◎译

北京联合出版公司
Beijing United Publishing Co.,Ltd.

图书在版编目（CIP）数据

太阳系历险记 / （法）儒勒·凡尔纳著 ；陈筱卿译. 一
北京 ： 北京联合出版公司，2016.9（2018.9重印）
（中小学生必读丛书）
ISBN 978-7-5502-8017-5

Ⅰ．①太… Ⅱ．①儒… ②陈… Ⅲ．①科学幻想小说
－法国－近代 Ⅳ．①I565.44

中国版本图书馆CIP数据核字（2016）第147959号

太阳系历险记

作　　者：儒勒·凡尔纳
出版统筹：新华先锋
责任编辑：刘京华
特约监制：林　丽
特约编辑：代　慧
版式设计：刘　宽
封面设计：王　鑫

北京联合出版公司出版
（北京市西城区德外大街83号楼9层　100088）
天津旭丰源印刷有限公司印刷　新华书店经销
字数217千字　787毫米×1092毫米　1/16　16印张
2016年9月第1版　2019年9月第3次印刷
ISBN 978-7-5502-8017-5
定价：22.00元

目　录
contents

第一部

第二部

第一部

第 1 章　两位情敌约定决斗

"不，上尉，我是不会把位置让给您的！"

"那太遗憾了，伯爵先生，但您的傲慢是无济于事的！"

"是吗？"

"是的。"

"可我要提醒您，我是在您之前结识她的，这一点毋庸置疑！"

"但我得告诉您，在这种事情上，没有什么先来后到之说。"

"我肯定会叫您退避三舍的，上尉。"

"我可不信这个，伯爵先生。"

"我想，还是让剑说话吧……"

"剑没有手枪干净利索……"

"这是我的名片！"

"这是我的名片！"

二人你一句我一句地说完之后，交换了名片。

一张名片上写着：

赫克托尔·塞尔瓦达克

上尉参谋

莫斯塔加奈姆 [1]

另一张名片上写着：

---

[1] 莫斯塔加奈姆，阿尔及利亚的一个省会城市。

瓦西里·蒂马塞夫伯爵

"多布里纳"号双桅纵帆式帆船船主

"我的证人在什么地方与您的证人会面？"蒂马塞夫伯爵问道。

"如果您愿意的话，就今天下午两点，在参谋部见面。"塞尔瓦达克上尉回答说。

"在莫斯塔加奈姆？"

"对，在莫斯塔加奈姆。"

说完，塞尔瓦达克上尉与瓦西里·蒂马塞夫伯爵彬彬有礼地告了别。

正当二人将要离开之际，蒂马塞夫伯爵提出一个建议。

"上尉，"他说道，"我觉得我们对这场决斗的真正原因还是守口如瓶为好。"

"我也是这么想的。"

"什么也别说。"

"对，什么也别说。"

"那总得找个借口吧？"

"借口？那就说是因为我们讨论一个音乐方面的问题而出现了争论，您看这么说可以吗，伯爵先生？"

"好极了！"蒂马塞夫回答说，"我就说我偏向瓦格纳 [1]，而且，我向来都是喜欢他的。"

"可我却喜欢罗西尼 [2]，而且是一直喜欢他的。"塞尔瓦达克上尉微笑着说。

说完，蒂马塞夫伯爵和塞尔瓦达克上尉再次告别，分头而去。

二人的纷争场面是将近中午时分发生的，地点是在阿尔及利亚海岸边特内兹和莫斯塔加奈姆间的一个小海岬的顶端，距谢里夫河口大约三公里的地方。这个小海岬高于海面二十来米，地中海的蓝色海水拍打着它，冲刷着它那因氧化铁侵蚀而发红的岩石。这一天是 12 月 31 日。通常，太阳略微斜射的光芒会将海面映照得波光粼粼，但是，这一天太阳却被厚厚的云层遮盖住，大海和陆地也被浓浓的雾气笼罩着。两个多月以来，不知什么缘故，这个地方大雾弥漫，陆地无颜，以致各个陆地之间的交通受阻。遇此情景人们无可奈何，一筹莫展。

瓦西里·蒂马塞夫伯爵与赫克托尔·塞尔瓦达克上尉分手之后，朝着一条在岸边等候他的四桨小船走去。他刚坐稳，小船便向一条双桅纵帆式帆船驶去。帆船正在几

---

[1] 瓦格纳，德国作曲家、剧作家。

[2] 罗西尼，意大利著名作曲家。

链 [1] 远处等待着他，它的后帆已经挂起，前帆也被风吹鼓起来了。

而塞尔瓦达克上尉则向离他二十步远处的一名士兵招手示意，士兵牵着一匹阿拉伯骏马，默默走向前来。塞尔瓦达克上尉纵身上马，朝着莫斯塔加奈姆飞奔而去。他的勤务兵骑着一匹同样的骏马紧随其后。

当这两位骑马人经过工兵最近刚修好的大桥时，已经是中午十二点半。两匹骏马奔跑得气喘吁吁，当冲进马斯卡拉城的一座城门时，已是十二点四十五分。该城共有五座城门，均建有雉堞 [2]。

当年，莫斯塔加奈姆大约有一万五千居民，其中三千法国人。该城一直是奥兰省的一个郡，同时也是一个军队驻地。该城至今仍是食品、高级布料、精致草编织物和皮革制品的集散地。一些谷物、羊毛、牲畜、无花果、葡萄均由这里出口法国。但是，那古老的码头如今已难以觅其踪迹。当年，一旦遇上强劲的西风和西北风，任何船只都无法靠近这码头，而如今，莫斯塔加奈姆已拥有一个安然无恙的避风港，使之可以将米纳地区和谢里夫河的所有丰富物产运往各地。

正是多亏了这个安全可靠的避风港，"多布里纳"号双桅纵帆式帆船才得以在此过冬，而避风港周围则全都是峭壁悬崖，没有任何可以躲避狂风吹袭的地方。两个月以来，人们在那儿确实看到船上的那面俄国国旗在大桅杆的顶端迎风招展，而且在它的主桅杆顶端挂着一面"法兰西游艇俱乐部"的标志，醒目地绣着几个缩写字母：M. C. W. T.。

塞尔瓦达克上尉风驰电掣般地入城，直奔马特莫尔司令部。在那儿，他心急火燎地找到第二步兵营营长和第八炮兵连连长——这两位是他可以信赖的战友。

当赫克托尔·塞尔瓦达克上尉向这两位军官请求充当他决斗中的证人时，二人表情严肃，一言不发；而当塞尔瓦达克告诉他俩只是因为一个普通的音乐问题才与蒂马塞夫伯爵引起争论时，他俩不禁露出了笑容。

"也许我们可以去调解调解吧？"第二步兵营营长说。

"没有必要进行调解了。"赫克托尔·塞尔瓦达克回答道。

"让点步算了！……"第八炮兵连连长说。

"在瓦格纳和罗西尼的问题上不可能有任何让步，"塞尔瓦达克上尉表情严肃地说，"不是他赢，就是我赢，没什么好商量的。再说了，在这个争论之中，他竟敢侮辱罗西尼。这个瓦格纳的狂热追捧者竟然还写了一些荒诞无稽的东西抨击罗西尼，我得为罗西尼报仇。"

---

[1]　链，旧时代量距离的单位，约合 200 米。

[2]　雉堞，古代城墙的内侧叫宇墙或是女墙，而外侧则叫垛墙或雉堞，是古代城墙的重要组成部分。

"不过，"营长说道，"挨上一剑倒是不至于丧命！"

"老实说，像我这样的人，一旦下定决心，别人是无法刺中我的。"塞尔瓦达克上尉回答道。

见他如此笃定，那两位军官只好向参谋部走去，两点整时他们将与蒂马塞夫伯爵的证人见面。

必须补充一句，第二步兵营营长和第八炮兵连连长并不相信他们战友说的话。到底是什么原因使得上尉要与人拼命？他俩也许对此猜到了一二，但是，他们也没有办法阻止这场决斗，只有接受塞尔瓦达克上尉所说的缘由。

两个小时之后，他俩见到了伯爵的证人，说清了决斗的条件。蒂马塞夫伯爵系俄国沙皇的侍卫官，同许多驻外的俄国人一样，同意用士兵的武器——剑来决斗。

两个对手将在第二天，1月1日上午九点决斗，地点选在距谢里夫河口三公里处的一个悬崖峭壁旁。

"明天九点见吧！"营长说。

"我准点到达。"赫克托尔·塞尔瓦达克回答道。

于是，两位军官用力地握了握他们的朋友的手，回到"苏尔玛"咖啡馆去玩牌了。

而塞尔瓦达克上尉则立即返回，离开了莫斯塔加奈姆城。

半个月来，赫克托尔·塞尔瓦达克没有再在"兵器广场"的住所居住。因为测绘地形的需要，他在距谢里夫河八公里的莫斯塔加奈姆海岸边的一间茅屋住了下来。除了他的勤务兵之外，没有任何人陪伴。这种生活实在单调乏味。

现在，他又走在那条通往阿拉伯式茅屋的路上，一边绞尽脑汁，搜肠刮肚，一边七拼八凑地凑上几句回旋诗[1]。无须掩饰，这所谓的回旋诗是为一位年轻的寡妇写的，他盼望着能够携得美人归。同时他也想证明，一个人若是有幸爱上一位值得尊敬爱戴的女人的话，那就应该"最真挚地"去爱。不过，无论这些诗句是真是假，塞尔瓦达克上尉并不在意，他只是为凑诗句而写诗罢了。

"没错！没错！"他自言自语地说着，而他的勤务兵则一声不吭地骑着马，跟随着他，"一首诗如果情真意切，凝爱于心，总是非常感人的！回旋诗在阿尔及利亚海岸边是罕见的，所以，我的这首诗肯定大受赞赏，必须有此信心！"

我们的上尉诗人是这样开头的：

---

[1] 回旋诗，这里指的是法语回旋诗（Rondelel），又叫短回旋诗，是一种法国诗体，属于轻体诗，以幽默讽刺为重要特征。

真的如此啊！

当你真诚去爱的时候，

只要……

"是的，就是要简单朴实，就是要诚心诚意，与其结婚，相伴一生。我要对您说……真见鬼！不怎么押韵！毫无韵味！我怎么会用回旋诗来写呢！嗨，本—佐夫！"

本—佐夫是塞尔瓦达克勤务兵的名字。

"到，上尉！"本—佐夫回答道。

"你有时候也写点诗吗？"

"没有，上尉，不过我看到过有人写诗！"

"谁呀？"

"有一天晚上，在蒙马尔特的节日上，有一个梦游的人在他的陋屋里，胡诌了些诗句。"

"你还记得他的那些诗句吗？"

"记得，上尉。"

进来吧！这儿有无尽的幸福，

你出去时会为爱而痴狂！

在这儿你看到了你所爱的人儿，

她会说她为你而断肠！

"好啦！你的那些诗登不了大雅之堂！"

"因为它们需要有芦笛来伴奏，上尉！没有芦笛伴奏，它们就同其他的诗一样索然无味了！"

"你给我闭嘴，本—佐夫！"赫克托尔·塞尔瓦达克喝斥道，"闭上你的鸟嘴！我已经想好了我的第三行和第四行诗了！"

是的！当你坠入情网，

你应真诚而坦荡……

全心全意去爱，

胜过海誓山盟！

然而，尽管塞尔瓦达克上尉诗意盎然，但他却心有余而力不足。直到下午六点，他回到那间茅屋的时候，他的诗仍然还是开头那几句。

第 2 章　塞尔瓦达克上尉与他的勤务兵本－佐夫

某一年的某一时间，人们可以看到上尉与他的勤务兵本－佐夫在陆军部服役的情况介绍：

赫克托尔·塞尔瓦达克，18××年7月19日生于纪龙德省莱斯帕尔市莱斯帕尔县的圣特雷洛迪。

年薪：一千二百法郎

服役时间：十四年三个月零五天

服役简历：圣西尔军校两年；见习军校两年；第八十七步兵团两年；第三骑兵团两年；驻阿尔及利亚七年；曾在苏丹和日本作战。

职务：莫斯塔加奈姆上尉参谋

获奖情况：18××年3月13日获荣誉骑士团勋章一枚……

赫克托尔·塞尔瓦达克现年三十岁，父母双亡，无家室，几乎没有任何财产，追逐荣誉，鄙视金钱，血气方刚，天性好斗，争强好胜，慷慨豪放，骁勇善战，颇受战神之青睐，尽管他并未向神灵祷告过。他出生在两个大海[1]之间的波尔多地区，被梅多克的一位身强体壮的葡萄园农妇抚育了二十个月。在战火纷飞的年代，他的祖辈们都是骁勇无比的英雄，而他则毫无疑问地在襁褓之中便受到勇敢女神和幸运女神的青睐和庇护，成为今天具有干一翻惊天大事的赫克托尔·塞尔瓦达克。

赫克托尔·塞尔瓦达克是一位仪表堂堂的军官。他身材修长，身高五英尺[2]六英寸，英俊潇洒，一头黑色鬈发，两撇微微翘起的小胡子。两只蓝眼睛透着坦荡的目光，总之，是一个讨人喜欢的美男子，他虽然长得令人倾心，但他个人却没有感觉到自己是个英俊潇洒的人。

---

[1]　两个大海，指大西洋和地中海。

[2]　英尺，旧时写作"呎"，是英国及其前殖民地和英联邦国家使用的长度单位。美国等国家也使用。1英尺 ≈ 0.3米。

必须指出，塞尔瓦达克上尉并非那么博学多才，而且他自己也承认这一点。炮兵连的军官们总是说："我们这帮人干起活儿来从不溜奸耍滑。"那意思是说，他们重活儿累活儿全都勇于面对，绝不挑三拣四。但是，赫克托尔·塞尔瓦达克则有意"耍滑"，因为他生性是个懒散而拙劣的"诗人"。不过，他天资聪颖，悟性极强，一学就会，所以出了军校校门，便以优异的成绩进入参谋部任职。另外，他的画画得很好，骑术也相当高超，是圣西尔军校里的驯马高手。军校里有一匹有名的烈马，名为"汤姆大叔"，它产下的马驹中有一匹脾气暴烈无比，但还是被塞尔瓦达克调教得服服帖帖。他的档案中记载了他曾多次获奖，这是他当之无愧的。

他的档案中记载着这样一件事：

有一天，他带领一连骑兵穿越一条战壕。战壕上方有一处遭到炮火的轰击，出现一个缺口，机枪子弹密集地扫射过来，士兵们被震慑住了，不敢上前。这时候，只见塞尔瓦达克上尉一跃而起，冲上战壕，用自己的身体挡着缺口，大声喊道："冲过去！"

于是，连队冒着枪林弹雨冲了过去，而密密麻麻的子弹却一颗也没有打到上尉参谋的身上。

赫克托尔·塞尔瓦达克从见习军校毕业之后，除了在苏丹和日本参加过两次战役之外，就一直在阿尔及利亚任职。当时，他在莫斯塔加奈姆军分区担任参谋一职，专门负责特内兹到谢里夫河口海岸沿线的测量工作。他住在一间凑凑合合可以挡风避雨的茅屋里。生活条件的艰苦他并不在意。他喜欢在野外生活，因为这可以让他享受到一名军官能够享受到的全部自由。他时而在海滩上信步，时而在悬崖峭壁的山上跑马，并不太急于去忙他的那份工作。

这种半独立状态下的生活使他很惬意。他的工作毕竟没有忙得他废寝忘食，他依然每个星期可以乘坐两三次火车前往奥兰，不是参加他的将军举行的招待会，就是参加阿尔及尔的总督的宴会。

就是在一次宴会上，他见到了L夫人。他那首只写了四行的回旋诗就是要献给她的。L夫人是一名上校的遗孀，年轻漂亮，美若天仙，矜持端庄，但不免有点高傲。尽管她身边围着众多向她献殷勤的男人，但她总是或佯装看不见，或不屑一顾。因此，塞尔瓦达克上尉也不敢造次，不敢直抒心意。他知道自己有不少对手，尤其是大家刚知道的那位蒂马塞夫伯爵。正是由于这一缘故才让这两个男人意欲一争高下，决一雌雄，对此，年轻的寡妇则全然不知。另外，大家都知道，她的名声是众人所尊重的，所以他们不会让大家去说她的闲话。

赫克托尔·塞尔瓦达克同他的勤务兵本—佐夫一起住在那间茅屋里。

本－佐夫很忠诚，他对自己有幸鞍前马后地服待上尉感到非常高兴。当要他考虑是去当阿尔及利亚总督的副官还是去当塞尔瓦达克的勤务兵的时候，他毫不犹豫地选择了后者。本－佐夫胸无大志，没有野心，这一点与他的上尉毫无相似之处。他只知道每天早上醒来，先检查一番，看看上尉军服左肩上的菠菜籽形流苏的肩章上有没有污渍。

本－佐夫这个名字有可能让人以为这个正直诚实的士兵是阿尔及利亚当地人。其实不是，那只是他的绰号。他本来名叫"洛伦"，可为什么大家都叫这个勤务兵为"佐夫"呢？而且，他就是巴黎人，甚至是蒙马尔特人，为什么叫他"本"呢？这是个很怪的事，连最有学问的词源学家也无法解释清楚。

本－佐夫不仅是蒙马尔特人，而且是那个有名的高岗上出生的人，从小就天天看着太阳从索尔费里诺塔和拉加莱特磨坊之间冉冉升起。因而，当一个人出生在这些不同寻常的环境中时，这个人会自然而然地感觉到他的出生地是他最值得自豪的地方，更是世界上所无法比拟的地方。在这个勤务兵的眼里，蒙马尔特是全世界唯一的最最高大的山峦，而蒙马尔特这个街区在他看来简直就是集全世界最美的景色之大成。本－佐夫曾走过许多国家，在他看来，没有任何一个地方优于蒙马尔特，也许别的地方比它大，但是景色绝对逊于它。的确，蒙马尔特没有一座可与布尔艾斯[1]的那座大教堂相媲美的教堂，但它的采石场绝不输于庞特力寇斯[2]。它的那个喷水池能让地中海感到妒忌，它的那座磨坊生产的面粉极为出色，其面粉烤制的薄饼香飘四方。而它的那座索尔费里诺塔远胜于比萨塔，笔直挺拔，在凯尔特人入侵之前，一直完好地保留着。最后，再说说那座山，那是名副其实的大山，只有那些心怀叵测的人才会污蔑它是个"小山包"。因此，你就是把本－佐夫碎尸万段，他也不会承认这座山不是五千米高的高山！

在全世界，你还能在什么地方见得到这么多的异景奇观呢？

"哪儿都不可能有的！"本－佐夫对任何人都这样略为夸张地表明他的看法。

这属于一种天真无邪的偏执！不管怎么说，反正本－佐夫只有一个心愿，回到蒙马尔特，回到那座高岗上，在那他人生开始之地度过他的晚年。当然，毫无疑问，是与他的上尉一起返回。这么一来，赫克托尔·塞尔瓦达克耳朵里听到的就净是巴黎第十八区的美景如何如何了，以至于塞尔瓦达克已经开始感到厌烦。

不过，本－佐夫并不气馁，仍旧在向他的上尉灌输这一切——当然，他是决心永远不撇下他的上尉而去的。他的服役期已经届满，他甚至还请过两次长假。在他三十八岁那一年，他还是八团的普通骑兵，正当他要退伍时，突然接到命令，要他去

---

[1]　布尔艾斯，西班牙城市，市中的圣母玛利亚大教堂享誉全球。

[2]　庞特力寇斯，希腊的一座大山。

当赫克托尔·塞尔瓦达克的勤务兵。他一直与他的上尉做伴，在他的身边参加了好多次的大小战斗，而且非常勇敢善战，上级正准备颁发一枚十字勋章给他，让他光荣退伍，但是他谢绝了这一荣誉，以便留在他的上尉身边当他的勤务兵。如果说赫克托尔·塞尔瓦达克在日本作战时救过本－佐夫一命的话，那他在苏丹战役中也救过上尉的命。这种生死与共的战友之情是让人永远铭记于心，难以忘怀的。

总之，这就是为什么本－佐夫对上尉参谋如此忠贞不二、誓死保卫着他的缘故。本－佐夫的两只胳膊，按冶金学的行话来说，是"淬过火的"。他有着健康强壮的体魄，在各种环境、各种条件下受过磨炼；他魁伟壮实，人称"蒙马尔特堡垒"；此外，他胆量过人，无所畏惧，赴汤蹈火都不怕。

必须补充一句，本－佐夫不像他的上尉，并非"诗人"，但他起码算得上是一部活的百科全书，他很会插科打诨，满肚子的笑话趣谈，令人捧腹不止。在这个方面，他确实是个高手，没人能跟他相比，而且，他记忆力超群，那些乡村小调野曲，他随口就来。

塞尔瓦达克上尉知道他的这个勤务兵的优点，善用其所长。他很欣赏他的勤务兵，所以对他的怪脾性并不介意，而且他整天笑呵呵的，反倒让人心情舒畅；而且，有些时候，上尉也会说几句调侃的话，使得主仆之间的情谊更加坚固。

有这么一次，本－佐夫又一次叨叨起他挂在嘴上的家乡来，上尉却并没有扫他的兴，对他说道：

"本－佐夫，你肯定非常清楚，如果蒙马尔特高地只要再增高四千七百零五米的话，它就同勃朗峰 [1] 一样高了，是吧？"

听上尉这么一说，本－佐夫两眼放光，心花怒放。自此之后，蒙马尔特高地和他的上尉便在他的心头交织在一起，难以分开了。

第3章 上尉写诗的灵感被意外击毁

阿拉伯式的茅屋只不过是一个窝棚，上面覆盖着一种当地人称为"德里斯"的茅草。它稍微比阿拉伯游牧民的帐篷强一点儿，但是，远不如砖石结构的房屋坚固舒适。

塞尔瓦达克上尉的住所充其量也就是一个这样的窝棚，如果不是窝棚旁边有一个

---

[1] 勃朗峰，勃朗峰位于法国境内，系阿尔卑斯山的最高峰，海拔 4807 米。

旧的石头筑起的哨所供本－佐夫和他的两匹马住下的话，主仆二人都挤在小茅屋里是绝对住不下的。这个哨所先前是由一个工兵小队住着的，里面还存放着加斯科不少工具，比如十字镐、鹤嘴锄、铁锹什么的。

诚然，这个小住所说不上什么舒适，只是临时凑合着住一住罢了。再说了，无论是上尉还是他的勤务兵对于吃住的问题并不是很在意。

"一个人只要懂点人生哲学，再加上吃什么都行、吃什么都香的话，在什么地方都能很好地活着！"赫克托尔·塞尔瓦达克总是这么说。

说实在的，就人生哲学而言，上尉就像一个加斯科尼人[1]口袋里的钱一样，总是鼓鼓的。而且，他的肠胃也很棒，吃什么都能消化，即使加隆河的河水灌到他的胃里，他也不会有任何一点不适之感。至于本－佐夫，他一旦相信了宗教里的灵魂转世说，便会坚定不移地认为自己的前生前世一定是只鸵鸟，肠胃功能惊人，即使吃下去的是石子，也能像吃鸡肉似的将它们全部消化掉。

应该指出，这个茅屋的两个居住者储备了足够吃一个月的粮食，还配备了一只很大的装饮用水的水箱，马厩里的阁楼里堆满了饲料。

再者，特内兹和莫斯塔加奈姆之间的那片平原非常肥沃，可与米蒂加的那片丰饶的田野相媲美。这儿的猎物非常多，因此，一个参谋军官在出门探测巡视的时候，总要带上一支猎枪打点野味，关键是别忘了带上自己的测绘仪和绘图板。

塞尔瓦达克上尉外出测绘一圈回到茅屋之后，不觉腹中空空、饥肠辘辘饿得不行。本－佐夫是个烹调高手。同他在一起，不必担心不合胃口。他放盐、醋、调料等一丝不苟，不多不少。再说，他所对付的两个胃都是最强健的胃，酸甜苦辣全都不在话下，所以每每吃饭时，两人总是狼吞虎咽，满嘴喷香。

晚饭后，塞尔瓦达克见他的勤务兵在打扫战场——将剩下的食物全都装进他那个大肚子里去时，便走出茅屋，到悬崖顶上散步、抽烟。

夜幕降临，夕阳西下已有一个多小时，太阳已进入厚重的云层，落到被那片平原清晰隔断的谢里夫河对面的地平线下方去了。此时此刻，天空呈现出一个奇特的景色，即使任何一个天文学家看到这一景色，也不免会惊讶不已。在天的北边，尽管当时天黑得只能隐隐约约地看见半公里的地方，但是天空却显现出一种淡红色的光晕，将上方的云雾映照得亮堂堂的。这种光晕既无轮廓清晰的光束，也无灼热的天体发出的那种极强的光波。因此，没有什么可以表明那是北极光。再说，绚丽的北极光只出现在高纬度地区。因此，气象学家可能也难以解释岁末这一天，天空为什么会出现这么光

---

[1]　加斯科尼是法国西南部的一个旧省名，那儿的人喜欢吹牛，说大话。

亮耀眼的光晕。

其实塞尔瓦达克上尉并不是气象学家。自从走出校门，可以确切地说，他就再也没有摸过他的气象学课本了。再者，那天晚上他也不太有雅兴去观察天空。他只是在溜达、抽烟。他是不是在考虑第二天他将要与蒂马塞夫伯爵的那场决斗？说一千道一万，即使他脑海里时不时地想到此事，但也不会让他愤怒得想要对方的命。说实在的，他们两个人虽然是情敌，但并无深仇大恨，没必要拼个你死我活。再说，赫克托尔·塞尔瓦达克认为蒂马塞夫伯爵是一个重情重义之人，而伯爵对上尉也十分看重。

晚上八点，塞尔瓦达克上尉回到那茅屋唯一的一间房子里，里面放着一张床，一个临时拼装起来的小办公桌，还有几只充当橱柜的箱子。在茅屋旁边的那个旧哨所，勤务兵本—佐夫在准备第二天的饭菜，而且那也是他睡觉的地方。按勤务兵自己的说法，他是睡在"一张弹簧床上"的，他心里快活异常，简直能够踏踏实实地一连睡上十二个钟头，连冬眠鼠也自叹弗如。

塞尔瓦达克上尉不怎么太想睡，他在桌前坐下来，桌子上散放着一些测绘工具。他一只手机械地拿起他的红蓝铅笔，另一只手拿起一个比例规。然后，找出一张复写纸，开始在上面画着各种长短不一、颜色异同的线条，但他画出来的无论怎么看也不像是一张正儿八经的测量图。

这时候，尚未接到可以睡觉的命令的本—佐夫躺在一个角落里昏昏欲睡，但是他的上尉长官的怪异举动却令他难以入眠。

此时此刻，正儿八经地坐在办公桌前的塞尔瓦达克已经不再是一个参谋军官了，而是一位加斯科尼诗人。是呀，他正在搜肠刮肚、绞尽脑汁地作他的回旋诗！尽管如此，灵感却总也浮不出来。他一个劲儿地摆弄着他的红蓝铅笔和比例规，像是要严格地按照数学公式来拼凑他的诗句似的。他是不是要用红蓝铅笔来交换诗句？我们真的认为他是在这么干的。不管怎么说，反正，吟诗作赋让他苦不堪言！

"咳，可恶！"他嚷叫道，"我干吗要选择四行诗这一形式呢？这可是在逼着我交白卷、当逃兵呀！真见鬼了！我非要弄出来不可！不能让人笑话一个法国军官在诗句面前打退堂鼓。写一首诗，就是一场战斗！一连已经冲上去了（他是想说第一段回旋诗）下面的接上来！"

经过苦思冥想，灵感终于来了，韵律应召而至，一行红的和一行蓝的诗句很快便显现在稿纸上：

辞藻炫丽，大话连篇，

何用之有？

　　"见鬼，上尉在嘟嘟囔囔些什么呀？"辗转反侧，难以入眠的本－佐夫心里想，"都一个钟头了，他像一只转悠够了回来的鸭子似的摇来晃去地没个完。"

　　这时，塞尔瓦达克上尉正在茅屋里踱来踱去，突然间，灵感又来了，诗句也油然而生：

千言万语道不尽，

心中那无限深情！

　　"啊，他是在作诗呀！"本－佐夫在屋角坐直身子想，"作诗可真是一个吵吵闹闹的行当！吵得人没法睡觉。"

　　塞尔瓦达克上尉嘟囔着说道："嗨，你在说什么呀，本－佐夫？"

　　"没说什么，上尉，我做了个噩梦！"

　　"让魔鬼把你抓了去才好呢！"

　　"我倒真想，让魔鬼马上把我抓了去，"本－佐夫嘟囔说，"但愿他别作诗！"

　　"你这蠢货把我的诗兴给弄没了。本－佐夫！"塞尔瓦达克上尉叫道。

　　"到，上尉！"勤务兵本－佐夫边回答边站起身来，一手抓帽子，一手系皮带。

　　"别动，本－佐夫。别动！我起码得将我的回旋诗写完！"

　　于是，赫克托尔·塞尔瓦达克像个诗人似的以夸张的手势朗诵起他的诗句来：

相信我，我的爱忠贞无瑕！

我向您保证，

我爱您一生一世……

我发誓，为了……

　　最后一个字尚未发出声来，塞尔瓦达克上尉和本－佐夫便被一股强大而可怕的力量震得脸朝下地倒在地上。

第 4 章　是什么让读者发出无尽的惊叹和疑问

为什么在这一刻地平线如此怪异地、如此突然地发生大变，以致一名水手的明亮眼睛也无法辨认出天和水交织在一起的那条环形线是怎么回事？

为什么此时大海掀起惊涛骇浪，连学者们也不清楚？

为什么大地抖动崩裂，发出一种可怕的咔嚓之声？而且混合着多种声音，仿佛地球内部在爆炸？还有大海深处传来海水翻滚的咆哮声，以及飓风席卷一切的呼啸声？

为什么天空特别明亮，比北极光还要璀璨？刹那，星星黯然无光？

为什么眨眼间地中海似乎海水倾空，忽又倒灌回来，波涛汹涌？

为什么月亮好像一下子增大了无数倍，仿佛几秒钟之内，它同地球的距离便从九十六万法里 [1] 缩短为一万法里？

为什么天空中突然出现了一颗闪亮的、天文学家们都茫然不知的新星，转瞬间便又消失在厚重的云层中？

究竟是何种怪异的原因造成了这么大的灾难，致使大地、天空发生了巨变？

第 5 章　难以捉摸的奇怪现象

与此同时，西至谢里夫河右岸，北至地中海的这片阿尔及利亚沿海地区似乎并没有发生什么变化。

虽然大地轰鸣，剧烈抖动，但是，无论是在这片肥沃的平原上（也许这儿或那儿稍许有点小山包鼓出来），还是那巉岩峭壁，抑或是那波涛异常汹涌的地中海，都看不出有什么变化。上尉他们的那间石头哨所除了墙壁上出现了几个较深的裂缝之外，仍然好好的；而那间茅屋却像一个小孩堆起的积木似的，哗啦一声倒塌了。主仆二人一动不动地被压在了倒塌的茅屋下。

直到灾难发生过后两个小时，塞尔瓦达克上尉才苏醒过来。一开始，他弄不清是怎么回事，他醒过来的时候，首先想的是——这一点没人会感到惊讶——他那首被打断了的回旋诗：

---

[1]　法里，1 法里约合 4 公里。

我发誓，为了……

但他立刻猛醒过来，说道："哎呀，这是怎么啦？出什么事了？"

他没法回答自己提出的这个问题。他只好伸出手臂，把压在他身上的茅草拨拉开，把脑袋从茅草堆中伸出来。

塞尔瓦达克上尉先往四周环顾了一下。"茅屋倒了！"他嚷道，"肯定是龙卷风扫过这一带！"

他摸了摸自己的身子，没有脱臼，甚至都没有一点蹭破的地方。

"见鬼！勤务兵呢？"他自问道。

然后，他坐起身来，喊了一声："本－佐夫！"

听见上尉的喊声，本－佐夫的脑袋从茅草堆中钻了出来。

"到！"本－佐夫大声答应着。

勤务兵本－佐夫似乎是专门等着上尉的命令他才把脑袋钻出来似的。

"你知道刚才是怎么回事吗，本－佐夫？"赫克托尔·塞尔瓦达克问道。

"报告上尉，我觉得我们像是刚刚逃过一劫。"

"瞎说！只不过是遇上了龙卷风，本－佐夫，一个普普通通的小龙卷风！"

"就算是这样吧！"勤务兵很坦然地回答道，"上尉，您没有受伤吧？"

"安然无恙，本－佐夫。"

片刻之后，他俩都站起身来，赶忙拨开茅草，找回他们的绘图工具、衣物、餐具、武器等。它们几乎全都没有损坏。于是，上尉参谋便说道："啊，现在几点了？"

"起码八点了。"本－佐夫看了看太阳回答道。此时此刻，太阳已经很高了。

"八点？"

"至少八点了，上尉！"

"这怎么可能？"

"没错，我们得出发了！"

"出发？"

"没错，我们应该赴约去了。"

"赴什么约？"

"同伯爵……"

"啊，真该死！"上尉嚷道，"我差点忘了！"

他边说边掏出表来，说道："你胡说些什么呀，本－佐夫？你昏了头了！现在才两点。"

"早上两点，还是晚上两点？"本—佐夫看着太阳回答道。

上尉拿着怀表贴近耳朵。"表在走。"他说。

"太阳也在走。"勤务兵答道。

"没错，太阳确实已经在地平线上方了……啊，怎么回事？真是怪透了！……"

"您怎么了，上尉？"

"可能是晚上八点了吧？"

"晚上八点？"

"是呀！太阳在西边，很显然，太阳要落山了！"

"太阳落山？不是的，上尉，"本—佐夫回答道，"太阳才刚刚升起，如同古罗马元老院元老们闻鼓上朝一样。您看！我们聊了几句，它又升高了一点儿。"

"太阳现在正在西边升起！"塞尔瓦达克上尉声音很低地说，"胡扯！这绝不可能！"

然而，事实确实如此。金光闪闪的太阳出现在谢里夫河的上方，将西边的地平线映照得鲜红灿烂，而在这之前，它已经摆脱了茫茫黑夜，开始白天的旅行了。

赫克托尔·塞尔瓦达克非常明白，一种闻所未闻的无法解释的怪现象并非改变了太阳的运行轨道，而是地球改变了自身的运转方向。

这真让人摸不着头脑。这种不可能出现的情况怎么就变成了事实呢？如果此时此刻塞尔瓦达克上尉身边有一位经度学会的会员的话，他就会向他请教一些问题了。可是，上哪儿去找这样一个人呢？只能靠他自己了。

"真要命，这只能求助于天文学家们！一个星期之后，我会看到他们在报纸上发表的看法。"

随后，他不再费心劳神地去研究这个奇怪现象的原因了。他对他的勤务兵说："咱们走吧！不管发生什么事，哪怕是天和地倒个个儿，我也必须第一个到达决斗场，等着蒂马塞夫伯爵……"

"一剑刺穿他的胸膛。"本—佐夫接口说道。

如果赫克托尔·塞尔瓦达克和他的勤务兵有心观察12月31日夜里突然出现的情况的话，可能会发现，除了太阳的运动有所变化，大气层也显现出一种难以置信的变化，那他们就会对此感到非常惊讶了。其实，他们自身一开始也感到了气喘吁吁，呼吸加快，如同登山运动员攀登高山一样，感觉到空气稀薄，氧气不足。另外，彼此间说话的声音也越来越弱。原因不外乎两种——或者是二人耳朵重听，或者空气传播声音突然间变得困难了。

不过，身体方面的这些变化此刻并没有引起二人的注意，塞尔瓦达克也好，本－佐夫也好，二人照旧沿着陡峭的悬崖朝着谢里夫河走去。

头一天还浓雾弥漫，今天却雾散天开。不过不一会儿，天空又乌云密布，云层低垂，没法看到太阳在地平线上映照出的亮光。空气潮湿，让人感到大雨将至，很可能雷电交加。但是，眼下空气中的水汽尚未凝结，一时半会儿尚不会有暴雨袭来。

在这地中海的岸边，他们还是头一次不见人影，不见船只。水天一色，灰蒙蒙的，不见白帆，也不见船只烟筒冒烟。至于地平线——是不是因为视觉的错觉？——好像离得极近。无论海面上的地平线还是海滨身后那平原的地平线都极其地靠近了。可以说，那无边无垠的远景已消失不见，仿佛地球的表面缩小了。

塞尔瓦达克上尉和本－佐夫一路快步前行，双方并不搭话，急匆匆地只是一心赶赴距茅屋五公里的决斗场地。他俩突然间觉得自己身轻如燕，快步如飞，好像是插上了一双翅膀一般。如果此刻勤务兵本－佐夫想要说出自己的感觉的话，他可能会说"觉得怪怪的"。

"可能是我们忘了吃早饭了。"本－佐夫喃喃地说。

说实话，忘记吃早饭这种事不是这个正直的士兵的习惯。

这时候，小路左边突然传来一阵刺耳的犬吠声。几乎与此同时，一只豺狗从一处浓密的黄连木丛中蹿了出来。这种豺狗属于非洲动物中的一种特殊品种，浑身上下满是亮晶晶的黑色斑点，而且两只前腿上贯穿着一条黑色的线条。

夜晚，豺狗成群结队地出来活动，非常危险。但是，单独一只出现时并不比一条普通的狗凶恶。本－佐夫不喜欢豺狗，也许是因为蒙马尔特高地上没有这么特殊的动物。

那只豺狗离开灌木丛，退到一处足有十米高的岩石脚下。它神色不安地盯着两位突然冒出来的人。本－佐夫装出一副要制伏它的样子。那豺狗见状，突然往上一蹿，蹦到岩山顶上去了，把上尉和他的勤务兵都惊呆了。

"好一个跳高能手！"本－佐夫嚷道，"它一下子便蹿到了三十多英尺的高处去了！"

"哎呀，真了不起！"塞尔瓦达克上尉若有所思地说，"我还从未见过能一下子蹿这么高的豺狗呢。"

那豺狗撑住前腿，坐在岩石上，鄙夷不屑地盯着那两个人。于是，本－佐夫便捡起一块石头，想把它吓跑。

那石头非常大，可是，本－佐夫拿在手里觉得没有分量，仿佛拿的是一块海绵。

"浑账东西！"本—佐夫自言自语道，"这石头太轻，打着它也伤不了它！可是它这么大怎么会这么轻呢？"

可是，眼下手中没有其他的东西，他只好使劲儿地把石头向豺狗扔过去。

石头没有砸着豺狗。但本—佐夫这一动作已经吓住了它，使之慌忙逃窜，奔跳过一丛丛灌木，钻进树林中，消失不见。其弹跳之敏捷不亚于袋鼠。

本—佐夫扔过去的石块没有击中豺狗，在空中飞行了一长段的距离，最后落在距岩石两百米开外的地方。本—佐夫见状，不禁惊得目瞪口呆。

"我的天哪！"他嚷道，"我现在真的是力大无穷，比榴弹炮还要厉害！"

本—佐夫此刻站在上尉前面四米左右的一个沟壑旁边，那沟壑里满是水，宽有十英尺，他纵身一跳，飞越过去，那劲头宛如体操运动员一般。

"咳，本—佐夫，你去哪儿呀！疯了？你也不怕腰折了，蠢货！"

此刻,本—佐夫已立在塞尔瓦达克上尉上方四十英尺左右的高处,塞尔瓦达克见状,不免吓得骂了他的勤务兵几句。

赫克托尔·塞尔瓦达克生怕本—佐夫摔下来，情急之下，也越过了那条沟壑，不由自主地蹦到大约三十英尺的高处。他往上跳的时候，本—佐夫正好往下跳。随后，由于地心引力的缘故，他飞速地下到地面，感觉自己只不过是往上跳了四五英尺高。

"哎哟！"本—佐夫哈哈大笑着嚷叫道，"咱俩一下子变成杂耍演员了，上尉！"

赫克托尔·塞尔瓦达克思考片刻之后，走向他的勤务兵，用手按住后者的肩头，对他说道："你别再飞了，好好地看着我！我好像是在做梦似的，你狠狠地掐一掐我，必须掐出血来！我们不是疯了就是在做梦！"

"上尉，事实是，"本—佐夫回答道，"这种事我也只是在梦境中才有过的，我在梦中变成了一只鸟儿，身轻如燕地飞过蒙马尔特高地！刚才情况非常奇怪！我们想必是遇到了什么情况，而别人却从未遇到过！这种事是不是只是在阿尔及利亚海岸才能发生？"

赫克托尔·塞尔瓦达克陷入一种惊愕不解之中。

"这事可真是怪透了！"他嚷嚷道，"我们没有睡觉，也没有做梦呀！……"

不过，他很快便冷静下来，开始思考此时此刻摆在眼前的这个难解的问题。

"随它去，爱怎么着就怎么着吧！"他大声嚷道，决定今后不再见到什么事儿都大惊小怪了。

"对，上尉，"本—佐夫应和着说，"当务之急，应该先解决咱们同蒂马塞夫伯爵之间的事。"

沟壑对面，是一块半公顷的草地，绿草茵茵，长有数十年的大树，诸如橡树、棕榈树、角豆树、桑叶无花果树，间夹着一些仙人掌和芦荟，有两三棵奇大无比的大桉树，遮蔽着它们。

这儿正是两个对手决斗的地方。

赫克托尔·塞尔瓦达克很快地扫了一眼那片草地，但却没看见任何人。

"真见鬼！"他嘟囔着，"我们还是来早了！"

"说不定是来晚了！"本—佐夫反驳道。

"什么？我们来晚了？可现在还不到九点呀。"塞尔瓦达克上尉一边说着，一边掏出他的怀表，因为他在离开茅屋之前根据太阳的位置粗略地调整了一下表。

"上尉，"本—佐夫问道，"您看见一个灰蒙蒙的圆球此刻出现在天顶了吗？"

"我看见了。"上尉边回答，边看着此刻出现在天顶的被乌云遮蔽着的一个大圆盘。

"那么，"本—佐夫又说道，"那圆球只能是太阳或它的替代者！"

"1月份，太阳在天顶，在北纬三十九度？"赫克托尔·塞尔瓦达克疑惑地问道。

"正是它，上尉，太阳正在当空，您别不信。看来，它今天很忙，我敢打赌，从现在算起，三点之前，它就下山了！"

赫克托尔·塞尔瓦达克搂抱着双臂，一动不动地待了一会儿。然后，他就地转了一圈，环顾了下四周。

"重力的规律改变了！"他喃喃自语道，"四个方位基点变了，白天和黑夜都缩短了一半！……这下子，我同蒂马塞夫伯爵的决斗要无限期地延迟了！肯定是出现了什么怪事！绝不是我的脑子或本—佐夫的脑子进水了！"

对于无动于衷的本—佐夫而言，最奇特的天文现象也引不起他的兴趣。他只是平静地看着上尉。

"本—佐夫？"上尉喊他道。

"什么事，上尉？"

"你没看见有什么人在吧？"

"我什么人也没看见，我们的那个俄国对手已经走了！"

"就算他已经走了，可我的证人们应该在这儿等我呀，他们要是等不到我的话，也会去茅屋找我们的呀。"

"是呀，没错，上尉。"

"我敢肯定他们并没有事！"

"如果说他们没来的话，那……"

"那就是说他们肯定没法来，至于蒂马塞夫伯爵……"

塞尔瓦达克上尉没有把话说完，便走近海岸边的悬崖，看看"多布里纳"号双桅纵帆式帆船是不是停泊在海岸边几链远处。总之，很有可能蒂马塞夫伯爵会从海上来到决斗地点。他昨天就是乘船过来的。

海面上没见一条船，而且，塞尔瓦达克上尉头一次观察到，尽管一丝风都没有，但是，大海却波涛汹涌，仿佛开水在炉火上一直噗噗地开着。显然，"多布里纳"号无法乘风破浪驶来。

另外，赫克托尔·塞尔瓦达克还第一次惊愕不已地发现水天一色的地平线与他所处的位置已经大大地缩短了距离。

说实在的，对于一个站在这么高的悬崖顶端的观察者来说，地平线本应该在四十公里开外的地方。可是，此时他所看到的地平线，距他现在顶多也就十公里，仿佛地球的体积几个小时以来大大地缩小了。

"这一切太匪夷所思了！"上尉说道。

这时候，本－佐夫像一只猴子似的灵巧敏捷地爬到一棵大桉树顶上去了。他从高处朝着特纳兹和莫斯塔加奈姆的方向以南的地方观察着。然后，翻身下树，对他的上尉说平原上好像什么人也没有。

"去谢里夫河！"赫克托尔，塞尔瓦达克说，"去河边看看！我们在那儿也许能弄清楚到底是怎么回事！"

"好，去谢里夫河！"本－佐夫答应道。

从草原到谢里夫河顶多只有三公里，塞尔瓦达克上尉打算越过河去，然后到达莫斯塔加奈姆。他必须走快点儿，否则日落之前赶不到城里。他透过厚重的云层，清楚地感觉到太阳在快速地落山——但是，与其他许多类似的怪现象一样，令人费解的是，太阳并未像往常那样按照它本来在阿尔及利亚冬季的纬度上的运动规律呈弧形下降，却沿着直线，径直落到地平线下去了。

塞尔瓦达克上尉边走边思索这些奇怪的现象。如果说，由于某种闻所未闻的现象，地球的自转似乎有所改变，或者，从太阳经由天顶这一点来看，我们必须承认阿尔及利亚海岸缩到赤道的南边去了。那么，地球似乎除了它的体积缩小了之外，并没有什么大的改变。至少，在非洲这片地方的情况就是这样。海岸仍然如常所见，依然可见悬崖、沙滩，岩石仍是连绵不断、寸草不生，红通通的似乎含有氧化铁的成分。就目力所及，海岸没有任何变异。左边往南，或者至少往塞尔瓦达克上尉坚持称之为南边的地方，尽管东西两个方向有明显的改变（因为此时此刻，必须说清楚，东西两个方向已经是调了个个儿了），在左边往南大约三法里的地方，麦尔杰加山高耸入云，山峰连着山峰，清晰地映现在天空。

这时候，云中裂出一道缝，夕阳斜着洒向大地。显然，太阳从西方升起之后，正在向东方落下。

"天哪！"塞尔瓦达克上尉嚷叫道，"我真好奇，真想知道莫斯塔加奈姆的人们对这一切会是怎样想的！当陆军部长从电报中获悉非洲殖民地不知位于东南西北的哪个方向时，他会怎么想？"

"非洲殖民地！"本—佐夫说，"他将会把它整个儿交到警察局去的！"

"这里的方位和规律全都乱套了！"

"天下大乱了！"

"1月份的太阳竟然直射我脑门儿！"

"催促一名军官，去把太阳给毙了！"

咳！本—佐夫是个循规蹈矩的人，听命行事。

这时候，赫克托尔·塞尔瓦达克和本—佐夫加快脚步，向前走去。虽然空气稀薄，喘不上气来，但他俩已经适应了，所以身轻如燕，健步如飞，像山羊一般连跑带跳地前进。他们不再沿着悬崖顶端那条蜿蜒曲折的小路走，因为小路弯弯曲曲，路程反而更长。他们走捷径，像人们在旧大陆常说的"像鸟儿一样飞翔"，又像在新大陆人们所说的"如蝴蝶一般翻飞"。没有任何障碍可以阻止他们前进，他们逢山过山，逢水过水，每次都是轻轻一跃便飞越而过。在这种情况之下，即使是蒙马尔特高地，本—佐夫也照样不费吹灰之力便能轻轻越过。现在主仆二人只有一种担心：他们本想向横的方向走，但却纵向而行。说实话，他们的两只脚很少能接触到地面，地面似乎只不过是一个弹性极强的弹簧板。

终于来到了谢里夫河边，随即，塞尔瓦达克上尉和他的勤务兵蹦了几蹦，便跳到右岸上了。

可是，到了右岸，他们却不得不停下来。不知何故，桥已经不存在了。

"桥不见了！"塞尔瓦达克上尉惊呼道，"想必被大水淹没了，被洪水卷走了！"

"真是见鬼了！"本—佐夫说。

这事看起来真的是怪透了。

确实，谢里夫河已经消失。河的左岸尚未荡然无存，而右岸前一天还被誉为肥沃丰饶的平原，如今已经成为海岸了。在西边，水面波涛汹涌，水声不再是低吟，而是在咆哮怒吼，水色不再是发黄，而是变成了蓝色，俨然是一个一望无际的大海代替了往日那平静的谢里夫河。昨天还是莫斯塔加奈姆平原的那片土地，现在已经不见了。

赫克托尔·塞尔瓦达克想要弄个一清二楚。于是，他便走到被丛丛欧洲夹竹桃掩映下的岸边，用手捧起一点水，放到嘴边……

"咸的！"他大声说道，"大海在几个小时之内便将阿尔及利亚的西部地区变成一片汪洋了！"

"这么说来，上尉，"本－佐夫说道，"这种状况想必不会像一般的水淹，可能会持续一段时间？"

"乾坤倒转了！"上尉军官摇了摇头说，"这场灾难后患无穷！我的朋友们，我的同事们，他们现在怎么样了？"

本－佐夫从未见过赫克托尔·塞尔瓦达克如此痛苦难耐，心中不禁也同他的长官一样难受起来，尽管他尚未像他的上尉那么明白到底发生了什么事。如果他不是因为自己是个下属，得"分享"他的上尉的痛苦的话，他本会坦然地看待这一切。

谢里夫河原先的右岸变成了一个新的海岸，南北贯穿，微呈弧形。刚刚变成了中心的这片非洲地区似乎并未受到灾难的侵害，安然无恙，毫发未损。地形地貌依然如故，河堤仍旧呈锯齿状，草原还是那么碧绿，大树照样高大挺拔。不过，河的一边现在已经变成了一个陌生的大海的海岸了。

但是，满脸严峻的塞尔瓦达克上尉，无暇观察将这一地区变得面目全非的变化。阳光灿烂，太阳已移到东边地平线，突然间便落了下去，掉到大海里了。即使在赤道地区的春分日和秋分日，太阳到达黄道的时候，白昼与夜晚的交替也不会变换得如此迅速。那天晚上，大地、海洋、天空，刹那全都陷入到了深沉的夜幕之中。

既然没有黄昏，估计第二天早上也没有黎明。

第6章　跟着上尉进行新天地的第一次远足

塞尔瓦达克上尉生性喜欢冒险，因此，层出不穷的怪现象是吓不倒他的。只是他不太像什么事都不放在心上的本－佐夫，他更喜欢探个究竟、寻根问底。他对出现的情况并不觉得奇怪，重要的是他必须弄出个所以然来。按照他的逻辑，被子弹打死无所谓，但必须弄清楚那子弹是以怎样的一种运行规律，是如何击中他的胸膛的。他看待世间万物的观念就是如此。因此，根据他的性格，在他对所发生的现象的结果稍有些担忧之后，他便一心想要把这事的来龙去脉弄个一清二楚。

"真见鬼！"天突然黑了，他叫道，"只有等天亮才能弄清楚了……白天，无论是晴天阴天，我一定得追踪太阳，一定要看看它跑到哪儿去了！"

"上尉，"本－佐夫说，"我想问一声，我们现在做什么？"

"我们就待在这儿，明天——假如有明天的话——我弄清楚了西边南边的海岸情况之后，再回到茅屋去。最要紧的是得弄清楚我们身在何处，我们的境况如何，因为我们尚不了解那边到底发生了什么事情。所以，我们在沿着西边和南边走过之后……"

"要是有海岸的话，就好了！"勤务兵说。

"要是存在一个南边的话！"塞尔瓦达克上尉回应道。

"我们是不是可以睡觉了？"

"是可以睡了，但就看你睡得着睡不着了！"

听上尉这么一说，对发生了这么多怪事并不激动的本－佐夫便在海岸边的一处凹凸不平的地上蜷缩着躺下，用双手挡住双眼，酣然入睡了。

塞尔瓦达克上尉则跑到新出现的海岸边走来走去，心烦意乱，思绪万千，对眼前发生的事百思不得其解。

首先，这场灾难程度有多严重？是否只局限于非洲的一个小范围内？阿尔及尔、奥兰、莫斯塔加奈姆这些邻近的城市是否幸免于难？赫克托尔·塞尔瓦达克最担心的是，他的朋友和同事们，现在是不是同这个海岸上的许多居民一起葬身海底了？是不是地中海因为某种震动，海水通过谢里夫河口只淹没了阿尔及利亚的这一部分地区？在一定程度上，这就很好地解释了谢里夫河消失的原因。但是，其他的那些宇宙间的事情却没法解释清楚。

另一种可能是：是否应该认为非洲海岸突然间移到了赤道地区？不过这也只能说明太阳为何会经过天顶，以及黄昏为何消失，而不能说明白天为什么只有六小时而不是十二小时，以及太阳为什么在西方升起，东方落下。

"可是，可以完全肯定的是，"塞尔瓦达克上尉心里反复寻思，"今天白天只有六个小时，而且从日出和日落来看，"东边与西边整个调了个个儿！"

塞尔瓦达克上尉简直是丈二和尚——摸不着头脑了。

天空乌云密布，苍穹也不像往常那样繁星闪烁，这的确让人恼火。赫克托尔·塞尔瓦达克尽管不是天文学家，但是，对那些主要的星座并非一无所知。如果北极星一直是在其原地，或者，如果相反，有其他的一颗什么星替代了北极星，或者反之，那就足以让明地球在一个新的轴上转动，这么一来，许多事情就一清二楚、明明白白了。可是，云层厚重浓密，未见一点裂缝，像是在酝酿一场大暴雨，致使塞尔瓦达克未能看到星空，哪怕是一颗星星。这令他垂头丧气，无可奈何。

至于月亮，那就更不用期盼它出现了，因为此时正是上弦月的时候，因此它同太阳一起落到地平线下面去了。

走来走去，一个半小时之后，塞尔瓦达克上尉在地平线上方看到了一道强光，其光芒穿过云层，洒了下来，令他惊讶不已。

"月亮！"他嚷道，"不，那不可能是月亮！难道纯洁无瑕的月亮女神狄安娜也偶然地改变运转方向，从西边升起了？不！那不是月亮！它不可能有那么强的亮光，除非它已经非常接近地球了。"

确实，那个不知道是什么的星球射出的光亮非常强烈，它穿透了厚厚的云层，将田野照得明亮亮的。

"那会不会是太阳？"塞尔瓦达克寻思，"可是，它刚刚在东边落下去还不到一百分钟！如果它既非太阳亦非月亮，那它会是什么呢？会不会是一颗硕大的流星？啊！真是见鬼了！这该死的云层为何就不散开一些呢？"

然后，他开始责备自己。"我倒是要问一问，"他心里想，"我以前为什么就没有抽出一部分时间来学点天文学知识呢？大好时光就这么白白地浪费掉了！不过，说不定这也许是很简单的一件事，我干吗现在要绞尽脑汁去弄明白这一切呢？"

这个神秘的新天空无法弄清。强烈的光线显然是一颗硕大无比的星球放射出来的，将云层的上端照射了将近一个小时。随后，奇怪得很，这颗星球并未像其他星球遵循天空机械的运动规律那样，复又落到对面地平线上；它却好像沿着一条与赤道垂直的直线离去，那柔和的光线也随着它一起消失了。

一切全都复归黑暗之中，而塞尔瓦达克上尉的脑子也被搞糊涂了，一点也弄不明白这到底是怎么回事。天体运动的基本规律被打乱了，天球宛如一个时钟，其巨大的发条刚刚疯狂地转起来，无法控制，每颗星球都不按运行规律运转了，要想让太阳重新回到地球的什么地平线上升起，根本就不可能了。

然而，三个小时之后，太阳从黑暗中升起，也就是西边。晨光映照在厚厚的云层上，白昼替代了黑夜。塞尔瓦达克上尉看了看表，记下了时间，这个夜晚不多不少持续了六个小时。

对于本－佐夫来说，只睡六个小时实在是太少了。但必须叫醒这个贪睡的家伙。赫克托尔·塞尔瓦达克使劲儿将本－佐夫摇醒。

"喂，还不快起来，该走了！"上尉冲着他的勤务兵嚷道。

"咳，上尉！"本－佐夫边揉眼睛边说道，"我觉得我还没有睡够呢！我只是刚刚进入梦乡而已！"

"你睡了整整一宿了！"

"一宿了，是吗？……"

"现在是六个小时一夜，你必须适应才是！"

"我会适应的。"

"走吧，不能浪费时间了，我们抄捷径赶回茅屋，看看我们的马匹变成什么样了，看看它们对这一切有什么反应！"

"它们肯定会想，"想说俏皮话的勤务兵回答道，"我从昨天就没有给它们梳洗过。所以我得好好地给它们全身都洗刷一遍，洗刷个干干净净，上尉！"

"很好，很好！但你得快点了，待装好马鞍，我们就得去做一番调查，至少要看看阿尔及利亚还幸存下来多少地方！"

"那然后呢？"

"然后嘛，要是我们无法从南边到达莫斯塔加奈姆的话，那我们就从东方前往特内兹。"

塞尔瓦达克上尉和他的勤务兵从悬崖峭壁上的小路返回他们的茅屋。二人腹中空空，饥肠辘辘，只好边走边采摘那些伸手便可够得着的无花果、椰枣和橙子先充充饥。在这片荒凉的土地上，新开辟了一片丰饶而广阔的果园，用不着担心有什么人会出来找麻烦。

离开曾经是谢里夫河右岸的河岸一个半小时之后，他俩回到了他们的茅屋。在茅屋里，他们发现物品什物全都同他们离开时一模一样。显然，他们不在的时候，没人来过，东边的这一片地方似乎同他们刚刚走过的西边一样，没有人烟，一片荒凉。

他俩很快便做好了出发的准备。本—佐夫在自己的挎包里装满了饼干和野味罐头。至于喝的问题，倒是无须担心，水有的是，一条条清澈的小溪潺潺地穿过平原。一条河流的那些支流，现在已变成了大河，直接流入地中海。

塞尔瓦达克上尉骑的马名叫"和风"，而本—佐夫的牝马则叫"烘饼"（以回味蒙马尔特高地的那座磨坊）。马鞍很快备好，二人飞身上马，朝着谢里夫河奔驰而去。

除了二人感到自己体重减轻，体力增加了数倍外，他们感觉到两匹马的体重也减轻了，奔驰如飞。它们已不再是两匹普普通通的马，而是两只长着翅膀的半马半鹰怪兽，它们奔跑起来，几乎是四蹄不沾地。幸亏赫克托尔·塞尔瓦达克和本—佐夫都是好骑手，可以不用抓牢缰绳，任马飞奔。

二十分钟，从茅屋到谢里夫河口的那八公里路便跑完了，两匹马放慢速度，开始沿着河右岸朝着东南方而去。

这边的河岸只有谢里夫河的一侧河堤，依旧保留着原来的独特面貌。只是河对岸的那部分全都消失不见，被一个海平线取而代之。由此看来，奥兰省应该是在 12 月 31 日到 1 月 1 日的那个夜晚，整个被淹没了。塞尔瓦达克上尉曾经勘测过这片土地，对此了若指掌。他希望在尽可能大的地方踏勘一番之后，写一份情况汇报……给谁看？什么时候送出去？他无法知晓。

在白昼剩下的四个小时里，两位骑手从谢里夫河口出发，飞驰了将近三十五公里。夜幕降临，他俩便在原先是那个河流的微微弯曲的地方下马歇息。在那条河消失的前一天，它左岸的一条支流——米纳河还汹涌澎湃地奔腾着，现在米纳河也已被新的大海吞没了。

在这段旅途中，他俩没有见到一个人影儿，这不能不让他俩大为惊讶。

本－佐夫替上尉简单地铺好了睡的地方。两匹马已经拴好在一棵树旁，堤岸上长满浓密的青草，它们可以随意地吃个痛快。这一夜平安度过，没有出现什么意外情况。

翌日，1 月 2 日，根据地球上的老历法，也就是 1 月 1 日的夜晚到 2 日的早晨，塞尔瓦达克上尉和他的勤务兵重新上马，继续对岸边的勘察。他俩在日出时分出发，在六个小时的白天里，跑了七十公里。

那个地方依然是河右岸的老样子，没有任何变化。只是距离米纳河二十公里的地方，河沿有很大的一片土地消失不见了。而且，苏尔克尔米图城的建筑物以及城内的八百个居民，全都葬身海底了。不知道阿尔及利亚这一带的大城镇，如马扎格兰、莫斯塔加奈姆、奥尔良城，是否也已遭到了同样的命运？

塞尔瓦达克上尉绕过因河岸断裂而造成的那个小海湾，来到河堤上，它大概刚好在阿米姆萨镇所占有的那个广场的对面。阿米姆萨镇是贝尼－乌拉人从前混居在此的一个小镇。但是这个小镇的中心地带已经荡然无存，甚至连位于该镇前方的高一千一百二十六米的曼库拉峰也不见了踪影。

这天晚上，两位踏勘者在一个拐角处住了下来，这儿正是新天地的终端，几乎就是从前的默姆思图鲁瓦这个重镇所在地，但现在已荡然无存，不见了踪迹。

"我今晚可是打算在奥尔良城吃顿好饭、睡个好觉的呀！"塞尔瓦达克上尉见眼前那茫茫大海，不禁叹息道。

"这是不可能的，上尉，"本－佐夫回答道，"除非乘船去。"

"你知道吗，本－佐夫，咱俩真的是脑袋发热，冲动得厉害！"

"喏，上尉！这本是我们的习惯使然！您将会发现，我们会找到办法渡过大海，去莫斯塔加奈姆的岸边溜达溜达！"

"嗯，如果我们是在一个半岛上——但愿如此——那我们将要去的是特内兹，到那儿去打听一些消息……"

"要不就是我们向他们提供一些消息！"本－佐夫自觉明智地说。

六小时过后，当太阳出来时，塞尔瓦达克上尉就可以观察这片地区的新的形态结构了。从他夜间宿营的地方看去，现在海滨地带系南北走向，它不再是如同谢里夫河岸那样的一个天然形成的海岸。一处新造成的缺口在那儿框定了从前的平原范围。看来，默姆思图鲁瓦镇就是在此处消失得无影无踪的。本－佐夫蹦到后边的一个山丘上，看不到海平线以外的地方。眼前全是海水，不见陆地。默姆思图鲁瓦可能在十公里外的西南部被淹没了。

于是塞尔瓦达克上尉和他的勤务兵便离开了他们的宿营地，沿着崩塌的原野、破损的田地、折断的悬于水上的树木之间的裂缝向前走去。折断的树木中有几棵老橄榄树像是被砍倒了似的，怪怪地躺在那里。

两位骑士缓慢前行，因为海岸上到处是小海湾和沟谷，逼得二人绕来绕去，以至于直到夕阳落下，他们才走了三十五公里，来到了麦尔杰加山的脚下。灾难发生之前，这儿是小阿特拉斯山脉的终点。

在这个地方，山脉断裂，似一个孤峰立在海岸边。

第二天早晨，在骑马穿越一个山口之后，塞尔瓦达克和本－佐夫徒步爬上一座高耸入云的山峰，终于确切了解了阿尔及利亚大地上的这一狭小的部分，现在就只有他们两个居民了。

从麦尔杰加山的山脚直到地中海北边，出现了一道新海岸，长约三十公里。没有任何地峡将这片土地与特内兹一带连接起来，因为特内兹已经消失不见。两位探测者刚刚探索的根本就不是一个半岛，而是一座岛屿。塞尔瓦达克上尉从站立的高处惊讶地看到的是一片汪洋，就目力所及，他看不到任何一块陆地。

在阿尔及利亚土地上新割裂出的这个岛屿，是一个不规则的四边形，确切地说更像一个三角形，其各条边是：位于谢里夫河右岸的老河岸，长一百二十公里；自南往北，到小阿特拉斯山脉，长三十五公里：直抵海边的一条斜线，长三十公里，到地中海的老海岸，长一百公里。全部算下来是周长两百八十五公里。

"真了不得！"上尉说道，"可是，为什么会这样呢？"

"笑话！为什么不会这样？"本－佐夫回答道，"情况就是如此，因为它就是这样！上帝要是愿意的话，上尉，他想怎么样就怎么样！"

二人走卜山来，骑上一直在安安静静地吃着青草的马。这一天，他俩一直走到地中海岸边，没有发现蒙特诺特小城的任何一点遗迹，它像特内兹一样，不见了任何踪影。

翌日，1月5日，他俩被迫沿着地中海边走去。塞尔瓦达克上尉完全没有想到这儿的海岸竟然全都不成样子了。这边海岸上的四座小镇——加拉阿特—希玛、阿格米斯、马拉乌特和普安特—巴斯——已经全部消失。海岬无法抵御海浪的冲击，与陆地脱离了。我们的这两位探索者在此处没有见到一个人，不过，倒还有几群牛羊在平原地带走动着。

塞尔瓦达克上尉和他的勤务兵用了"新的"五个白天（一天六个小时）走遍了这个岛屿的周边。实际上，也就是花了两天半的"旧的"白天。当他俩回到自己的茅屋时，已经是六十个小时之后了。

"怎么样，上尉？"本—佐夫说。

"什么怎么样，本—佐夫？"

"您现在成了阿尔及利亚的总督了！"

"这是一个没有一个居民的阿尔及利亚呀！"

"这是怎么说的！难道我就不是一个吗？"

"那你可能就是……"

"居民，上尉，就是老百姓！"

"我的回旋诗不知怎么样了？"塞尔瓦达克上尉边躺下边说道，"我费心劳神、搜肠刮肚写了它，还是颇为值得的！"

第7章　上尉与他的勤务兵又一次目瞪口呆

十分钟之后，总督与自己的居民在石头哨所的房间内酣然入睡，因为他们的茅屋已经坍塌，尚未修好。可是，上尉刚刚入睡，便又醒了过来，他想，尽管自己看到了这么多的情况，但原因到底在哪儿呢？他始终弄不明白。就天文学而言，他并不精通，但是，他记忆力甚好，能够让他回忆起他以为自己已经忘记了的某些天文学的普遍规律。于是，他琢磨，是不是地球向黄道倾斜的变化导致了这些现象的产生？但是，如果说这样的一种变化可能导致大海改变位置，或者还有东、西、南、北四个方位基点也改变了，那么这也不会造成白昼缩短和地球表面重力的减小。他很快便不得不放弃了这一假设。但是，这却让他心里非常烦乱，因为他就懂得这么一点天文学知识，已经山穷水尽、无计可施了。不过，话说回来，这一系列怪现象还没有完结，很有可能还会再出现某种其他的怪事，说不定会让他豁然开朗、峰回路转，至少，他是这么盼望着的。

翌日，本－佐夫关心的第一件大事就是准备一顿丰盛的早餐。没法子，得振作起来活下去！他和三百万阿尔及利亚人一样，会感觉到饥饿。灾难已经发生，而且把这个地方弄得满目疮痍，可饭还是得吃，他真想一下子吃上一打鸡蛋。于是，本－佐夫准备做古斯古斯 [1]，二人吃一顿美餐。

炉子是现成的，就在哨所里，铜锅像是大师傅精心洗刷过的，亮晶晶的，大水桶里有的是干净的水，舀到铜锅里就行了。火很快就能点燃，不一会儿便会冒气。鸡蛋放在锅里煮上不到三分钟就会熟了。

本－佐夫在准备饭菜时，总习惯哼一支军中小调：

盐罐里，

有盐吗？

有牛肉吗？

要炖的！

塞尔瓦达克上尉在屋里踱来踱去，用好奇的眼光看着本－佐夫准备早餐。他心中盘算着哪些新的现象可能会帮他走出困境，盼着有可能出现某种新的情况。比如，炉子是否像平常那样能点燃？空气已经变得稀薄了，这会不会让它有足够的氧气继续燃烧？

炉火的确在燃烧，而本－佐夫也在使劲儿地吹气，所以放在柴火上的煤块燃起了红红的火焰。如此看来，这方面并没有任何不正常的现象。

铜锅已经放在了炉子上，锅里已经放好了水，本－佐夫等着水煮开之后把鸡蛋放进去。他手里拿着那些鸡蛋，觉得很轻，没什么重量。

铜锅放在炉子上还不到两分钟，水就开了。"天哪！火真旺啊！"本－佐夫嚷道。

"并非火烧得旺，而是水开得快。"

于是，上尉便把墙上的温度计拿下来，放进滚开的水中。

温度计显示的只有六十六度。

"真怪！"塞尔瓦达克大声嚷道，"水在六十六度上就开了，而不是一百度！"

"怎么回事，上尉？"

"喏，本－佐夫，我劝你让鸡蛋在锅里煮上一刻钟，而那也只不过是勉强刚刚煮熟！"

---

[1] 古斯古斯，北非的一种由肉、菜、粗麦粉加佐料的饭菜，美味可口。

"会不会煮得太老了？"

"不会的，伙计，刚好可以用面包片蘸溏心蛋吃。"

这种现象的原因显然是因为气压下降所致，这与空气密度的减小是一致的。塞尔瓦达克上尉并没有搞错，地球表面的气压已经下降了三分之一，因而水随着气压的下降，在六十六度时而不是一百度时就开了。这种现象在一座一万一千米高的山峰上也出现过，如果塞尔瓦达克上尉有一个气压表的话，他早就会发现气压的这种下降情况了。正是这个原因，造成本－佐夫和他说话的声音变低，呼吸急促，血管里的血流速度减慢。不过，他们对这种状况已经适应了。

"可是，"上尉心想，"我觉得很难相信我们是待在这么高的高山上，因为大海就在那儿，它还在拍击着悬崖！"

但是，即使赫克托·塞尔瓦达克在这种情况下判断无误，那他也无法说清楚其原因是什么。真恼火！

不过，鸡蛋在锅里多煮了一会儿之后，总算是煮熟了。"古斯古斯"也烧熟了。本－佐夫心想，从今往后，烧东西得提前一个小时，这样就可以不用手忙脚乱地给上尉做饭了。

正当塞尔瓦达克上尉不再去想那些烦心事，而是狼吞虎咽地吃饭时，本－佐夫问道：

"上尉？"本－佐夫每当要同上尉谈什么事时总是这样开头。

"嗯，什么事，本－佐夫？"上尉也用往常的一贯方式回应。

"咱们接下来怎么办？"

"就耐心地等着呗。"

"等着？"

"等有人前来找我们。"

"从海上来？"

"肯定是从海上来，因为我们现在是待在一个岛上。"

"那么，上尉，您认为同事们……"

"我想，或者我至少希望这场灾难只限于阿尔及利亚海岸的某些地方，希望我们的同事们安然无恙。"

"是啊，上尉，只好这么希望了。"

"不用担心，总督看到如此大的灾难是不会不管不问的。他肯定会从阿尔及尔乘船来探测海岸，我敢说他绝不会忘了我们。好好注意海面，本－佐夫，只要一看到有船，我们就向它发信号。"

"要是没有船来呢？"

"那我们就自己造一条船，他们来不了，我们就去找他们。"

"好的，上尉，您是水手吗？"

"到了不得已的时候，谁都能成为水手。"上尉斩钉截铁地说。

于是，本－佐夫举起望远镜，在随后的那些日子里，始终朝着海平面观察着。

"浑蛋！"他叫嚷道，"总督大人把我们忘到脑后了！"

直到1月6日，这两位岛民的处境都没有任何改变。这儿所说的1月6日是真正的日期，也就是一天二十四小时里的十二小时的旧历所表明的日期。塞尔瓦达克上尉仍旧喜欢按旧历来计算日期，他这样做并非没有道理，他是想要更好地与旧历保持一致。尽管太阳在该岛的地平线上升起落下十二回，但他从1月1日午夜——原先年份的元旦——开始，只算成六天。他的表精确地显示了逝去的时间。很显然，由于重力的减轻，一个座钟在他所处的状况下，只会给他以错误的计算，但是，一只带发条的怀表就不会受到引力作用的影响。如果塞尔瓦达克上尉的怀表是一只好表，那它一定走得很正常，走得很准，即使发生了那么多的灾难，也影响不了它。此刻，怀表正是这种情况。

"天哪，上尉！"知道点文学的本－佐夫嚷道，"我觉得您像是鲁滨孙了，而我则成了'星期五'了！难道我成了黑人？"

"不，本－佐夫，"塞尔瓦达克上尉回答道，"你仍旧是个白人，只不过肤色深了一些而已！"

"一个白人'星期五'，"本－佐夫说，"这有点半真半假，不过我倒是挺喜欢的！"

都1月6日了，上尉仍未见有船或有人来，所以他觉得还是先像鲁滨孙那样干起来再说。也就是说，先把这个地方的动物和植物的情况摸清楚。

古尔比岛——这是上尉给这个岛起的名字——面积大约三千平方公里，也就是说，三十万公顷。岛上有大量的公牛、母牛、山羊、绵羊，但确切数量却弄不清楚。这儿野味甚多，不必担心它们会离开这座岛屿，植物也很茂盛，三个月之后就会收割小麦、玉米和其他粮食作物了。因此"总督"和他的"臣民"，包括那两匹马，绝对不会有粮荒之虞，反倒是余粮满仓。即使再有一些新的居民上岛，他们的生活在此也无后顾之忧。

从1月6日到13日，大雨连绵不断。天空常常是浓云密布，晴天罕见。而且大暴雨经常光顾——在一年之中的这一时期是罕见的天气。不过，赫克托尔·塞尔瓦达克并不是没有观察到一种不正常的趋势在增强。夏季异常地早早来到，可现在才刚刚是

1月份呀！更加令人惊讶的是，这种气温的升高，不仅是经常性的，而且是在不断地增长，仿佛地球在持续地靠近太阳。

在气温升高的同时，阳光也变得更加强烈，要不是天空与岛屿之间隔着一层厚重的云层的话，炽热的阳光就有可能用它那极强的热力灼伤岛上的一切。

让赫克托尔·塞尔瓦达克恼火的是，他既没法观察太阳、月亮，也无法看到星星及天穹的任何一个地方，如果浓云散去，他就能弄清这一切是怎么回事，也就心知肚明、豁然开朗。本-佐夫尝试了一两次，试图让他的上尉能够像他一样听天由命，别那么火气冲天，但是，上尉根本就听不进他的劝说，所以他也就不再对上尉说什么了。因此，他只好老老实实地充当一个瞭望水手的角色。无论刮风、下雨，还是雷电交加、大雨倾盆，他都日夜在悬崖顶端瞭望着，每天只睡上几个小时。然而，他只是白白地浪费时间和精力，那个海平面仍旧是茫茫一片。再说了，有哪只船会在这种恶劣天气下，冒着狂风暴雨航行呢？大海掀起的浪涛高不可测，飓风肆虐，恐怖至极。即使在地球成形之初，地热升到空中，随即降落到地面变成瓢泼大雨，也没有现在所见的状况那样吓人。

不过，到了13日，倾盆大雨像施了魔法似的，突然停了。13日夜间到14日，最后的强劲狂风吹散了剩下的厚云。赫克托尔·塞尔瓦达克看到大雨停了，风也小了，便立即离开了那个哨所，他可是在那里面被困了六天之久啊！

他跑到悬崖顶上去观察夜空，他在众星辰中会看到些什么呢？那个12月31日夜晚到1月1日隐约可见的大圆盘，会不会再出现在他的眼前？他心中的那个疑团最后能不能解开呢？

天穹晴朗明亮，没有一丝云彩遮挡星辰。天穹宛如一张巨幅天文图，展现在眼前。过去，一个天文学家的眼睛，若不用望远镜的话，是看不见它们的。

塞尔瓦达克上尉首先观察的是北极星，因为他对北极星最为了解。

北极星就在那儿，但是却在海平线上低低地垂着，它也许不再充当整个星系的中心轴了。换句话说，即使地轴无限延长，也不能穿过这颗星通常在宇宙间所占据的那个固定点了。的确如此，一个小时之后，它已经明显地移了位，仿佛它已属于某个黄道星座了。

因此，现在的问题是弄清楚哪一颗星取它而代之了，也就是说，地球的延长轴现在是从天空的哪个位置通过。赫克托尔·塞尔瓦达克好几个小时就是这么一直专心致志地观察着，这颗新的星应该像以前的北极星一样，大概一直待在其他星星的中央，而其他的那些星在其表面运行中，日日夜夜地围绕着它移动。

塞尔瓦达克上尉很快便弄清楚了，这些星星中有一颗，很贴近北边的海平线，一动不动，仿佛是固定在它们之中。它就是天琴星座中的织女星。按照正常的运行，织女星大概在一万两千年之后，取代北极星的位置。可是现在才只是运行了十四天，所以可以断定，地轴已经突然改变方向了。

"看来，"上尉想，"不但地轴的倾斜度已经改变，而且，由于地轴的延长线现在是指向离地平线不远的地方，地中海可能也已经移到赤道附近了。"

他陷入沉思之中，他的目光一直盯着已成为黄道中的一颗星星 [1]，而且只有其尾部从水中露出的大熊星座 [2] 观察来观察去，一直看到头一次破天荒地出现在他眼前的那些南半球的星星。

突然，本－佐夫喊了他一声，他才从苦思冥想之中回过神儿来。

"月亮！"勤务兵叫嚷道。

"月亮？"

"没错，就是月亮！"本－佐夫肯定地说，他非常高兴，又看到诗歌语言中所说的"黑夜大地的同伴"了。

他指着那个圆盘，它在此时此刻太阳大概占据的那个位置的对面渐渐地升了起来。

它是月亮呢，还是别的什么变大了的星球？

塞尔瓦达克上尉颇为犯难，不知道到底应该叫它什么。他拿起一个较大的望远镜——那是他平时在测量大地时使用的——用它对准那颗星球仔细地观察着。

"如果那是月亮的话，"他说，"不得不说，它可是离我们非常远啊！如果计算距离的话，那可不是什么几千法里，而是几百万法里！"

上尉仔细地观察了一会儿，认为自己可以肯定，那根本就不是月亮。他在这个暗淡的圆盘上看不到一点月球那皎洁、柔媚的样子，也看不到任何的月陆和月海，也看不到灿烂的环形山四周那明亮的辐射纹。

"不，那不是月亮！"他说道。

"为什么不是月亮？"本－佐夫一心想着这是他的一个伟大发现，不禁反问道。

"因为这颗星球自己还拥有一个小月亮，那是它的卫星！"

的确，一个明亮的亮点如同木星的那些卫星一样，出现在塞尔瓦达克上尉的望远镜里。

"它要不是月亮的话，那它到底是什么呢？"上尉气恼得狠狠地跺着脚嚷道，"那

---

[1] 这里指的是北极星。北极星属于小熊星座，与下句提到的大熊星座不符，应为作者笔误。

[2] 大熊座是北天星座之一，是著名的北斗星所在的星座。

不是金星，也不是水星，因为这两颗星没有卫星！可是，它的运行轨道却是在地球的轨道上，它在其表面的运动中并未陪伴着太阳。真弄不明白！如果它不是金星，也不是水星，那它只能是月亮了。但是，要是说它是月亮的话，那么，是什么鬼魅给它弄来一颗卫星呢？"

第8章　金星与水星很有可能相撞

太阳很快便升了起来，所有的星星在这强烈的光芒之下纷纷地隐退了。不可能再继续观察下去，只有等着随后的几个夜晚再来观察了，如果天气状况良好的话。

至于那个圆盘，它的光亮已被一片乌云遮断，塞尔瓦达克上尉怎么也未能寻找到它的踪迹。它消失不见了，它要不是远遁了，就是拐来拐去，不知所踪，反正是遁出上尉的视线了。

天气变得非常好，天空刮了一阵西风后，现已几乎完全停息了。太阳照常从新的海平线上升起，而且极为准确无误地落在对面。白昼与黑夜均精确地为六个小时，所以，结果便是太阳丝毫没有离开新的赤道，其运行轨道就是穿过古尔比岛。

与此同时，气温在不断地升高，塞尔瓦达克上尉每天都要不止一次地看一看房间墙上挂着的温度计，1月5日这一天，他发现温度计在阴凉处显示的温度竟然高达五十摄氏度。

毫无疑问，茅屋倒塌之后尚未修复，但塞尔瓦达克上尉和本－佐夫已经将石头哨所的那间大房子收拾得干干净净。屋子的四面石墙保护他们不受狂风暴雨的侵袭，而且也使得他们避开了白昼的炽热。热浪开始肆虐，特别是天空没有一丝云彩来遮挡热辣辣的太阳时，无论是塞内加尔还是非洲的赤道地区也都从未有过这么炽热的阳光。如果气温一直如此下去的话，那么岛上的所有植物都会被晒干枯死。

本－佐夫是个老实本分之人，不想因为气温异常而大惊小怪，但他毕竟也已汗流浃背。他不顾上尉的一再规劝，绝不愿意撇下悬崖顶上的观察任务。他站在那上面，观察着地中海，那海面似湖水一样平静，始终未见任何船只。可是，他仍死守在那里。正当晌午，骄阳似火，只有身体如铜墙铁壁一般才能扛得住。

有一天，塞尔瓦达克上尉看到他仍在观察时，便说道："天哪！你是不是在加蓬出生的，怎么不怕热？"

"不是，上尉，我生在蒙马尔特，与加蓬差不多！"

既然老实的本—佐夫声称在他钟爱的蒙马尔特高地同非洲火热的地区一样酷热，那就没什么好说的了。

　　这种异乎寻常的酷热必然影响着古尔比岛上的植物。而这种自然条件让这种气候变化形成的结果明显地显现出来了。没有几天，树木的枝枝丫丫就汁液充盈，全都活泛起来。树木的嫩叶出芽，骨架显现，随即便枝儿满叶儿茂，花朵绽放，果实累累。粮食作物生长情况也是如此。麦子出穗，玉米生苞，明显至极。草原上铺起了厚密的一层青草。这一时期，割草、收庄稼、采摘果实等工作相继而来，夏季与秋季已完全融合在了一起。

　　为什么塞尔瓦达克上尉对天文学并不太精通呢？他的确是说过："如果说地轴的倾斜度改变了，而且，如同所有的情况所表明的那样，它同黄道形成了一个直角，那么现在，这儿的事情便同木星上的情况一模一样了。再无季节之分，气候终年不变，春夏秋冬全都一个样了。"随即，他又急忙补充了一句，"不过，说实在的，真弄不懂！是什么造成了这种变化？"

　　季节如此匆匆，令上尉和他的勤务兵不知道如何是好。这么多的农活一齐涌来，显然人手不够。岛上的居民都在这儿，就两人，收获的问题实在难以解决。再说，天气火热，一个劲儿地干这么艰难的活计，也是挺犯难的。不过，待在石屋里倒还能够忍受。石屋里食物充足，再说了，现在，海上风平浪静，天气晴朗，他俩可以盼着有一条船驶过，能够看到这个小岛。事实上，地中海的这一部分海面，在平时，无论往来这一带的本地船只，抑或其他各国往来于沿海各地的船只，都是穿梭不断、川流不息的。

　　这种分析是正确的，只不过因为某种原因，始终没有见过海上有任何一条船驶过。本—佐夫若不是有某种遮阳物替他挡住毒日头的话，他待在悬崖顶上，肯定会被烤成肉干的。

　　这段时间，塞尔瓦达克上尉一直试图回忆在中学和军校期间学习的东西，但是纯属枉然。他拼命地运算，想要把地球上出现的新情况弄个一清二楚，但却没有奏效。然而，他想，如果地球在地轴上的自转改变了，那么地球围绕太阳的公转应该也有所改变，因此，一年的天数也就不再可能是相同的，它或是增加，或是减少。

　　其实，非常明显，地球在靠近太阳。它的公转轨道显然是改变了，这一改变不仅可以解释气温不断升高的原因，而且新的观测也许会让塞尔瓦达克上尉发现，地球的这种向太阳靠近，有可能会被太阳的引力中心吸过去。

　　眼前的这个太阳，确实比那些奇怪现象发生之前所呈现的那个太阳，直径大了一倍。现在的太阳，正是观测者们站在金星表面，或者说站在一个距离太阳达两千五百万法里的地方时，所看到的那么大。因此，可以得出一个结论，现在的地球与太阳的距离只有两千五百万法里，而不是三千八百万法里。现在必须弄明白，这个距离会不会继续缩短。如果继续缩短，那么我们就有必要担心，一旦地球失衡，就肯定会被太阳吸引到它的表面上去，那样地球就会毁灭。

如果说白昼观测天空条件不佳，那么夜晚则就十分便利了。呈现在塞尔瓦达克上尉面前的是一片灿烂的夜空，夜空中繁星点点，行星和恒星密布其中，宛如一张巨大的字母表。可上尉却十分恼火，因为他无法认出它们。无疑，在他看来，星星们并没有任何变化，无论是大小，还是相对的距离，均皆如此。大家都知道，太阳以每年六千万法里的速度向着武仙座移动，但是人们却没发现其确切的位置变化，因为这些星球的距离太遥远了。同样，牧夫座 a 星 [1] 在太空中的运行速度为每秒二十二法里，比地球的运行速度快三倍。

不过，如果说恒星的变化无法知晓的话，那么行星却不然——起码在地球轨道内侧运行的行星都可以看到。

金星和水星便是如此。金星在距太阳平均两千七百万法里的地方运行，而水星则在距太阳一千五百万法里处运行。因此水星的轨道被包围在金星的轨道内，而地球的轨道则将它俩围在其中。因此，塞尔瓦达克上尉在久久地观测和深沉的思索之后发现，地球现在从太阳那儿吸收的光和热，差不多与金星从太阳那儿吸收到的光和热相等，这正是灾难发生之前太阳供给地球光和热的一倍。因此他得出结论，认为地球早就大大地靠近太阳了。当他再次观测那个美丽的金星时，他更加相信，连最无动于衷的人，在清晨或晚上，即使金星离开太阳的范围，也都会对它赞不绝口的。

金星——古人谓之曰"启明星"、"晚星"、"晓星"、"牧羊星"——从未有过哪一颗星星有这么多美丽的名字，现在它已出现在塞尔瓦达克上尉的眼前，它的形状较大，像一轮小月亮，肉眼完全能清晰地看到它的圆缺变化。当它呈月牙形时，太阳光通过大气层的折射，可以一直到达无法看到它的地区。这可以证明，金星有一个大气层，因为金星表面能够折射太阳光。而它呈新月形时的某些亮晶晶的光点就是一些高山，施勒埃特颇有道理地认为它们比勃朗峰高十倍，系金星半径的一百四十四分之一。[2]

因此，塞尔瓦达克上尉这时候认为自己有理由确定，此时的金星已经并非是位于

---

[1]　牧夫座 a 星，又称大角星，是牧夫座中最亮的星，也是北方天空中最亮的三颗恒星之一（另外两颗是织女星和五车二），这颗星与太阳的距离为 33.6 光年。

[2]　地球上最高的那些山也就只有地球半径的七百四十分之一。

距地球两百多万法里的地方了，他将这一情况告诉了本－佐夫。

"好，上尉，"勤务兵回答道，"离它两百万法里就更好了！"

"若是两军对垒，那可是够远的。不过，对于两颗星球来说，那就算不了什么了！"塞尔瓦达克上尉说。

"结果会怎么样？"

"那我们将落到金星上去！"

"呃，呃，上尉，金星上有空气吗？"

"有的。"

"那水呢？"

"当然有。"

"那好吧！咱们就去看看金星！"

"不过撞击会很可怕的，因为这两颗行星现在似乎都是在朝相反的方向运行的，而它俩的体积几乎相等，撞击时对双方都是恐怖的！"

"那不就像是两列火车迎头相撞嘛了！"本－佐夫平静地说，这让上尉十分惊讶。

"没错，就是两列火车相撞，蠢货！"塞尔瓦达克上尉答道，"不过，这两列'火车'比地球上的两列快车速度都要快上一千倍，肯定会造成其中一颗行星，或者说两颗行星变得粉碎，那时候，你就等着看你那蒙马尔特的小土包会成什么德行吧！"

这句话正中本－佐夫的要害。本－佐夫牙关紧咬，双拳紧握，不过，他克制住了自己。片刻过后，他隐忍住了，没有因"小土包"几个字而咆哮起来。

"上尉，"本－佐夫说，"有我在呢！……您发命令吧！……要是有什么办法阻止这两颗星相撞的话……"

"没有，蠢货，你滚开吧！"

被上尉骂了一顿的本－佐夫灰溜溜地一言不发地走开了。

随后的几天里，这两颗行星相互间的距离在缩小，而且很明显。地球在沿着新的轨道运行，即将切入金星的轨道。与此同时，地球也越来越接近水星了。这个水星肉眼很少看得见，除非它出现在东边或西边远离太阳最大偏角的时候，它才会显露出它美丽的容颜来。水星的圆缺变化与月亮的变化相同，它能够反射太阳光，太阳给它的光和热是地球的七倍，由于它的自转轴倾斜度很大，所以几乎不存在什么热带和寒带。它的赤道带、它的那些高达十九公里的高山等，使得古人将它称之为"闪闪发光的"圆盘，由此而引起大家的关注。

不过，危险尚不是来自水星，而是来自金星，金星的撞击威胁着地球。将近 1 月

18 日，这两颗星球的距离已缩小至一百万法里了。金星的强光照得地球上的物体形成一些很浓的阴影。可以看到它自转一圈的时间为二十三小时二十一分钟，这说明它的昼夜长短并没改变。现在已经可以看到金星上空所飘浮的云彩以及一块乌云在金星表面所投下的暗影。隐隐约约地还可以看到它的七个斑点，正如比昂奇尼[1]所说的那样，它们是真正的海，而且彼此相连通着。这颗美丽的星球在白昼时清晰可见。不过，此刻的塞尔瓦达克上尉并没有当年拿破仑的雅兴，因为督政府[2]时期，拿破仑是中午时分看到了金星，曾经兴奋地说道："这是我的星！"

1 月 20 日，这两颗本来是按天体规律正常运行的行星，距离继续缩小。

"我们的非洲同事们，我们的法国朋友们，以及两个大陆的居民们，该有多么惶恐不安呀？"塞尔瓦达克上尉时不时地会这么想，"两大陆的报纸将刊登些什么样的文章！教堂里该有多少祈祷的人呀！大家都认为是世界末日来临了！我想——愿上帝饶恕——世界末日从未像今天这么近在眼前了！在这种情况下，我真搞不明白，竟然没有一只船来到这座岛屿，把我们带回国去！总督也好，陆军部长也好，他们有时间想到我们吗？两天之内，地球将被撞得粉碎，其碎片将随意地在太空飘浮！"

撞击的事或许不至于会这么轻易发生。

恰恰相反，从这一天开始，那两个可怕的星球似乎彼此在渐渐离开。非常幸运，金星和地球的轨道并不吻合，因此，碰撞并没有发生。

当塞尔瓦达克上尉将这个好消息告诉本—佐夫的时候，本—佐夫长长地松了一口气。

1 月 25 日，两颗星球相距较远了，相撞的问题可以不必担心了。

"不管怎么说，"塞尔瓦达克上尉说道，"这次我们与金星相遇，使我弄明白了一点：金星没有卫星环绕它！"

事实上，多米尼科·卡西尼[3]、肖特、蒙田·德·利穆热、蒙巴隆以及其他几位天文学家曾经十分肯定地指出金星是有一颗卫星的。

"不过，"赫克托尔·塞尔瓦达克补充说道，"我们也许在月亮移过之时本可以捕捉到它的，那我们就一举两得了。真倒霉！我将永远也解释不清天空的这番乱象了！"

"上尉？"本—佐夫说。

"你想说什么？"

---

[1] 比昂奇尼，意大利天文学家。

[2] 督政府，指法国 1795 年至 1799 年的督政府。

[3] 多米尼科·卡西尼（1625 ~ 1712），法国著名的天文学家，写了许多有关金星、木星、火星等的著作。

"在巴黎，卢森堡公园的顶端，是不是有一个大房子，上面鼓着一个包？"

"你是说天文台吗？"

"正是，难道住在里面的那些大人先生们就解释不了这一切？"

"他们倒有可能解释的。"

"那咱们就耐心地等着他们去解释好了，上尉，咱们还是泰然处之吧！"

"我说，本—佐夫呀！你知道泰然处之是怎么回事吗？"

"知道，因为我是士兵。"

"什么意思？"

"士兵嘛，就是干不了别的，只知道服从命令听指挥，咱们就是这种情况，上尉。"

赫克托尔·塞尔瓦达克没有回答他的勤务兵，但是，可以肯定，他至少暂时放弃了解释此时此刻他无法解释的问题。

再者，一件意想不到的事情就要发生，其后果可能事关大局。

1月27日，上午九点光景，本—佐夫十分平静地前来找上尉。

"什么事？"塞尔瓦达克上尉问道。

"发现一条船！"

"蠢货，这么重要的大事，你都无所谓似的慢吞吞地走来报告！"

"当然啦！我们不是说过对什么事都要泰然处之吗？"本—佐夫说。

第9章　上尉满脑子的疑问，无法得到答案

赫克托尔·塞尔瓦达克猛地冲出屋子，飞快地奔上悬崖顶。

海面上确实可以看到一条船，就在离海岸不到十公里的地方。但是，地球的表面现在呈现的是隆起状，致使视野缩小，还无法看清波涛起伏的海面上的船身。不过，尽管船身看不清，但是其船桅的状况却能让人认出那是一条什么样的船。它显然是双桅纵帆式帆船，而且，两小时之后，本—佐夫看清楚了它，它绝对是这种船。

塞尔瓦达克上尉举起望远镜，一刻不停地观察着它。

"'多布里纳'号！"他大声叫道。

"'多布里纳'号？"本—佐夫疑惑地问，"不可能是它。我没看见它的烟囱在冒烟！"

"烟囱被船帆挡住了，"上尉回答道，"但肯定就是蒂马塞夫伯爵的双桅纵帆式

帆船！"

的的确确是双桅纵帆式帆船。如果伯爵就在船上，说不定他就与他的对手相见了。

毫无疑问，如果这条船上真的坐着蒂马塞夫伯爵的话，那么塞尔瓦达克上尉就不会再把他看作对手，而会把他视为同舟共济的朋友了，他根本没有再想与他一争高下，他连引起决斗的原因都置之脑后了。情况发生如此巨大的变化，他一心只想再见到蒂马塞夫伯爵，跟他好好交谈一下那么多的异常现象。"多布里纳"号在消失了二十七天的时间里，一直在沿着周边的海岸航行，也许还到过西班牙、意大利、法国，跑遍了怪诞的已经变了样的地中海，最后，它大概掌握了现在古尔比岛被隔离的那所有的地方的新的情况。这样，赫克托尔·塞尔瓦达克不仅会了解到那灾难的强烈程度，而且还会获知造成这么大灾难的原因何在。此外，蒂马塞夫伯爵也是个正人君子，重情重义，他肯定会将他和他的勤务兵带回国。

"可是，'多布里纳'号将在何处靠岸？"本—佐夫说道，"现在，谢里夫河口已经不存在了！"

"它用不着靠岸，"上尉回答道，"伯爵将派一只小船过来，将我们带到大船上去。"

"多布里纳"号在驶近，但却是缓缓而行，因为它在迎风行驶，走得像人游泳一样的速度。不过，它的状况还是令人奇怪，因为它竟然没有开动机器。按常理，它本应该加快速度去辨认这座在海平线上的新岛屿。也许有可能是燃料不足，只好靠风帆行驶，所以行驶缓慢。幸运的是，尽管天空又出现一些浮云，但天气晴朗，微风习习，海面平静，没有太大的浪头阻挡，所以这艘双桅纵帆式帆船在顺当地前进。

赫克托尔·塞尔瓦达克一点也不怀疑"多布里纳"号是在往这小岛方向驶来。或许蒂马塞夫伯爵十分困惑，为什么会出现非洲大陆？其实他看到的只是一座小岛而已。他可能会担心能不能在这个新的海岸找到一个停泊处，让船靠岸？也许塞尔瓦达克上尉会抓紧找到一处锚地，一旦"多布里纳"号犹豫起来不敢靠岸的话，他就可以发信号，指示它行驶过来。

很快，"多布里纳"号便明显地朝着谢里夫河的老河口开了过来。塞尔瓦达克上尉于是赶紧备马，给"和风"和"烘饼"安好马鞍。然后，上尉和他的勤务兵飞身上马，朝着小岛的西端飞奔而去。

二十分钟后，他俩翻身下马，察看海边这一带的情况。

塞尔瓦达克上尉很快便发现，在岛端隐藏着一个小的海湾，吨位不大的船可以在此停泊。这个小海湾的前方海面上散布着不少大礁石，其间有一狭窄的航道。即使天气恶劣，这里的海水也是相当平静的。可是，当他仔细查看岸边的岩石时，他惊讶地发现，在大的潮水退去之后，岩石上清晰显现着一些又宽又长的海藻痕迹。

"哎呀！"他说道，"难道现在地中海里也有大海潮？"

看来潮起潮落在这里显而易见，而且，潮水又高又猛。这可是众多怪事之中的一个新的怪事，因为平时地中海是基本上没有潮汐的。

不过，不难发现，那些大潮汐想必是 12 月 31 日夜到 1 月 1 日由于地球边上出现了巨大的星球所致。自那之后，这一现象一直便在减轻，现在已经是很小很小的了，与灾难发生之前的情况有天壤之别。

但是，塞尔瓦达克上尉只是将这一观察结果记了下来，现在他只是想着"多布里纳"号。双桅纵帆式帆船离岸边只有两三公里了。上尉发出的信号想必已被对方看到。的确，那帆船稍稍调整了一下方向，开始将主船帆落下，只挂着两个中帆以及后桅帆和船头的三角帆，由舵手操作。它终于驶向岛屿的顶端，朝着塞尔瓦达克上尉用手势指示的那条航道驶来，放心地进到航道里面。几分钟之后，船锚抛入海底，船上放下一只小船，蒂马塞夫伯爵下船登岸。

塞尔瓦达克上尉立刻向他奔跑过去。

"伯爵先生，"参谋军官喊道，"您先别说别的，说说出什么事了？"

蒂马塞夫伯爵是个沉着冷静的人，他那永远保持不变的冷峻态度与法国军官的急性子大相径庭。伯爵微微躬身致意，然后用浓重的俄国口音说："上尉，我们别的先放一放，请您允许我明确地告诉您，我并没有想到竟然在这儿又见到了您。我与您分别时是在一个大陆，可是我又见到您时却是在一个小岛上……"

"我一直都待在这儿的，伯爵先生。"

"这我知道，上尉，如果说我失约了，请您原谅，不过……"

"啊，伯爵先生，"塞尔瓦达克上尉赶忙说道，"如果您同意的话，我们以后再谈这件事吧。"

"我将永远听凭您的安排。"

"那我也听从您的想法。请允许我再问一遍：到底出什么事了？"

"我正想问您呢，上尉。"

"怎么？您什么都不知道？"

"什么都不知道。"

"您难道没法告诉我，是什么样的灾难让非洲大陆的这一部分变成了小岛？"

"我不知道。"

"那么，这场灾难的后果一直涉及哪些地方，这您也不知道吗？"

"我知道的并不比您多，上尉。"

"可是，您至少能够告诉我，地中海北部沿岸……"

"它还是地中海吗？"蒂马塞夫伯爵提出这个怪问题，打断了塞尔瓦达克上尉。

"您应该比我清楚才是，伯爵先生，您刚刚从海上来呀。"

"我根本就没有到过沿岸的任何地方！"

"您没有在沿海任何地方停泊过？"

"连一天、一个小时都没有停泊过，我连任何一块陆地都没看到过！"

参谋军官惊愕不已地看着对方。"可是，伯爵先生，"他问道，"您起码观察到自1月1日起，东方与西方倒了个儿了吧？"

"这个我知道。"

"您也发现白昼只有六个小时了吧？"

"是呀，没错。"

"还有重力减轻了，您知道吗？"

"是的，没错。"

"还有，月亮消失不见了，您知道吗？"

"是呀，没错。"

"我们差点儿就撞上金星了，是不是？"

"是的，您说的完全正确。"

"因此，地球的自转和公转也都改变了。"

"的确如此。"

"伯爵先生，"塞尔瓦达克上尉说，"请您原谅我这么惊奇。我原想我知之甚少，本打算向您请教很多事情的。"

"我并不比您知道得多，上尉，"蒂马塞夫伯爵回答道，"只是在12月31日夜晚到1月1日这段时间，我从海上前往我们的约会地点，可是我的双桅纵帆式帆船遇上了一个大浪，被它抛起，抛得非常高。一种宇宙现象把我们弄得晕头转向，可原因却弄不清楚。此后，由于机器发生故障，加之狂风暴雨连续肆虐数日，我们的船便在海上漂浮着。'多布里纳'号竟然扛住了，没有造成船毁人亡，简直是一个奇迹，我觉得原因在于它正处于暴风的中心，只是被狂风吹得稍许移动了一点位置。因此，我们一直没有发现陆地，而你们的这个小岛是我们看见的第一块陆地。"

"伯爵先生，"塞尔瓦达克上尉大声说道，"那我们可得回到海上去，把地中海探测一番，看看这场灾难造成的危害到底有多大。"

"我也是这么想的。"

"那我可以坐您的船吗，伯爵先生？"

"当然可以，上尉，如果这是我们探测所必需的话，我们可以环绕地球走一趟。"

"那倒不必，环绕地中海就可以了！"

"谁敢说环绕地中海就不是环绕世界呢？"蒂马塞夫伯爵摇着头说。塞尔瓦达克上尉没有吭声，深思了一番。

此时此刻，没有什么其他事可做，只能做刚才决定的事情，也就是说，了解或者说是探测一下非洲海岸所剩下的地方，去阿尔及尔打听一下有人居住的地方的消息。然后，如果地中海南边沿岸完全消失不见了的话，便返回北边来，与欧洲沿岸的居民联系。

然而，必须先将"多布里纳"号的机器修好才行。船上锅炉里的好几根管子破裂，海水漏到了锅炉里。不修好便无法点火。如果海上风起浪涌，光扯上船帆航行则又慢又难。而"多布里纳"号上仍储备着够用两个月的燃煤，可以远航至黎凡特诸港[1]，何况中途也能找到一个港口添加燃料。

因此，对此不必有任何迟疑了。

非常幸运，损坏的部件很快便修好了。在双桅纵帆式帆船上的器材中，有好几根可替换的管子，他们几下子便将破损的管子卸下来，换上了新的。抵达古尔比岛的第三天，"多布里纳"号的锅炉便点燃了。

塞尔瓦达克上尉趁着蒂马塞夫伯爵在岛上逗留，便将小岛上的情况向他介绍了一番。二人骑着马将新海岸巡查了一遍之后，便一心想着要到岛外去探寻在非洲这部分土地上所发生的一切原因所在。

1月31日，双桅纵帆式帆船准备就绪，即将远航。此刻，太阳系内没有任何新的变化。只是温度计所指示的温度开始稍有下降，这之前它可是疯狂地升高了差不多一个月。能否就此下结论说，围绕太阳运行的地球，现在是在一个新的轨道上运行着？看来，这还得等几天才能看出端倪。至于天气，这几天非常好，尽管一些新的云彩出现，气压有点下降。但是，这些问题并不能阻挡"多布里纳"号按时出发。

现在的问题是本－佐夫是不是也得陪着他的上尉一起出发。在许多较为讨厌的问题中，有一个问题迫使他留在岛上。的确，无法让两匹马上船，船上也无法安顿它们，而且，本－佐夫也从不愿与"和风""烘饼"分开，尤其舍不得与"烘饼"分开。再说，新的领地得有人看守，以免外人抢占，而且一部分的牛羊也不能没人照看，因为如有

---

[1]　黎凡特诸港，即与欧洲通商的地中海东岸诸港。

特殊情况，这些牛羊将是劫后余生的人不可缺少的食粮。凡此种种迫使勤务兵非留在岛上不可。上尉倒是同意了这个决定，只不过颇觉遗憾而已。再者，对于这个正直忠诚的小伙子来说，他留在岛上并无任何危险。等把外边的情况摸清之后，上尉会回来接本－佐夫，把他带回国去。

1月31日，有点激动的本－佐夫同塞尔瓦达克上尉告了别，这倒也不错，他现在可是岛上的"掌握全权的总督"了。他请求上尉，如果上尉偶然间将一直去到蒙马尔特，别忘了看看他故乡那座"蒙马尔特山"是否移动了。

"多布里纳"号驶出狭窄的港湾，加大马力，很快便驶入大海了。

第10章　寻找阿尔及利亚的某些遗迹

"多布里纳"号是由怀特岛船厂精心制造的，它外形美观、结构坚固，载重量为二百吨，能够很好地胜任环球航行。连哥伦布和麦哲伦航行大西洋和太平洋时的船与它相比都相形见绌。此外，"多布里纳"号的食品贮藏室里存放着足够好几个月吃的食物，因此，在它环地中海航行时，不必中途补充给养。还有，这艘船也不需要在古尔比岛增加压载物。其实，自灾难发生以来，如果说它的重量像所有的物体一样减轻了的话，那么海水的重量也在减轻。二者的重量比例关系也完全一致的，所以"多布里纳"号是处于同样的适航性的条件下。

蒂马塞夫伯爵不是水手。因此，双桅纵帆式帆船的领导权（向北的指挥权）交给了普罗科普二副。

这位二副年届三十。他出生在伯爵的领地上，是沙皇亚历山大颁布敕令之前便已获得自由的农奴的儿子，出于感激和友谊，他全身心地报效他的老主人。他是一个好水手，在国家和商业的船上都干过，在他来到"多布里纳"号之前，就已经获得了二副证书。蒂马塞夫伯爵大部分时间都是在"多布里纳"号上度过的，冬天跑遍地中海，夏天则在北方的各个海域航行。

普罗科普二副是个知识十分渊博的人，甚至对自己专业以外的知识也知之甚多，这不但提高了他自己的地位，连花了许多心血培养他的蒂马塞夫伯爵也感到十分光彩。

"多布里纳"号不可能找得到比他更优秀的人了。另外，这个团队也十分优秀。团队中还有机械师蒂格勒，水手尼厄戈什、托尔斯托伊、埃特凯夫、帕诺夫卡和厨师莫塞尔，他们都是蒂马塞夫伯爵封地承租人的孩子。伯爵在海上依然遵从俄国大家庭的传统，把他们视同家人。这帮水手对灾难并不怎么担忧，因为他们的主人与他们同舟共济，生死与共。但普罗科普二副却极其担心害怕，他很清楚蒂马塞夫伯爵内心深处同样是忧心忡忡的。

"多布里纳"号依靠着它的船帆和良好机器，乘风破浪地向东方驶去，如果不是时不时地会遇上大浪干扰阻遏，它肯定每小时的航速会达到十一节[1]。

确实，尽管刮的是西风——现在应该说是东风了——是轻柔的风，大海并没有大浪滔天，但也是起伏不定。这一点很容易理解，由于陆地的引力减小，海浪的重量也随之减轻，稍有这么一点晃动，浪头就会冲得很高。阿拉戈[2]曾认为最大的海浪也高不过七八米，可是，他若是见到现在这十五米至二十米高的海浪，一定会惊愕异常。这么高的浪头并非海水涌动、相互撞击而致，而是一个浪头接着一个浪头地翻滚而成。这样一来，双桅纵帆式帆船就会时不时地被抛到二十米的高处，转而又落到低谷。自从地心引力减小，"多布里纳"号也随之重量变轻，它就很容易地被抛到高处。老实说，如果塞尔瓦达克上尉晕船的话，那他在这种情况下，可就要吃尽苦头了！

不过，这些巨浪并非突然涌起的，因为它们是一浪接一浪的长长的涌浪。因此，双桅纵帆式帆船并不比受地中海通常拥有的那种又短促又汹涌的浪头的影响更大。这种情况唯一令人讨厌的是，船的速度比正常速度降低了不少。

"多布里纳"号在距离阿尔及利亚海岸所属的航线大约两三里处行驶着，南边见不到任何陆地。虽然普罗科普二副甚至无法再根据观星察月来确定"多布里纳"号的方位，因为天空中的星辰已经位置大乱，而且也没法按太阳在天空运行来确定船所在的经纬度，因为原先的航海图已经不管用了，但是，"多布里纳"号行走的路程大致还是可以计算出来的。一方面，可以根据计程仪加以计算；另一方面，依靠指南针指示的方向行驶也不会有什么问题。

非常幸运的是指南针没有受到干扰，它甚至连一刻都没有乱过。天象并未对磁针产生一丝一毫的影响，在茫茫大海中，它始终如一地指向北方，指向北方大约二十三度的地方。诚然，由于太阳从西方升起从东方落下，东方和西方倒了个个儿，但是，南方和北方却依然如故，没有变化。虽然六分仪失去效用，但至少可以根据计程仪和指南针的标示来判断船所行走的路线。

航行开始的第一天，航海知识比塞尔瓦达克上尉强得多的普罗科普二副便当着蒂马塞夫伯爵的面，将这些各不相同的海上航行特点讲述给大家听。他同许多俄国人一样，

---

[1] 节，航速单位，1节相当于1海里／小时，亦即 0.5144 米／秒钟。

[2] 阿拉戈（1786～1853），法国著名学者、政治家，曾任巴黎天文台台长。

讲得十分流利。所以谈话自然而然就涉及大家都迷惑不解的那些怪异现象了。一开始交谈，几个人就都说起自 1 月 1 日以来，地球在太阳系里所运行的新的轨道问题。

"很明显，上尉，"普罗科普二副说道，"地球不再沿着原来的路线围绕太阳运行了，不知是什么原因，让地球奇特地贴近了太阳！"

"我也这么认为，"塞尔瓦达克上尉说，"现在要弄清楚，在越过金星的轨道之后，我们是不是将会越过水星的轨道？"

"总之，最后我们将掉到太阳上面，化为灰烬。"蒂马塞夫伯爵补充道。

"恐怕我们就得掉在它上面了。可怕至极！"塞尔瓦达克上尉说。

"不，"普罗科普二副说道，"我认为地球此时此刻所遇到的可怕危险并不是掉落到太阳上去。地球并没有朝着太阳扑过去，而是沿着一条新的轨道围绕着太阳运行。"

"您这么假设有什么根据吗？"蒂马塞夫伯爵问道。

"我有根据，老爷，"普罗科普二副回答道，"它肯定会让您信服的。当然，如果地球真的要撞到太阳，那么大难就会在短期内出现，而且我们会极其靠近我们的引力中心——太阳。如果是地球坠落的话，那么与太阳的引力一起造成各大行星沿着椭圆形轨道运行的切向 [1] 转速早就不存在了，这样的话，地球只要再过六十四天半，就会掉到太阳上面。"

"那么，您的结论是？"塞尔瓦达克上尉问道。

"不存在掉到太阳上去的问题，"普罗科普二副答道，"的确，地球轨道的变化已经有一个多月了，但是，它也只是刚刚越过金星的轨道。在这段时间内，它并没有贴近太阳，太阳与地球之间的距离有一千一百万法里，而原先的距离则是三千八百万法里。因此，我们完全有理由相信，地球并不会掉落到太阳上，这可是非常幸运的事。此外，我敢说，现在我们开始在远离太阳了，因为气温在逐渐下降，而且，古尔比岛上的热浪现在也不再那么厉害了。如果阿尔及利亚的气温高达三十六度的话，那么，古尔比岛上的气温没有那么高。"

"您的推论应该是对的，二副，"塞尔瓦达克上尉回应道，"是的，地球不是在向着太阳飞去，而是仍在围绕着它运行。"

"但是，有一点却是较为明显，"普罗科普二副说道，"那就是我们怎么也搞不清楚，为什么发生那么大的灾难之后，地中海同非洲海岸一样，突然间缩到赤道地区去了呢？"

"不知道还有没有非洲海岸了？"塞尔瓦达克上尉说。

---

[1] 切向，学术术语，指运动的物体在圆周上任一点的切线方向。物体沿着曲线运动，其加速度可以分解为两个正交的分量，即和轨道相切的"切向分量"、和轨道垂直的"法向分量"。

"地中海还是不是地中海了？"蒂马塞夫伯爵接嘴说道。

有那么多的疑问需要解答！不过不管怎么说，反正似乎可以肯定的是，地球现在已渐渐地远离太阳，撞到太阳上的可能性几乎没有，无须担心。

于是，大家不禁要问，非洲大陆还剩下什么，双桅纵帆式帆船至少得找到它的残余吧？

"多布里纳"号驶离古尔比岛二十四时之后，它显然是驶过了阿尔及利亚海岸上的几座城市——塞尔舍勒、特内兹、柯莱阿、西迪－费鲁什。可是，用望远镜看却没有看到这几座城市。眼前只看到一片汪洋大海，那儿原本应该是有陆地的。

普罗科普二副指挥"多布里纳"号前进的方向并没有出错。按照指南针的指示、海风通常的风向、双桅纵帆式帆船的航速计测定的速度及船所航行的路程来看，2月2日那天，他们到达的位置可以肯定是北纬36° 47′、东经0° 44′，也就是说，这里应该是阿尔及利亚首都所在的位置。

无论是阿尔及尔，还是特内兹、塞尔舍勒、柯莱阿，还是西迪－费鲁什，全都被大海吞噬了。

塞尔瓦达克上尉眉头紧锁，牙关咬紧，恨恨地看着伸向无边的海平线的茫茫大海。无尽的往事不禁涌上心头。他的心脏跳得快要蹦出来了。在阿尔及尔，他曾经生活过好几年。他想起了自己的已经逝去的同事们、朋友们。他的思绪回到了他的祖国——法兰西。他心想，那可怖的大灾难是否波及他的祖国？他随即躬身往深海中看，试图找到一些被淹没的那个首都的痕迹。

"不！"他大声吼叫道，"这么大的灾难是不可能发生的！一座城市不可能整个消失得无影无踪！肯定会找到一些漂流物的！那些高山峻岭可能会冒出头来！建于一百五十米高处的皇帝[1]的要塞至少会在海上留下点漂浮物。除非整个非洲全都陷入海底，否则我们一定会找到些遗迹！"

在马蒂夫角和佩斯卡德角之间，一个月之前，他们还看见那个二十公里宽的壮观的海湾，可如今海面上竟然不见一点漂浮物，被毁坏的树木也见不到踪迹，海湾里的船只连一块木板都没留下。这种情况简直让人匪夷所思。

如果肉眼看不到海面上有什么东西的话，能不能用探测器往下探一探，看看能不能捞到点消失的城市的什么物件呢？

蒂马塞夫伯爵不愿看到塞尔瓦达克上尉满脑子的疑惑，便下令用探测器探测。探测器的铅锤抹上了油脂，被放到了海底深处。

---

[1]　指拿破仑。

令众人特别是普罗科普二副惊讶不已的是，探测器测到的海底是一个几乎十分平坦的地方，离海平面只有四五寻[1]。探测器在水下的一块开阔地来来回回地探了两个小时，但却没有发现阿尔及尔这样一座阶梯形的城市。因此，不得不承认，灾难发生之后，海水将阿尔及利亚首都全部荡平，他完全不存在了。

这很难让人相信。

至于海底，既无岩石、淤泥，也没有沙粒和贝壳。铅锤带上来的只是色彩艳丽的金属粉末，但这究竟是什么金属一时却无法确定。探测器带上来的肯定不是通常从地中海深处带回来的东西。

"您瞧，二副！"塞尔瓦达克上尉说，"我们离您所认为的阿尔及利亚海岸更远了。"

"如果我们不是在阿尔及利亚海岸的话，"普罗科普二副摇摇头回答道，"那我们看到的这片海水的深度就不会只有五寻，而应该是二三百寻！"

"这个……"蒂马塞夫伯爵无话可说。

"我也想不明白。"

"伯爵先生，"塞尔瓦达克上尉说，"我想请求您，能否再往南行驶，看看能不能在更远的地方找到在这里没有寻找到的东西！"

蒂马塞夫伯爵同普罗科普二副商量了一下，认为天气很好，可以再往南搜寻三十六个小时。于是，"多布里纳"号便往南驶去。

塞尔瓦达克上尉向蒂马塞夫伯爵深表感谢。舵手得令，开始新的征程。

在这三十六个小时内，也就是直到2月4日，对大海的探测将会十分细致。大家并不满足于把探测器放到这片壮观的水域下面——它探测到的到处都是四五寻深的一个平坦的海底。他们还把挖掘机放到水下，挖起海底沉积物，但几部挖掘机械从未碰到任何建筑用石块，也没有金属的碎片，没有一根折断的树枝，甚至连海底通常有的那些藻类植物或珊瑚都没发现。是什么力量替换了先前的地中海海底呢？

"多布里纳"号一直往南航行，前往北纬36°处。从船上的航海图来看，船一直是行驶在从前萨赫勒山脉延伸开来的地方。这座山将大海与米蒂加的那个富饶的平原分隔开来，以前，高达四百米的布扎雷阿山的顶峰也巍峨地耸立在那儿！可是，即使周边的大地被海水淹没，那这座山峰也应该像大洋中的一个小岛似的出现吧！

"多布里纳"号依然往南行驶着，越过了萨赫勒的主要城镇杜埃拉，然后又越过有着宽阔大街和梧桐树荫的城市——布法里克城，随之又越过了布里达，但是却看不到它的那个要塞，那要塞比四百米高的凯比尔山还要高！

---

[1]　寻，旧制长度单位，相当两臂展距，法寻约为1.62米，英寻约为1.83米。

普罗科普二副担心在这个绝对陌生的大海上，再继续冒险前行会很危险，便要求往北或往东返航，但是，在塞尔瓦达克上尉的坚持之下，"多布里纳"号越来越往南深入了。

于是，探测船一直行驶到之前的穆扎伊亚山脉一带。以前的山中有着传说的山洞，据说是由喀拜尔人[1]住着，山野里遍布着角豆树、朴树和各种橡树，山中常有狮子、鬣狗和豺狗出没。山的最高峰六周前还位于布鲁米峰和希法峰中间，本该高过大海水平面的，因为山高超过一千六百米！可是现在人们在这个地方，抑或在海平线上，什么也看不到，见到的只是水天一色！

最后，不得不往北返航了。"多布里纳"号穿过了一个海浪又一个海浪，返回到以前的地中海的水域，没有找到以前构成阿尔及尔的任何一点遗迹。

第 11 章　发现路易九世陵墓

阿尔及利亚的一部分重要地区突然塌陷是毫无疑问的了。甚至这都不是一个简单的陷入海底。似乎是地球内部裂开，把它整个吞噬了，然后又合拢，使之不见了踪影。的确，阿尔及尔省的那个岩石高地沉了下去，一点儿痕迹都没留下，而一片新的土地不知是什么物质构成的，替代了原来大海底部的沙地。

至于这场恐怖大灾难的原因，"多布里纳"号的探索者们始终无法弄清，现在需要弄清楚的是，灾难所波及的范围到底有多大。

经过一番严肃认真的讨论，大家决定让双桅纵帆式帆船往东行驶，并且沿着从前的非洲海岸一带——现在已是无边无际的大海——航行。航行并未遇到太多的困难，不过，必须得利用晴好天气这个好时机。

但是，从马蒂夫一直到突尼斯的边界，无论是建在阶梯式地形上的德利斯，还是其顶峰高达两千三百米的茹茹拉山脉，抑或布光城、古拉亚陡峭的山林、阿德拉尔山、第杰拉山、小卡比利亚山及古代称之为特里东地区的那七个最高峰达一千一百米的管状高地，还有从前名为康斯坦丁港的科罗城、今菲利普维尔的海港城斯托拉及其坐落在宽达四十公里的海湾口的波纳城，全都没了踪迹。总之，空空如也，什么都看不到了，加尔德海峡、罗丝海峡、埃杜格山的圆形山顶，海岸边的一些沙丘、马弗拉格城，

[1]　喀拜尔人，系柏柏尔族的一支，属于阿尔及利亚以东沿海山区的穆斯林农业民族，包括白肤金发碧眼型的和浅黑肤型的，现今主要使用阿拉伯语。

以及以产珊瑚而闻名于世的加尔城，全都没有了。尽管探测器放下海底达上百次，但仍未能带上一点地中海水域所独有的色彩斑斓的珊瑚样本来。

蒂马塞夫伯爵决定沿着从前切割突尼斯海岸的那个纬度航行，也就是说，直达非洲最北边的布朗角。在这一海域，大海被紧紧地夹在非洲大陆和西西里岛之间，也许可以在此发现些新的东西。

于是，"多布里纳"号便朝着北纬37°线驶去，2月7日，越过了东经7°线。

蒂马塞夫伯爵与塞尔瓦达克上尉及普罗科普二副商议后，之所以一致同意往东去深入探测，是有其原因的。

在这一时期，由于法国的帮助，一个新的"撒哈拉湖"已经挖好。这一巨大工程就是将特里东那个宽大的湖简单地恢复起来，可以让"寻找金羊毛的勇士们"前往那里。它有力地改变了这一地区的气候条件，并且让法国得以垄断苏丹和欧洲之间的整个贸易活动。

恢复这个古老的湖究竟会造成什么样的影响，这还有待证实。在北纬34°的加贝斯湾的高处，现在有了一条宽阔的大运河，穿过凯比尔、加尔萨及其他的盐湖所构成的很大的一片洼地地带，然后流入地中海。在加贝斯湾北边二十六公里处，有一个地峡，也许就在特里东湾的那个位置，后来被堵塞住了，而洼地上的水不得不从旧的河道流出。这些湖水由于水源供应断断续续，所以流到利比亚后，在炽热的阳光照射下，就全都蒸发掉了。

那么，非洲的很大一部分地区是否因为这一带的地陷造成的，其下陷的边缘是否就在这个地方？"多布里纳"号在越过北纬34°之后，能够发现的黎波里[1]海岸吗？在这种情况下，这条海岸本该阻挡住灾难的扩大的。

"等到了那个地方，"普罗科普二副不无道理地说道，"如果我们看到大海一直往南延伸，那我们就只需返回欧洲海岸，去寻找在这一带无法解决的难题答案。"

"多布里纳"号添足燃料，开足马力，继续朝着布朗角全速前进，但是，他们既没看到内格罗角，也没见到塞拉角。到达比塞达那座美丽的东方城市的海边时，他们没有看到那个狭窄海道入海口处的大湖，也没有看到高大的棕榈树掩映着的清真寺。扔到这片清澈见底的水下的探测器，碰到的只有一个平坦而荒凉的海底在始终不变地承载着地中海的海水。在2月7日这一天，他们越过布朗角一带——更确切地说，五个星期之前还存在的这个地方，现在却已荡然无存。

双桅纵帆式帆船的艏柱已经切入本应是突尼斯的水域了。然而，这个美丽的海湾

---

[1] 的黎波里，利比亚首都。位于利比亚西北部沙漠边缘及地中海沿岸。

已经不再有任何的痕迹，既没有了梯形地貌上建筑的那座城市，也没有了阿尔塞纳要塞和古莱特炮台，连布—库尔纳的两座山峰也不见了踪影。面对着西西里岛的那个最靠前的布恩角也同大陆一起陷入海底了。

从前，在发生这许多奇特情况之前，地中海底部在这个地带有一个上升的拱形陡坡。地壳像脊骨似的隆起，拦住了利比亚海峡，水深仅有十七米。相反，在隆起部分的两边，水深达一百七十米。也许，在地壳形成时期，布恩角就已经与西西里岛的南端及富里纳角相连在一起了，想必是如同休达与直布罗陀相连在一起一样。

普罗科普二副当水手时已经对地中海了如指掌，他不可能对这一情况浑然不知。因此，现在是一个探测的大好时机，看看非洲和西西里岛之间的海底是否有所变化，看看利比亚海峡的水下隆起是否依然存在。

蒂马塞夫伯爵、塞尔瓦达克上尉和普罗科普二副三人全在观察这一水下探测的情况。站在船舷侧边固定前桅帆的小木桩上的水手，听得命令，立即将探测器扔进水里。

"多少寻？"普罗科普二副问道。

"五寻！"那水手回答说。

"水底如何？"

"很平坦。"

现在的问题是要知道水下隆起部分的两侧水深有多少。于是，"多布里纳"号便相继在右侧和左侧各行驶了半海里，探测了两侧的海底。

两侧的水深均为五寻！海底非常平坦，隆起部分不见了。布恩角和富里纳角之间的山脉已经被淹没，消失不见。显然，这场灾难把地中海的海底全给抹平了。至于这片海底的物质，仍旧是金属屑和不知名的物质的细末。从前水下岩石中的那些海绵、海葵、海藻、水母或贝壳很丰富，现在也看不到了。

"多布里纳"号掉转船头往南，继续进行着探测之旅。

还必须指出，在此次航行中，海上始终是空荡无物的。他们在海面上没有发现一条船，不然的话，双桅纵帆式帆船上的人们会迎上前去，打听一番欧洲的消息。"多布里纳"号似乎是唯一一条在这片茫茫大海中航行的船，船上的每一个人都觉得自己是孤身在世。他们想，"多布里纳"号现在是不是地球上唯一有人待着的地方，它是不是一条新的挪亚方舟，搭载着劫后余生的这几个人——地球上仅有的还存活着的几个人？

2月9日，"多布里纳"号正好驶到原第东城的位置——即古代的比尔萨城的北面。

该城的毁坏程度远胜于受到希皮翁·艾米利安[1]破坏的卡尔塔什或被哈桑王破坏的罗马统治下的卡尔塔什。

那天傍晚，太阳在东方海平线上落下去的时候，塞尔瓦达克上尉倚靠在船舷旁，陷入沉思。他的目光漫无目的地从天空——天空中透过浮云尚可看到几颗星星在闪亮——一直看到这片因风变小而不再有大浪的大海。

突然间，当他转身朝着船头方向往南边的海平线上望去时，他的眼睛竟然看见了某种亮光。一开始，他还以为是视觉出了问题，于是便揉了揉眼睛重新仔细地看了看。果然，他真真切切地看到了远方的一个光亮，而且他也叫船上的一个水手仔细地看了看。

蒂马塞夫伯爵和普罗科普二副随即知晓了这一情况。

"是不是陆地？"塞尔瓦达克上尉问道。

"也许是航标灯吧？"蒂马塞夫伯爵猜测道。

"用不了一小时，我们就会知道是怎么回事了！"塞尔瓦达克上尉说。

"上尉，我们得等到明天才能知晓。"普罗科普二副说。

"您难道不想朝那火光处驶去？"蒂马塞夫伯爵惊讶地问。

"不想，老爷，我想缓缓地行驶，等着天亮。如果那儿是什么海岸的话，我担心夜间这么贸然地赶过去，说不定会撞上暗礁。"

伯爵同意了他的意见。于是，"多布里纳"号便扯上风帆，缓慢地前行，黑夜很快便笼罩了大海。

六个小时的夜晚并不算长，但是，今天却觉得似乎长得没边了。塞尔瓦达克上尉没有离开过甲板，生怕那微弱的亮光突然间熄灭。不过，那亮光始终在黑暗之中闪烁着。

"而且它始终待在那儿！"普罗科普二副说，"我可以肯定，那是我们看到的一块陆地，而不是一条船。"

日出时分。船上所有的望远镜全都对准了那个夜间亮着的光点。初升的太阳很快便隐没了那个亮光。但是，在它所在的位置，离"多布里纳"号六海里的地方，显现出某种奇特的被割裂开的岩石，仿佛是这茫茫大海中的一个小岛。

"那只不过是一块悬岩，"蒂马塞夫伯爵说，"或者是被海水淹没的什么山脉的山峰！"

不过，不管怎么说，反正得弄清楚这个悬岩的情况，因为它好似一个危险的暗礁，船只经过时是非常之危险的。于是，"多布里纳"号便对准前方的那个小岛驶去，三刻钟之后，船便距那个小岛只有两链远了。

---

[1] 希皮翁·艾米利安，古罗马皇帝。

这座小岛满是岩石，光秃秃的，寸草不生，高出海面只有四十来英寸。四周没有一块岩石在护卫着它。这使人联想到它是在无法解释的现象的影响之下，渐渐沉入海底的，直到有这么一个新的支点终于将它托在水面的这一高度上。

"岛上有一座房子！"塞尔瓦达克上尉大声嚷道，他始终在举着望远镜观察，没有停止过仔细地搜索哪怕最微小的凹凸的地方。"说不定岛上还有幸存者呢……"

普罗科普二副听到上尉的这一假设，不禁意味深长地摇了摇头。那小岛看上去绝对是荒无人烟的，当双桅纵帆式帆船上的大炮打出一炮时，岸上没有人出现。

不过，确实真的有某种石质建筑立于该小岛的高处。这一建筑整体上看去，有点像是一个阿拉伯的伊斯兰隐士墓。

"多布里纳"号上的小艇立即被放入海里。塞尔瓦达克上尉、蒂马塞夫伯爵、普罗科普二副上了小艇，四名水手飞快地划着它前进。

不一会儿，探测者们便登上了小岛，并攀登上陡峭的山坡，直奔那隐士墓而去。

他们在那上面被一堵围墙挡住了去路，那围墙上乱七八糟地镶嵌着一些古代的残破的罐子、柱子、塑像、墓碑，没有一点艺术的搭配。

蒂马塞夫伯爵及其两位同伴沿着围墙绕了一圈，然后走到一扇狭窄的门前，走了进去。进去之后，他们又发现一扇门，同样也是敞开着的，于是三人便径直地走进隐士墓最里面。里面的墙壁上雕刻着一些阿拉伯式的装饰图案，但却非常简单，没有任何价值。

隐士墓唯一的一个厅堂中央，立着一座极其简朴的坟墓。墓顶上方挂着一盏大大的银灯，里面还装有好几升的灯油，一根长长的灯芯点亮着。塞尔瓦达克上尉昨夜发现的就是这盏大银灯的亮光。

隐士墓中没有人。护陵者——如果有的话——想必是在灾难发生之际逃走了。护陵者逃走之后，墓内有几只鸬鹚栖息，当这几位探测者闯进来时，几只鸬鹚也随即迅速向南飞逃了。

陵墓的一角放着一部古旧经书，是用法文写的。经书敞开在 8 月 25 日纪念日举行的盛大仪式时翻开的那一页。

塞尔瓦达克上尉突然间有所顿悟。这座小岛在地中海上所占据的位置，这座在大海中间孤零零地立着的隐士墓，诵经人诵读时翻开的那一页，凡此种种，都在告诉他及他的两位同伴，他们现在所在的是个什么地方。

"先生们，这是圣路易[1]的陵寝！"塞尔瓦达克上尉说道。这位法国国王确实是

---

[1] 圣路易，即路易九世（1214～1270），十字军东征途中，因染上鼠疫而在突尼斯逝世。

死后葬于此地的。自此之后，六百多年来，常有法国人到此来瞻仰。塞尔瓦达克上尉在圣墓前躬身致敬，他的两位同伴也满怀敬意地默哀致礼。

这盏点燃在圣人坟墓上方的银灯，也许是现在照亮着地中海波涛的唯一的一盏导航灯了，可是，它不久便会熄灭！

三位探测者随即离开陵寝，告别了这个荒凉的小岛。他们登上小艇，返回"多布里纳"号，船便朝南方驶去，很快就看不见路易九世的陵墓了。这是突尼斯唯一幸免于难的地方。

第 12 章　只得听从上帝的安排

墓里那几只鸬鹚受到惊吓，逃离路易九世陵墓，匆忙向着南方飞去。它们的逃跑方向也许是在指明，往南边去可能会有一块陆地。因此，"多布里纳"号的探测者们把这看作自己的又一个希望。

离开小岛几个小时之后，双桅纵帆式帆船航行在一片新的水域上，其海水并不太深，但现在它却将从前分隔突尼斯湾和哈马马特的达库尔半岛整个淹没了。

两天之后，在没能找到突尼斯萨赫勒海岸的情况下，"多布里纳"号到达纬度34°线上，这个纬度本该是之前加贝斯湾所在的位置。

六个星期前，把撒哈拉湖和大海连接起来的那条大运河的入海口就已荡然无存，现在放眼向西望去，只有滚滚海水一望无际。

然而，2月11日那一天，"多布里纳"号上的人们终于发出了欢呼声："陆地！陆地！"只见远处出现一块陆地，但是，按照常理，那儿是不应该有陆地的。

实际上，这个海岸不应该是的黎波里海岸，的黎波里海岸应该是一个低矮的、沙质的、从远处难以看清楚的海滨地带。这个海滨地带只应该位于往南低两度的地方。

这片新土地高低不平，起伏不均，从西往东展开，将整个南边的地平线全都遮挡住了。它在左边将加贝斯湾切为两个部分，以致都看不见海湾尽头的杰尔巴岛了。

他们把这块陆地清清楚楚地标到航海图上，由此可以肯定，撒哈拉湖已经被填平，这里出现了一个新的大陆。

"如此看来，"塞尔瓦达克上尉指出，"我们这些天所走过的地方是陆地变成了大海，而今天看到的却是大海变成了陆地！"

"在这片海域，"普罗科普二副接口说道，"我们没有见过任何一条马耳他[1]的那种单桅三角帆船，也没见到任何一条地中海东部沿岸的那种三桅小帆船，它们通常可是都在这片海域跑来跑去的！"

"现在的问题是，"蒂马塞夫伯爵说道，"我们需决定，应该是沿着这个海岸往东行驶还是往西行驶。"

"如果您同意的话，伯爵先生，我们往西去吧，"法国上尉塞尔瓦达克急切地说，"至少，据我所知，过了谢里夫河口之后，就没有任何我们法国的殖民地了！我们可以在途中将我留在古尔比岛上的同伴带上，然后我们就一直开往直布罗陀。到了那儿，我们也许能够获得一些有关欧洲的消息！"

"塞尔瓦达克上尉，"蒂马塞夫伯爵带着惯常的矜持回答道，"双桅纵帆式帆船听您的差遣。普罗科普二副，下命令吧。"

"老爷，我有个想法想向您请求！"二副思考片刻之后说道。

"你说吧。"

"风从西边刮来，而且它在逐渐变强，"普罗科普道，"单凭我们的蒸汽机，我们或许可以顶风航行。不过这样做会十分困难。而往东行驶，则正好相反，依靠我们的船帆和蒸汽机，双桅纵帆式帆船几天工夫就能抵达埃及海岸。在那儿，或在亚历山大，或在其他任何地点，我们都会从直布罗陀那儿弄清楚情况。"

"您的看法呢，上尉？"蒂马塞夫伯爵转问赫克托尔·塞尔瓦达克。

上尉尽管企盼着靠近奥兰省，并顺便见到本－佐夫，但他也觉得二副的建议非常正确。微微西风在逐渐增强，"多布里纳"号顶风航行，行驶缓慢，而若是顺风行船，则很快便可抵达埃及海岸。

于是船便掉头朝着东方驶去。风愈发地强劲起来，幸好，海上的长浪与双桅纵帆式帆船的行进方向一致，所以并没有受到阻遏。

半个月以来，大家早就发觉气温在逐渐降低，现在只在十五到二十摄氏度之间。这种气温的逐渐下降是一种纯属自然的原因，也就是说，是因为在新轨道上运行的地球，在逐渐远离太阳而导致的。在这一点上，是没有任何可以值得怀疑的。地球在靠近太阳的引力中心，并一直越过金星的轨道，然后开始逐渐远离，现在已比之前的近日点时还远了。2月1日，地球似乎返回到离太阳三千八百万法里的地方，如同它在1月1日时那样。而自那时起，这个距离又增了大约三分之一。这不仅是因为气温的下降，而且也是因为太阳的外形也发生了变化，变为一个明显缩小了的圆形。现在所看到的

---

[1] 马耳他，位于地中海中部的岛国，由地中海一些岛屿组成，有"地中海心脏"之称。

太阳，同在火星上看到的太阳大小完全一致。因此，我们可以就此做出推论：地球已经到达火星的轨道上了？而火星的形状特征几乎与地球的形状雷同。由此可以肯定，地球被吸引到太阳系运行的新的轨道的形状是一种扁长形。

不过，"多布里纳"号上的探测者们并不担心这些宇宙现象。他们已不再为地球在宇宙空间中的不规则运行而忧心忡忡了，他们关心的只是现在地球表面已有的改变，以及这种改变的后果究竟是什么。

双桅纵帆式帆船行驶在离新的海岸线两海里的海面上，但是，说实在的，任何船只不离开这个海岸远一点，都会船毁人亡。

的确，新陆地的海岸边连一个停泊港都没有。从深海涌来的恶浪猛烈地拍击着海岸，大浪头足足有两三百英尺高。海岸边似围墙般地矗立着高大陡峭的巨岩，光滑难攀，没法找到任何一个支撑点。巨岩上方，可看到有个石林，岩石有的似长剑，有的似方尖碑[1]，有的似金宝塔，仿佛金属细粒熔铸而成，高达一千多英尺。

但这还不算是最奇特的地方。让"多布里纳"号上的探测者们最为惊讶的是，它仿佛是"新生成的"。大自然的那风刀雨箭似乎并没有破坏它那纯洁的体貌，也没有损坏它那清晰的线条，更没有毁伤它那亮丽的容颜。它像是一幅永不褪色也不走样的油画一样，在蓝天白云下矗立着。构成它的所有岩石都光滑如镜，闪亮耀眼，仿佛刚刚从熔炉里冶炼而成。它那金属般的光泽，好似金光闪闪的彩虹一般，犹如黄铁矿的光泽。这不禁让人疑惑，它是不是探测器从海底捞上来的金属细粒熔制成的岩石，被普路托[2]的神力整个地托到了海面上？

另外还有一个推论在支持前一个推论。通常，在地球上无论什么地方，即使最坚硬巨大的岩石也会因雨水的冲刷，在其斜坡表面形成一条条的纹路。从没有哪一处的悬崖峭壁会光溜溜的寸草不生。但是在这儿，却看不见岩石表面上有任何纹路，也见不着任何草木。因此，一只鸟儿也不会飞到这个毫无生机、没有生命、没有动植物的不毛之地来。

"多布里纳"号上的人员对海上看不到鸟儿——信天翁呀、海鸥呀、鸽子呀——并不感到惊诧，但这些鸟儿却会飞到双桅纵帆式帆船上栖息。用枪打这些海鸟，它们都不飞走，白天黑夜都在船横桁上歇息。往甲板上撒下一点食物，它们便立即飞下来扑打，你争我夺，发疯似的抢夺吃食。看它们那饥饿难耐的样子，不难想象，在这一

---

[1]　方尖碑，古埃及的建筑杰作，是古埃及人崇拜太阳的纪念碑，也是除金字塔以外，古埃及文明最富有特色的象征。

[2]　普路托，希腊神话中的冥王。

带海域是没有任何一处可以找到东西吃的。总之，这片海岸似乎毫无植物和饮用水，不是船员们要去的地方。

"多布里纳"号几天来一直沿着航行的就是这个怪异的海岸。不过有时它的轮廓也会有所改变。其顶部往往在几公里内呈现出千篇一律的完整形态，十分鲜明、突出，好像是鬼斧神工之作。然后又出现形态各异、犬牙交错、参差不齐的菱形柱石。但是，在悬崖脚下，既无沙地又无石滩，也不见通常水浅之处常有的那些礁石。只是偶尔可以见到一两个少有的狭窄海湾。而要想找一处船只可以补充淡水的地方，根本就不可能。

"多布里纳"号在沿着海岸航行了将近三百公里之后，突然被海岸边的一个凸角挡住了去路。普罗科普二副一小时一小时地在海图上标注这个新陆地的海岸，他发现悬崖峭壁是由南往北的走向。那么，地中海是不是在这个几乎是子午线 12° 的经线上终止了？这个拦路虎是不是一直延伸至意大利和西西里岛？大家很快便会搞清楚的。如果果真如此的话，那么这个伸展到欧洲、亚洲和非洲的宽大水域，将会缩小一半。

双桅纵帆式帆船坚持要探清这片新海岸的每一个点，所以便掉转船头向北径直朝着之前的欧洲大陆方向驶去。如果曾经被腓尼基人、迦太基人、西西里人、罗马人、汪达尔人、希腊人、阿拉伯人和罗得岛骑士们先后占据过的这个古老的马耳他岛，能够在这场大灾难之中逃过一劫的话，那么，"多布里纳"号朝这个方向行进数百公里之后，应该能看到这个古老的岛屿了。

但是，情况并非如此，马耳他岛已经不存在。2 月 14 日，探测器放到马耳他原来位置的海域下，捞上来的只不过是一些海底的金属碎屑，到底是什么金属，依然不清楚。

"这场灾难的范围已超出了非洲大陆。"蒂马塞夫伯爵说道。

"是的，"普罗科普二副说，"可是我们连这场灾难的范围都确定不了！现在，老爷，您有什么计划？'多布里纳'号应该朝欧洲的哪个方向前进？"

"朝西西里、意大利、法国方向前进，"塞尔瓦达克上尉大声说道，"我们到了那儿，总能知晓的……"

"世界上难道就只有我们'多布里纳'号上幸存的这几个人吗？"蒂马塞夫伯爵语气凝重地说。

塞尔瓦达克上尉没有吭声，因为他忧伤的预感与蒂马塞夫伯爵的感觉完全相同。这时，船头已经调换了方向，"多布里纳"号已经越过了那个失踪海岛的纬度与经度的交叉线了。

这个海岸始终都是南北走向的，与从前一直延伸到埃及大地的锡德拉湾，即古老的大希尔特湾并未贯通。毋庸置疑，在这片海域，从海上与希腊和奥特曼帝国港口连接也是不可能的。因此，通过爱琴海、达达尼尔海峡、马尔马拉海、博斯普鲁斯海峡和黑海，都不可能抵达俄国南部边境。

即使驶往欧洲的设想能够付诸实施，双桅纵帆式帆船也只有一条海路可以走，就是西部的那条路，从那儿可以抵达地中海的北部海岸。

2月16日，"多布里纳"号尝试着往前行驶。可是，天公不作美，狂风加恶浪双双发威，陡然间，暴风雨肆虐，波涛汹涌，一条只有二百吨的船在海上难逃厄运。危险越来越大，因为狂风在海岸边猛袭不停。

普罗科普二副非常焦躁不安。他不得不把所有的船帆收起，放倒了桅杆，但是，光靠机器运转，船是无法抗住这恶劣的天气的。巨大的浪头将双桅纵帆式帆船抛到一百英尺的高空，随即又将它扔进大浪谷中。螺旋桨常常在空转着，贴不到水面，怎么开都开不起来。尽管蒸气加到最大的限度，但是，"多布里纳"号还是在狂风恶浪中败下阵来。

什么地方有避风港？无法靠近的海岸没有提供任何一个避风的地方。普罗科普二副是不是想孤注一掷，开足马力，冲过去？他心里正在这么寻思着。可是，即使他们能够上到那难以立足的悬崖峭壁上去，他们又将如何呢？这个无望的不毛之地能给他们些什么呢？他们能否期望在那个无法接近的地方找到旧大陆的一块逃生之地呢？

"多布里纳"号尝试着抗住暴风雨，勇敢而坚强的船员们极其镇定自若地在操作着。这帮水手没有一个是熊包软蛋，他们坚信他们的二副机警能干，坚信船只坚固不会损坏。但是，机器超负荷地运转，帆船有时会面临散架的危险。此外，螺旋桨已转动不起来，船艏的三角帆也不能挂起来，否则，飓风必将把它撕裂，船就会被吹到海岸边去。

船上的人全都上到甲板上，他们十分清楚这场暴风雨给他们造成了一个多么无望的处境。在狂风的吹袭下，"多布里纳"号离海岸只有四海里，眼看就要撞到岸边的悬崖上了。

"老爷，"普罗科普二副对蒂马塞夫伯爵说道，"人的力量是有限的。我无法阻止船不往海岸上冲撞！"

"你是否已经竭尽全力？"蒂马塞夫伯爵面部没有任何表情地问道。

"是的，老爷，"普罗科普二副回答道，"但是，用不了一个小时，我们的船就将撞到海岸！"

"在这一小时里，"蒂马塞夫伯爵提高嗓门儿大声说道，好让全体人员都能听到，"上帝就已经伸手搭救我们了！"

"只有这块大陆裂开一道缝，让'多布里纳'号穿过去，上帝才能拯救我们！"

"我们就是在万能的上帝掌控之中的！"蒂马塞夫伯爵边摘下帽子边说道。

赫克托尔·塞尔瓦达克、二副、全体水手，全都仿效伯爵的举动，摘下帽子，虔诚地默祷着。

普罗科普眼见一场大难势在难免，只得采取各种措施，尽量使损失降低到最小。他想，如果遇难者中有几个人能逃过这一劫的话，他们是否能在这个新大陆的头几天找到吃的东西？因此，他让人将一些箱子装上食物和淡水搬上甲板，再在它们身上捆上一些空筒，以便待船散架之后，他们可以漂浮在水面上。总之，他采取了一个水手应该做的所有准备，以备不测。

说实在的，要想拯救双桅纵帆式帆船，那是绝无可能了！海岸边上这面高大宽阔的"高墙"没有留下任何水道，也无任何的避风港，这条破烂不堪的船只有散架的份儿了。"多布里纳"号除非突然遇上一阵强劲的风，将它吹到深海地区去，方能获救；或者，如普罗科普二副所说的，除非上帝垂怜，奇迹般地在海岸边裂出一条水道，让它驶过去。

可是，风向没有变化，船的命运当然也不会改变。

不一会儿，双桅纵帆式帆船离海岸只有一海里了。可以看见那巨大的悬崖峭壁在逐渐地变大，由于视觉的原因，好像是它在朝着双桅纵帆式帆船撞过来，一心要将船撞碎。没多久，"多布里纳"号离它只有三链远了。船上的人没有谁会相信能逃过这一劫！

"永别了，蒂马塞夫伯爵，"塞尔瓦达克上尉向他的同伴伸出手去，说道。

"永别了，上尉！"伯爵指指老天，回应道。

正在这时，"多布里纳"号被巨大的浪头托起老高，眼看就要撞上悬崖了。

突然，只听有人高喊："快呀，小伙子们！快把大三角帆升上去！快把船艏三角帆挂起来！右满舵！"

是普罗科普二副站在"多布里纳"号的前甲板上，发出了这一道命令。无论这命令是多么出人意料，但船员们还是连忙迅速执行了，而二副则立即向船艏跑去，亲自抓住舵轮。

二副到底想干什么？毫无疑问，他在将双桅纵帆式帆船拨正，向前。

"小心呀！"他大声喊道，"注意主帆下的后角索！"

这时候，一声喊叫响了起来……但那不是一声恐惧的喊叫！

只见悬崖峭壁间突然现出一条四十多英尺宽的裂缝，悬崖直立两边。那如果个是一条水道的话，也可算是一个"避风港"。在大风和海水的驱动下，普罗科普二副亲自掌舵，将"多布里纳"号带进了这个避风港……它也许再也出不来了！

第13章　英国军官及一颗飞到海平线以外的炮弹

"对不起，我可是要吃您的象了。"犹豫了两天的莫尔菲准将，终于决心吃对方的象了。

"既然没办法挡住您吃它，那您就吃它吧。"奥利芳少校专注地盯着棋盘说道。

这件事发生在阴历2月17日的早上，奥利芳少校搜索枯肠、冥思苦想了整整一天，才想出来对付莫尔菲准将的那一着棋。

必须指出，这一局棋开始都四个月了，可是，这两个对手才只走了二十步。他俩都是著名的菲尔多尔大师棋院的棋手。大师声称，如果谁要是不懂得运用小卒子——他称它为"象棋的灵魂"——那他就算不上一个好棋手。因此，到目前为止，他俩一个卒子都还没有轻易地动过。

之所以如此，是因为埃纳什·芬奇·莫尔菲准将和约翰·坦普尔·奥利芳少校都慎之又慎，不想好了绝不贸然出手。

奥尔菲准将和奥利芳少校都是英国军队里受人尊敬的军官，是命运将他二人聚在了这么遥远的地方。因为无事可做，便整天下棋解闷儿。二人都是四十岁左右，身材高大挺拔，都是棕色头发，每人的两撇小胡髭又都漂亮至极。他们总是身着戎装，镇定自若，都以做个英国人而自豪。因为天生高傲，他们的排外心理相当强烈，总认为盎格鲁—撒克逊人是特殊材料制成的，但却又并未弄明白自己到底是什么材料制成。这两位军官也许是两个标准的英国人，但是却令人望而生畏、避之唯恐不及。他们妄自尊大、目空一切、不可一世。这两个英国人总觉得无论在什么地方都像是在自己的家里似的，即使命运将他俩弄到离他们的国家几千法里的地方，他们也会将那个地方变成他们的殖民地，他们甚至想将月球变成他们的殖民地，到那时，他们将会把英国国旗插到月球上去。

这场将地球破坏得满目疮痍的灾难并没有让奥利芳少校和莫尔菲准将这两位特别的人感到异常惊恐。灾难发生时，他们正和几百名官兵驻守在一座大山上，结果山峰瞬间变成了一个孤岛，四面是茫茫大海。其他好几百名军官和士兵全都被压在巨岩下面。在这次灾难中幸存下来的，只有他们俩和哨所里的另外十一个人。

"啊，"少校只不过这么惊叹了一下说，"这可是一个够特殊的情况！"

"确实特殊！"准将只是轻描淡写地回应了一句。

"不过，英国还在！"

"它永远存在。"

"英国船只将会前来把我们接回祖国吧？"

"肯定会来接我们的！"

"我们就待在我们的哨所里吧。"

"对，就待在哨所里。"

两位军官及其十一名军人可能也不太想离开他们的哨所，毕竟他们只有一条小船而已，想走也走不了。昨天，他们还是大陆上的人，第二天却成了岛民，两名军官手下的十名士兵和他俩的仆人吉尔克却极其焦虑地盼望着出现一条船，以便能探听到有关他们国家的消息。

所幸，这些正直的人的粮食是有保障的。小岛上的地下室里有东西可供这十三个人——十三个英国人——吃上至少十年的。腌牛肉、爱尔兰啤酒和白兰地都储存着呢，他们当然要说 OK 了。

至于天地间所发生的这些事情，比如东方和西方位置的颠倒，地球表面引力的减弱，白昼与黑夜的缩短，地球自转轴的倾斜，在太阳系里的一条新轨道上的运行等，这两位军官及他们的士兵在明了了这些情况之后，却并没有过分地惊惶失措。准将和少校早已将震落到地上的棋子重新放在棋盘上，并镇定自若地重新下起这盘永远也下不完的棋来。也许"象"、"士"、"卒"现在变得更轻，所以在棋盘上没有以前站得稳了，特别是"王"和"后"个头儿大，掉到地上的次数也多，但只要稍加小心，奥利芳和莫尔菲就将他们的那支"象牙质"的小部队稳稳当当地立在棋盘上。

毋庸置疑，困在孤岛上的那十名士兵对天地间的巨变也并没太担忧。不过他们也向两位军官提出了两点要求。

在灾难发生后的第三天，皮姆下士长作为士兵们的代表，要求晋见两位军官。

两位军官答应接见他们之后，皮姆便带领他的九名士兵走进莫尔菲准将的房间里。下士长的军帽斜戴着，压在右耳上，抿着嘴，红色军装紧系在皮带里，下摆塞在青绿色的长裤中。他举手敬礼，等着两位长官的回话。

两位军官见状，停下了棋局。

"皮姆下士长，有事吗？"莫尔菲准将抬起头来问道。

"我想问一下有关士兵们薪水的事，准将大人，还有就是想问一下少校先生有关伙食的问题。"

"那你就先说一下第一件事吧，下士长！"莫尔菲点了点头答道。

"现在，白天缩短了一半，那么，我们的薪水是不是也按比例缩减一半呢？"皮姆下士长说。

这个问题来得太突然，莫尔菲准将迟疑了片刻，只见他点了点头，表示下士长的问题提得很及时。随即，他便转向奥利芳少校，同奥利芳交换了一下眼色，说道：

"皮姆下士长，你们的薪水是按天数计算的，而不看一天时间的长短，薪水照原先的标准发放。英国很富有，付得起士兵们的薪水！"

必须亲切地指出，英国的军队和荣誉是融于同一种思想之中的。

"万岁！"那十名士兵齐声呼喊。

皮姆下士长于是便转脸朝向奥利芳少校。

"下士长，你的第二件事是什么呀？"少校看着他的下属问道。

"是有关伙食的问题，长官，"皮姆下士长说道，"现在，白天只有六个小时了，我们是不是每天不再吃四顿饭，而改吃两顿了？"

少校思考片刻，冲莫尔菲准将使了一个赞许的眼色，意思是说他觉得皮姆下士长是个真正有头脑、有逻辑的小伙子。

"下士长，"少校说道，"环境虽然发生了变化，但军队的规章制度是不可以有丝毫的改变的。您同您的部下每天都吃四顿，每顿间歇一个半小时。英国比较富有，保证遵守规章制度，按规矩去做！"少校微微欠身靠近莫尔菲准将，补充说道。少校非常高兴出现新情况之后，他的意见能同他的上司想法不谋而合。

"万岁！"士兵们闻听此言，不禁再次呼喊起来，嗓门儿也比上一次稍稍提高了一点儿。

随后，皮姆下士长带队，立正转身，带领手下士兵正步走出两位军官的房间，两位军官立刻又继续博弈起来。

这些英国人有理由相信英国，因为英国从来也不会抛弃自己国家的人。不过，英国此时此刻想必也正在忙碌着[1]，所以，援救的船久久未能前来，只会让岛上的人们望眼欲穿。不过，也可能是住在欧洲北部的人并不知晓在南部发生的大灾难。

不过，按照灾难发生之前的时间计算，自从去年12月31日夜间发生大变动以来，已经过去四十九天了，可是，没有一条英国或其他国家的船在海平线上出现过。这座

---

[1]　由于鲁代尔上尉开凿了撒哈拉大湖，英国不禁艳羡不已，心有不甘，欲与法国一比高下，便在澳大利亚中央地区开挖了一个澳大利亚大湖。——作者原注

孤岛所在的这片海域,尽管是全球最繁忙的航线之一,现在却始终见不到一条船的踪影。尽管如此,军官和士兵们也都无丝毫的担忧和惊惧,更无片刻的灰心丧气。每个人都像平日一样地执勤、站岗、放哨;准将与少校也一如既往地巡视、查岗。不过,这种闲适的生活让人一看便知他们都在发福,只是我们的那两位军官因为官阶、身份的关系,不敢养得太胖,免得连官服都穿不上了。

总而言之,这些英国人在这座孤岛上平安地度日。两位军官因为性格相仿,情趣相投,在各方面都能配合一致,再者,一个英同人除非待在自己的国家,否则他是绝不会感到厌烦的。因为在英国,必须保持一副中规中矩的绅士派头,装腔作势。

至于他们同伴中的那些失踪的人,他们肯定是颇感遗憾的,不过却是带着一种完全美国式的矜持神情。灾难发生之前,他们共有一千八百九十五人,可是现在却只有十三人了,他们深知那一千八百八十二人再也不会应答"到"了。这一情况,已经写在报告上了。

据说,这座孤岛原是一座海拔两千四百米的高山,现在,只有十三个英国人居住于其上,是唯一的一个露出海面的落脚点。这么说也不完全正确。南边的确也有一个小岛,几乎与这座岛相仿,距这里大约二十公里远。它从前大概与现在英国人所在的这个小岛是连在一起的,是这场灾难把这两个岛变成了几乎无法居住的两块岩石。

南边这座小岛是否荒无人烟?或者是否有几个灾难后的幸存者在那儿避难?这正是两位英国军官寻思的问题,他俩很有可能在下棋的间隙,深入探讨过这个问题。他俩甚至认为搞清楚这个问题很重要,因为他们曾利用一个风和日丽的白天,划上小船,穿过把这两座小岛分隔开来的那条水道,到那边待了三十六个小时,然后才返回来。

是不是一种慈悲心肠促使他们前去探看了这个小岛?或者是其他什么样的目的让他们这么做?他们对自己的这趟探险之旅的结果只字未提,甚至对皮姆下士长也没有说过。那小岛有人住吗?下士长未能获得任何一点消息。反正,这两人是独自前往的,回来时也只是他们二人。不过,尽管他俩谨言慎行,只字不提,皮姆下士仍从一些迹象中看出,他俩对此行甚是满意。奥利芳少校甚至草拟了一封长信,莫尔菲准将签了字,并加盖了第三十三团的章,以便有什么船来时,可以立即交给船上的人。

信封上写着:

大不列颠王国

海军大臣

费尔法克斯上将收

然而，海上未见任何船的影子，等到 2 月 18 日，都未能与英国本土取得联系。

那一天，莫尔菲少将醒来时，对奥利芳少校说道："今天，对所有真正的英国人都是一个节日。"

"一个大节日！"少校回应道。

"我想，"准将接着说道，"我们身处这么一种环境中，不管怎么说，也应该让两个英国军官和他们的十个士兵好好地庆祝一下陛下的诞辰。"

"我也这么认为。"奥利芳少校应声道。

"陛下至今仍未与我们联络，那可能是因为陛下觉得这么做不合适。"

"的确如此。"

"来一杯波尔图葡萄酒怎么样，奥利芳少校？"

"好啊，莫尔菲准将。"

这种酒似乎是专门给英国人喝的，尤其是伦敦人对它情有独钟，称它为"土豆陷阱"[1]。

"现在，"准将说道，"咱们就中规中矩地开始吧。"

"对，中规中矩地开始！"少校应声道。

皮姆下士长被叫了来，他清晨喝了白兰地，嘴唇还湿润润的。

"皮姆下士长，"准将对他说道，"如果我们像之前所有的英国人那样计算日期的话，那么按照英国的老日历，今天就是 2 月 18 日了。"

"是的，将军！"下士长回答道。

"今天是陛下的诞辰日。"

下士长行了个军礼。

"皮姆下士长，"准将又说道，"按照规定，礼炮二十一响。"

"遵命，将军！"

"噢，还有，"准将补充说道，"要尽可能地不误伤到礼炮手！"

"是，将军！"下士长随口答应着，不愿多说。

以前，炮台上有很多门大炮，可现在只剩下了一门。这是一门二十七毫米的大口径炮，而通常放礼炮都是用小口径炮，但现在别无选择，只能用它。

皮姆下士长通知了他的部下们，然后便前往掩体，将炮筒伸出掩体外。士兵们立即将二十一响礼炮的炮弹搬到大炮旁。不用说，他们得先将弹头取下，然后放炮。

---

[1] 土豆是英国人最喜爱吃的食物，在英国人的食谱里占据着重要地位，因此他们把这种他们喜欢喝的酒比作土豆。

莫尔菲准将和奥利芳少校一身戎装，帽子上还插着羽毛饰，亲临发射现场。

炮手们按照《炮兵手册》上的步骤装填炮弹，随即欢快的炮声响彻海天。

下士长遵从准将的建议，每放一炮之后，便要仔细查看火焰是否熄灭，以免炮弹出膛将炮手的胳膊烧伤。在以往的欢庆节日鸣放礼炮时，经常会发生误伤事件。不过，这一次没有任何意外发生。

但是，也必须指出，之所以没有发生意外，原因是灾难发生之后，空气变得稀薄了，炮筒轰出的燃烧着的火药造成的震耳欲聋的声响也变小了，所以，那一发发炮弹所产生的噪声没有六周前发射时那么大。两位军官对礼炮的响声不免有点扫兴，本来可以响彻山谷的回声现在却没有了，本应隆隆的雷鸣般的声音也不复存在，远处那些由空气促成的余声缭绕也听不到了。可想而知，这两位英国军官为庆贺陛下诞辰的那份兴奋喜庆劲儿大打了折扣。

已经放了二十响礼炮了。

正当士兵们要装填第二十一发炮弹时，莫尔菲准将示意士兵停下来。

"这是最后一发了，给它装上弹头，"准将说道，"我要看看这最后一发炮弹有没有威力。"

"这倒是可以试一试。"少校回应道，然后，他转向皮姆说，"下士长，听见了吗？"

"遵命，长官！"皮姆下士长答道。

一名炮手用手推车推来一枚装上弹头的炮弹，它的重量不少于一百利弗尔[1]，通常可以打到两法里远。如果举起望远镜跟踪观察的话，便很容易看到它落到海里，因此，可以大致估算出它到底能打出去多远。

炮弹已经推上膛，炮口倾斜四十二度，以使炮弹飞得更远一些。少校一声令下，炮弹飞出炮膛。

"哎呀！天哪！"准将惊呼道。

"好家伙！真不得了！"少校赞叹着。

他二人是同时发出这一阵惊叹声的。二人立在那儿，目瞪口呆，简直不相信自己的眼睛了。

确实，不可能跟踪得了炮弹的飞行速度，因为现在的地球引力比以前的地球引力小了，炮弹便飞得极快。即使用望远镜也看不见它落到海上什么地方。也可以下结论说，它落到海平面以外的地方去了。

"超过三法里！"准将说。

---

[1] 利弗尔，最初是作为货币的重量单位，相当于1磅白银。

"没错……绝对超过……毫无疑问！"少校回应道。

是不是一种幻觉？炮弹刚一发射出去，似乎随即就从大海那边传来一阵微弱的轰鸣声。

两位军官及其士兵们竖起耳朵，全神贯注地听着。

在那同一个方向，又有连续三声炮响传了过来。

"是条船！"准将说，"如果真的是一条船的话，那只会是一条英国船！"

半小时之后，一条船的两根船桅显现在海平线上。

"英国派船来接我们了！"莫尔菲准将斩钉截铁地说。

"英国听出是我们的炮声了！"奥利芳少校说。

"但愿我们的那发炮弹没打到那条船！"皮姆下士长在一旁嘟囔道。

半小时之后，刚才隐约可见的那条船的船体便清晰可见地显现在海平线上了。

一长条黑乎乎的烟雾飘浮在天空，可以肯定那是一条蒸汽船。不一会儿，大家便认出那是一条蒸汽双桅纵帆式帆船，它显然是准备好向这个孤岛驶来的。斜桁上飘动着一面旗帜，但讨厌的是现在还无法确定它的国籍。

莫尔菲和奥利芳举着望远镜，紧盯着那条双桅纵帆式帆船，并迫不及待地朝着它挥手致意。

但是，突然间，二人都一起同时放下了望远镜，其动作、速度完全一致。二人彼此惊愕木然地对视着，然后又同时说道：

"俄国旗！"

确实，双桅纵帆式帆船的斜桁上方飘荡着的是白色平纹薄织物，上面印着俄国的蓝十字。

第 14 章　紧张的国际关系和地理纷争

双桅纵帆式帆船很快便靠近这座小岛了，英国人通过"多布里纳"号船尾的旗帜看清了它是俄国的船只。

小岛南边有一个由岩石构成的小海湾，大概可以停泊四条渔船，只要不刮南风和西风，那条双桅纵帆式帆船就能够安然无恙地泊于其中。船果然安全地驶往小海湾了。抛锚之后，一条四桨小船载着蒂马塞夫伯爵和塞尔瓦达克上尉很快便靠近了小岛岸边。

莫尔菲准将和奥利芳少校古板而高傲地等待着，一言不发。

倒是赫克托尔·塞尔瓦达克这个热情的法国人首先向他们致礼。

"啊，先生们，"他大声说道，"上帝保佑！你们同我们一样逃过一劫，我们很高兴能握握二位的手！"

两位英国军官并未迎上前去，一点表情也没有。

"请问，"赫克托尔·塞尔瓦达克没去注意对方的冷漠态度，继续说道，"你们知道点法国、俄国、美国、英国、欧洲的消息吗？灾难的范围到底有多大？你们同你们的国家有联系吗？你们……"

"请问二位怎么称呼？"莫尔菲准将挺直腰板问道。

"对不起，"塞尔瓦达克上尉微微地耸了耸肩说道，"是呀，咱们还没有相互介绍一下呢。"

然后，他便转向他的同伴，后面那位俄国人的矜持不亚于两位军官英国式的冷漠。

"这位是瓦西里·蒂马塞夫伯爵先生。"塞尔瓦达克上尉介绍说。

"这位是约翰·坦普尔·奥利芳爵士，少校。"准将介绍他的同事说。

俄国人和英国人互相致礼。

"这位是赫克托尔·塞尔瓦达克参谋部上尉。"蒂马塞夫伯爵介绍说。

"这位是埃纳什·芬奇·莫尔菲准将。"奥利芳少校用严肃的口吻介绍说。

两位刚刚被介绍的人也互相致礼。

彼此互相介绍了姓名、官阶之后，便可以不失身份地相互交谈了。

毫无疑问，刚刚的一番介绍，说的是法语。这种语言，英国人和俄国人都很熟悉。不过，这种结果导致塞尔瓦达克上尉的同胞们懒得去学英语和俄语了。

随后，莫尔菲准将做了一个"请"的手势，便领着他的客人们到他和他的同事住的房间里，奥利芳少校紧跟其后。他们住的是一个掩体、是在岩石中挖掘而成的，不过，倒还算得上舒适。大家立即入座，交谈随即开始。

刚才的那番繁文缛节令赫克托尔·塞尔瓦达克很不舒服，所以他便没有说话，让蒂马塞夫伯爵去讲。伯爵看出那两位英国人"大概"没怎么听懂刚才所介绍的情况，便重复了一遍。

"先生们，"他说道，"你们想必知道 12 月 31 日到 1 月 1 日的那个夜晚，发生了一个巨大的灾难，其原因及波及的范围我们还没弄清楚。你们已经看到了你们以前一直拥有的这片领土所剩下的这个小岛，很显然，你们已经感到震惊了。"

两位英国军官火火身点了点头。

"我的同伴塞尔瓦达克上尉就感到非常震惊，"伯爵接着说道，"当时，他作为参谋部的军官正在阿尔及利亚海岸执行任务……"

"我想，那是一个法属殖民地吧？"奥利芳少校半闭着眼睛问道。

"那儿比法国还要法国化。"塞尔瓦达克上尉语气生硬地回答道。

"那儿靠近谢里夫河口，"蒂马塞夫伯爵冷冷地继续说，"在那儿，在那个灾难悲惨的夜晚，非洲大陆的一部分地区骤然间变成了岛屿，其余的那些地区全都从地球表面消失得无影无踪。"

"啊！"闻听这一消息，莫尔菲准将只是回应了这么一声。

"那您呢，伯爵先生？"奥利芳少校问道，"那灾难之初您在哪儿，我可以问一问吗？"

"在海上，先生，在我的双桅纵帆式帆船上，我觉得是个奇迹，我们竟然能安然无恙地幸存下来。"

"我们真为您庆幸，伯爵先生。"莫尔菲准将说。

蒂马塞夫伯爵继续说道："我纯属偶然地回到阿尔及利亚海岸，非常高兴又在新的岛上见到了塞尔瓦达克上尉，还有他的勤务兵本-佐夫。"

"本什么？"奥利芳少校问。

"本-佐夫！"赫克托尔·塞尔瓦达克大声说道，仿佛回答了对方的一个难题之后，松了一口气。

"塞尔瓦达克上尉急于了解些情况，"蒂马塞夫伯爵又说，"便上了我的'多布里纳'号。我们便朝着以前的东方驶去，试图弄明白阿尔及利亚殖民地还剩下多少，还剩下些什么……但什么也没有剩下。"

莫尔菲准将微微地撇了撇嘴，像是在说法国殖民地怎么受得了这种大灾难，还能剩下什么东西？赫克托尔·塞尔瓦达克见状，半抬起身子，准备反击，但他还是强忍住了怒火。

"先生们，"蒂马塞夫伯爵说道，"这场灾难确实骇人听闻。在整个地中海的东部，我们没有找到一处以前的土地，无论是阿尔及利亚，还是突尼斯，均皆如此，除了迦太基附近露出水面的一块岩石岛，上面有一座法国国王的陵墓……"

"我想，是路易九世吧？"准将说道。

"更习惯地称呼他为'圣路易'，先生！"塞尔瓦达克上尉反诘道。莫尔菲准将冲他微微一笑，以示赞许。

接着，蒂马塞夫便叙述说他的双桅纵帆式帆船曾下到南边，直抵加贝斯湾一带，撒哈拉湖也已荡然无存——对此，两位英国人似乎觉得很自然，因为那是法国人挖的。

蒂马塞夫接着讲述说一个奇特结构的新海岸在的黎波里海岸前方出现，他的船又北上航行，经由东经12°线，直达马耳他附近海域。

"还有，这个英国小岛，"塞尔瓦达克上尉急切地补充说，"马耳他，同它的古莱特城及它的要塞、士兵、军官、总督等，全都同阿尔及利亚一起沉入了大海。"

两位英国人突然面庞发暗，愁苦了片刻，不过，随即脸上又露出怀疑的表情，似乎对法国上尉刚才说的话不大相信。

"全都沉入海底是很难让人相信的。"莫尔菲准将说。

"那为什么？"塞尔瓦达克上尉问道。

"马耳他是英国的岛屿，"奥利芳少校回答道，"因此……"

"即使它是中国的，也照样消失！"塞尔瓦达克上尉反唇相讥。

"也许双桅纵帆式帆船在航行途中，测定方向时出了错。"

"不，先生们，"蒂马塞夫伯爵说道，"我们绝对没有出任何错，这是明摆着的，毋庸置疑。英国肯定有一大片土地遭到大难。不仅马耳他不复存在，而且一个新的大陆把地中海给全部截断。要不是这块陆地上有一条狭窄的水道，我们就永远也不可能一直驶向你们这里。不幸的是，很明显，如果马耳他荡然无存的话，那么爱奥尼亚群岛也不剩多少了，几年来，这个群岛已完全回归英国保护了！"

"我相信，"塞尔瓦达克上尉补充说道，"你们的长官、派驻群岛的高级专员对这场大难的结果会很痛心的！"

"我们的长官、高级专员？"莫尔菲准将似乎没有听明白对方说的是什么，便反问道。

"而且，您对科孚岛 [1] 的情况也会很伤心的。"塞尔瓦达克上尉说。

"科孚岛……"奥利芳少校说，"上尉先生说的是科孚岛吗？"

"是的！科——孚！"赫克托尔·塞尔瓦达克重复了一句。

两位英国人真的惊讶不已。他俩愣了片刻，心想这位法国军官在胡扯些什么！但是，当蒂马塞夫伯爵问他们最近是否通过英国船只或海底电缆与英国本土取得一些联系的时候，他俩就更加惊诧不已了。

"没有，伯爵先生，因为这条海底电缆已经断裂了。"莫尔菲准将回答道。

"那么，先生们，你们难道也没有通过意大利的电信同英国本土联系过？"

"意大利？"奥利芳少校挺惊讶地问，"您想必是要说西班牙电信公司吧？"

"意大利电信公司也好，西班牙电信公司也好，"塞尔瓦达克上尉说，"都无关紧要，

---

[1] 科孚岛，即今希腊爱奥尼亚群岛北部的一个大岛。

先生们，我们只想问一声，你们是否获悉到有关英国本土的消息？"

"没有任何消息，"莫尔菲准将说，"但是，我们并不担忧，消息很快便会有的……"

"也许英国本土已不复存在！"塞尔瓦达克上尉严肃地说。

"英国本土不复存在？"

"之所以没有消息，那就说明英国已不复存在！"

莫尔菲准将和奥利芳少校像是被弹簧弹起来似的，腾地一下站了起来。"依我看，"莫尔菲准将说，"法国倒是会在英国之前……"

"法国所在的板块要结实得多，因为它立于欧洲大陆！"塞尔瓦达克上尉心里冒火，所以反唇相讥。

"比英国更坚固？"

"不管怎么说，英国只是一个岛国，一座岛屿的结构比较松散，很容易被海水整个儿吞没！"

双方眼看便会打起来了。两位英国人已经开始说粗话了，而塞尔瓦达克上尉也不示弱，针锋相对。

蒂马塞夫伯爵不想因为一个普通的国籍问题而双方剑拔弩张，便想要让双方消消气，冷静下来，但是未能奏效。

"先生们，"塞尔瓦达克上尉冷冷地说，"我认为这场辩论应该到外面去继续进行。这儿是你们的地盘，似乎该请二位出去一争高下？"

塞尔瓦达克上尉说完便往外走去，蒂马塞夫伯爵和两位英国军官随即便跟了出来。四人聚焦在岛上最高的那个平台上，上尉心想，这块平台几乎可以说是"中立"的地方。

"先生们，"于是，塞尔瓦达克上尉便冲两位英国人说，"即使法国自失去了阿尔及利亚以来变得十分贫困，但法国仍然能够对付任何挑衅，无论挑衅来自何方！因此，我，一名法国军官，十分荣幸能在这个小岛上，与你们代表英国一样代表我的国家！"

"说得好！"莫尔菲准将说。

"我不会容忍……"

"我也不会。"奥利芳少校打断他说。

"我们既然是在一个中立的地方……"

"中立？"莫尔菲准将大声吼道，"你们这是在英国的土地上，先生们！"

"英国的？"

"当然，这是一块英国国旗飘扬下的土地！"

准将立刻用手指着在小岛最高处悬挂着的英国国旗。

"笑话！"塞尔瓦达克上尉讥讽地说，"就因为你们自灾难发生之后随心所欲地插上了这面国旗……"

"它在这之前就已经悬挂在这儿了。"

"你们那挂的是保护领地旗，而非自己国家的国旗，先生们！"

"保护领地？"两位军官立即嚷了起来。

"先生们，"赫克托尔·塞尔瓦达克跺着脚说，"这座小岛现在只是一个代议制共和国领土所幸存下来的土地，英国对它从来就是只有一种保护权而已！"

"一个共和国？"莫尔菲准将瞪大着眼睛反驳道。

"再说了，"塞尔瓦达克上尉继续说道，"这种保护权颇有争议，它多次失去又夺得，反反复复，最后才窃取到手，并入爱奥尼亚群岛的！"

"爱奥尼亚群岛！"奥利芳少校惊讶不已地嚷道。

"是的，这儿就是科孚岛！"

"科孚岛？"

两位英国人惊愕不已，久久说不出话来。一直没有多说话的蒂马塞夫伯爵正准备站出来，全力支持塞尔瓦达克上尉的观点，对莫尔菲准将说说自己的看法时，莫尔菲准将却用一种极为平静的语气冲着塞尔瓦达克上尉说："先生，我不想再让您继续说下去了，至于您为什么这么一错再错，原因何在，我猜不出来。您现在是在一块英国领土上。自1704年起，英国便征服这里并拥有了主权，这有《乌得勒支[1]条约》为证。的确，法国和西班牙在1727年、1779年和1782年曾多次对此提出争议，但是，未获成功。所以说，你们现在是站在一个英国的小岛上，尽管它很小，仅有伦敦的特拉法尔加广场那么大。"

"这么说，我们并不是在爱奥尼亚群岛的首府科孚岛上？"蒂马塞夫伯爵语带惊讶地问道。

"不是，先生们，真的不是，"莫尔菲准将回答道，"你们现在是在直布罗陀海峡。"

直布罗陀海峡！蒂马塞夫伯爵和塞尔瓦达克上尉闻听此言，觉得似晴天霹雳一般！他们原以为自己身在科孚岛，在地中海的最东边，可是这里却是直布罗陀海峡，在地中海的最西边。这究竟是怎么回事？"多布里纳"号在探测期间从来也没有往后返航啊！

这可是个新情况，必须推断一下其后果。蒂马塞夫伯爵正要说话，这时，一阵阵喊声吸引了他的注意。他转过身去，极其惊奇地看到"多布里纳"号上的人与英国士兵们打起来了。

---

[1] 乌得勒支，系荷兰的一个省会城市。

为什么打架？到底是怎么回事？其实就是水手帕诺夫卡和皮姆下士长二人争论起来的缘故。争论因何而起的？因为大炮发射的那颗炮弹击毁了双桅纵帆式帆船的一根桅桁之后，同时又将帕诺夫卡的烟斗打碎了，而且还微微伤及他的鼻子；也许他作为一个俄国人，鼻子长得长了点儿。

因此，当蒂马塞夫伯爵和塞尔瓦达克上尉在与英国军官们讨论问题出了麻烦时，"多布里纳"号上的船员们要与守卫这小岛的人员一争高下。

当然，蒂马塞夫伯爵和塞尔瓦达克上尉是维护帕诺夫卡的，要求奥利芳少校做出解释。可是奥利芳却硬说英国没法替它的炮弹负责，还责怪那个俄国水手，因为在炮弹飞行的过程中，他正好站在不应该站在地方；甚至还说，此人如果是个塌鼻梁，这事就不会发生了，云云。这时候，尽管蒂马塞夫伯爵一直保持着克制的态度，但也开始发火了，他与那两位军官互相大声指责了一番之后，便下令立即登船开航。

"好的，先生，咱们等着瞧，后会有期！"塞尔瓦达克上尉说道。

"悉听尊便！"奥利芳少校回敬道。

其实，面对这个本应是科孚岛的直布罗陀海峡的新情况，蒂马塞夫伯爵和塞尔瓦达克上尉本该只有一个想法，就是一个回俄国，另一个回法围。

"多布里纳"号立即起锚，两小时之后，大家就看不见直布罗陀海峡了。

第 15 章　"加利亚"——让事实接近真相

起航之后的头几个小时，大家讨论着刚刚获知的新情况。如果说他们现在还弄不清全部事实真相的话，那么他们至少可以做更加深入的探讨了。

他们此时此刻到底掌握了些什么情况？情况确凿吗？"多布里纳"号从古尔比岛出发，也就是从西经 1° 出发，一直航行到东经 13° 时，才被那个新的海岸拦住。也就是说，共航行了十五度的航程。再加上那个让它穿过的不知名的大陆的海峡，大约是三度半的经度，还要加上把直布罗陀海峡与另一端之间的距离，差不多是四度，最后，再加上将直布罗陀海峡与古尔比岛隔开的那段距离，即七度，那么总共是二十九度。

因此，"多布里纳"号从古尔比岛出发，且明显地沿着同一个纬度航行之后，返回它的出发地点，换句话说，也就是在绕了整整一圈之后，差不多航行了约二十九个经度。

如此算来，一个经度是八十公里的话，那么他们总共航行了两千三百二十公里。

既然在科孚岛和爱奥尼亚群岛那个位置，这些航行者们发现了直布罗陀海峡，那就是说，之前地球上拥有的三百三十一度的地区，已全都消失殆尽了。在灾难发生之前，要想从马耳他到直布罗陀往东航行，那就必须得穿过地中海东部、苏伊士运河、红海、印度洋、松德群岛[1]、太平洋、大西洋。如今用不着航行这么远的航程了，有一个六十公里的新海峡足以让双桅纵帆式帆船从直布罗陀出发，走八十法里就完成上述那段航程了。

这是普罗科普二副计算出来的结果，即使考虑到出现可能的误差，这一结果也比较接近实际，可作为全部推论的基础。

"因此，"塞尔瓦达克上尉说道，"从'多布里纳'号没有改变航向便又回到它的出发地点来看，必须做出如下结论：这个椭圆形地球的周长就只有两千三百二十公里了！"

"没错，"普罗科普二副说，"这将使得它的直径减少到只有七百四十公里，是它在灾难发生之前的大约十七分之一，因为它在这之前是十二万零七百九十二公里。毫无疑问，我们刚刚绕了地球残存部分的一圈。"

"我们这就可以解释此前我们所观察到的奇特现象中的几种怪现象了，"蒂马塞夫伯爵说道，"在这个缩小了的地球上，地心引力变得非常之小，我甚至弄明白了，地球的自转加快了，以致白昼与黑夜加在一起只有十二个小时。至于它围绕太阳转动的新的轨道……"

蒂马塞夫伯爵说到这儿停了下来，因为他还不知道该如何用他的新理论来解释这一现象。

"怎么了，伯爵先生？"塞尔瓦达克上尉问道，"那个新的轨道……"

"你对此有何看法，普罗科普？"伯爵转向他的二副问道。

"老爷，"普罗科普回答道，"对轨道变化的问题没有两种解释，只有一种解释，而且是唯一的一种！"

"那你说是哪种？"塞尔瓦达克上尉急不可耐地问道，好像他已经预感到二副要如何回答了似的。

"那就是要承认，"普罗科普说道，"地球的一部分离开了地球，同时还带走了一部分大气，并且不再与地球在同一轨道上运行了。"

这个解释听起来相当合理，蒂马塞夫伯爵、塞尔瓦达克上尉和普罗科普二副沉默

---

[1] 松德群岛，又称松达群岛，构成整个印度尼西亚地区。大松德群岛包括爪哇、苏门答腊等，小松德群岛则包括巴厘以及其他一些小岛。

了片刻。他们确实震惊不已，对这个新情况无法估计的结果思索良久。如果地球的一个巨大无比的部分与之脱离的话，那么它到底去了哪儿？它现在所运行的圆形轨道的离心率有多大？它被太阳吸引的距离是多少？它围绕其引力中心运转一周的时间是多长？它会像彗星一样离太阳几亿公里越过太空吗？或者它很快便会朝着热源和光源返转回来？还有，它的轨道与黄道的轨道是迭合的，那么我们能否猜想它有一天会重返它骤然脱离的地球？

塞尔瓦达克上尉第一个情不自禁地打破了沉默，大声说道："啊，不会的，绝对不会！普罗科普二副，您的解释说明白了很多问题,但是您的这个解释难以让人信服！"

"为什么，上尉？"二副追问道，"我觉得恰恰相反，我的解释能拨开云雾，弄清一切。"

"其实不然，至少您有一个假设是说不通的。"

"哪一个假设？"普罗科普问。

"喏，"塞尔瓦达克上尉说道，"我们得弄清楚。您坚持认为，地球的一部分，现在已经变成带走我们的新的小行星了，它包括从地中海流域的直布罗陀直到马耳他岛。它正在穿越太阳系。是不是？"

"我正是坚持这种看法的。"

"那么，好吧，二副，请您解释一下现在围着那片大海的奇异的大陆是如何隆起的？它海岸的特殊结构又是怎么回事？如果我们是在地球的一部分上被卷走的，那么，这一部分的地球肯定应该保持它从前的花岗岩或石灰岩的结构，可是，在它的表面上，呈现的却是我们尚未搞清楚的金属结构！"

塞尔瓦达克上尉的这一严肃的反驳，击中了二副理论的要害。的确，我们可以严肃认真地思考一下，地球的一部分与之脱离而去，并带走了一部分的大气和一部分的地中海的海水。我们甚至可以认定，它的公转和自转与地球的公转和自转不再一致。但是，为什么围绕地中海南部、西部和东部的那片肥沃的土地却变成了陡峭的悬崖，没有植物生长，而且其性质也无人知晓？

普罗科普二副一时被问得张口结舌，无法回答上尉的质疑，于是只好说，这些问题将来总会弄个水落石出的。不管怎么样，反正他仍然认为他的解释已能说明不少难以理解的现象，因此不应该轻易否定。至于其本原，他尚未弄明白。我们能否认为是因为地心引力的过度膨胀而导致将地球的这一部分分离开了，然后抛向天空中去？这可说不准。在这个如此复杂的问题中，还有很多谜团尚无法解开。

"不管怎么说，"塞尔瓦达克上尉总结说，"只要法国同我们在一起，那还管它是什么新星球在围绕太阳转！"

"法国……还有俄国！"蒂马塞夫伯爵补充道。

"对，还有俄国！"参谋军官急切地回应了伯爵的这一说法。

可是，如果真的是地球的一小部分在沿着新的轨道运行，而这个一小部分的形状又呈扁圆形的话，那它的体积就不会太大。那么，我们是不是应该担心法国的一部分及俄罗斯帝国起码那最大部分，会不会仍留在地球上？美国也是如此。再者，六个星期以来，直布罗陀和联合王国的联系中断，这似乎清楚地表明，无论是陆上，还是海上，或者邮政或者电报都完全中断了。的确，如果古尔比岛像人们所认为的那样——也就是说它的白昼与黑夜的长短是完全相同的——位于小行星的赤道上，那么，小行星的南北两极就应该远离该岛，其距离相距呈等同的半弧形，即"多布里纳"号所航行的路线。也就是说，大约一千一百六十公里。即从古尔比岛到小行星的南极和北极均为五百八十公里。因此，当这些点标在地图上的话，那就很清楚，其北极不会超过普罗旺斯的边界，而其南极则落在纬度29°线处。

现在，普罗科普二副还有没有理由坚持这个新的推断呢？一块岩石真的是从地球上分离出来的？这么说是不对的。这个问题的答案属于未来，不过话又说回来，也许应该承认，如果说普罗科普二副尚未发现全部真相，但是他已经向真相迈进了一大步。

"多布里纳"号在驶过直布罗陀海域的狭长海峡之后，又见到了晴好的天气。顺风顺水，再加上机器运转良好，很快便向北方驶去。

我们说的是北面不是东面，因为西班牙海岸已经完全无影无踪了，至少在之前的直布罗陀和阿利坎特[1]之间就是如此。无论马拉加和阿尔梅里亚，还是加塔海峡和帕洛斯海峡，抑或卡塔赫纳，所占据的位置只是地理坐标所示给它们的位置。西班牙半岛的全部地区都被海水淹没了，而双桅纵帆式帆船得一直驶向塞维利亚所在的纬度，但他们见到的并非安达卢西亚海岸，而是一座悬崖峭壁，与它曾抵达的马耳他后面的那座悬崖一模一样。

从这个地方开始，大海深深地嵌入新大陆，形成一个尖角，而马德里当初大概就占据着那大陆的最高处的位置。然后，海岸复向南延伸，前来吞没往日的海湾，并凶狠地吞噬了巴利阿里群岛。

当这些探测者稍稍偏离航道，来寻找那无数的大岛屿时，他们得到一个意想不到的收获。

时值2月21日，上午八点，双桅纵帆式帆船的前甲板上有一名水手，突然人声嚷

---

[1] 阿利坎特，西班牙的一个省会城市。

叫起来："海上有一只瓶子！"

一只瓶子里可能装有一份宝贵的文件，也许会同现在发生的情况相关。

听见水手的喊叫声，蒂马塞夫伯爵、塞尔瓦达克上尉和普罗科普二副全都向着船首甲板上的小伙子跑去。双桅纵帆式帆船也向着那个瓶子驶去。随即，那只瓶子被捞了上来。

事实上那并不是一只瓶子，而是一只皮套，类似于放置中等大小望远镜的皮套。皮套盖的开启处涂满了蜡，如果这个皮套在水中泡的时间不长，海水是渗不进皮套里面去的。

普罗科普二副当着蒂马塞夫伯爵和参谋军官的面仔细地检查了皮套。上面没有任何商标。封口处的蜡封很严实，海水渗不进去，而封印上有印记，上面写着两个大写的字母：

P. R.

二副弄碎封蜡，把皮套打开，从里面取出一张尚未被海水浸湿的纸。那是一张从记事本上撕下来的格子纸，上面写着几行字，并带有问号和惊叹号，字迹歪歪扭扭：

加利亚？

Ab Sole[1]，2 月 15 日，距离五千九百万法里！

一月至二月，运行八千二百万法里。

Va bene！ All right！ Parfait！ [2]

"这都是些什么意思呀？"蒂马塞夫伯爵翻过来倒过去地看了一遍问道。

"我一点儿也看不懂，"塞尔瓦达克上尉回应道，"不过，有一点是肯定无疑的，写这个字条的人，不管他是谁，反正他在 2 月 15 日那天仍然活着，因为字条上写明了这个日期。"

"显然如此！"蒂马塞夫伯爵答道。

这张字条上没有署名，也看不出源自何处。上面写的是拉丁文、意大利文、英文和法文，大部分是用法文写的。

---

[1] 拉丁文，意为"距离大阳"。

[2] 这三个短语分别为意大利文、英文、法文，意为："很好"。

"这不像是故意胡写的，"塞尔瓦达克上尉说，"很显然，这张字条与我们遭遇灾难后地球上的新情况有关！装着字条的这个皮套是乘船航行的某个观察者的……"

"不，上尉，"普罗科普二副反驳道，"这个观察者本应该将这张字条放进一只瓶子里，那要比放在皮套里更保险，不易被浸坏。我倒是觉得是某位学者孤独地待在未被吞噬的海岸的某一处，想把他所观察到的情况传达出去，也许是因为找不到瓶子，不得已随手拿起皮套，将字条装了进去。"

"这倒不要紧！"蒂马塞夫伯爵说，"此时此刻，当务之急是首先弄明白这个奇怪的字条上写的是什么意思，而不必去猜测写字条的人是谁。所以咱们先从上到下一步一步地来。首先，加利亚是什么意思？"

"我不知道大大小小的行星有哪一颗是叫这个名的。"塞尔瓦达克上尉回答道。

"上尉，"普罗科普二副接口说道，"我们先别忙着分析内容，让我先向您提一个问题。"

"您说，二副。"

"您难道不觉得这张字条似乎在证实我们最后的那个假设吗？按照那个假设，地球有一小块可能已经被抛到太空去了？"

"是的……也许是……"塞尔瓦达克上尉说，"尽管有关小行星的问题有所异议，但是，它毕竟始终存在着！"

"这么说的话，"蒂马塞夫伯爵补充说道，"那就是这位学者可能将这颗星球命名为加利亚了。"

"他可能是一位法国学者？"普罗科普二副问道。

"有这种可能，"塞尔瓦达克上尉回答道，"你们看，字条上一共十八个字，其中十一个法文字、三个拉丁文字、两个意大利文字和两个英文字。这也可能表明那位学者偶然间发现了这张字条，他就将字条用各种文字写了出来，以便增加别人看明白的概率。"

"我们假定加利亚是在太空运行的一颗新的行星，"蒂马塞夫伯爵说，"那我们就继续解读它。'Ab Sole，2 月 15 日为五千九百万法里'。"

"那肯定是在那一天它与太阳之间的距离，"普罗科普二副回答道，"它当时已经进入火星的轨道了。"

"嗯，"蒂马塞夫伯爵说道，"我们对字条上的第一条的分析是完全正确的。"

"对。"普罗科普二副说。

"1 月至 2 月所走的路程是八千二百万法里。"蒂马塞夫伯爵边看边说道。

"很显然，那是指加利亚在新的轨道上运行的路程，"赫克托尔·塞尔瓦达克上尉说道。

"对的，"普罗科普二副补充说道，"根据开普勒[1]定律，加利亚的速度或者说在相同的时间内它所运行的路程，在逐渐变小。而我们感到气温最高的那一天正是 1 月 15 日。因此，很有可能，在那一天，加利亚就在近日点上，也就是说，它与太阳的距离是最近的，而它运行的速度是地球的两倍，地球的速度每小时只有两万八千八百法里。"

"完全正确，"塞尔瓦达克上尉说道，"但是，这并没告诉我们加利亚的远日点的距离是多少，也没有让我们对未来抱有希望或者心生担忧。"

"不，上尉，"普罗科普二副说，"如果我们在加利亚运行轨道的各个点上，好好地观测的话，我们就肯定能够通过万有引力定律确定它的参数……"

"因此，也就能弄清它在太阳系中所运行的轨道了。"塞尔瓦达克上尉说。

"确实如此，"蒂马塞夫伯爵说道，"如果加利亚是一颗小行星，那它就像所有的运动物体一样，受到力学定律的制约，而太阳像制约所有星球的运行一样，也会制约它的运行。它一旦与地球分离，立刻便会被太阳的无形引力所控制，那么它现在就将永远不变地在这条轨道上运行下去了。"

"除非有某个干扰的星球稍后过来改变它的运行轨道，"普罗科普二副说道，"啊，加利亚只不过是一个小的运动物体，与太阳系的其他运动物体比较起来，它真的是太小太小了，而且其他行星都可能对它产生一种它无法抗拒的影响。"

"可以肯定，"塞尔瓦达克上尉补充说道，"加利亚在运行中，有可能被干扰而改变其轨道。不过，先生们，你们应该知道，我们这么推论，仿佛我们已经成为'加利亚人'了！嘿，有谁能告诉我们说，字条上所说的那个加利亚就是新近发现的第一百七十颗小行星呢？"

"没人告诉。"普罗科普二副回答道，"的确，天文望远镜的观察范围极小，介于火星轨道和木星轨道之间。因此，它们从未像加利亚那样距近日点那么近。这一点肯定无疑，因为字条上的说法与我们的假设是一致的。"

"遗憾的是，"蒂马塞夫伯爵说，"我们没什么仪器设备供我们观测，所以无法测定我们的这颗小行星的参数。"

"那可说不定！"塞尔瓦达克上尉回答道，"我们迟早会将此事弄个水落石出的！"

"至于字条上最后的那几个字，'Va bene！All right！！Parfait！！！'并没什么含意……"蒂马塞夫伯爵说。

---

[1] 开普勒（1571～1630），德国天文学家，哥白尼"日心说"的捍卫者。

"如果写这张字条的人对新出现的这些怪象像中了魔似的，觉得在不可能的世界中什么好事都会有的话，那也不见得是不可能的。"塞尔瓦达克上尉回答道。

第 16 章　一切都荡然无存

这时候，"多布里纳"号在绕过挡住它北行的巨大海岬之后，向着之前的克勒兹[1]方向驶去。

几位探测者可以说是夜以继日地在探讨眼前这些奇怪的事情。在他们的谈论中，加利亚这个名字反复出现。他们在不知不觉之中，几乎是下意识地便将它视为一个地理名词了，也就是说，是带着他们在太阳系里漫游的这颗小行星的名称了。

但是，他们的这些讨论并未能让他们忘记对地中海沿岸的探测。因此，双桅纵帆式帆船始终在尽可能地贴近新海域的范围内航行，这里很可能是加利亚的唯一的一个大海。

大海岬北部海岸与昔日伊比利安海岸所占据的巴塞罗那大概在同样的地方相连，但是，这个海岸与大城市巴塞罗那都不见了踪影，想必都已经沉入海底。浪花拍击着稍稍靠后的那个悬崖，这座悬崖新岸转向东北方向，深进大海，正好占据了之前克勒兹海角的位置。

克勒兹海角现在已经不复存在。

眼前已经开始是法国边境了。当塞尔瓦达克上尉看到一片新土地替换了他祖国原先的土地时，大家一定清楚他脑子里该是一种什么样的想法。一片无法逾越的屏障在前方高高兀立，挡住了法国海岸，无法看到岸上的情景。前方耸立的千山万仞，陡峻峭立，高达一千英尺以上，看不见任何一处可以攀登的地方。它又高又陡的状况，简直与地中海另一边的情景一模一样，完全取代了法国南部风景秀丽的海岸。

双桅纵帆式帆船贴近这个海岸行驶着，昔日的东比利牛斯省、贝阿思角、旺德尔港、特什河口、圣拉泽尔湖、泰特河口、萨尔斯湖，全都不见了踪影。在奥德省界上，昔日湖泊小岛遍地，景色宜人，但是今天，纳尔波那地区甚至连一寸土地都见不到了。从埃罗边境的阿德角直到埃格—莫特海湾什么都没有了；塞特、弗隆蒂涅不见了；尼姆地区的那个弧形海岸从前是深入地中海的，现在也不见了；克洛和卡马尔格的大片大片的平原也消失了；罗讷河那变化无常的河口湾也不复存在。马蒂格没有了！马赛不在了！不言而喻，人们甚至再也看不到欧洲大陆上法国海岸的任何一块土地了。

---

[1]　克勒兹，法国中央高原西北边的一个省会城市。

赫克托尔·塞尔瓦达克虽然早已有心理准备，但是面对眼前这一片凄凉景象，还是禁不住黯然神伤。这些地方他曾经是那么熟悉，可他再也无法看到任何一点海岸的遗迹。有几次，当他看到海岸向北转时，他盼望着能再见到一块劫后余生的法国土地，但是，无论海岸如何向内弯曲，普罗旺斯那美丽绝伦的海岸却没有任何一处显现出来。当新的海岸突然中断，本应出现旧日的海岸时，塞尔瓦达克所见到的却是一片汪洋。塞尔瓦达克上尉不禁暗想，他的祖国所剩下的全部土地，难道只剩下他将不得不返回的阿尔及利亚国土的那狭小的一块——古尔比岛不成？

"不过，"他对蒂马塞夫伯爵说道，"加利亚的陆地并非到这个无法靠近的海岸便中止了！它的北极在悬崖峭壁的后面！在这道峭壁高墙后面到底有些什么？必须搞清楚它！尽管我们见证了所有这些怪异的景象，但如果我们待的地方始终是地球，地球在行星世界中沿着一个新的方向在运行，法国、俄国仍然与整个欧洲在一起，那么就必须验证一下！我们难道在这个海岸就找不到一个沙滩让我们靠岸停泊吗？我们难道就想不出任何办法攀登这个确实难以攀爬的悬崖峭壁吗？难道想不出哪怕只观察一次的被遮挡地方的办法吗？上帝保佑，让我们下船上岸！"

但是，"多布里纳"号只能沿着这堵高墙边行驶，船上的人们看不到可以停泊的小海湾，甚至连一块能让人踏上的礁石都没有。海岸始终如一，全都是光滑、陡峻、峭立的高墙，高达两三百英尺，上面罩着奇异的、犬牙交错的、光亮亮的、云母片似的薄石片。显然，在地中海边形成的这新的"海岸"，遍布着岩石，仿佛是一个模子里倒出来的岩石似的。

"多布里纳"号开足马力，全速向东驶去。天气晴朗，温度渐冷，空气中水汽不再那么饱和。天空中飘浮着的几抹云彩，东一块儿西一块儿地形成半透明状的卷云。白日里，太阳那变小了的圆盘投射出一些苍白的光线，照在物体上模模糊糊的。夜晚，天空繁星闪耀，有几个行星在远处露出微弱的光亮。比如金星、火星和一颗陌生的星球——这颗星球位于低处的行星行列之中，在太阳升起或下山之前出现在天幕上。至于那巨大的木星和漂亮的土星，它们则相反，亮度在逐渐增强，原因是加利亚在向它靠近。二副普罗科普现在用肉眼便能观察到天王星，而以前，想看到天王星非得用望远镜不可。因此可以说，加利亚在远离了它的太阳之后，现在在行星世界中运行。

2月24日，"多布里纳"号在沿着灾难发生之前的瓦尔省蜿蜒曲折的边界航线航行之后，曾寻找过耶尔群岛、圣-特洛佩兹半岛、莱林群岛、戛纳湾、若昂湾，结果都毫无所获。然后"多布里纳"号便驶抵昂蒂布角当初所在的位置。

在这个地方，令探测者们极其惊讶而又极其兴奋的是，悬崖峭壁从上往下有一条窄窄的裂缝。下面，有一片小海滩延伸开来，足可以让一条小船轻易地靠近。

"太棒了！我们终于可以上岸了！"塞尔瓦达克上尉情不自禁地大声叫道。

用不着催促蒂马塞夫伯爵，他也急不可耐地要登上这片新陆地。他和普罗科普二人的心情与塞尔瓦达克上尉的心情是完全一样的。

放眼望去，这条缝隙颇像是一道激流冲刷的河床，沿着斜坡往上爬，可能会成功地爬到悬崖的顶端，并能发现一个宽阔的地方，尽管不是法国领土，但却让他们得以观察这个奇特的地区。

早上七点，伯爵、上尉和二副登上岸去。

他们第一次发现了昔日海岸的几处遗迹。这些淡黄色的黏合起来的石灰岩正是普罗旺斯海岸最常见的。但是，这个狭窄的沙滩太小了，明显是原来地球的一小块，面积只有几平方米。因此，他们没有在此久留，匆匆地朝着想要涉过的那条山涧走去。

山涧已经干涸，甚至可以说是从未有湍急的水流从这儿奔流过。河床中的岩石和河两边的岩石一看便是迭层结构，似乎历经数百年都未曾遭遇过风刀雨剑的袭击。如果是地质学家，就可能断定它的地质年代了，但是，无论蒂马塞夫伯爵，还是参谋军官，抑或普罗科普二副都对之毫无了解。

不过，如果说山涧中没有一丝一毫的昔日的或今日的潮湿痕迹的话，那我们也能想象得到，一旦气候条件发生彻底的改变，那么它有一天总会有大量的水流从那儿奔腾出去。

确实，在山涧两边的斜坡上，已经有许多地方有一块一块的雪地在闪闪发亮，越往上去，便越能看到雪地的面积在扩大，积雪在变厚。很有可能，山顶或者也许"墙"背后的地方是一个冰雪世界。

"你们看，"蒂马塞夫伯爵对大家说，"我们在加利亚表面发现了有水流的痕迹。"

"没错，"普罗科普二副回应道，"毫无疑问，在更高的地方，不仅有雪，而且还有冰，因为越往上去越冷。我们可别忘了，如果加利亚呈类球体状的话，那么我们所在的这个地方就紧挨着北极地区了，只能接触到斜射的太阳光。可以肯定，黑夜不会是长年存在的，正如地球两极的情况一样，由于自转的微小的倾斜度，所以太阳一直照射在赤道上，但是严寒可能是实打实的，尤其加利亚距离太阳这个热源很远。"

"二副，"塞尔瓦达克上尉问道，"加利亚表面的温度是不是会降得很低很低，活人在它上面受不了？"

"那倒不会，上尉，"普罗科普二副回答道，"我们无论离太阳有多远，温度也绝不会降到比太空还要低的，那是太空绝对没有空气的地区。"

"那最低最低的温度是……"

"大约零下六十度，这是根据法国物理学家傅立叶[1]的理论计算出来的。"

"六十度！"蒂马塞夫伯爵惊诧地说，"零下六十度！这么低的温度似乎连俄国人也受不了的。"

"英国的那些在北冰洋航行的航海家已经抗住了这么低的气温，"普罗科普二副说，"如果我记得不错的话，帕里在梅尔维尔岛[2]就遇上过零下五十六度的低温。"

几位探测者停顿了片刻，喘了一口气，因为如同登山者所遇见的那样，空气变得越来越稀薄，登山更加艰难。另外，他们尚未爬到一个很高的高度，只有六七百英尺时，就感到气温已经在急剧下降了。幸好，河床那条纹状的矿物质便于他们攀登，以致大约在离开狭窄沙滩一个半小时之后，他们便登上了悬崖的顶端。

这片悬崖峭壁南临大海，北边俯临陡然低下去的整个新地区。

塞尔瓦达克上尉忍不住大叫一声。

法国已不复存在！一块接一块的巨石连绵不断，直到地平线。所有的冰碛都覆盖着冰和雪，整齐划一。这是一个巨大的岩石聚集体，均呈六角形的棱柱状，闪亮耀眼。加利亚好像只是单一的、陌生的矿物质构成的。如果说构成地中海边缘的悬崖峭壁的顶端看不到它尖峰的整齐一致，那是因为某个现象——也许是没有海水存在的那个现象——在灾难发生时，改变了这个环境。

不管怎么说，反正在加利亚南边那部分，我们已经见不到一块欧洲土地的任何一点遗迹。新的物质全都代替了昔日的土地。普罗旺斯往日那连绵起伏的乡野看不见了，在干燥的石滩上满地皆是的红色腐殖土上的橙橘林和柠檬园也看不到了，青绿色的橄榄树林无影无踪，大路两旁的胡椒树、朴树、金合欢树、棕榈树和桉树也不知去了何方，随处可见的巨大天竺葵树林及其丛中的芦荟也消失殆尽，连海边氧化了的岩石和远处的山峦及一层层的针叶树林也都不知所踪。

这儿已无任何的植物，甚至连最耐寒的极地植物——雪地上的苔藓也无法在这个石头地上生长了！动物更是绝迹了，因为任何鸟儿，无论是鹱鸟、海燕、海雀这北极地区的鸟类因找不到任何食物而一天也待不下去。

在这个可怕的石质地上矿物一统天下。

塞尔瓦达克上尉看上去本应是个豁达乐观之人，可是此时此刻此景，却让他难以承受。他立在一块冰冻的岩石上，泪眼汪汪地看着眼前那一大片新的土地。他简直难以相信那原本是法国的土地！

---

[1] 傅立叶（1768～1830），法国数学家和物理学家。

[2] 梅尔维尔岛，位于加拿大北冰洋的一个岛。

"不！"他吼叫道，"不！我们肯定是弄错了地方！我们并没有到达穿越临海的阿尔卑斯山所在的那个纬度！我们要寻找的那一大片土地的遗迹应该是更靠后一些的！是的，一座'高墙'从大海中伸出，但是，在它的背面，我们将会看到欧洲的大地！蒂马塞夫伯爵，请过来，快过来！我们越过这冰雪大地，再往前去寻找，一定要找到……"

赫克托尔·塞尔瓦达克一边这么说着，一边往前走了约二十步。他想要在悬崖峭壁的六角形石林中找到一条可以通行的小路：

突然间，他停下了脚步。

他的脚在雪地上刚刚能碰到一块切削过的石板。从它的形状和它的颜色来看，这块石板似乎不像是属于这片新土地的。

塞尔瓦达克上尉捡起那块石板。

这是一块发黄的大理石，上面还可以看清楚几个刻着的字母，其中有这么三个字母：Vil……

"别墅！[1]"塞尔瓦达克上尉大叫一声，不禁手一松，石板落地，摔得粉碎。

这座别墅想必是某个豪华住宅，几乎是建在昂蒂布角的顶端，位于边界最优美的风景区里。此处树木繁茂、景色诱人，夹在若昂湾和尼斯湾之间，远处有临海的阿尔卑斯山掩映。阿尔卑斯山往远处延伸，一座座秀美的山林从埃斯特莱尔、埃扎、摩纳哥、罗克布鲁纳、芒东和温蒂米尔，一直伸展到波尔迪盖尔的意大利角。可是，如今还剩下点什么？连那块大理石板也都被摔坏了，成了一堆碎片！

塞尔瓦达克上尉已不再怀疑昂蒂布海角已经消失在这块新大陆的地底下了。他悲痛难耐地苦苦思索着。

这时，蒂马塞夫伯爵走上前来，神情凝重地问道："上尉，您知晓霍普家族[2]的那句箴言吗？"

"我不知道，伯爵先生。"赫克托尔·塞尔瓦达克回答道。

"喏，是这么一句：Orbe fracto，spes illaesa！[3]"

"这正同但丁的那句令人悲观失望的名言相反！"

"对，上尉，那么，现在我们就照着但丁的那句话反其道而行之吧！"

---

[1] 法语的别墅是 Villa，石板上能看清前三个字母。

[2] 霍普家族祖上是苏格兰的贸易商人，后来在荷兰的阿姆斯特丹和鹿特丹经营航运、仓储、保险、信贷业务，代表人物亨利·霍普，荷兰银行家、金融巨头。

[3] 此句系拉丁文，意为"地球消失，希望犹存"。

第 17 章　齐心协力，同舟共济

"多布里纳"号的航行者们只好返回古尔比岛。这个狭小的世界真的成为这些被这颗新星球带往太阳系中的人居住的地方了。

"不管怎么说，"塞尔瓦达克上尉自言自语地说，"它差不多是法国的一小块！"

于是，对这一返回去的计划大家进行了讨论，而且，眼看就要被采纳了。可是，普罗科普二副却指出，大家对地中海新的周边情况尚未完全摸清楚。

"北部还有待我们去探测，"二副说道，"就是从昔日的昂蒂布角直到直布罗陀水域的海峡入口处，而且，在南部，从加贝斯湾直到与它同名的海峡，也必须加以探察。我们在南部已经沿着原非洲海岸所形成的边界进行了深入的探测，但是，对构成新海岸的那一片却知之甚少。谁知道南部的一切出口被封堵上没有？谁知道非洲荒漠中是否有什么肥沃的绿洲逃过了一劫？另外，意大利、西西里岛、巴利阿里群岛及地中海的那些大岛屿也许劫后余生，得以幸存，所以我们最好是前去查看一番。"

"你的看法很正确，普罗科普，"蒂马塞夫伯爵赞道，"我觉得确实应该将这片海域的水文测绘图搞详细一些。"

"我同意您的看法，"塞尔瓦达克上尉回答道，"我们是否现在就去探测，然后再返回古尔比岛？"

"我想，"普罗科普二副说，"我们是不是应该趁'多布里纳'号现在还能为我们服务的时候，好好利用它。"

"你到底想说什么，普罗科普？"蒂马塞夫伯爵问道。

"我是想说，气温总在下降，而加利亚又是在沿着一个渐渐远离太阳的轨道上运行，它很快就会遭到极端严寒天气的侵袭。这样一来，大海结冰，'多布里纳'号则无法航行。那么，我们只得进行一次冰面旅行了，那可是艰难无比呀！所以，何不趁海水尚未结冰，我们赶快继续我们的探测行动？"

"你说得对，普罗科普，"蒂马塞夫伯爵称赞道，"我们立刻去探察一下，看看昔日的大陆还剩下点什么。如果欧洲的某一块地方逃过了一劫，如果尚有灾后余生的人，我们就可以前往救援，现在最要紧的是先将情况摸清，然后再回去度过严冬。"

蒂马塞夫伯爵是个慷慨大度、乐于助人的人，在这种时刻，他首先想到的是别人。不过话说回来，想着别人，不也是想着自己吗？加利亚正带着大家在广阔无垠的宇宙间漫游，人与人之间的种族和民族的差异已经不存在。他们已是同一个民族了，或者说是同一个大家庭的代表了，因为他们担心自己是罕见的人了！是昔日地球上仅有的幸存者了！因此，无论如何，如果尚有幸存者的话，大家就应该团结一致，共同努力，争取活下去。如果说返回地球的希望已经完全破灭了的话，那他们就在这个新的星球上造一个新的人类。

2月25日，双桅纵帆式帆船驶离了它暂时停泊的这个作为避难所的小海湾。它沿着北部海岸航行，全速向东部驶去。刺骨的寒风肆虐，严寒越来越近了。温度计标示的是零下两度左右。幸运的是，海水的冰点要低于河水，因此，它对"多布里纳"号的航行没有任何妨碍。不过，必须抓紧时间。

夜空极其美丽。在逐渐变冷的大气层中，云雾似乎更难以聚集。天空如洗，苍穹繁星闪烁。如果说普罗科普二副作为一名水手会对月亮永远从地平线上消失而深感遗憾的话，那么作为一位专门研究恒星的天文学家，他则会庆幸有加利亚这样的漆黑之夜可以窥探太空。

尽管"多布里纳"号上的探测者们见不到月亮了，可他们至少可以看得到流星。在这个时刻，一场很大的流星雨纷纷划过天穹——这场流星雨比地球上的观测者们在8月和11月所看到的要大得多得多。即使按照奥姆斯特德先生所说，1833年，他在波士顿看到的那场流星雨至少比8月和11月的流星雨大上十倍。

加利亚确实正在穿过一条与地球保持着同心圆运动、但又位于地球外侧的小行星轨道。这些小行星似乎都是从英仙座之中的恶魔星分离出来的。当它们擦过加利亚的大气层时，速度极快，会猛烈地燃烧起来。由数百万枚烟火做成的一捆烟花——鲁杰里[1]的杰作——甚至都无法与这种流星雨迸发出来的耀眼光芒相比拟。海岸上的岩石在其似金属般光亮的表面映照出繁星点点，光彩夺目，甚至大海中也如落入万般星光，让人睁不开眼睛。

然而，这种壮丽景象仅仅显现了二十四小时，因为加利亚快速远离了太阳，无法再看到了。

2月26日，"多布里纳"号在往西行进时，被一个长长的海岬挡住了去路，迫使船南下至现已不存在的昔日科西嘉岛的顶端位置。在那儿，昔日的波尼法乔海峡变成了一个广阔而荒凉的大海。不过，到了27日，东边出现一个小岛，离双桅纵帆式帆船只有几海里，从其所在位置看，如果小岛不是刚刚形成的，那就一定是撒丁岛最北端的残存部分。

"多布里纳"号靠近这座小岛，小船被放下了海，不一会儿，蒂马塞夫伯爵和塞

---

[1] 鲁杰里（16世纪末～1615），佛罗伦萨的天文学家。

尔瓦达克上尉便上到一个不足一公顷的绿树成荫的高地上。高地上长着三四棵高大的老橄榄树，其间这儿或那儿夹杂着几棵爱神木[1]丛和乳香黄连木丛。小岛荒凉，没人居住。

正当探测者们准备离开时，耳际突然传来咩咩的叫声，随即便发现一只山羊在山岩间跳跃着。这是一只典型的家养母山羊，这种羊被誉为"穷人的母牛"。这只山羊还很小，皮毛发黑，犄角很小，弯曲，见到生人也不逃走，反而向他们奔来。从它那跳跃的姿势及它的叫声看，它似乎在要他们陪伴。

"岛上不会只有一只羊！"赫克托尔·塞尔瓦达克大声说道，"我们跟着它去！"

于是，他们便跟着小羊走。走了有几百步远，来到了一个被黄连木丛半遮掩的洞穴旁。

洞口有一个七八岁的小姑娘，漂亮的脸蛋，乌黑的大眼睛，一头褐色长发，美若天仙，宛如穆里略[2]的《圣母升天》中的小天使，她并不太害怕，还透过灌木丛偷看来人。

小姑娘打量了两位探测者一会儿，见二人慈眉善目，便放下心站了起来，向他们跑过去，带着一种信任感向他们伸出双手。

"你们不是坏人吧？"她用意大利语轻声轻气地说，"你们不会伤害我吧？你们不会让我害怕吧？"

"不会的，小姑娘，"伯爵用意大利语回答，"我们只想做你的朋友！"

伯爵打量了一下这个可爱的小姑娘，问她道："你叫什么名字，小姑娘？"

"尼娜。"

"尼娜，你能告诉我们，这里是什么地方吗？"

"马达勒纳，"小姑娘回答道，"当一切突然大变样的时候，我就在这儿了！"

马达勒纳是位于撒丁岛北部的卡普雷拉附近的一个小岛，已经在灾难中无影无踪了。

蒂马塞夫伯爵又问了小姑娘几个问题，她都伶俐地做了回答。因此，伯爵获知小尼娜独自在小岛上生活，无父无母，在为一个不劳而获的人放羊。灾难发生时，突然之间，她周围的一切全都不见了踪影，只剩下这一小块土地，只有她同她心爱的小山羊玛尔奇侥幸活了下来。她吓坏了，不过，她很快便放下心来，在感谢了上帝一番之后——因为那块土地不再晃动了，她便安排了一下，同她的小山羊玛尔奇一起生活了。幸好，她还留着一些食物，一直维持到现在。她一直在盼望着有一条船开来，把她带走。

---

[1] 爱神术，即香桃木，常绿灌木，属桃金娘科，享有"爱神木"的美称。

[2] 穆里略（1618～1682），西班牙画家。

既然船就在岸边，她求之不得地要离开这个地方，但有一个要求，把她的母山羊也一起带走，如果可能的话，把它带到农场去。

"现在，加利亚上又多了一个可爱的小居民了。"塞尔瓦达克上尉拥抱着小姑娘说道。

半小时之后，尼娜和玛尔奇上了双桅纵帆式帆船，可想而知，每个人都在热情地欢迎她和她的小山羊。遇上这个小姑娘，真是一个好兆头！那些虔诚笃信的俄国水手把她视为一位小天使，不止一个人认为她长着一双翅膀。从第一天开始，他们就称呼她为"小圣母"了。

"多布里纳"号行驶没几个小时便看不见马达勒纳了，然后，它复又往西南方前行，发现了一个新的海岸，距离昔日的意大利海岸有五十法里。一块新的大陆已经取代了意大利半岛，意大利半岛没有留下任何遗迹。然而，在罗马的经纬度上，有一个很宽阔的海湾，它一直深入到原圣城罗马本该有的那个地方的另一边。然后，新的海岸只是在原卡拉布里亚那片昔日的大海区域延伸下去，直到半岛的"靴子"[1]底端。但是，墨西哥的灯塔不在了，西西里岛不见了，甚至连那露出水面的、高大的、海拔三千三百五十米的埃特纳山峰也看不到了。

再往南航行了六十法里，"多布里纳"号又见到了他们那次与狂风暴雨搏斗时发现的那条狭长海峡的入口，海峡的东头是通向直布罗陀的大海。

从这儿一直到加贝斯海峡，探测者们已经认出了地中海的新海岸。普罗科普二副为了节省时间，便径直抵达他们未曾探察的大陆的海岸。

时值3月3日。这个新的海岸在齐邦绿洲所在的纬度穿越昔日的康士坦丁省，随后突然转了一个弯，再次往下，直到纬度32°的地方，又转而向北，形成一个不规则的海湾，被独特地框在巨大的矿物结构中。这时，它好似一个将近一百五十法里的长条形，穿过旧日的阿尔及利亚属撒哈拉。如果摩洛哥还存在的话，那儿的一个海角就可能成为摩洛哥的天然边界，与古尔比岛南端靠近。

必须北上，返回到这个海角的顶端，以便绕过它去。探测者们在绕过它时，看到一座火山正在喷发，这是他们第一次看到在加利亚表面上出现的火山活动。这是一座活火山，它立于这个海角的顶端，高三千英尺。此刻尚未熄灭，仍然在向外喷发着，不是火焰，便是浓烟。

"加利亚地下有岩浆在活动！"当"多布里纳"号上的瞭望水手指着火山时，塞尔瓦达克上尉惊诧地说道。

---

[1] 从地图上看，意大利像只靴子。

"怎么会没有,上尉?"蒂马塞夫伯爵说道,"既然加利亚是地球的一部分,那么我们的这颗'小行星'难道就不会带走地球内部的一些岩浆,如同它带走一部分空气、海洋和大陆吗?"

"带走的是很小很小的一部分!"塞尔瓦达克上尉说,"不过,不管怎么说,反正那一小部分也够现在的居民们享用了!"

"对了,上尉,"蒂马塞夫伯爵问道,"既然我们的这次环游会将我们带到直布罗陀海域,那么您是否认为有必要让英国人知晓这种新的情况以及它所带来的后果呢?"

"有什么用?"塞尔瓦达克上尉回答道,"那些英国人,他们知道古尔比岛位于何处,如果他们高兴的话,可以来,他们并不是一无所有的穷光蛋。正好相反!他们有足够的食物,能够对付很长时间。他们所在的岛与我们的岛相隔顶多就是一百二十法里。而且,一旦海水结了冰,他们想来的话,就会来找我们。我们没有必要兴冲冲地欢迎他们。再说了,如果他们跑来这里的话,我们还得报复一下……"

"那又何必呢?大人不记小人过嘛!"蒂马塞夫伯爵说道。

"是呀,伯爵先生,"塞尔瓦达克上尉答道,"其实,现在已经没什么法国人、英国人、俄国人之分了……"

"是呀,"蒂马塞夫伯爵叹息一声,摇摇头说,"这些英国人到哪儿都那么盛气凌人。"

"嗯!"赫克托尔·塞尔瓦达克说,"他们既可恨又可怜!"

最后,大家决定不去看望直布罗陀岛上的那些英国人。再说,即使决定与这帮英国人重新取得联系,此时此刻也不可能,因为"多布里纳"号返回英国人驻守的那个小岛,可能会危险重重。

的确,气温在持续下降。普罗科普二副不无担忧地看到,大海很快就会在双桅纵帆式帆船四周冻结。另外,因为全速行驶船的燃油耗费得厉害,如果不省着点用,很快就会告罄。普罗科普二副把这两种极为严重的情况告诉了大家,经过讨论,大家一致认为此次航行到达火山顶端的高度便中止。海岸在此复又返回南边,隐没在茫茫的大海之中。此刻,"多布里纳"号上的燃料即将耗尽,而且,海面很快就要结冰,如果继续前行,其后果将不堪设想。再者很有可能,在昔日非洲荒漠上的加利亚的这一部分——淡水和生物奇缺的土地上,根本不可能再找到其他的陆地;而且,即使再怎么努力,也无法让这片土地肥沃起来。因此,中断探测是最佳选择,等有更好的机遇再继续航行也不迟。因此,3月5日这一天,大家做出决定,"多布里纳"号不再向北行驶，返回到离此只有二十法里的古尔比岛去。

"我那可怜的本－佐夫！"塞尔瓦达克上尉痛苦地说，他毕竟是他这五个星期的旅行中时时惦念的朋友，"但愿他没有遭遇不测！"

在这从火山顶端到古尔比岛的短暂航行中只有一个意外值得一提。他们又得到一张由那个神秘的学者写的字条。这位学者显然在每日每夜跟踪计算加利亚在它新的轨道上的运行数据。

日出时分，他们发现海上有一漂浮物。水手将它捞了上来。这一次是一个小罐头盒，而不是皮套。同上次一样，也是在封口上涂了厚厚的封蜡，上面印着同上次一样的两个大写字母。

"字母同上次的完全一样！"塞尔瓦达克上尉说。

罐头盒被小心翼翼地打开了，只见里面有一张字条，上面写着：

加利亚（？）
Ab Sole，3月1日，距离：七千八百万法里！
二月至三月，运行五千九百万法里！
Va bene！ All right！ Nil desperandum[1]！
高兴！

"又是既无地址又无署名！"塞尔瓦达克上尉大声抱怨道，"简直是在故意捉弄人！"

"这种捉弄人的把戏何止千千万万！"蒂马塞夫伯爵回应道，"既然我们两次无意中看到这种奇怪的字条，这也就是说，写字条的人大概往大海里抛下了许多皮套和罐头盒！"

"可是，这个糊涂虫学者怎么想不到留下自己的地址呀！"

"他的地址？那就是在占星家的井底，不难发现！"蒂马塞夫伯爵借用拉封丹的寓言回答道。

"这倒是有可能，可是井在哪儿呢？"

塞尔瓦达克上尉的这个问题看来是不会有答案的。写字条的人是不是待在某个逃过劫难的小岛上，而"多布里纳"号却没有发现？他是不是待在一条沿着新的地中海航行的船上，如同双桅纵帆式帆船那样？我们还真的无法说清楚。

---

[1] Nil desperandum，拉丁语，意为"永不绝望！"

"不管怎么说，"普罗科普二副说道，"如果字条写的是真实情况，而且字条上的数字也说得十分确切的话，那么这两张字条就是在讲两个重要的情况：第一，加利亚的运行速度减慢，从1月到2月它走了八千二百万法里，而2月到3月，它只走了五千九百万法里。第二，加利亚与太阳之间的距离，2月15日只有五千九百万法里，到了3月1日，便是七千八百万法里，增加了一千九百万法里。因此说，加利亚在远离太阳的同时，它在轨道上的运行速度在减小，这完全符合天体力学的定律。"

"那你的结论是什么，普罗科普？"蒂马塞夫伯爵问他道。

"那也就是像我已经说过的那样，我们正沿着一条椭圆形轨道在运行，但是我们却无法计算出它的离心率。"

"另外，我发现，"蒂马塞夫伯爵说，"写字条的人还是在用加利亚这个名字。我建议我们干脆就这么称呼把我们带走的这个星球吧，并且将这片大海也称之为'加利亚海'。"

"好，"普罗科普二副说，"我们在绘制新航海图时，就这么标注它吧。"

"我还想说，"塞尔瓦达克上尉说，"我还有另一个发现：这位正直诚实的学者对自己的观测愈发地感到高兴，不管怎么说，我都会同他一样到处和永远地重复一句话：'永不绝望'！"

几小时之后，"多布里纳"号上的瞭望水手终于看到了古尔比岛。

第18章　加利亚上有了古老欧洲各民族的人

双桅纵帆式帆船于1月31日驶离古尔比岛，在航行了三十五天——地球年正值闰年——之后，于3月5日返回。这三十五天按加利亚星球历算就是七十天，因为太阳在古尔比岛经线上升落了七十次。

赫克托尔·塞尔瓦达克在船接近逃过劫难的阿尔及利亚土地上的这唯一的一块陆地时，心里不免有点不安。在分别这么长的一段时间里，他曾多次寻思，他还能找到那个小岛及他忠实的仆人本－佐夫吗？宇宙间发生了这么多的变化，加利亚的表面已经大变样，这让他忐忑不安，生怕本－佐夫有什么不测。

不过，参谋军官的担心是多余的，古尔比岛仍在，依然如故。但是，倒是有一点怪现象：在到达谢里夫港之前，赫克托尔·塞尔瓦达克发现在他住处的上方一百来英尺的地方，出现了一块非常奇特的云。当双桅纵帆式帆船离海岸只有几链远时，那片乌云像是厚厚的一大块，在空中忽上忽下。渐渐地，塞尔瓦达克上尉看清楚了，那并非什么水气聚集成的乌云，而是黑压压的一片鸟儿，宛如鲱鱼群聚在水中一般。在这一片飞鸟群中，不时地传出一阵阵鸣叫，仿佛放礼炮似的。

"多布里纳"号放了一发炮弹，以示船即将抵港，要在谢里夫小港口停泊。

正在这时候，一名男子，手持长枪，跑上前来，纵身一跳，跳到港口下面的岩石上。

这人正是本－佐夫。

开始时本－佐夫一动不动地站立着，眼睛注视着十五步的地方，毕恭毕敬地恭候着。但是过了一会儿，正直的下士长实在憋不住了，赶忙向正在下船的上尉迎了过去，亲切地亲吻上尉的手。

然而，本－佐夫没有说一些套话，比如什么"见到您真高兴呀！我一直在担心您！您怎么走了那么久才回来呀！"等，反而大声嚷着："啊，强盗！土匪！您总算回来了，上尉！小偷！海盗！无耻之徒！"

"你在骂谁呀，本－佐夫？"赫克托尔·塞尔瓦达克问道，勤务兵的那些奇怪的骂人话让他以为有一帮阿拉伯土匪洗劫了他的住处。

"咳，我在骂那群该死的鸟！"本－佐夫扯开喉咙喊道，"都一个月了，我天天都在用枪打它们！可是，打死一只，又来一只！哼，要是任由这帮长着喙和羽毛的卡比尔[1]胡作非为的话，我们在岛上就一粒麦子都没有了！"

蒂马塞夫伯爵和普罗科普二副走到塞尔瓦达克上尉身边，发现本－佐夫说得毫不夸张。1月份，加利亚靠近太阳，天气酷热，麦子成熟很快，可是现在，却遭到成千上万的鸟雀抢食。抢收后剩下的粮食也几乎被它们抢劫一空。确实，如本－佐夫所说，"抢收后剩下了一些粮食"，因为在上尉乘"多布里纳"号出航期间，本－佐夫一直没有闲着，可以看到被鸟雀抢食的那片平原上还堆放着许多麦垛。

这群鸟雀强盗是在加利亚与地球脱离之后，与它一起从地球上跟过来的。很自然，它们也在古尔比岛寻找避难之地，因为只有古尔比岛上有田野、草原、淡水，这足以说明加利亚上其他地方都不再长粮食。他们想要在此生活，就必须侵害其他的"居民"。一定得想尽办法将它们驱逐掉。

"我们得认真考虑考虑。"赫克托尔·塞尔瓦达克说。

"噢，上尉，"本－佐夫问道，"我们那些在非洲的同事情况怎么样？"

"在非洲的同事仍在非洲。"赫克托尔·塞尔瓦达克回答道。

"他们都是好同事啊！"

---

[1] 卡比尔，指阿尔及利亚的卡比尔人，他们使用柏柏尔语。

"只是非洲已经不在了！"塞尔瓦达克上尉说道。

"非洲没了？那法国呢？"

"法国嘛！它离我们很远很远了，本－佐夫！"

"那蒙马尔特呢？"

本－佐夫是从心底里发出这声喊问的！塞尔瓦达克上尉只寥寥数语，向他的勤务兵解释了一下所发生的情况。蒙马尔特没有了，巴黎同蒙马尔特一起没有了，法国同巴黎一起没有了，欧洲同法国一起没有了，欧洲同地球一起没有了。蒙马尔特那个地方离古尔比岛有八千多万法里，因此，别指望返回蒙马尔特了。

"这怎么可能？"勤务兵大声嚷叫道，"绝不可能！"本－佐夫说，"蒙马尔特怎么会没有了！怎么会再也见不着了！真是浑蛋！上尉，请别介意，我不得不骂一声，痛快痛快！"

本－佐夫一个劲儿地摇头，怎么也想不通。

"唉，我正直的本－佐夫呀，"塞尔瓦达克上尉回答道，"信不信都是这样了！你可别沮丧，写字条的那位匿名者也是这么说的。所以，我们得好好安排一下，当务之急是先在这里安顿下来，做好长远打算。"

塞尔瓦达克上尉一边这么说着，一边领着蒂马塞夫伯爵和普罗科普二副登上古尔比岛，本－佐夫已经将那儿收拾得干干净净了。哨所依然完好无损，"烘饼"和"和风"在里面有铺好了的软和的草垫子。赫克托尔·塞尔瓦达克以主人的身份在陋屋中招待他的两位客人和一直把羊伴在身边的小尼娜。在刚才来的路上，本－佐夫还在尼娜的小脸蛋上亲了两下，而尼娜也回了他一个真诚的吻。

随后，在哨所里开了个会，商讨首先该做些什么。

最紧迫的问题当然是未来的住宿问题。如何在岛上安顿下来，不受严寒的侵袭，因为加利亚离太阳越来越远了，而且也不知道这种严寒天气会持续多久。这得看加利亚运行轨道的偏心率有多大，或许很多年过去了，它也无法再靠近太阳。再者，燃料也不多，没有煤，树很少，在整个酷寒的时间里，植物难以生长，必须想出某种办法来解决取暖问题，而且越快越好。

至于粮食，暂时还不至于困难。关于饮水问题，也无须担忧。平原上有几条小溪流，储水池中也储备足了饮用水。再说了，严寒很快便能让海面结冰，冰块将提供大量的饮用水，因为海水一旦结冰，就没有盐分子了。

至于食物，也就是人吃的含氮的食品，足够长时间食用。一方面粮食正待入仓，另一方面，岛上牛群羊群也不少。虽然酷寒季节土地上冻长不出庄稼，但是，供牲畜吃的草料还是足够的。然而，有一些措施却是要采取的，如果能计算出加利亚围绕太阳运行一周所需要的时间，就可以根据寒冬的长短来考虑宰杀牲畜的多少。

至于加利亚上现在的居民，如果不算直布罗陀的那十三个英国人的话（此时此刻，尚不必替他们担忧），那就是有八个俄国人、两个法国人和一个意大利小姑娘。因此，古尔比岛需要供养居民是十一位。

但是，赫克托尔·塞尔瓦达克上尉刚一报出这一数字，本－佐夫便立刻嚷起来："啊，不对，上尉。对不起，我得纠正您一下！您说错了！"

"你说什么？"

"我是说我们一共二十二人！"

"在岛上？"

"在岛上。"

"你弄清楚没有，本－佐夫？"

"是我还没来得及告诉您，上尉。您不在的时候，我们有客人来吃饭！"

"有客人来吃饭？"

"是呀，是呀……其实，您看，"本－佐夫说，"你们，俄国先生们不是也来了嘛。您也知道，农作物提前成熟了，我一个人两只手，怎么忙得过来呀！"

"那倒也是，"普罗科普二副说。

"您来看吧。不远，就在附近，只有两公里。我们得带上枪。"

"为了自己？"塞尔瓦达克上尉问道。

"不是针对人，"本－佐夫说，"是对付那些该死的鸟！"

塞尔瓦达克上尉、蒂马塞夫伯爵和普罗科普二副觉得很好奇，便跟着本－佐夫走了，留下小尼娜和她的山羊待在哨所里。

途中，塞尔瓦达克上尉和他的两个同伴用枪朝着在他们头顶上方越聚越多的鸟雀一个劲儿地射击。鸟群足有几千只，其中有野鸭、针尾鸭、沙锥、云雀、乌鸦、燕子，其中还夹杂着一些海鸟，如海番鸭、红斑鸫和海鸥，以及鹌鹑、山郭、丘鹬。每枪必中，掉下来数十只。

本－佐夫没有沿着北部海岸走，而是斜插过去，穿过平原。走了十来分钟，塞尔瓦达克上尉和他的两位同伴，便走完了本－佐夫所说的两公里。这时候，他们走到了一个小山包脚下的矮树丛旁，那儿长着许多埃及无花果和桉树，景色美不胜收。

"啊，这些乞丐！这帮强盗！这帮光吃白食的家伙！"本－佐夫气得直跺脚。

"你骂的还是那些鸟雀吗？"塞尔瓦达克上尉问道。

"不，不是，上尉！我骂的是那帮光吃饭不干活儿的家伙，他们又在偷懒！您看看吧！"

本－佐夫指着乱扔在地上的那些镰刀、耙子、长柄镰让大家看。

"本－佐夫主人，你倒是跟我说说你在骂什么？骂谁呀？"塞尔瓦达克上尉开始有点不耐烦地问道。

"嘘，上尉，您听，您好好地听听！"本－佐夫回答道，"我没有骂错。"

于是，赫克托尔·塞尔瓦达克及其两位同伴便侧耳细听，只听见有人在唱歌，有人在弹吉他，还有人在打响板，煞是好听。

"是西班牙人！"塞尔瓦达克上尉大声说道。

"那还能是谁呀！"本－佐夫说，"这帮人整天就知道打响板，乱唱乱吼！"

"到底是怎么回事？"

"您再听！现在轮到那个老东西了。"

这时候，又有一个声音传来，但不是歌声，而是恶狠狠的谩骂声。

塞尔瓦达克上尉是加斯科尼人，足以听懂西班牙语，而正在这时，有歌声传来：

我需要你的爱和一支雪茄，

再来一杯赫雷斯葡萄酒，

加上我的骏马和长枪，

世界就会很美好。[1]

忽然，另一个生硬粗劣的声音响起来，重复着说道："我的钱！我的钱！你们欠我的钱也该还了吧。你们这帮赖皮！"

接着，又听见歌声响起：

瓦罐应数希克兰纳的好，

麦子当数格雷布吉纳的优良，

要说美丽的姑娘嘛，

当然是巴拉梅达的圣卢卡的最棒。

"是呀，浑蛋们，你们得把欠我的钱还上！"在象牙响板声中又传来那恶狠狠的

---

[1] 原文为西班牙文。

声音，"我以亚伯拉罕、以撒和雅各诸神的名义要求你们付我工钱！我还要以耶稣基督和穆罕默德的名义要你们还账！"

"咳，见鬼，原来是个犹太人！"塞尔瓦达克大声说道。

"一个犹太人，这倒没什么，"本－佐夫说道，"我倒见过一些犹太人，很是慷慨大方，并不斤斤计较。但是，这一位则不然，是个德国犹太人，是德国人中的败类，是全世界和所有宗教的叛徒。"

两个法国人和两个俄国人正要闯进灌木丛时，一个奇怪的场面让他们在灌木丛边站住了。那帮西班牙人突然开始跳起范丹戈舞[1]来。由于体重减轻了的缘故，他们像加利亚表面上的所有物体一样，轻飘飘的，一蹦便是三四十英尺高，有的甚至比大树还要高，真的很有趣。在那儿跳舞的是四个肌肉发达的人，他们正在把一位老者生拉硬拽地拉上高处。只见那个老者忽隐忽现，仿佛塞戈维亚的快乐的制泥工在耍弄桑丘·潘沙[2]一样。

赫克托尔·塞尔瓦达克、蒂马塞夫伯爵、普罗科普和本－佐夫四人便穿进灌木丛来到一个很小的林间空地上。那儿有一名吉他手和打响板者稍稍仰躺着，一边笑，一边还在逗弄跳舞的人。

看到塞尔瓦达克上尉和他的同伴们，乐器手们突然停下来，舞蹈者们拉住那个老人，轻轻地落在地上。

那个嗓子都喊哑了的老犹太人气势汹汹地冲向塞尔瓦达克上尉，且带着一种极重的德国腔用法语吼道：

"啊，总督大人！这帮无赖欠债不还！看在上帝的分儿上，替我主持公道吧！"

这时，塞尔瓦达克上尉瞅了一眼本－佐夫，像是想要问他为什么会获得这么尊贵的头衔，而勤务兵本－佐夫则点了点头，似乎在说：

"呃，是的，上尉，您就应该是总督呀！这我是安排好的！"

于是，塞尔瓦达克上尉便冲老犹太人示意，让他不要吭声，老犹太人便卑怯地低下头，双手搂抱在胸前。

于是，大家开始打量他。此人五十来岁，看上去却像个六十老翁。他个子很小、很瘦，眼睛闪亮发光，但却透着狡黠。他长着一只鹰钩鼻子，胡须微微发黄，头发像草窝，两只脚很大，手长而弯，一眼便知，整个儿一个德国犹太人模样。他是个狡猾的放高利贷者，心怀叵测，贪得无厌，一毛不拔。对他来说，金钱如同一块磁铁那样，让他

---

[1] 范丹戈舞，一种轻快的三拍西班牙舞或南美舞，通常由一男一女用响板表演。

[2] 桑丘·潘沙，系西班牙著名作家塞万提斯代表作《堂吉诃德》中的主人公堂吉诃德的仆人。

想入非非，不窃取金钱就难填其欲壑。如果说夏洛克[1]能够让他的债务人以身抵债的话，那么这个老头儿就敢拿对方的身体切肉零售。再者，尽管他是个地地道道的犹太人，但是，他在穆斯林地区就假装穆斯林，在面对一个天主教教徒时，他又能摇身一变，成为一个基督徒，并且为了利益，他还可以装扮成不信教的人。

这个犹太人名叫伊萨克·哈卡布特，是科隆人，也就是说，先是普鲁士人，后为德国人。只不过如他自己对塞尔瓦达克上尉所说的那样，他一年中大部分时间都是在各处经商。他的正式行当是地中海船上的一个商人。他的店铺——一条两百吨的单桅三角帆船，真正的海上杂货铺——在地中海沿岸贩运的货物上千种，从火柴到法兰克福和埃皮纳尔的洋葱片，应有尽有。

伊萨克·哈卡布特的确除了他的"汉莎"号单桅三角帆船外，没有任何住所。他没有妻子儿女，一直生活在船上。他雇了一个船老大和三名跑船的就足以摆弄这条小船了。该船常年在沿岸行驶、售货，经过的地方包括阿尔及利亚、突尼斯、埃及、土耳其、希腊及地中海东岸诸港口。伊萨克·哈卡布特在这一带贩卖的是咖啡、糖、大米、烟草、布料、香粉胭脂等，赚了个盆满钵满。

灾难发生时，"汉莎"号正好停泊在摩洛哥顶端的休达。船老大和他的三名跑船的在 12 月 31 日到 1 月 1 日的那天夜晚没在船上，便与其他那么多人同时失踪了。但是，我们记得休达对面直布罗陀的那最后的一些岩石却幸存了下来，——不知"幸存"二字在这种场合是否用得恰当——同这些岩石一起逃过一劫的有十个西班牙人，他们对刚刚发生的灾难毫无所知。

这些西班牙人是安达卢西亚的摩尔人，都是一些轻浮的年轻人，天生无忧无虑、闲散懒惰，喜欢摆弄西班牙锋利的匕首，喜欢弹奏吉他。他们专事农耕，其头头是一个叫奈格雷特的人，是这伙人中见识最广者，因为他几乎跑遍了全世界。当他们发现自己孤零零地身处休达的荒岛时，不免满面愁容、焦虑不安。正巧，"汉莎"号就停泊在那荒岛边，船主人就在船上，他们很想趁机夺船回国，但是，他们中间没有一个懂得驾船的。此刻他们又不能永远待在这个小岛上等死，当他们的食物告罄时，他们便迫使伊萨克让他们上了船。

在此期间，奈格雷特接待了直布罗陀的两位英国军官的来访，至于英国军官们与西班牙人之间都说了些什么，伊萨克并不知晓。不管怎么说，反正是在这次来访之后，奈格雷特逼迫伊萨克扬帆起航，将他和他的同伴们送到离摩洛哥海岸最近的地方。迫于无奈但不忘索取钱财的伊萨克狮子大开口，要那帮西班牙人付他船钱，奈格雷特则

---

[1] 夏洛克，英国戏剧家莎士比亚的名剧《威尼斯商人》中的一个犹太人，是个贪婪的放高利贷者。

欣然允诺，但也打定主意一个子儿也不给。

2月3日，"汉莎"号起航，正值西风刮起，船很容易操控。单桅三角帆船一直任由西风吹动着，行驶顺畅。这帮临时的水手们只需将帆升起，船便往前驶去，但并不知道这是冲着可以提供他们避难之所的唯一的一个地点航行。

就这样，本－佐夫在某一天的早上，发现海平线上冒出了一条并不像是"多布里纳"号的船驶来，在西风阵阵地吹袭下，驶向前谢里夫河右岸的港口。

本－佐夫把伊萨克和这些西班牙人的来历向众人做了详细介绍。并补充说道，"汉莎"号上货物齐全，对岛上的居民们大有裨益。想必今后再跟伊萨克·哈卡布特商量事情就困难得多了。不过，现实情况就摆在那儿，如果要征用他的货物的话，也不会有多大的麻烦，因为他即使想卖货，也卖不出去。

"至于'汉莎'号船主与他船上的那些人之间存在的难题，"本－佐夫说，"已经商量过了，由'正在巡视的'总督大人友好地处理。"

赫克托尔·塞尔瓦达克忍不住冲着能说会道的本－佐夫笑了笑。然后，他便答应伊萨克·哈卡布特，他将公正地处理此事——这件没完没了的事最终算是很好地解决了。

"可是，"待伊萨克退出之后，蒂马塞夫伯爵说道，"那帮人如何付账？"

"噢！他们有钱。"本－佐夫回答道。

"就那帮西班牙人？"蒂马塞夫伯爵说，"很难相信。"

"他们确实有钱，"本－佐夫回答道，"我亲眼看见过，而且还是英国钱！"

"啊，"塞尔瓦达克上尉说，"算了，这不要紧。我们稍后再处理这件事吧——您知道吗，蒂马塞夫伯爵，现在，加利亚有着我们古老欧洲各个民族的人了！"

"的确如此，上尉，"蒂马塞夫伯爵回答道，"在我们昔日地球的这块土地上，有法国人、俄国人、意大利人、西班牙人、英国人、德国人。至于这德国人嘛，必须指出，这个败类将德国人的名声都给败坏了！"

"我们也别太挖苦人了！"塞尔瓦达克上尉说道。

第19章　塞尔瓦达克上尉当了加利亚总督

乘坐"汉莎"号的西班牙人一共十位，其中有一个少年，名叫帕布罗，年方十二岁，是与其他人一起获救的。

本－佐夫已经向这些人宣布赫克托尔·塞尔瓦达克是本地区的总督。等总督离开林间空地之后，这帮人便接着干起活儿来。

此时此刻，塞尔瓦达克上尉及其同伴们向停泊在海岸边的"汉莎"号走去，伊萨克·哈卡布特远远地跟在他们后面。

情况已经十分清楚了。古尔比岛昔日的土地只剩下四个小岛了：一个是英国人占据的直布罗陀，一个是西班牙人放弃的休达，一个是意大利小姑娘曾待过的马达勒纳，还有一个是突尼斯海岸上的圣路易的陵寝所在地。围绕着这几个岛的是加利亚海，它包括了昔日的地中海将近一半的范围，在它的周围布满着悬崖峭壁，有的是固态的，有的则不知是什么物质组成的，形成了一个无法逾越的包围圈。

其中的两个小岛有人居住：直布罗陀的岩礁岛由十三个英国人占据着，而且还会住很长的一段时间，因为食物比较充足；而古尔比岛则有二十二个居民，但食物方面则靠自力更生。另外，也许在某个不知名的岛上，还有一位昔日地球上侥幸活下来的神秘人物，亦即"多布里纳"号在航行途中捞到那两张字条的书写人。因此，可以说这个新的小行星上的居民总共三十六个人。

假若这四个小岛上的居民全都聚集在古尔比岛上的话，那么，因为该岛拥有三百五十公顷正在种植、规划合理，且撒满了种子的优良土地，它完全可以养活这帮人。但问题是，要知道这片土地在什么时候能够收获庄稼，换句话说，在短暂的时间过后，加利亚靠近太阳，摆脱了严寒的侵袭之后，才能喜获丰收。

加利亚人脑子里盘算着的是下面两个问题：一、他们的这颗星球是不是在沿着一条曲线运行，有一天能把他们带往太阳附近，也就是说，是不是沿着一条椭圆形轨道运行？二、如果真的是一条椭圆形轨道，那么它的偏心率是多少，也就是说，加利亚何时才能越过远日点，返回太阳附近？遗憾的是，在目前的情况之下，加利亚人没有任何观察工具，无论如何也解决不了这些问题。

因此，只能依靠现有的资源养活这些人。"多布里纳"号还有一些糖、葡萄酒、烧酒、罐头等，可以维持两个月。蒂马塞夫伯爵仗义疏财，把"多布里纳"号上大量的储粮拿出来供应大家。至于"汉莎"号船上的各类商品，不管伊萨克愿意与否，迟早他也会被逼无奈地悉数拿出来供给大家。另外，岛上的动植物如果合理使用，也能让全体居民吃上多年。

塞尔瓦达克上尉、蒂马塞夫伯爵、普罗科普二副和本—佐夫朝着海边走去，边走边聊着这些重要的事情。

蒂马塞夫伯爵首先对参谋军官说道："上尉，您已向那些正直的人宣称您是该岛的总督了，我认为您当之无愧。您是法国人，在这儿，我们是待在一个法属殖民地的一部分领土上，岛上又住着这么一大群人，所以必须有一位首领，我和我的人都赞成您当总督。"

"那好吧，伯爵先生，"塞尔瓦达克上尉毫不迟疑地回答道，"我接受这一职务，我将履行该项职务所要求我负责的事情。我深信，我们会配合得非常好的，我们将尽可能地为公众利益服务。老天在上，我觉得最艰难的时期已经过去，即使我们永远也无法返回地球，我们也将有办法生存下去！"

赫克托尔·塞尔瓦达克说完，立刻向蒂马塞夫伯爵伸出手去。伯爵握住上尉的手，微微地点了点头。这是二人重新相会以来，第一次握手。而且，双方都对过去的敌对行为只字不提，今后再也不会出现你争我斗的情况了。

"首先，"塞尔瓦达克上尉说，"有一个挺重要的问题亟待解决。我们是不是应该将目前的真实情况告诉那些西班牙人？"

"嗨，这毫无必要，总督大人！"本—佐夫急忙说道，"这帮人是天生的懒胚子！如果让他们知道真情实况的话，他们会沮丧失望，那我们就拿他们毫无办法了！"

"再说了，"普罗科普二副补充道，"他们都非常无知，我猜想，而且我也这么认为，如果我们告诉他们有关宇宙方面的情况，绝对是对牛弹琴！"

"也别这么说，"塞尔瓦达克上尉说道，"就算他们听得懂，他们也不见得就吓个半死！西班牙人多少有点宿命思想，同东方人一个样儿，他们也不是太胆小的人！让他们弹弹吉他，跳跳西班牙舞，他们也就不再想这些可怕的事了，对吧？您怎么看，蒂马塞夫伯爵？"

"我想，"蒂马塞夫伯爵回答道，"最好是将真实情况告诉他们，我对'多布里纳'号上我的同伴们也是一五一十地告诉的。"

"我也这么认为，"塞尔瓦达克上尉回应道，"我认为不应该对这些人隐瞒实情，他们应该知道危险存在。也许这帮西班牙人确实很愚昧无知，但是他们肯定也观察到某些变化了，比如白昼与黑夜缩短，太阳的起落的方位变了，引力减小了等。因此，我们得告诉他们，他们也被带往宇宙空间了，远离了地球，现在只剩下这个孤岛了。"

"好吧，大家都是这么个看法！"本—佐夫说，"我们把真情实况全告诉他们，不藏着掖着！我倒要好好看看伊萨克，当他得知自己离昔日的地球有好几亿法里远的时候，像他这种德行的放高利贷者在地球上肯定有许许多多的借贷者，他肯定要痛不欲生了！快跑回去要账吧。哈哈！"

伊萨克·哈卡布特在距众人五十步远的地方慢慢地走着，因此，他对大家彼此间说的话一点也没听见。他躬着腰，一边叹气，一边默祷诸位神明，他的那两只溜来溜去的小眼睛闪着光，嘴唇抿着，以致抿得嘴巴只剩一条细线了。

他也清楚地观察到宇宙的新的现象，他曾不止一次地同本—佐夫聊这件事，以讨好本—佐夫。但是，本—佐夫对这个亚伯拉罕的后代明显地表示厌恶。他只是对伊萨克说点调侃的话来应付他。他总是对他说，像他这样的人在目前的情况之下，拿什么都能赚钱，他不仅能活上一百岁，如同以色列所有的子孙一样，甚至至少能活两百年，不过，鉴于地球上的所有东西都变轻了，他年岁又那么大，也就没什么意义了！他还补充说，即使月亮不见了，这也无关紧要，因为对于他这样的一个吝啬鬼，他也不可能在月球上借钱给别人的！他肯定地对他说，如果太阳在它习惯升起的地方落下，那可能是因为别人将他的床铺调换了位置的缘故。总而言之，本—佐夫跟他胡扯了一通，拿他耍笑。如果伊萨克·哈卡布特打破砂锅问到底的话，本—佐夫便总是用那么一句回答他："你等总督回来时再问吧，老头儿。他可是上知天文下知地理、无所不知、无所不晓的人！"

"那他会保护我的商品吗？"

"那还用说，内夫塔利 [1]！他宁可没收你的商品，也不会让人抢去的！"

听了本—佐夫的那番并不能安慰人的话，又听到本—佐夫提及一连串以色列祖先的名字，这个犹太人盼星星盼月亮似的天天盼着总督大人的到来。

这时候，赫克托尔·塞尔瓦达克和他的同伴们已经来到海岸边。

"汉莎"号正停泊在岛屿这边所构成的直角三角形斜边的一半的地方。此处只有几块岩石，无遮无挡，西风稍许强劲一些，肯定会将这条单桅三角帆船吹上海岸，撞个粉碎。很显然，船不可在此停泊，必须尽快地将它开到谢里夫河口，停在俄国的双桅纵帆式帆船附近。

又见到自己的这条单桅三角帆船时，伊萨克可怜兮兮地又嚷又闹，结果被塞尔瓦达克上尉骂了一顿。然后，普罗科普二副和上尉让蒂马塞夫伯爵和本—佐夫留在岸上，便向那个"水上商铺"靠过去，登上了"汉莎"号的小艇。

那单桅三角帆船完好无损，因此，它上面的货物也没有遭到任何损失。情况很明显，一目了然。船舱里堆放着数百个甜面包、几箱茶叶、几袋咖啡、几大桶烟草、几大桶烧酒、几大桶葡萄酒、几大桶鲱鱼干、几大捆布匹、许多棉布、毛料衣服、各种大小号的皮鞋和帽子、一些家庭用的工具，一些陶瓷、纸张、墨水、火柴、数百公斤的盐、胡椒及其他调味品，另外还储藏着荷兰的大块奶酪和各种年历等。这些货物加在一起价值应高达十万法郎以上。单桅三角帆船在灾难发生的前几天，正巧在马赛港上足了货，

---

[1]　内夫塔利，系《圣经》中的人物，以色列的一个部落的首领。

准备自休达一直航行到的黎波里沿海各地，也就是伊萨克·哈卡布特这个奸诈可恶的商人视为可以大发其财的地方。

"这么高级的货物，对于我们来说，简直就是一个大金矿啊！"塞尔瓦达克上尉兴奋地说道。

"要是货主让我们享用的话该多好呀！"普罗科普二副摇摇头说。

"咳，二副，您想让伊萨克拿他的这些财宝干什么用？当他得知摩洛哥人、法国人、阿拉伯人来抢他的东西，他非自杀不可！"

"这我可说不准！不过，反正遭抢劫时，他肯定会用他的货物来赎命的！"

"好吧，我们会付他钱买他的货物的，二副，不过我将按旧大陆的价格付给他钱！"

"不管怎么说，上尉，"普罗科普二副又说道，"您完全有权力征用……"

"不。二副，因为此人是地地道道的德国人，我宁可不采取德国方式来与他谈生意。再说了，我再跟您重复一遍，他很快就会需要我们，胜过我们需要他！当他知道他是待在一个新的星球上，可能无望返回昔日的地球了，那他就会贱卖他的存货！"

"不管怎么说，"普罗科普二副说道，"反正我们不能让单桅三角帆船再在这儿停泊。天气一旦变坏，它将会深入海底，甚至它连海水结冰后，都无法抵抗住冰块的挤压——这一情况很快就会到来。"

"是呀，二副，您同您的船员们将它弄到谢里夫港去吧。"

"明天就干，上尉，"普罗科普二副回答道，"因为时间紧迫。"

塞尔瓦达克上尉和二副清点了一下货物，便下船了。他们商量好大家全都集中到哨所去，将那帮西班牙人也带上。上尉让伊萨克跟他一起走，犹太人只好服从，但仍担心地瞅了他的单桅三角帆船一眼。

一小时后，岛上的二十二个居民全都聚集在哨所的大房间里。在屋里，帕布罗结识了小尼娜，尼娜非常高兴有一个年龄相仿的少年与她为伴。塞尔瓦达克上尉首先发表讲话，并以那犹太人和那些西班牙人都听得明白的方式讲。他向他们讲述了他们所处的境况之严重，并且补充说，他仰仗他们的忠诚及勇敢，所有的人现在都得为共同的利益而工作。

那些西班牙人静静地听着，但却无法应答，因为他们还不知道总督要他们干些什么。这时候，奈格雷特觉得自己应该说说看法，便对塞尔瓦达克上尉说道："总督大人，我同我的同伴们在干活儿之前想弄清楚，您何时有可能将我们送回西班牙？"

"送他们回西班牙，总督人人！"伊萨克用一口流利的法语嚷嚷道，"不行，他们还没有把欠我的债还清呢！这帮浑蛋讲好了每人付我二十个里亚尔[1]，我才让他们上我的'汉莎'号的。他们一共十个人，他们得付我两百个里亚尔，而且，我有证人的……"

"你给我闭嘴，守财奴！"本—佐夫大声训斥道。

"会还你钱的。"塞尔瓦达克上尉说。

"这才算公平，"伊萨克·哈卡布特回答道，"该给钱就得给钱嘛，如果俄国老爷愿意供给我两三名水手帮我将我的单桅三角帆船开到阿尔及尔去的话，我也会付他们钱的……真的……我会付他们钱的……只要他们别要价太高就行！"

"去阿尔及尔！"本—佐夫又憋不住火，冲对方大声嚷道，"你要知道……"

"让我来告诉这些正直的人所不知道的事情吧！"塞尔瓦达克上尉说。

随即，他便用西班牙语说道："朋友们，你们听我说。现在出现了一种新的情况，我们至今也解释不清是什么原因，它把我们同西班牙、意大利、法国隔离开来了！一句话，它把我们同整个欧洲分开了！其他的那些大陆也没了，只有这么一个避难的孤岛了。我们已经不再生活在地球上，很可能是待在地球的一小块地方上，它将我们一起带走了，我们不知道我们是否还能见到我们昔日的地球了！"

西班牙人是否听明白塞尔瓦达克上尉所说的话了？看来他们并没有听明白。奈格雷特便请求上尉再重复一遍他刚才说的话。

赫克托尔·塞尔瓦达克上尉尽可能简单明了地重复着，他运用了一些缺乏知识的西班牙人所熟悉的形象语言，成功地让他们明白了现在的形势。不管怎么说，反正奈格雷特同他的同伴们简短地聊了几句之后，他们好像全都对此事不以为然。

至于伊萨克·哈卡布特，在听了塞尔瓦达克上尉的解释之后，一言不发，但是，他双唇紧抿着，仿佛在偷偷地乐。

这时，赫克托尔·塞尔瓦达克转过身来，问他是不是还想要回到海上去，把他的单桅三角帆船开到阿尔及尔港，其实那儿早就什么都没有了。

伊萨克·哈卡布特这一次微微地笑了笑，但却掩饰着，不让那些西班牙人看出来。然后，他用俄语说，只让蒂马塞夫伯爵和他的人听得懂。"这些话都是骗人的，"他说，"总督大人都想笑了！"

闻听此言，蒂马塞夫伯爵立刻鄙夷不屑地背过身去，不想看这个讨厌的家伙。伊萨克·哈卡布特于是便转向塞尔瓦达克上尉，用法语说："这些故事说给西班牙人听听挺好！这会让他们鼓起勇气来的。可我却不信这一套！"

然后，他又转向小尼娜，用意大利语说道："小姑娘，这一切都不是真的，对吧？"

---

[1] 里亚尔，西班牙银币，一个银币约合46法郎。

他耸了耸肩，离开了屋子。

"这浑蛋，倒是什么语言都会呀？"本—佐夫说。

"对，本—佐夫，"塞尔瓦达克上尉回应道，"不过，他虽然说的是法语、俄语、西班牙语、意大利语或德语，但所说的全都是关于钱的事！"

第20章　寻找过冬的洞穴

第二天，3月6日，塞尔瓦达克上尉不再去管伊萨克·哈卡布特相不相信他所说的话，反正他已下令"汉莎"号驶入谢里夫港。不过，犹太人伊萨克倒也不介意，因为单桅三角帆船的这次航行等于是救了他的货物。不过，他很希望偷偷地收买双桅纵帆式帆船上的两三名水手，以便驶往阿尔及尔或者那边海岸的其他什么港口。

眼看冬季将至，动手建房迫在眉睫。好在这帮人身强体壮，浑身是劲儿，干起活儿来又好又快。他们很容易适应环境，空气稀薄也不以为然，尽管呼吸比较急促，但是他们甚至都没有感觉出来。

西班牙人和俄国人便甩开膀子干了起来。他们先着手打扫哨所石屋，那儿将是他们共同生活的地方。西班牙人就住在那儿，而俄国人则住在双桅纵帆式帆船上，犹太人伊萨克住在他那条单桅三角帆船上。

但是，无论是船只还是石屋都只能是临时的住所。必须在冬季来临之前，找到更加安全的住所以抵挡住宇宙空间的酷寒，这种住所应该是保暖性能强的，因为缺乏燃料，温度是不可能升高的。

只有一个办法，就是在地下深挖洞穴，地下深洞可以为古尔比岛上的居民们提供一个能够过冬的庇护所。当加利亚表面覆盖着不散热的物质——厚厚的冰雪时，大家便希望这些洞穴能够稳定在一个可以御寒的温度上。塞尔瓦达克上尉和他的同伴们将在这儿过一种真正的穴居人的生活。不过，这是无可奈何的事，他们无法选择。

他们还是很幸运的，不像在南北两极的探险家和捕鲸人那样条件艰难。探险家或捕鲸人常常脚下无坚实土地供其站立。他们生活在冰海上面，无法在其海底找到一个避难所，以抵御严寒。他们或者住在船上，或者用木头或冰雪搭建住所。不管怎么说，他们条件极差，难以抵御急速下降的温度。在加利亚，土地是坚实的，他们甚至能为自己在地下几百米深处挖出一个住所来。所以，加利亚人坚信自己能够抵御得住这种气温骤降的威胁。

挖掘工作立即进行。大家知道，铁锹、铁镐、鹤嘴锄及其他各种各样的工具，古尔比岛应有尽有，在工头本－佐夫的率领下，西班牙懒惰者和俄国水手们便兴冲冲地干了起来。

可是，有一个大麻烦在等待着这些干活儿的人和塞尔瓦达克工程师。所选择的挖掘地点位于哨所右边的一个小山包。头一天，清上工作倒挺顺利，但是，当挖到八英尺深的时候，他们碰上了非常坚硬的地层，他们的工具怎么也挖不动了。

赫克托尔·塞尔瓦达克和蒂马塞夫伯爵得到木－佐夫的情况汇报，急忙来到工地，发现这个地层上的物质从未见过，它既像是加利亚海岸的那种物质，又像海底深处的物质。很显然，加利亚地下的地质结构也是由这种物质构成的。因此，没什么办法可以继续往深处挖了。普通的火药无法炸毁这种地层结构，因为它比花岗岩还要坚硬，毫无疑问，必须使用硝化甘油炸药才能奏效。

"见鬼！这是一种什么样的矿物呀？"塞尔瓦达克上尉大声嚷道，"我们古老的地球上怎么会有这么一块由这种物质构成的土地？我们连它的名称都说不上来！"

"这可真的是解释不清了，"蒂马塞夫伯爵回应道，"可是，如果我们无法继续在这块土层上挖掘下去建好住所的话，那我们很快便会冻死的！"

的确，如果那张字条提供的数据正确的话，如果加利亚离太阳的距离渐行渐远的话，按照力学的原理，加利亚现在应该离太阳大约有一亿法里，这个距离相当于地球远日点到太阳的距离的三倍。不难想象，太阳的热和光因此就会大幅度地减少。事实上，由于加利亚的自转轴与其轨道面成九十度的一个角，而古尔比岛位于纬度零度上，因此，它一直能够获得太阳放射出来的光和热。在这种情况下，古尔比岛的夏天是常年的。但是现在，由于它远离了太阳，这种得天独厚的优势没有了，所以它的气温将会一直下降。岩石间已经开始结冰了，小尼娜倒是十分开心，但是，大海很快便会全部封冻。

因此，严寒随后会超过零下六十度，如果没有一个可御寒的住所，那么死亡眼看就会到来。不过，此时此刻，气温仍保持在平均零下六度左右，哨所中的那个炉子木柴倒是烧了不少，但却只能供给少许的热量。因此，靠生火取暖是不行的，必须寻找另一处可躲避温度降低的住处才行。因为不久，就会看到温度计的水银柱，也许还有燃料酒精，都会凝固住！

至于"多布里纳"号和"汉莎"号这两条船，它们也都无法为大家避寒，所以住在船上一点用也没有。再者，谁知道这两条船在大量的冰块包围它们时会是个什么样子？

如果塞尔瓦达克上尉、蒂马塞夫伯爵、普罗科普二副是熊包的话，那么现在他们肯定是垂头丧气、一蹶不振了！说实在的，他们也未曾想到极端坚硬的地层让他们无法继续挖下去！

这时候，处境愈发地艰难了。太阳因为距离加利亚越来越远的缘故而变得越来越小了。当它经过天顶时，它的直射仍然或多或少地送来一些热量，但是，到了夜晚，寒冷已经让人浑身发抖。

塞尔瓦达克上尉和蒂马塞夫伯爵分别跨上"和风"与"烘饼"，骑巡了全岛，以寻找某个可以居住的避难所。两匹骏马蹄下生风，像长了翅膀似的越过一个个障碍物。但毫无结果！他们在好几处进行了探测，有的地方在地下只有几英寸的地方便碰到了坚硬土层。没办法，只好放弃穴居的念头了。

既然无法穴居，那么便决定让加利亚人全住在哨所里吧，这么一来，也照样可以抵御严寒。因此，他们决定将岛上的干木头或湿木头全都聚拢在一起，并且将草原上遍布的树木也全部砍倒备用。说干就干！砍树的活儿便立即开始了。

然而，塞尔瓦达克上尉及其同伴们都很清楚，这办法并不能解决多大的问题！木柴烧得太多太快，不久便会告罄。塞尔瓦达克上尉忧心忡忡、心急如焚，但却并没有表现出来，他只是在岛上满世界寻找着，口中不停地重复着："有什么办法！什么办法！"

然后，有一天，上尉冲着本－佐夫说："见鬼！你就没一个主意？"

"没有，上尉！"本－佐夫回答道。然后，他补充了一句说："啊，如果我们一直待在蒙马尔特的话，该多好啊！那儿采石场又多又好！"

"蠢货！"塞尔瓦达克上尉训斥道，"如果我们在蒙马尔特的话，我还要你那采石场干什么！"

可是，正当他们一筹莫展，想不出任何办法来对付那可怕的严寒时，大自然却向他们提供了一个得天独厚的场所。

3月10日，普罗科普二副和塞尔瓦达克上尉对岛屿西南端进行探测。他俩一边走一边聊未来会给他们带来的可能性！他俩聊得很起劲儿，因为他俩各说各的，都弄不清如何才能预防这些危险。一个不死心，一定要找到一处根本就找不到的住所，另一个则想入非非，要在已住下的住所内安装一件新式的取暖炉具。普罗科普二副主张后一种办法，并且津津乐道地讲述自己的观点，不过，说着说着他突然停下了。这个时候，他正在往南张望，塞尔瓦达克上尉看见他用手揉了揉眼睛，以便看得更清楚一些。然后，他又极其专注地看。

"不！我没弄错吧？"他大声嚷道，"我看到那边有一个亮光！"

"一个亮光？"

"没错，就在那个方向！"

"啊，真的是！"塞尔瓦达克上尉回应道，他也隐约看到了二副所指的那个亮光。

果真如此，毋庸置疑。南边海平线上确实出现了一个亮光，而且还非常亮，尤其天越来越黑时，它显得越加明亮。

"是不是一条船呀？"塞尔瓦达克上尉问道。

"除非是一条着火了的船，"普罗科普二副回答道，"因为距离这么远，况且地势又这么高，船桅杆上的灯根本就看不到！"

"另外，"塞尔瓦达克上尉也补充说道，"这火光也不移动，如同夜雾中开始出现的某种反射光。"

于是，他俩又专注地观望了一会儿。突然间，塞尔瓦达克上尉想起来了。

"火山！"他大叫一声，"就是'多布里纳'号绕过去的那座火山！"

于是，主意便应运而生。

"普罗科普二副，那就是我们要找的住处！"塞尔瓦达克上尉说道，"那儿可是大自然向我们提供的不用烧柴取暖的好住处呀！没错！这火山喷发出来的炽热无尽的岩浆可以满足我们全部的需要。啊，二副，上帝没有撇下我们啊！好啊！好！明天，我们必须跑去那儿，跑到那个海岸看看。如果需要的话，我们将去寻找热源，也就是说，去寻找活下去的路子，哪怕是钻开加利亚的地层，也要追踪到底！"

当塞尔瓦达克上尉如此兴奋、如此信心满满地说着时，普罗科普二副也在搜索自己的记忆。首先，他觉得火山在这个方位的存在是肯定无疑的。他想起来了，当"多布里纳"号沿着加利亚海的南海岸航行时，在船的周围，有一座长长的海岬挡住了它的去路，迫使它北上，直到奥兰以前的纬度上。船在那儿不得不绕过一座岩石结构的高山，而山的顶端冒着浓烟。随后，便有火焰和岩浆喷出，而现在映照着南边海平线的正是那火山在喷发时反射到云层上面的光亮。

"您说的对，上尉，"普罗科普二副说，"没错，那就是火山，我们明天就去探测它！"

赫克托尔·塞尔瓦达克和普罗科普二副飞快地返回古尔比岛，向蒂马塞夫伯爵单独做了汇报。

"我陪你们一起去，"伯爵说道，"'多布里纳'号供你们调用。"

"我觉得，"普罗科普二副说，"双桅纵帆式帆船可以留在谢里夫港。它上面的蒸汽艇就足够了，因为天气这么好，顶多就八法里，不必大动干戈。"

"那就听你们的吧，普罗科普。"蒂马塞夫伯爵允诺道。

"多布里纳"号同许多的豪华双桅纵帆式游艇一样，上面备有一条蒸汽艇，速度极快，其螺旋桨系由奥利奥尔式的强力小锅炉驱动。普罗科普二副尚未摸清他将停泊的港口是什么情况，所以宁可乘这轻便快艇，而不选择双桅纵帆式帆船。因为小艇可以让他毫无危险地行驶在海岸的所有小海湾里。

因此，第二天，3月11日，蒸汽艇装满了"多布里纳"号上尚存有的十来吨燃煤。之后，上尉、伯爵和二副上了小艇，离开了谢里夫港。这令本－佐夫十分惊讶，因为他对此毫不知情。不过，这么一来，勤务兵本－佐夫在古尔比岛上就拥有了总督的全权。对此，他颇觉自豪。

古尔比岛与火山所在的海岬相距三十公里，小艇飞驰，没用三个小时便到了地方。山顶上火焰熊熊。大量的岩浆喷薄而出。是不是加利亚带来的空气中的氧气最近与火山内部的喷射物熔在了一起，形成如此大的火焰？或者，也可能是，这座火山同月球上的火山一样，用不着外界的氧气，而是它自身就存有氧气？

蒸汽艇沿着海岸行驶，想找到一个合适的登陆点。寻找了半个小时之后，终于找到一个半圆形的小海湾，如果条件允许双桅纵帆式帆船和单桅三角帆船前来停泊的话，这儿倒是一个很好的停泊处。

小艇靠了岸，三人下了船。小艇停泊的是与岩浆顺势而下进入大海的相对海岸的一部分。塞尔瓦达克与他的两个同伴一靠近，立刻心满意足地感到气温明显地升高了。也许上尉军官的愿望将要实现了，也许，如果他在这巨大的山峦中碰到一个可以居住的山洞的话，加利亚人就可以逃过威胁着他们的那个最可怕的严寒了！

于是，三人立刻在四处寻找，在围绕着火山的各个方向游走着，不时地爬上最陡峭的坡，攀登宽大的石级，如同比利牛斯岩羚羊一般从一块岩石跳到另一块岩石，身手越来越敏捷，脚下踩到的全都是形成六角棱柱形的那种物质。

苍天不负苦心人。在一座顶端像塔尖一样直冲云霄的大山岩后面，一条狭窄的长廊，或者说是在山里的一侧挖掘出的一条小坑道，呈现在他们面前。坑道尽头的山腰上出现了一个洞口，他们立刻顺着坑道钻进离海平面约二十米高的那个山洞。

塞尔瓦达克上尉和他的两个同伴在双手不见五指的黑漆漆的山洞里匍匐前进，一边摸摸黑暗巷道的两壁，一边敲敲地面，看看土地是否凹陷。他们听得见越来越响的轰鸣声，知道离火山口可能不远了。他们最担心的是突然间碰上前方的石壁，阻断他们的去路。

不过，塞尔瓦达克上尉满怀信心，并以此鼓励蒂马塞夫伯爵和普罗科普二副。"往前走！往前走！"他喊道，"在特殊的环境中，必须使用特殊的手段！火山在喷发，离火山口不远了！大自然向我们提供了燃料！太好了！取暖无须花钱！"

洞中的温度至少在零上十五度。当探测者们手扶着弯弯曲曲的巷道的石壁时，感到热乎乎的。似乎这种构成此山的岩石物质具有导热的功能，如同金属一样。

"你们看清楚了吧，"赫克托尔·塞尔瓦达克重复地说道，"这里面确实像是一个真正的导热管！"

最后，终于有一束强光照亮了暗黑的洞口，一个宽大的洞穴出现了，洞里光亮无比。里面的温度很高，但人是可以承受的。

在这厚厚的山体中的这个洞穴及它的光亮和温度是怎么来的？很简单，就是熔岩流俯冲而下，在海上冲出了一个宽大的洞口！它就像凡特岛[1]上的那个著名的洞穴，被尼亚加拉瀑布的雨帘遮挡着。只不过在这儿并非雨帘，而是火帘遮挡在洞穴那宽大的海湾前面。

"啊！救苦救难的上帝！"塞尔瓦达克上尉大声地呼唤道，"我没想到您会给我这么一个好地方！"

第 21 章　加利亚美丽的夜晚

这个洞穴确实提供了一个最好的居住之所，又暖和又明亮，加利亚的居民们在这里找到了一个安身之所。正如本－佐夫开心地说的，不仅赫克托尔·塞尔瓦达克和他的"子民们"能够安然无恙、舒舒服服地住下来，就连上尉的两匹马和不少的牲畜都能够在此找到躲避严寒的栖身之地，直到加利亚的冬天结束为止——如果这个冬天会中止的话。

大家很快就弄清楚了，在这个大岩洞的四周，有二十几条密如蛛网的地道，这些地道一直伸展到很远的地方，而且都很温暖。因此，在这巨大的山体内，极地气候的反复无常在洞内毫无反应，宇宙的酷寒也奈何不了它，即使它低到不能再低，也无伤大雅。在这个新的星球上，所有的活物都能找到一个安全的处所，只要火山不停止活动。但是，正如蒂马塞夫伯爵所说，"多布罗纳"号在新的大海周边航行时，没有见到过其他任何一座火山，而如果这唯一的火山口是加利亚内部的火的排放口的话，那么很显然，火山喷发可能会持续数百年。看来，这个说法是正确的。

眼下，最要紧的是不要浪费一天，甚至一个小时。在"多布里纳"号尚能航行期间，必须回到古尔比岛去，立即搬迁，将人和牲畜尽快地运到他们的新住所去，将粮食和草料储存起来，毫不犹豫地在"热土地"上定居下来。"热土地"这个名称恰如其分，

---

[1]　凡特岛，小安的列斯群岛东部的一部分。

就是为这个大山脉的火山部分起的。

小艇当天便返回了古尔比岛，决定第二天着手搬迁。

这可能是一个漫长的寒冬，必须考虑周全，不可漏掉一个可能出现的危险。确实如此，这确实是一个漫长的、也许是没有尽头的、极其危险的、黑暗的冬天，是北极海的航行者们必须面对的！是呀，有谁能预见到加利亚何时才能摆脱冰雪的束缚？有谁又能说出加利亚在运行过程中是在沿着一条回归的轨道运行？有谁又能说出哪一条轨道能让它朝着太阳方向运行？

塞尔瓦达克上尉立刻将这个幸运的发现告诉了他的同伴们。闻听"热土地"这个名字，小尼娜和西班牙人都特别高兴，发出一阵阵欢呼声。上帝做了这么好的事，当然应该向他致谢。

在随后的三天里，"多布里纳"号往返了三次。首先运送的是刚刚收获的草料和粮食，把船舱堆得满满当当，到了新住所，便将它们储存在地道的紧里头。3月15日，几个岩石质的牲畜棚里，拉来了公牛、奶牛、羊和猪，大约有五十头，准备做种畜。其他的牲畜因严寒将至都得尽可能地宰杀，然后冷冻起来。因为天气寒冷，冷冻极为方便。这么一来，加利亚人在此便有了一个丰富的储存。将来的食物有了保障，至少加利亚现在的居民们用不着担心吃不饱的问题了！

至于饮水问题，那是极其容易解决的。当然必须饮用淡水，但淡水绝对不成问题：夏季，溪水潺潺，而且古尔比岛上有蓄水池。冬季也一样，因为天寒地冻，海水结冰，其中的盐分也随之消失。

当大家在忙于搬家时，塞尔瓦达克上尉、蒂马塞夫伯爵和普罗科普二副便忙着拾掇"热土地"上的住所。必须抓紧时间，因为海水已经开始结冰，即使大晌午，太阳直射也无法将它们融化掉。

新居的发掘工作做得十分出色。在火山内的各种住所之间，有一条天然的通道相连。在新的探测过程中，又发现了一些新的通道。这个山洞犹如一个宽大的蜂巢，里面有着无数的蜂房。蜜蜂们——也就是加利亚人——很容易便可在此找到住处，而且条件很好，舒适安逸。大家将这儿命名为"尼娜蜂巢"，以向尼娜小姑娘致敬。

塞尔瓦达克上尉和他的同伴们最关心的是尽可能地利用好大自然无偿地提供给他们的这种热能，将生活搞好。他们将细小的岩流引向新的斜坡，让它流到指定的地方。把"多布里纳"号上的炊具拿来，利用熔岩的热量烧水做饭，吃喝的问题也解决了。双桅纵帆式帆船上的大师傅莫歇尔很快便在这间厨房里大显身手了。

"噢，"本－佐夫说道，"要是旧大陆上的每个家庭都拥有一个小火山，一个子儿也不花，那该多美呀！"

山中的各条通道所通向的那个场所是个大岩洞，那里便安排作为公共大厅，古尔比岛和"多布里纳"号上的那些重要的家具全都搬了进来。双桅纵帆式帆船的船帆全都解了下来，搬到"尼娜蜂巢"里，以做各种使用。船上图书室里的大量的法文和俄文图书显然得放在那个大厅里。桌子、椅子、灯具也搬了进去，石壁上还挂上了"多布里纳"号上的航海图。

前面说过，遮挡着火山洞前的海湾的"火帘"烘热着它，同时也照亮着它。这个熔岩"瀑布"飞泻到山下一个由礁石环绕着的小水潭里。这个小水潭与大海并不相连相通。这显然是一个很深很深的水潭，即使整个加利亚海全部结上了冰，它也不会冻结起来。在山洞底部，公共大厅的左边，还有一个山洞，用作塞尔瓦达克上尉和蒂马塞夫伯爵的卧室。普罗科普二副和本—佐夫则共住一个山洞，是在山岩中开挖出来的，位于右侧。公共大厅后面有一个小山洞，是专门为小尼娜准备的真正的小屋。至于俄国水手们和那些西班牙人，他们分别住在通往大厅的各个通道里，暖烘烘的，挺惬意。这就是整个"蜂巢"里所安排的住房。这群人安排就绪，不用担心漫长而严酷的冬季的折磨，毕竟"热土地"向他们提供了舒适的条件，即使加利亚将他们带往木星轨道附近去，那儿的温度虽然比地球上的温度低二十五倍，但居住在山洞里，还是冻不着。

在大家忙着搬迁之际，甚至连西班牙人也跟着忙个不亦乐乎的时候，伊萨克·哈卡布特待在古尔比岛的船上，情况如何呢？

这个伊萨克·哈卡布特疑心病重，大家无论怎么开导他，把所有的道理都说给他听了，可他就是顽固不化，硬要留在他的单桅三角帆船上，像个吝啬鬼守住金子似的看着他的那些货物，成天唉声叹气、嘟嘟囔囔，眼睛望着远方，看看有没有什么船只出现在古尔比岛附近，但是全都枉然。不过，"尼娜蜂巢"中没有这个卑劣的家伙，大家并不觉得惋惜。伊萨克已正式宣称，他的货物是不会白给的，只有用钱来买才行。因此，塞尔瓦达克上尉禁止大家去拿他的任何东西，也不许大家花钱去买他的任何东西。大家倒是要看看这个冥顽不化的家伙，在严酷的事实面前会不会很快败下阵来。

很显然，伊萨克·哈卡布特根本就不相信这个可怕的形势，尽管大家都接受了这一事实，但他就是要硬挺着。他仍然认为自己还是在地球上，只不过发生了一场灾难，改变了一点环境而已。他一直在盘算着，迟早会有办法离开古尔比岛，到地中海沿岸继续他的生意。他怀疑一切，包括所有的人，他总在猜测，别人都在盘算着如何侵吞他的货物。因此，他不想被人暗算，坚决不信这星球是地球上分离出来的一部分在太空遨游的说法。他不愿意被人抢掠，所以日夜守护着自己的财产。但是，不管怎么说，既然到目前为止，一切都在证明一颗新的星球在太阳系中漫游着——这是一颗只是被直布罗陀的英国人和古尔比岛的居民们占据着的星球，那么伊萨克·哈卡布特举着他那老旧的望远镜在朝海平线上看个没完也是白搭，因为他没有看见任何一条船出现，也没有任何人跑来用钱买他"汉莎"号上的货物。

不过，伊萨克并不是不知道大家已经付诸实践的那个如何度过漫长冬季的计划。首先，根据他那永恒不变的习惯，他仍然拒绝相信。但是，当他看到"多布里纳"号不停地往南驶去，将粮食和牲畜带走，他不得不承认塞尔瓦达克上尉和他的同伴们正准备离开古尔比岛了。

如果他所拒绝相信的一切万一都是真的话，那么这个可怜的伊萨克会落个什么下场？怎么？他现在所在的不是地中海，而是加利亚海？那他将再也见不着他那美好的德国了！他再也无法欺骗的黎波里和突尼斯的那些容易上当的人了？那他不就完蛋了吗？

这时候，大家看到他更加经常地走下他的单桅三角帆船，凑到俄国人和西班牙人中间摸情况，可是大家都不愿意搭理他，都在嘲笑他。于是他便又去讨好本-佐夫，给他送点烟草，但是，被本-佐夫毫不客气地拒绝了。"我不要，老扎布隆[1]，"本-佐夫骂他道，"别来这一套！总督有令，你就自己吃你的货物、喝你的货物，独自去享用吧，萨尔达纳帕尔[2]！"

伊萨克·哈卡布特见这帮"圣徒们"都对他不屑一顾，便想去见他们的"上帝"。因此，有一天，他便下定决心亲自去问一下塞尔瓦达克上尉，看看这一切是否都是真的，因为他相信一名法国军官是不会欺骗他这样一个可怜人的。"当然，确实是真的！没有一点假。"塞尔瓦达克上尉见他仍然那么顽固，便很不耐烦地回答他说，"您得抓紧点了，赶紧前往'尼娜蜂巢'避难去！"

"愿上帝和穆罕默德保佑我！"伊萨克嗫嚅着说，他既求上帝又求穆罕默德，可见其叛徒的嘴脸。

"您愿不愿意让三四个人帮您将'汉莎'号开往'热土地'的新的停泊港？"塞尔瓦达克上尉问他道。

"我想去阿尔及尔。"伊萨克·哈卡布特回答道。

"我再跟您说一遍，阿尔及尔已经不存在了！"

"真主啊，这怎么可能呀！"

"我最后再问您一遍，您到底愿不愿意带着您的'汉莎'号跟着我们一起去'热土地'

---

[1] 扎布隆，《圣经》中人物，雅各布之子，是个守财奴。

[2] 萨尔达纳帕尔，传说中的西亚古代帝国亚述的国王。

过冬？”

“天哪！我的货物全完了！”

“您是不想去吧？那好，我们将把您的‘汉莎’号开到安全的地方去，不管您愿意不愿意！”

“不管我愿意不愿意，总督大人？”

“是呀，因为我不愿意看到，因为您的冥顽不化，而让您那宝贵的货物全都毁坏殆尽，这对谁都没有好处！”

“那我可就完蛋了！”

“如果我们任由您一意孤行的话，您肯定破产得更加彻底！”赫克托尔·塞尔瓦达克耸耸肩回答道，“好了，现在你走吧！”

伊萨克·哈卡布特向他的单桅三角帆船走去，双臂伸向天空，诅咒那些“劣等种族”的贪得无厌。

3月20日，古尔比岛的东西全都搬完，只等着出发了。平均气温降至零下八度。水池里的水全都结了冰。大家商量好，翌日，全都登上“多布里纳”号，离开古尔比岛，去“尼娜蜂巢”避难。大家还决定，不理睬伊萨克的抗议，把他的单桅三角帆船一起带走。普罗科普二副曾经宣布，如果“汉莎”号停泊在谢里夫港口的话，它无法抵御冰块的挤压，必然会挤碎。在“热土地”有更好的保护，“汉莎”号更安全。话说回来，万一船沉没了，船上的货物至少还能保留下来。

因此，双桅纵帆式帆船起锚之后不一会儿，“汉莎”号也跟着起航了，尽管伊萨克连喊带骂地叫个不停，也无可奈何。在二副的指令下，四名俄国水手上了“汉莎”号，又长又大的前帆张开来，这条“货船”——本-佐夫这样称呼它——便离开了古尔比岛，向南驶去。

在整个航行过程中，伊萨克一个劲儿地抱怨别人强拉他上船，嚷嚷着他无须别人帮忙，用不着别人管他，如此这般地吵闹不休。他又哭又叫又哼叽——至少他的嘴是在嘟囔的——灰色的小眼睛透过假惺惺的泪珠闪着亮。接着，三小时之后，当他看到他的船安全地进入“热土地”的小海湾，并看到他的货物和他自己安然无恙的时候，如果有谁走近他，就可以发现他的目光中闪现着明显的高兴光亮，如果你再侧耳细听，就会听见他在咕哝着：“这帮蠢货！这帮笨蛋！这一次他们把我带过来，什么好处也没捞着！”

他咕哝的话，别人全都听在耳朵里了。什么也没捞着！大家帮了他一把，他却一毛不拔，多么得意！

现在，古尔比岛完全被他们遗弃了。在一个法国殖民地的这最后的一小块土地上，除了一些逃脱捕猎者之手的和严寒很快就要置它们于死地的野兽和鸟雀之外，什么都没有了。那些尝试了去远方寻找某个更合适的陆地的飞鸟们，又回到了古尔比岛——这足以证明别处并没有任何一块能让它们生存的陆地。

那一天，塞尔瓦达克上尉和他的同伴们正式入住新居。大家对"尼娜蜂巢"的内部布置全都感到满意，每个人都很庆幸能够舒适地、特别暖和地住在这里。只有伊萨克·哈卡布特不愿与大家共同分享快乐。他甚至都不愿意进入山中的那条通道，就待在他的单桅三角帆船上。

"他这是害怕大家让他付房钱！"本－佐夫说，"别管他！不久，这个老狐狸就不得不住进来了，严寒会将他逼出他的狐狸洞的！"

晚上，大家将锅吊好，用火山熔岩煮好了菜肴，这个小群体便集中在大厅里。有人从"多布里纳"号的酒窖里取来法国葡萄酒，向总督大人和他的顾问蒂马塞夫伯爵敬酒。本－佐夫自然不会放过这大快朵颐的机会，又吃又喝，兴奋异常。

大家十分开心，西班牙人立刻活跃起来，有的拿起吉他，有的拿起响板，众人合唱起来。轮到本－佐夫的时候，他引吭高歌，唱起法国军中最有名的军歌来，然而，只有听过这个勤务兵唱过歌的人才能欣赏他那悠扬的歌声。

随后，众人兴起，跳起舞来。这是在加利亚上举办的第一个舞会。俄国水手试着跳了几个本国的舞，众人非常赞赏，甚至比西班牙人跳的最棒的范丹戈舞都受欢迎。接着，本－佐夫跳起蒙马尔特舞，既优雅又有力，受到奈格雷特真实的称赞。

第一轮节目结束时，已是晚上九点钟。大家觉得应该到外面去透透气，因为由于跳舞和温度较高，大厅里确实很热。

本－佐夫领着他的朋友们走进通向"热土地"的海边的主通道。塞尔瓦达克上尉、蒂马塞夫伯爵和普罗科普二副慢慢地跟随在众人的后面。突然间，只听得外面传来惊叫声，他们便停下了脚步。但是，那声音并不是因为害怕而发出来的，而是一阵赞叹声。

塞尔瓦达克上尉和他的两位同伴已到了洞口，见所有的人全都聚集在岩石上。本－佐夫用手指着天空，欣喜异常。

"啊，总督大人！啊，伯爵大人！"本－佐夫兴奋地嚷叫道。

"怎么啦？怎么回事？"塞尔瓦达克上尉问道。

"看呀，月亮！"本－佐夫回答道。

确实，月亮从夜雾中钻了出来，第一次出现在加利亚的海平线上！

第22章 加利亚海全面封冻

月亮！如果那真的是月亮的话，那它为什么会消失不见了呢？如果说它又出现了，那它又从何方而来？至今为止，尚未发现任何一颗卫星伴随着加利亚围绕着太阳运行。难道不忠的月神狄安娜刚刚抛弃了地球来为这颗新星效劳？

"不！这不可能，"普罗科普二副说道，"地球离我们有好几百万法里，而月亮一直在围绕着它转！"

"唉，我一点也弄不明白，"塞尔瓦达克上尉说，"为什么最近一段时间月亮不能落入加利亚的引力中心，成为它的卫星呢？"

"那它就会在我们的海平线上显露出来的，"蒂马塞夫伯爵说，"我们也不会等上三个月才重又看见它。"

"天哪！"上尉说道，"我们见到的所有这一切真是太奇怪了！"

"塞尔瓦达克先生，"普罗科普二副说，"认为加利亚的引力极强，能够将地球的卫星从地球上弄走的假设是绝对不能成立的！"

"那好，二副，"塞尔瓦达克上尉回答道，"就算您说得对，但我要问，把我们从地球上分开的那股力量为什么不会同时也让月亮离开地球呢？月亮虽然在太阳系中飘移着，但是，它是会来到我们这儿的……"

"不，上尉，不对，"普罗科普二副回答道，"只需一个理由我就可以反驳您！"

"什么理由？"

"这理由就是，加利亚的体积明显小于月球的体积，所以加利亚可能会成为月球的卫星，而不是月球成为加利亚的卫星。"

"您说得有道理，二副，"塞尔瓦达克上尉说道，"但是有谁能证实我们这里不是月亮的卫星，又有谁能证实由于月球已经在一条新的轨道上运行了，我们就不会在宇宙空间陪伴它了？"

"您对我的这种假设无法认同吗？"普罗科普二副问道。

"是的，"塞尔瓦达克上尉微笑着回答道，"因为，事实上，如果我们的小星球只不过是一个卫星的卫星的话，它不会三个月才围绕月球转半圈的，自从灾难发生之后，我们已经多次看到过它了！"

在二人争论的过程中，加利亚的卫星——无论它是不是如此——已经在海平面上方飞快地升起来，这一点已经证实塞尔瓦达克上尉的论断是正确的。现在，他们可以仔细地观察它了。他们举起望远镜，很快便发现它并不是地球上夜空中那昔日的菲贝[1]。

的确，尽管这颗卫星似乎更靠近加利亚。比月亮距地球更近，但其表面面积只有月球的十分之一。它只是一个缩小版的月亮，它反射的太阳光较弱，连比它小八分之一的星星都遮挡不住。它从西边升起，正好与太阳升起的方向相同，现在正处于满月状。这很明显，根本不可能将它同月球混为一谈。塞尔瓦达克上尉不得不承认，他在它上面既看不到海洋、沟壑，也看不到高山及月面图上任何高高低低之处。它并不是太阳神阿波罗的那位温柔恬静的妹妹——月亮女神，有人说她清纯秀美，也有人说她满腔皱纹，几百年来她一直在静静地凝视着尘世间的人们。

因此，这并不是一个特别的月亮，而且，正如蒂马塞夫伯爵的观察所见，这很可能是一颗小星球，在加利亚运行途中，将它吸引了过来。现在的问题是，它到底是迄今为止天文学家们所发现的一百六十九颗小行星中的哪一颗？或者是天文学家们尚未认识的另外的什么小行星？也许人们以后将会知晓。天空中的小行星不计其数，且体积极小，走路快的人二十四小时就能绕它一圈。它们的体积远远小于加利亚的体积。因此，加利亚的引力完全能够轻易地将它们吸引过来。

在"尼娜蜂巢"度过的第一个夜晚没有任何不适。第二天，大家有条不紊地组织起来开始共同生活。正如本－佐夫夸大其词地称呼的那样，"总督大人"不想看到大家无所事事，慵懒闲散。老实说，塞尔瓦达克上尉确实担心大家松松垮垮的，后果会不堪设想。因此，每天他都会进行细致入微的安排，而且，要干的活儿还真是不少。喂养牲畜就够脏够累的。还有储存粮食，趁大海尚未结冰时捕鱼，将通道中扭曲拐弯的地方弄直，便于通行等，全都是一下子干不完的活儿，所以不会有人闲着没事干。

还得指出，在这个小群体中，大家关系和谐，相处融洽。俄国人和西班牙人相处甚欢，并开始使用加利亚的官方语言——法语交流。帕布罗和小尼娜做了塞尔瓦达克上尉的学生，他负责给他俩上课。至于逗他俩玩的事，那就是本－佐夫的任务了。勤务兵本－佐夫不仅教他俩法语，而且教的还是地道的巴黎语调。他还答应他俩，有一天会带上他们去"建在山脚下"的一座城市逛逛。这座城市世上无双，他极其兴奋地向他俩仔细地描述了一番。不言而喻，他兴冲冲地说的这座城市一猜便中。

一个有关头衔的问题在此期间也解决了。

大家记得，本－佐夫曾介绍他的上尉是总督大人。但是，他不仅这么称呼他，而且，还总是"大人，大人"地不停嘴。这弄得塞尔瓦达克上尉十分恼火，他命令他的勤务兵不许再这么称呼他了。

[1] 菲贝，希腊神话中月亮女神阿耳忒弥斯的别名，也是诗中的月亮。

"可是，大人……"本－佐夫顺口又喊了一声。

"你给我闭嘴，蠢货！"

"是，大人！"

"你能不能别再这么叫我了！"

"随您的便，大人！"本－佐夫回答道。

"你这个猪脑子，你知道你这么称呼的头衔是什么意思吗？"

"不知道，大人！"

"你不知道这个称呼是什么意思，你就这么喊个没完？"

"我确实是不知道，大人！"

"那好吧，我告诉你，在拉丁文里就是'老东西'的意思，你对你的上司竟然如此不敬，敢叫他'老东西'！"

哈哈，自从受到这么一顿训斥之后，本－佐夫就没再这么叫过他的总督了。

3 月下旬，严寒尚未袭来，但是，塞尔瓦达克上尉和他的同伴们并没有在山洞里闲待着。他们沿着海岸在这个新大陆上走了几次。他们探测了"热土地"周围五六公里的地方。到处都呈现着一片可怕的乱石荒原，没见有任何植物生长。有几处细流已经结冰，时不时地可以看到由水气凝聚成的一片一片的雪，这表明它的地表有水源。但是，想必得几百年之后才有可能出现一条河，在这石头地上冲成一个河床，将水引向大海！至于这块被加利亚人称之为"热土地"的同质的结核状土地到底是一块大陆呢，还是一个岛屿？它是否会一直延伸到南极？大家都说不出一个结果来，而且，在这乱石岗似的土地上长途跋涉看来也是不可能的。

尽管如此，塞尔瓦达克上尉和蒂马塞夫伯爵还是能对这片土地有一个总的概念，因为他们有一天登上火山山顶去观察了一番。这座火山位于"热土地"海岬的顶端，大约海拔九百到一千米左右。这是一座巨大的山体，结构比较规则，系一个截锥体。而截锥体的横截面上，就是火山口，岩浆从那儿喷出，烟雾不停地环绕着它。

这座火山说不定是从地球上带过来的，看上去很难攀爬。它的山坡很陡，又很光滑，即使是最优秀、最坚定的登山者也望而却步。总而言之，往上爬是极其耗费体力的，想登上去真的比登天还难。但是，在这儿，由于体重大大减轻，而且肌肉更加强健，所以塞尔瓦达克上尉和蒂马塞夫伯爵很轻捷地便登上山去。一只岩羚羊也无法像他俩那样从一块岩石跳到另一块岩石，一只飞鸟也不能像他俩那样飞过围绕着深渊的那些狭长的尖峰。他俩花了不足一小时的工夫便登上了海拔三千英尺的山顶。当他俩到达火山口边缘时，觉得并不比在平地上行走一公里半的路程更累。毫无疑问，如果说在加利亚上居住确有某些不便的话，但是它也提供了某些便利。

两位探测者在山顶上举起望远镜，可以发现这个星球的外貌明显地保持着原样。北边是茫茫的加利亚海，像镜子一样平静光亮，因为海上没有风，空气如同冻结了似的。有一个小点微微地隐现在雾气之中，那就是古尔比岛所在的地方。东边和西边也是大海，茫茫一片。

往南边望去，在地平线那边，便是"热土地"之所在。这片陆地的顶端似乎形成一个宽阔的三角形，火山立于其中，人们只能看到火山的顶端而看不见山脚。从这么高的地方看过去，所有的凹凸不平、高高低低全都被抹平了，这一带的陌生土地似乎人是没法行走的。几百万六面棱柱体岩石立于其上，行人根本无法穿行。

"除非乘热气球或长出一双翅膀来！"塞尔瓦达克上尉说，"正因为如此，我们必须探测这片新土地！真见鬼！我们被带到一个真正的化学结晶体上了，它是那么奇特，如同博物馆的橱窗里陈列的展品！"

"您注意到了没有，上尉，"蒂马塞夫伯爵说，"加利亚的隆起部分我们很快就看到了，因此，我们与地平线的距离相对缩小了，对吧？"

"对，蒂马塞夫伯爵，"塞尔瓦达克上尉回应道，"这比我们在岛上悬崖峭壁上观察到的要远些。在我们昔日地球上的一个一千米的高处观测的话，地平线离我们显得更远。"

"加利亚只不过是一颗小星球，如果将它与地球比较的话！"蒂马塞夫伯爵回答道。

"那当然，就我们的居民而言，它已经足够我们居住了！不过，您看，它肥沃的土地现在只有古尔比岛上的三百五十公顷耕种了庄稼。"

"没错，上尉。不过，只有夏季两三个月可种植，但冬季也许会长达几千年，都无法种植！"

"那有什么办法？"塞尔瓦达克上尉微笑着回答道，"我们上到加利亚之前，也没有谁征求过我们的意见呀，还是豁达一点儿吧！"

"不仅要豁达一点儿，上尉，而且还得感激那位用手点燃火山的'他'呀！如果加利亚上没有这火山岩浆的话，我们就会因严寒侵袭而一命呜呼了。"

"不过，我坚信，"蒂马塞夫伯爵说，"这火是不会在火山停止喷发之前熄灭的……"

"什么时候熄灭呢，上尉？"

"那得看上帝的意愿了！他知道，也唯有他知道！"

塞尔瓦达克上尉和蒂马塞夫伯爵最后看了一眼陆地和大海，便决定下山。但是，下山之前，他俩想要观察一番火山口。他们首先发现这座火山的喷发十分平静，不像通常的火山喷发那么惊天动地，轰隆声不绝于耳。当然，这两位探测者已注意到了这种平静的状态。而且，甚至岩浆的喷涌都没出现。它的岩浆火光闪闪，连续不断地往上涌出，然后便平静地流淌下来，如同一个平静的湖泊，湖水太满，在慢慢往外溢出。不妨比喻一下：火山根本就不像一个坐在大火上的水壶那样，开水往外直流，而是像一个满到盆边的水盆，一点一点地，没有声息地溢了出来。而且，除了岩浆，根本就没有其他的喷发物，也没有石块在山顶浓烟中飞舞，甚至浓烟里也没有火山灰。因此，这就说明了为什么火山脚下未见满地的浮石、黑曜石及其他生成岩什么的。甚至连一块游走的冰川也没有发现，因为这儿尚未能形成冰川。

这一特点如同塞尔瓦达克上尉所观察到的一样，是个好兆头，让人相信火山会持续喷发。剧烈运动无论是在精神上还是在物质上，都是不会持久的。最强劲的暴风雨来势汹汹，但是从来不会长久。而在这儿，这条火龙有规则地流淌着，极其平静地喷发着，熔岩永不会枯竭。如同尼亚加拉大瀑布，人们只见它的河水在上游平静地流着，可却没人会认为它在流淌的过程中停止下来。现在这个火山，那熔岩也是如此，毫无疑问，它们不会有中止的那一天。

如果有一天，加利亚的海水产生了物理变化，必须指出，那是他们这帮人自己造成的后果。的确，所有的人从古尔比岛搬到"热土地"上安顿下来之后，好像都在希望加利亚海表面结起冰来。如果海水结冰，那么与古尔比岛的往来就便利多了，猎人们也就可以上岛打猎了。因此，那一天，塞尔瓦达克上尉、蒂马塞夫伯爵和普罗科普二副便把全部人员召集到俯临大海的海岬顶端的一块大岩石上来。

尽管气温已经下降，大海依然没有结冰。其原因在于一丝风都没有，海水处于静止状态。大家都知道，在这种条件下，海水尽管没有结冰，但它仍然能够承受零下的温度。当然，只要有一个稍稍的震动，它立刻就能结上冰。

小尼娜和她的朋友帕布罗也跑来参加聚会了。

"小宝贝，"塞尔瓦达克上尉说，"你能将一块冰块扔到海里去吗？"

"能啊！"小姑娘回答道，"但是我的朋友帕布罗比我扔得远。"

"你试试呗。"塞尔瓦达克上尉边说边将一小块冰放在小尼娜手里。

随后他又补充道："看好了，帕布罗！你瞧瞧我们的小尼娜是什么样的小仙女！"

尼娜甩了两三下胳膊，将冰块扔到海里，掉在平静的海水中……

大海立刻发出一种巨大的嘎吱声，一直传到海平线那边去了。

就这样，加利亚海全面封冻了！

第23章　是谁让加利亚的居民如此激动

3月23日，太阳下山后三个小时，月亮在对面的海平线上升起，加利亚人能看到它已经是下弦月了。

加利亚的卫星就这样用四天时间，从新月到下弦月，这可以使人看到它近一个星期的时间，因此，朔望月是十五天到十六天。对于加利亚来说，朔望月如同太阳月的天数一样都减少了一半。

三天后，26日，月亮和太阳重叠在一起，月亮的身影也就完全消失了。

"它还会回来吗？"本—佐夫问，因为是他第一个发现这颗卫星的，所以他对它情有独钟。

说实在的，在加利亚人都不知就里的那么多宇宙现象出现之后，正直的本—佐夫的观察绝不是毫无益处的。

26日，天空晴朗，空气干燥，气温降到零下十二度了。

加利亚距离太阳究竟有多远？自从海上漂浮的罐头盒里的字条所指明的那个日期以来，它在其轨道上运行了多少路程？"热土地"上的居民们没有谁能说得清楚。太阳表面上的缩小无法再作为计算的基础了，甚至连大致估算一下都不可能。遗憾的是，那位匿名的学者没有将最近的几次新的观察结果提供出来。塞尔瓦达克上尉尤其感到后悔的是，同他的同胞中的一位进行的这种奇特的交流——他坚持认为此人就是他的同胞——没了下文。

"这第二张字条之后，"他对他的同伴们说道，"很有可能我们的这位天文学家会继续用皮套或罐头盒装上字条送到我们手中。但是，什么也没有漂到古尔比岛或'热土地'来！现在，大海已经封冻，再想得到这个怪人的哪怕只言片语的字条都没有希望了！"

的确，大家都知道，大海已经完全封冻。由于天气晴朗，又无一丝风搅乱加利亚海水，所以从流水到结冰十分顺利。而且，冰面极其光滑，如同滑冰俱乐部的湖面或水池的水面结成的冰面一样。没有凹凸不平之处，没有坑坑洼洼的角落，没有一丝一毫的裂缝！是一个纯净的、无一丝瑕疵的、光洁如镜的冰面，一直延伸至海平线边缘。

这与地球上的南北两极的浮冰所呈现出的模样简直天壤之别！在地球上的极地，遍布着一座座冰山，杂乱无章，冰脊、冰锥、冰块彼此相拥相叠，很不牢固，随时可以断裂。说实在的，所谓的冰原也只是一些不规则的冰块集在一起，胡乱地堆积而成，而且，还掺杂着因严寒而导致的岩石的崩塌碎块，好似一座座大山，但是，底部又很不坚实，像捕鲸船高高竖起的桅杆。

在地球南北两极的冰面上，一切均非固定不变，没有不动的冰山；大浮冰并非铜铸，一阵风刮来，气温骤降，眼前的景象就立刻大变模样，如同万花筒似的变化无常。而在这个新星球上，加利亚海绝对是固定不变的，而且比它在微风吹拂下的冰面洁静光滑。这广袤无垠的雪白的冰原比撒哈拉的高原或俄罗斯的大草原都要平坦、坚实，而且肯定会保持长久。由于气候寒冷，海水像披上了盔甲，直到春暖花开，大地回春时，才会冰消雪化……如果冰雪消融的情况真的到来的话！

俄国人已经习惯于这种冰封大海的景象，但他们之前见过的都是杂乱无序的冰雪天地。因此现在，他们不无惊讶地看到这个加利亚海平滑如湖水一般，而且，他们也非常高兴地看到那极其光滑平坦的冰面是个滑冰的好地方！

"多布里纳"号上储存着一双双的冰鞋，可借业余爱好者们使用。那些爱好滑冰的人便蜂拥而至。俄国人还教西班牙人滑冰，很快，在那些风和日丽的日子里，既不太冷又无刺骨寒风的时候，每一个加利亚人都学会了滑冰，而且花样繁多，姿势优美，技术精湛。小尼娜和帕布罗技高一筹，迎来一阵阵的欢呼声。塞尔瓦达克上尉各种体操项目都很擅长，很快便与蒂马塞夫伯爵旗鼓相当，难分伯仲。本—佐夫的滑冰技术超群，因为他以前在蒙马尔特广场——按他的说法，那真的是"一个大海！"——经常溜冰。

这种运动有益于身心健康，同时又为"热土地"的居民们提供了一种休闲方式。而且有什么需要的话，它还能成为一种省时省力的办事方式。事实上，优秀滑冰手中的普罗科普二副，曾不止一次地从"热土地"滑冰去古尔比岛，十法里的路程，他只花两个小时。

"这项加利亚冰上运动替代了昔日地球上的铁路交通，"塞尔瓦达克上尉说，"冰鞋并非他物，只不过是滑冰者脚上的两只'风火轮'！"

这时候，气温在逐渐下降，温度平均都在零下十五六度。与此同时，热力、阳光都在减少，仿佛太阳遇上了日偏食，光线十分昏暗。所有的物体都显得模模糊糊的，令人触目生情，悲从中来。这种情绪很不正常，必须加以克服。这些昔日地球上的难民，根本就未曾想到过孤独之感会将他们默默围住，让他们不知所措。他们怎么会忘记地球已经远离加利亚数百万法里，还会越离越远？他们能否承受得住自己将永远也见不到地球了的这么大的打击？因为脱离了地球的这块陆地，离太阳越来越远，甚至没有任何迹象表明，加利亚不会离开目前的太阳系而进入更遥远的太空，去环绕别的太阳运行！

蒂马塞夫伯爵、塞尔瓦达克上尉和普罗科普二副，显然是仅有的为这种种情况忧心如焚的人。其他的人并不太了解将来的情况及种种危险，并没感觉到其后果的严重性。必须要想些好的办法来宽他们的心，或者教他们学点什么，让他们无暇他顾，或者找点娱乐让他们开开心，而滑冰则是对每天单调平淡的劳作的一种极佳的排遣。

当我们说"热土地"上的所有居民都或多或少地参加这种有益运动的时候，这其中当然将伊萨克·哈卡布特排除在外。

的确，自从来到古尔比岛以来，无论天气多么寒冷，哈卡布特都未曾露过面。由于塞尔瓦达克上尉严令禁止任何人与他交易，所以没有一个人前去"汉莎"号看过他。不过，仍有一缕青烟从船上的烟囱里飘出来，说明单桅三角帆船的船主始终待在船上。这么一来，不管怎么说，他无疑得消耗掉一些燃料，而他本可以无偿地享用"尼娜蜂巢"的火山热力的。可是，他宁可损失一些也不愿意撇下"汉莎"号去与大家一起生活，因为他担心自己一旦离开船，那宝贝似的货物就无人照管。

不管怎么说，单桅三角帆船和"多布里纳"号都在承担重任，以抵御漫长的冬季的煎熬。普罗科普二副对这两条船进行着全面的照料。它们被牢固地停在小海湾里，现在已被坚冰围住，一动不动。不过，大家早就有所考虑，将冰层削成斜边，因为南北极的探险船也是这么处理的。这么干了之后，便只有船的龙骨与海水相连，冰层也就挤不到船体四周了。如果冰原升高，那么"多布里纳"号和"汉莎"号也会相应升高，一旦冰原化开，船也有望随之回到原先的吃水线上。

加利亚海现在已全面封冻，普罗科普二副在最后一次前往古尔比岛时发现，北边、东边和西边的冰面越来越扩大，一望无际。

只有这宽阔海面的一处地方没有结冰，就是火山中心洞穴下面的那个地方。那是一个水潭，熔岩流入其中，表面蒙上了一层岩灰。水潭里的水仍然流动着，而冰块在严寒的侵袭下正待凝结，但是，火山的熔岩很快又把冰块融化了。水一接触到如火熔岩便"滋滋"地响，还直冒泡。这一小部分的海面始终有海水在流动，渔民们完全可以在那儿捕鱼捉蟹，收获颇丰。但是，正如本－佐夫所说："那里面的鱼早就给烧熟了！"

4月初的几天，气候突变，天空乌云密布，但温度并没有升高。

这是因为气温的下降并非天气的一个特殊情况，至少不是因为水气已经饱和。的确，加利亚与地球的两极有所不同，地球的两极深受气候的影响，其冬季在狂风的袭击下，存在着某些间歇，因为那儿的风是忽而剧烈忽而微弱的。而在加利亚，严寒的天气不会让气温忽上忽下，它之所以下降，是因为远离太阳这个大热源所致，而且可能会一直降到傅立叶所指出的太空的气温的极限。

这一时期，真的是阵阵狂风呼啸，但却并没有暴雨也没有暴风雪，只是风刮得十分强劲可怖。那风暴穿过"火帘"封住公共大厅的洞口，在洞口产生奇特的效果。必须严密地堵住被它吹进洞内的熔岩。不过，也不必担心，因为火一般的熔岩会被暴风吹灭。相反，如果让暴风饱食氧气的话，它就愈发肆虐，如同一台鼓风机在呼呼地吹。有时候，暴风异常猛烈，"熔岩帘"会有片刻的断流，但被撕开的"熔岩帘"几乎一瞬间便又合上了，而洞内的空气则可以变得清新，对居民们有利无害。

4月4日，弯弯的月亮出来了，开始离开阳光的照射。它是在隐没了将近八天的时间后重新露面的，如同人们已经能够预测到的那样。大家曾经害怕再也见不到它了，这种担心是不无道理的。现在，这种担心毕竟过去了，所以本－佐夫异常兴奋，而且，这颗新卫星似乎决心正常地每半个月围绕着加利亚转一圈。

大家都记得，在其他可以耕种的土地消失之后，被带到加利亚的大气层里的鸟儿们都在古尔比岛上躲避着。在岛上，耕种好的土地向它们提供了大量的食物，它们从四面八方聚集起来，纷纷地飞落在古尔比岛上。

但是，随着严寒天气的到来，田野上很快便为白雪所覆盖，雪又凝结成冰，最硬的鸟喙也难以啄透那坚硬无比的冰层。因此，鸟儿们便纷纷大逃亡，且本能地飞到了"热土地"上。

这块"热土地"没有任何它们可食的东西，这倒不假，不过这儿却有人居住，它们毕竟可以栖息在此了。它们非但没有躲避人，反而急不可耐地在寻找着人。每天，从通道中扔出来的面包屑立即被一抢而光。然而，供给几千只鸟儿的食物远远不够，不久，由于耐不住寒冷和饥饿，有几百只鸟儿便大着胆子飞进那狭窄的通道里，在"尼娜蜂巢"里面寻找栖息的地方。

因此，不得不再次轰走它们，因为实在是受不了它们的这种骚扰。这倒成了每天消愁解闷的游戏了，居民们乐此不疲。这群鸟的数量大得惊人，很快便开始入侵、抢夺食物。不过它们也确实是饿坏了，因此而变得穷凶极恶、贪得无厌，甚至飞到大厅里，从居民们的手中叼走肉块或抢夺面包。大家用石头砸它们，用棍子打它们，甚至开枪杀它们。经过几番激烈的战斗，他们总算歼灭了一部分不速之客，只留下了几对鸟儿，以便繁殖之用。

本－佐夫是这场驱鸟战役的伟大策划者。他非常高兴，欢呼雀跃，大声痛骂这群不幸的鸟儿。一连几天，他们吃了不少的肉质鲜嫩的鸟儿，有野鸭、针尾鸭、山鹑、丘鹬、沙锥等。这么看来，猎手们是专门挑选优质的鸟儿猎杀的。

"尼娜蜂巢"总算开始归于平静了。最后"入侵者"还有百十只体形较大的栖息在岩洞里，无法赶走它们。它们竟然将自己当作这儿的房客了，而且它们也不让其他任何一个"入侵者"入住。因此，敌对双方为争夺居所的战斗开始处于休战状态。经过无声的交易，居民们让这帮顽固者充当警察的角色，不许再有其他"入侵者"闯入。它们还真的在"严格执法"！冒冒失失地闯入通道中来的倒霉蛋，既无权利又无保护，很快就被赶了出去，或者被它的同类给啄死。

4月15日那天，主通道洞口方向突然响起喊叫声。是尼娜在喊"救命"。

帕布罗听得出尼娜的声音，便立马赶在本－佐夫的前面，奔去救助他的小女友。

"快过来！快过来！"尼娜嚷叫道，"它们想要啄死它！"

奔跑过来的帕布罗发现有五六只肥大的海鸥正在啄小姑娘。他立即抄起一根木棍，冲向鸟群，胡乱挥打一气，终于将这几只猛禽打跑了，但他自己也被狠狠地啄了几口。

"你没事吧，尼娜？"他问道。

"喏，你看，帕布罗！"小姑娘边回答边指着紧紧地抱在自己怀里的一只鸟。

"是一只鸽子！"

的确是一只鸽子，而且是一只标准的信鸽，因为它的翅膀略微内弯，末端还剪掉了点儿。

"啊！"本－佐夫突然嚷叫道，"上帝呀，它脖子上还吊着一只小纸袋。"

不一会儿，这只鸽子便被送到塞尔瓦达克上尉及其两个同伴的手中，他们聚在大厅里仔细地查看着。

"这是我们的那位学者给我们送来的消息！"塞尔瓦达克上尉兴奋地嚷道。

大海已经封冻，他便用鸟儿来帮助传达消息！啊，这一回他会不会留下自己的尊姓大名，特别是他的地址？

小纸袋在信鸽与猛禽搏斗时被扯破了一点儿，纸袋开了口子，可以看见里面有一张小字条。字条很简短，内容如下：

加利亚。

3月1日至4月1日，走过的路程：三千九百七十万法里。

离太阳的距离：一亿一千万法里！

途中将奈丽娜吸了过来。

食物即将告罄……

下面的纸被海鸥们撕坏，字看不清楚了。

"啊，真扫兴！"塞尔瓦达克上尉叫道，"签名明显地看得出来，日期和地点也都在！

122

这一次全都是用法文写的，而且还是一个法国人写的！可是我们却无法前去救援这个落难者！"

蒂马塞夫伯爵和普罗科普二副转身回到海鸥撕扯字条的地方，希望在被撕扯下来的碎纸片上找到点什么，让他们弄得清楚一些……但是，他们找来找去也没再找到点什么线索。

"难道我们就这么永远也弄不清楚地球上的这最后一位幸存者所在的地方吗？"

"啊！"小尼娜突然叫了一声，"佐夫朋友，你看看这儿！"

她边说边将小心翼翼捧在两只手中的鸽子让本—佐夫看。

在鸽子的左边翅膀上，可以清晰地看到一个洇湿了的章印，上面只有一个词，一个非常重要的词：

弗芒特拉。

第 24 章　宇宙之谜即将解开

"弗芒特拉！"蒂马塞夫伯爵和塞尔瓦达克上尉几乎同时喊了起来。

这是位于地中海的巴利阿里群岛的一个小岛的名称。它明确地指出了字条的书写者所在的地点。可是，这个法国人待在那儿干什么呢？如果他还在那儿，他还活着吗？

很显然，这位学者就是从弗芒特拉送出这些信息的，他在字条里明确地指出了他命名为加利亚的这块地球的土地相距的位置。

总而言之，由信鸽带来的字条表明，4 月 1 日这一天，也就是十五天之前，他还在他所在的那个地方。不过，这张字条和先前的那几张字条隔了有一段时间，所以不容乐观。这一次只用法文写的，而没有用其他文字写"Va bene"、"All right"、"Nil desperandum"。另外，内容只是在最后呼救，因为弗芒特拉岛上粮食就要没有了。

塞尔瓦达克上尉对这几个字做了一番分析，然后便指出："朋友们，我们得立即前去救援这位落难者……"

"说不定还有其他一些落难者，"蒂马塞夫伯爵补充说，"上尉，我已经准备好同您一起去。"

"很明显，"普罗科普二副说道，"我们在探索昔日的巴利阿里群岛的位置时，'多布里纳'号就在弗芒特拉附近驶过。如果说我们没有看到一点陆地的话，那是因为整个群岛就只剩下一个小岛了。"

"这个小岛不管它是多么狭小，我们一定要找到它！"塞尔瓦达克上尉说，"普罗科普二副，'热土地'与弗芒特拉相距有多远？"

"大约一百二十法里，上尉。我想问问您，您打算如何实践这个计划？"

"当然是走着去，"赫克托尔·塞尔瓦达克回答道，"因为大海已经封冻，而我们又会滑冰！是不是，蒂马塞夫伯爵？"

"那我们说走就走，"伯爵说道，"救人如救火，刻不容缓！"

"老爷，"普罗科普二副急切地说，"我有一点看法想告诉您，倒不是想阻止您去做一件发善心的事，恰恰相反，是想让您能够更加有把握地去完成这一使命。"

"你说吧，二副。"

"塞尔瓦达克上尉和您，马上就要出发了。可是，严寒更加厉害了，温度计已经降到零下二十三度，而且从南边刮来的一股狂风会让气温下降得更加可怕。如果你们一天走上二十法里，就得六天才能到达弗芒特拉。另外，粮食也必须带足，不仅你们得吃，而且你们将要救援的那些人或者他……"

"我们将背上背包，像两名战士一样。"塞尔瓦达克上尉急忙说道，他既不愿只考虑困难，也不愿关心这么一趟远行是否能达到目的，反正他必须前往。

"那好吧，"普罗科普二副冷冷地说，"不过，你们中途必须多歇息几次，但是，冰面光滑平整，你们不可能像因纽特人那样，凿冰搭窝棚的。"

"我们会日夜兼程，普罗科普二副，"塞尔瓦达克上尉回答道，"我们不是用六天，而是只用三天时间，甚至两天，赶到弗芒特拉！"

"好吧，塞尔瓦达克上尉。就算你们在短短的两天时间——老实说，这是不可能的——赶到，那你们又如何将你们在岛上找到的人救回来，他们可是已经饥寒交迫，生命垂危了。如果他们已经死亡，你们将他们带回'热土地'又有何用！"

普罗科普二副的话说到根子上了。大家心知肚明，这个救援行动在这种条件之下是根本不可能的。显然，塞尔瓦达克上尉和蒂马塞夫伯爵在这片广袤的冰原上无处歇息，万一遇上暴风雪将他们吹得连站都站不住，那将必死无疑。

赫克托尔·塞尔瓦达克满腔的侠义精神，一心想要完成这一使命，不愿面对明显的死亡威胁。他对普罗科普二副那冷酷的道理不屑一顾。另外，他那忠实的勤务兵本—佐夫也在支持他，宣称如果蒂马塞夫犹豫不决，他愿意与他的上尉一起前往。

"怎么样，伯爵？"赫克托尔·塞尔瓦达克问。

"您怎么干我就怎么干，上尉。"

"我们不能抛弃我们的同胞，他们可能是既无粮食又无住所了……"

"我们不能抛弃他们。"蒂马塞夫伯爵回应道。

随后，伯爵便转身对普罗科普说道："这个办法你不赞成，不过如果没有别的办法，那我们也只有照这个办法做了，普罗科普，上帝会帮助我们的！"

二副沉思着，没有回应蒂马塞夫伯爵。

"啊！要是我们有一个雪橇就好了！"本－佐夫大声说道。

"雪橇倒是很容易打造的！"蒂马塞夫伯爵说，"不过，造好了之后，到哪儿去找狗或驯鹿呢？"

"我们自己不就有两匹马吗？替它们加上一个马掌不就行了？"

"这么寒冷的天气，马是受不了的，会倒毙在路上的！"蒂马塞夫伯爵说。

"管它呢，"塞尔瓦达克上尉说，"不能再犹豫不决了，打造雪橇吧……"

"已经打造好了。"普罗科普二副回答道。

"那好，赶紧套上马……"

"不，上尉。我们还有一个比马更加快速安全的办法，省时省力。"

"什么办法？"蒂马塞夫伯爵问道。

"风呀！"普罗科普二副回答道。

没错，就是借助风力！英国人就很会借用风力来吹动带帆的雪橇滑行。这些雪橇在英国广阔的大草原上比火车速度都快，可达每秒钟五十米，也就是每小时的速度为一百八十公里。而现在是南风劲吹，如果将雪橇挂上风帆，速度可达每小时十二至十五法里。这样的话，太阳在加利亚海平线上升起两次的话，就可到达巴利阿里群岛，至少，可以抵达可能是这片广袤荒原上唯一幸存的小岛弗芒特拉。

风帆已经准备就绪，普罗科普二副还补充说道，雪橇也安排妥当，准备上路了。"多布里纳"号上的小艇长十多英尺，可以坐五六个人，正是一个绝好的雪橇。是不是应该在小艇下面临时装上两根铁条，支撑起小艇，似两只冰鞋般地在冰上滑行？那么，装这两根铁条需要多长时间？顶多也就是几个小时罢了。在这片光滑如镜，毫无坑坑洼洼，也无隆起或裂缝的冰面，这个轻快便捷的风帆雪橇，其速度之快不难想象。另外，还可以在小艇上方用木板搭上一个顶篷，再盖上厚厚的帆布，这么一来，它就可以让雪橇上的人不受寒风的吹袭之苦了。还可以带上皮衣、粮食、药品什么的，甚至还可带上一个酒精炉，就不用担心来回途中挨饿受冻了。

一切都想得十分周全细致，但尚有一点应加以考虑。

往北行驶，南风劲吹，顺风而行，可是返回时，却是由北往南行驶……

"这没多大关系，"塞尔瓦达克上尉大声说道，"我们就一门心思尽快到达小岛吧，然后再考虑返回的问题也不迟！"

再说了，如果这个风帆雪橇不能像船似的依靠船舵来抵御逆流那样，无法逆风行驶的话，它也许会偏离顶头风，斜着向前驶去也未尝不可。它的那两根铁条紧咬着冰面，起码可以让它靠着后侧风向前驶去。因此，如果返回时风向不变的话，照样可以逆风换帆行驶。这不着急，到时候再看。

"多布里纳"号的机械师在几名水手的协助下，立即动手干了起来。当日傍晚时分，风帆雪橇下面已安装好两条前面往上弯曲的铁条，雪橇顶上搭了一个顶篷，并装有一个金属摇柄橹，以抗逆风吹袭，而且备上一些食物、用具、被褥等，准备出发了。

但是，这时候，普罗科普二副硬在塞尔瓦达克上尉面前要求替换蒂马塞夫伯爵。一方面，雪橇只能让两个人上，因为返回时还得捎回落难的人；另一方面，操纵风帆，控制方向，必须有一名熟练老到的水手。

蒂马塞夫伯爵坚决不肯换人，但经不住塞尔瓦达克上尉一劝再劝，他总算答应不去了。不管怎么说，这趟行程危险重重。风帆雪橇上的人也难得万无一失。只要遇上稍微强烈的暴风雪，风帆雪橇便难以抵御，而且，万一塞尔瓦达克上尉回不来了，那么蒂马塞夫伯爵便可以代替他料理这帮人的一应事情……因此，他便答应留了下来。

至于塞尔瓦达克上尉，他是绝不会让别人替代他的。毫无疑问，他是一名法国军官，救人助人是他的天职，责无旁贷！

4月16日太阳刚刚升起，塞尔瓦达克上尉和普罗科普二副便坐上了风帆雪橇。他俩向同伴们频频挥手告别。看到他俩在零下二十五度的严寒下，在那白茫茫的广袤冰原上准备冒险前行，众人无不激动万分。本－佐夫心里难受极了。俄国水手们和西班牙人全都拥上前去与上尉和二副握手告别。蒂马塞夫伯爵紧紧地拥抱着勇敢的上尉和他那忠诚的普罗科普二副。最后，小尼娜止不住泪水哗哗地往下流淌着，向二人告别。随即，风帆展了开来，雪橇像长了两只翅膀似的，没多大工夫便消失得无影无踪了。雪橇上拉着一张后桅帆和一张三角帆。三角帆是横向挂起的，以兜住狂风，吹动雪橇急速向前。雪橇的速度确实很快，二人估计它每小时不低于十二法里。木篷后面留有一个窗口，供普罗科普二副将他那裹得严严实实的脑袋伸到外面去，而又不致太让他受冻。因此，他可以借助指南针，调正方向，径直向弗芒特拉驶去。

雪橇滑行得极其平稳，没有一点摇晃，比火车都稳。它在加利亚表面上比在地球表面上要轻得多，因此感觉不到任何一点的晃动和震荡，而且速度也更快。塞尔瓦达克上尉和普罗科普二副有时会觉得像是在空中飞翔，犹如一只飞艇在冰原上方凌空而去。但是，他们并未离开这广袤的冰原表面，雪橇下面会带出一些小冰碴儿来，形成雪雾聚集在雪橇后面。

一眼望去，这冻结的冰海一片白茫茫，不由得让人感到荒凉凄楚。不过，倒也不失某种诗情画意，但二人毕竟性格不同，虽同路而行，感触却不尽相同。普罗科普二副以学者的眼光在观察，而塞尔瓦达克上尉则是以艺术家的眼光看待一切新的令人动情的事物。当太阳即将落山，阳光斜射在雪橇上时，在它的左边投下了风帆那无比庞大的影子；最后，当夜幕突然降临，不见一丝阳光的时候，他俩便不由自主地紧紧地靠在一起，默然无语。

天已完全黑下来了，自前一天起便有了新月；繁星满天，在暗黑的天空中闪闪发亮。即使没有指南针，普罗科普二副也照样能辨清靠近海平线在闪烁着的北极星。大家很清楚，无论现在加利亚离太阳有多远，但是这一距离与无比遥远的星星相比那简直是不值一提的。

至于加利亚与太阳的距离，已经是相当远了。那位匿名的学者最后的那张字条说得十分清楚。普罗科普二副正在思考着这一问题，而塞尔瓦达克上尉却在想着另一个问题：他要去救援的那一个或多个同胞是谁。

根据开普勒的第二定律[1]，加利亚在沿着它的轨道运行时的路程，从 3 月 1 日到 4 月 1 日，已经减少了两千万法里。与此同时，它与太阳之间的距离增加了三千二百万法里。它现在所在的位置差不多位于火星与木星轨道之间运行的宇宙星球所行经的区域中间。那位匿名学者字条上所写的那个奈丽娜已经被证明是被加利亚吸过来了，那是一颗最近才被地球上的人发现的新星。因此，加利亚根据一条确定的规律，一直在远离它的引力中心。可是，我们是否能够期盼字条的作者能计算出它走的这条椭圆形轨道的参数，并准确地预计它将到达远日点的时间呢？这个远日点将表明加利亚离太阳的最远距离有多少，而从这一刻起，它就将重新开始转向太阳。这么一来，大家就将准确无误地确知太阳年的长短和加利亚一年的时间是多少天了。

普罗科普二副正在思考那种种令人惴惴不安的问题时，突然间天就亮了。塞尔瓦达克上尉和他便开始商量事情。他俩计算了一下，认为自他们出发时起，直线距离走了至少有一百法里，他们决定放慢雪橇的速度。于是，风帆被卷起了一部分，而尽管天气极其寒冷，二人仍然在仔细地、毫不松懈地观察那白茫茫的原野。

冰原上一片荒凉、死寂。连一块大一点的岩石都看不见，仍然是一片光洁平滑。

"我们是否往弗芒特拉岛的西边偏离了一点儿？"塞尔瓦达克上尉查看了一下地

---

[1] 第二定律，系开普勒第二定律，即面积定律，指相同时间内，行星与太阳的连线间的面积相等。

图说道。

"这有可能，"普罗科普二副回答道，"因为正如我在海上航行时那样，我是顺着岛的方向走的。我们现在就这么往前走好了。"

"那好吧，二副，"塞尔瓦达克上尉回答道，"抓紧时间，向前走吧！"

雪橇的方向稍稍改变了点儿，正向东北方向驶去。赫克托尔·塞尔瓦达克迎着凛冽的寒风，站在雪橇上。他集中精力，两眼盯着前方，想看看哪儿有一缕青烟从那不幸的学者的隐身处冒出来，但他很可能燃料如同粮食一样，全都没有了。不！那儿是不是有一个什么小岛在矗立着？他竭力想要在海平线上发现点什么。

突然间，塞尔瓦达克上尉眼前一亮，他用手指着远方的一个黑点。

"那儿！就那儿！"他大声地嚷叫着。

他在指着天空与冰原间呈环形线上突出来的某种屋架形的建筑。普罗科普二副已经拿起他的望远镜。

"没错！"他回答道，"那儿……那儿！那是进行某种大地测量用的标杆！"

用不着再怀疑了！寒风吹鼓着风帆，雪橇像飞起来似的距那标杆只有六公里左右了。

塞尔瓦达克上尉和普罗科普二副心情异常激动，一句话也没有说。那标杆越来越清晰地显现在他们的眼前，很快他们就看见了插着标杆的那堆岩石了，它在冰原上的那块白地毯上显现出来。

正如塞尔瓦达克上尉预感到的那样，小岛上没有一丝烟冒出来。天气如此寒冷，别指望有活人存在，雪橇风驰而去的那个地方，想必是一座坟墓。

十分钟之后，离目的地只有大约一公里了，普罗科普二副便将风帆收起，因为雪橇的惯性足以将它驶到岩石堆前。

这时候，塞尔瓦达克上尉心情更加激动，心里紧张得要命。

标杆顶上有一块蓝色平纹布被风吹卷起来……仔细看去，竟是一面法国国旗！

雪橇抵达岩石堆前。小岛方圆也就半公里。除了弗芒特拉之外，巴利阿里群岛再没有残留下什么。

在标杆下面，有一个破烂不堪的小木屋，护窗板关得严严实实的。

塞尔瓦达克上尉和普罗科普二副下了雪橇，艰难地爬上溜滑的岩石，到达小木屋前，这段攀爬好似飞，快速敏捷。

赫克托尔·塞尔瓦达克拼命地猛撞小屋的门，门从里面顶住了，推不开。

他人声喊叫起来，但无人应答。

"帮我一把，二副！"塞尔瓦达克上尉说。

二人一齐用力，用肩膀拼命地顶门，破烂不堪的门终于被顶倒了。

小木屋只有唯一的一个房间，黑漆漆的，一点声音都没有。

要么这间屋子的最后那位居住者不再住在这里了，要么他已经死在屋里了。

护窗板被推开了，光线射了进来。

壁炉的炉膛里什么都没有，只有一点点烧过的木柴灰。

屋里摆着一张床。床上躺着一个躯体。塞尔瓦达克上尉走近前去，突然发自肺腑地大叫一声："冻死了！饿死了！"

二副立即上前，躬身查看这个不幸者的身体。

"他还活着！"他大声嚷叫道。

普罗科普二副立即打开一瓶强心剂，往对方嘴缝中滴了几滴。

那人立即轻轻地叹息了一声，几乎随即极其微弱地说了一句：

"加利亚？"

"对……对！"塞尔瓦达克上尉回应道，"就是……"

"这是我的彗星，是我的，我的彗星！"

说完这一句，那人随即又昏迷过去。

塞尔瓦达克上尉望着这个人，心想："我好像见过这位学者！可是我到底是在哪儿见过他呢？"

在这个破烂的小木屋里，照料他，将他从死亡线上拉回来，根本就不可能，因为这儿什么都没有。于是，塞尔瓦达克上尉和普罗科普二副立刻做出决定，没用几分钟，垂危者、他的几件物理和天文方面的器材、衣服、纸张、书籍和一块作为黑板用的破门板悉数被搬上雪橇。

幸好，此时风向已经转为东北风了，很有助于雪橇的滑行。他们立即扯起风帆，把巴利阿里群岛留下的那唯一的一块岩石遗留在那里了。

4月19日，也就是三十六个小时之后，这位学者仍未睁开眼睛，也没有说过一句话。他被抬到"尼娜蜂巢"的那个大厅里。焦急地等待着上尉和二副凯旋的人们一起向这两位英勇无畏的同伴大声欢呼。

第二部

第 25 章　加利亚星球上的第三十六位居民

加利亚的第三十六位居民终于登上了"热土地"。他尚能说出几个几乎听不清楚的字是："这是我的彗星！"

这句话是什么意思？这是不是说，至今都尚未解释清楚的这件事，就是因为地球与彗星相撞，使地球上的一块巨大的土地掉落宇宙空间？它们是不是在地球轨道上相遇，发生碰撞的？弗芒特拉的这个孤独者所指的加利亚到底是哪一颗星球，是在太阳系里运转的彗星还是地球上的这一大块土地？这个问题只能由刚才极力自称拥有这颗彗星的那位学者来解答了！

不管怎么说，这位垂死者肯定就是那位天文学家，他就是在"多布里纳"号探测途中收集到的字条的书写者，就是他用信鸽将他写的字条送到"热土地"来的。只有他能够将皮套和罐头盒扔到海里，以及让信鸽传信到他本能地认为新星球的那个方向是可居住并且有人居住的唯一的土地。这位学者——这一点肯定无疑——应该知道加利亚的某些参数。他能够计算出加利亚逐渐远离太阳的距离，能够测算出它的切线速度在减小。但是——这是最重要的问题——他是否测定过这颗新星球的轨道？他是否弄清楚这颗新星球的运行轨道是双曲线、抛物线，还是椭圆形曲线？他是否对加利亚的三个不同方位连续进行了观测，从而得出自己的最后结论？他是否知晓这个新星球在一定的条件下会返回地球？如果能返回的话，那么需要多长时间？

蒂马塞夫伯爵首先问他自己，随后又问塞尔瓦达克上尉和普罗科普二副，讨论的问题就是上述这些。塞尔瓦达克和普罗科普曾在返回途中思考过并且讨论过这些问题，并做出了各种不同的假设，但是他俩并没能解决这些问题。遗憾的是，唯一有可能解答这个问题的人，让他们十分担心，他们有可能带回来的是一具尸体！如果是这种情况的话，那就只好放弃任何知晓加利亚的未来的希望了！

因此，当务之急就是尽力让这个已无生命迹象的天文学家起死回生。"多布里纳"号上的药房药品齐全，有可能达到这一效果。在本－佐夫说出一句鼓舞人心的话后，大家立即开始干了起来。

"干吧，上尉！"本－佐夫说，"这些学者，一个个生命力极强！"

于是，大家便开始对这位垂死者进行强力的连活人都忍受不了的按摩，另外，还给他服用了一些起死回生的含有强心剂的药物。

按摩由本－佐夫和奈格雷特二人轮番进行，大家深信这两位大力士按摩师会努力地进行救治。

在此期间，赫克托尔·塞尔瓦达克一直在寻思这位法国人到底是谁？他刚从弗芒特拉岛把他救回来，但他觉得自己在哪儿见过他。

其实，他真的是见过这位学者，但是他见到此人时，自己还是个少年，心智和身体还处于不成熟状态。

其实，现在躺在"尼娜蜂巢"的大厅里的这位学者是上尉当年在查理大帝中学的物理老师。这位老师名叫帕米兰·罗塞特，是一位货真价实的学者，在数学领域造诣颇深。赫克托尔·塞尔瓦达克在上完一年级之后，便离开了查理大帝中学，考入圣西尔军校。自此之后，他同他的老师再没见过，彼此差不多已经忘了对方的模样。

大家知道，塞尔瓦达克同学一向对学习不太感兴趣。不但如此，他还经常与几位调皮捣蛋的同学一起捉弄这位可怜的帕米兰·罗塞特老师！有时候，他们会往实验室的蒸馏水里放几粒盐，引起极大的化学反应；有时候，他们又把气压计中的水银弄出一滴来，使得气压计无法准确使用；有时候趁老师察看温度计之前，将温度计焐上一会儿，让它升高；有时候又会往望远镜里放进几只活的小昆虫；有时候又会弄坏电器的绝缘体，使之接不了电；有时候甚至在充气机的活塞板上扎个小洞，让帕米兰·罗塞特老师费了九牛二虎之力也打不了气。

这位塞尔瓦达克同学及几个淘气包干的恶作剧层出不穷。

他们的这些恶作剧倒是使同学们高兴异常，但是却让帕米兰·罗塞特老师火冒三丈。因此，气得脸红脖子粗的这位老师把查理大帝中学的这帮"浑小子"恨得咬牙切齿。

在赫克托尔·塞尔瓦达克离开中学两年后，帕米兰·罗塞特感到自己与物理学相比更精通天文学，于是便放弃了教职，专心研究起天文学来。他原想进入天文台工作，但是，他脾气暴躁，学术界尽人皆知，所以天文台的大门向他关闭起来。由于他家境颇丰，他便自己研究天文，没有任何的官方头衔，而且还心情愉悦地批判那些天文学家。他独自发现了最近发现的星球中的三颗，而且还计算出第三百二十五颗彗星的参数。

但是，正如我们前面所说的那样，罗塞特老师和塞尔瓦达克同学在弗芒特拉小岛上偶然相遇之前，二人从未再见过。因此，十多年后，塞尔瓦达克上尉未能认出自己的老师，特别是帕米兰·罗塞特老师又处于垂危状态，这就没什么让人觉得奇怪的了。

当本－佐夫和奈格雷特将帕米兰·罗塞特从包裹得严严实实的皮褥中拉出来的时候，他们看到的是一个矮矮的小老头，五英尺两英寸高，瘦骨嶙峋——这当然是很自然的——秃了顶，脑袋光亮亮的，犹如一个鸵鸟蛋的一端，没有胡须，只是因一星期未刮脸而长出了一些短髭，鹰钩鼻子很长，能很好地抵住他的近视眼镜。

这个小老头脾气极其暴躁，常常无端发火。有人把他比作鲁姆柯夫感应线圈，就是好几米长的"神经线"缠绕起来，流动的不是电流，而是强大的"神经流"。一句话，这个"罗塞特感应线圈"中，那个"神经流"——我们暂且接受这一粗劣的词汇——储存在线圈中，如同鲁姆柯夫感应线圈中的电流一样。

然而，尽管这位老师脾气暴戾，但是并不能因此就眼看着让他死去。在一个只有三十五个人的世界上，这第三十六个人的生命也是不可轻易毁掉的。当大家将他的衣服脱下来时，可以看到他的心脏还在跳动，虽然心跳微弱，但毕竟还是在跳。由于大家对他的竭力抢救，他有可能会苏醒过来。本－佐夫拼命地为他搓擦那干瘪的身子，像摩擦一段干树枝似的，让人觉得很可能会擦出火星来。本－佐夫那动作犹如在磨他的军刀，准备去参加检阅似的，一边还低声吟唱着那首著名的曲子：

> 向的黎波里前进，
> 英勇的孩子们。
> 你的钢刀给你带来荣光。

不间断地按摩了二十分钟之后，老头终于嘴里吐出一口气，接着第二口、第三口。此前一直紧闭着的嘴张了开来，两只眼睛微微地睁开，随即又闭上了，然后便完全睁开了，但是他不知自己身在何处。他嘴里嘟囔了几句，但大家都没听清。他又伸出右手，摸了一下额头，仿佛在寻找一个物件。接着，他的脸紧绷起来，满脸通红，仿佛回到生活中来，气哼哼地大声嚷道："我的眼镜！我的眼镜在哪儿？"

本－佐夫赶紧替他去找。终于找到了。这副眼镜绝非普通的眼镜，使用的是货真价实的望远镜片制作的。眼镜本来是像铆在太阳穴上一样，就像一个根茎从他的两只耳朵里穿过去似的。在本－佐夫帮他按摩时，眼镜从他的太阳穴上掉了下来。本－佐夫把眼镜戴在他的大鹰钩鼻上，稳稳当当，他这才又叹了口气，还噗噗了两声，像是个好兆头。

塞尔瓦达克上尉俯身看着帕米兰·罗塞特，看得十分仔细。此刻，老人已经睁开了眼睛，而且这一次还睁得老大。一道凌厉的目光从他那厚厚的镜片中射了出来，随即便是一声怒吼：

"塞尔瓦达克同学，"他喝斥道，"明天给我写五百行字的作业交上来！"这是帕米兰·罗塞特向塞尔瓦达克上尉致意的第一句话。

这么一句怪诞的开场白肯定是积怨已深而突然回忆起来，脱口而出的，而赫克托尔·塞尔瓦达克尽管像是在做梦，但还是认出了他在查理大帝中学时的物理老师。

"帕米兰·罗塞特先生！"他惊叫道，"我以前的老师……一点儿不假！"

"只剩一副骨头架子了。"本—佐夫说。

"胡说！真的是不期而遇！"惊愕中的塞尔瓦达克上尉又说了一句。

然而，帕米兰·罗塞特又睡熟了，他似乎很想睡觉。

"您放心吧，上尉，"本—佐夫说，"他死不了，我敢担保。矮个子的人脾气都挺坏的！我见过比他瘦得更干巴的人，他们照样没被死神带走！"

"你在哪儿见过呀，本—佐夫？"

"在埃及呗，上尉，还是用一种很漂亮的油漆刷亮了的木盒子装着的！"

"蠢货，那是木乃伊！"

"您说的没错，上尉！"

不管怎么说，罗塞特老师已经睡着了，大家把他抬到一张热乎乎的床上，急切地盼着他早点醒来，因为还有那么多有关彗星的问题等他来解答。

在这整整一天的时间里，塞尔瓦达克上尉、蒂马塞夫伯爵、普罗科普二副——他们是代表着这帮人的科学委员会——并未耐心地在等着第二天的到来，而是不得不在考虑那些极不靠谱的假设。帕米兰·罗塞特所命名的这个加利亚到底是个什么样的彗星？这个加利亚是否就是从地球分离出去的那一块土地？字条上所计算出来的距离和速度是不是与加利亚彗星相关，是不是同将众人带往宇宙空间的这个新星球相关？地球上幸存的这些人是不是从此就是加利亚人？

这是必须要弄个水落石出的问题。如果真是如此的话，那么多日来大家辛辛苦苦所猜测的各种结论就全都被否定了。要是真的出现一个新的星球，那也一定是从地球上脱离出来的，这样才能够与新的宇宙现象完全吻合。

"喏，"赫克托尔·塞尔瓦达克大声说道，"罗塞特老师就在这儿，他会告诉我们的！"

塞尔瓦达克上尉又把话题扯回到帕米兰·罗塞特身上，他告诉他的同伴们，罗塞特是个孤傲的人，很难相处。上尉说，他的老师桀骜不驯、十分执拗、肝火旺盛，但骨子里还是个正直真诚的人。见他发火时，最好避开，等他发够了脾气就没事了。

塞尔瓦达克上尉将帕米兰·罗塞特的情况一介绍完，蒂马塞夫伯爵就说道："您放心吧，上尉，我们会想尽办法与帕米兰·罗塞特老师和睦相处的。我倒是觉得，他将会把他观测的结果告诉我们，这就帮了我们的大忙。但必须附合一个条件。"

"什么条件？"赫克托尔·塞尔瓦达克问道。

"就是他必须是我们收到的那些字条的撰写人。"

"您有所怀疑？"

"不，上尉。我的猜测也许不对，我之所以这么说，就是想要排除一切不利的假设。"

"如果不是我从前的老师的话，那会是谁写的这些字条呢？"塞尔瓦达克上尉问道。

"也许是遗留在昔日地球上另一处的某个天文学家。"

"这不可能，"普罗科普二副说，"因为只有这些独一无二的字条告诉了我们加利亚这个名称，而这个名称是罗塞特老师首先提出的。"

这一推断完全正确，无法反驳。毫无疑问，弗芒特拉的这位孤独者就是写字条的人。至于他在这个岛上都做了些什么，等他清醒之后，我们会从他那儿获知的。另外，他那当作黑板的破门板以及那些草稿都同他一起被我们带了回来。我们完全可以趁他熟睡时，去研究一番他的那些数据和笔体。他们立即进行了验证。

毋庸置疑，笔体和数据都是出自他一人之手。黑板上仍旧写满着数学符号，都是用粉笔写的，字迹清晰，没有任何擦痕。至于那些数据，都是写在零散的纸片上的，满纸几何图形。有两条弧线是无限展开的两条双曲线，另有两条弧线虽然无限地展开着，但是却是弧度小一些的抛物线，再有就是几条极长的椭圆形曲线。

普罗科普二副指出，这三种有所区别的曲线，正好是彗星的轨道，它们可能呈抛物线状、双曲线状和椭圆形状——那前两种意味着从地球上观察到的彗星是永远也不会返回到地球的地平线上了，而第三种，椭圆形的轨道，倒是或长或短地定期返回地球的地平线上。

只需查看一下这些纸片上和黑板上的数据和图形，就可以肯定这位学者是在对彗星进行研究，但是我们并不能根据他所研究的这些不同的曲线就预先下结论，因为天文学家们在开始计算时，总是会把彗星的轨道假设为双曲线轨道。

总之，从这些情况之中，我们可以认定，帕米兰·罗塞特滞留在弗芒特拉期间所研究的，是关于一个尚未被人们发现的新彗星的轨道及其相关参数。他是在 1 月 1 日灾难发生之前还是之后进行了这些计算的？这只有等他醒来才能得知。

"我们就耐心等着吧。"蒂马塞夫伯爵说。

"我是想等,但我却等得很不耐烦!"塞尔瓦达克上尉心里像猫抓似的急切地说道,"我宁可少活一个月,也愿意换罗塞特老师早醒一个小时!"

"您这也许是在做赔本的买卖,上尉。"普罗科普二副说道。

"什么! 这怎么叫'赔本的买卖'? 这是想早点知晓我们的星球未来会如何!"

"我不是要扫您的兴,上尉,"普罗科普二副说,"罗塞特老师虽说很了解加利亚彗星,但却不一定就能告诉我们将我们带走的这块地球的土地是怎么回事! 加利亚彗星在地球的地平线上的出现,和地球上的一块在宇宙间运转的土地之间,是否就一定有所关联……"

"那当然是相互有所关联!"塞尔瓦达克上尉大声说道,"关联性还很明显! 就像大白天一样地明显……"

"说下去……"蒂马塞夫伯爵说道,他仿佛在等着上尉将他的结论说出来。

"也就是说,地球被一颗彗星撞击了一下,而这么一撞,就把地球撞下了一块,把我们带走了!"

闻听塞尔瓦达克上尉这么信誓旦旦地说,蒂马塞夫伯爵和普罗科普二副彼此对视了片刻。就算地球与彗星彼此相撞的可能性很小,但并非绝对不可能! 而这个如此特殊的情况的出现才能解释他们迄今所见到的奇怪的自然现象和天地间的巨大变化。

"您也许说得对,上尉。"普罗科普二副从另一角度思索了一下之后,回答道,"这种冲撞的发生以及它可能带走了地球的一大块土地,并不是不可能的。如果这一推测是正确的,那么我们在灾难发生之初的那个夜晚所看到的那个很亮的星球肯定就是彗星,它大概是偏离了它的正常轨道。而其速度又极快,所以地球未能将它吸入自己的引力中心来。"

"对于这颗陌生的星球存在的解释就只有这一种了。"塞尔瓦达克上尉说。

"看来,这一新的假设似乎很受欢迎,"蒂马塞夫伯爵说,"它倒是把我们自己的观测同罗赛特老师的观测协调一致了。可是就是从我们与一颗游荡着的星球互相撞击之时起,罗赛特老师就取了这个名字——加利亚。"

"显然如此,蒂马塞夫伯爵。"

"好极了,上尉,但是,有一个问题我一直没弄明白。"

"什么问题?"

"这位学者更关心的是那颗彗星,而对把我们带到宇宙空间的这块地球土地却关注甚少！"

"噢，蒂马塞夫伯爵，"塞尔瓦达克上尉回答道，"您知道，这些科学狂人有时候是特别古怪的，我的这位老师就是一个桀骜不驯的古怪之人！"

"另外，"普罗科普二副说，"很有可能，罗赛特老师对加利亚的参数的计算早于碰撞发生之前呢。他可能看到彗星向地球移动，在灾难发生之前就在观察它了。"

普罗科普二副的这一看法是正确的。不管怎么说，反正上尉的这一假设原则上是被认可了。归结起来是这样的：一颗彗星越过黄道，可能在12月31日到1月1日夜间，撞上了地球，把地球撞去了一大块，自此，这一大块便在宇宙空间运行起来。

加利亚科学委员会的这三位成员尚未掌握全部事实真相，但却离它很近了。

只有帕米兰·罗赛特才能完全解开这个谜团！

第26章　原来众人是在一颗彗星上

4月19日这一天结束了。当加利亚科学委员会的三位成员在讨论上一章的那些问题时，其他人依然像平常那样忙着自己日常的事情。罗赛特老师意外地来到加利亚上的事，他们并不关心。西班牙人仍然无忧无虑，俄国人信赖自己的主人，对上述那些问题几乎无动于衷。加利亚有一天会返回地球或者他们一直就在这儿生活，也就是说，在这儿死去，他们都无所谓。因此，夜幕降临时，他们照样睡得很香，像没心没肺似的，没有任何的担忧。

本－佐夫充当了护士一职，从不离开罗赛特老师的床头。他照顾着病人，想尽办法让他身体恢复起来。照顾不好他，本－佐夫的脸面便丢光。因此，他尽心尽力，病人发出的叹息声，他都记下来；病人脱口而出的什么话，他也仔细地听；病人常常不由自主地说出加利亚这个名字，语调从忧虑转到愤怒。

帕米兰·罗赛特噩梦连连，是否梦中有人要偷走他的加利亚？是否有人在质疑他所发现的加利亚？是否有人对他的观测和数据进行挑剔？凡此种种，无不可能。帕米兰·罗赛特就对他自己的观测和数据进行挑剔？凡此种种，不无可能。帕米兰·罗赛特就是那种在睡梦中都会发火的人。

但是，尽管作为看护人员的本－佐夫总是专心地听病人说的梦话，但是，他并没有在这不连贯的梦话中听到有关解析那个大问题的话语。另外，这位老师整夜都没有醒过，他的呼吸开始很轻微，但很快便鼾声如雷了。这可是个好征兆！

当太阳从加利亚西边升起时，帕米兰·罗赛特仍然未醒，本－佐夫认为还是让他继续睡，不要吵醒他。正在这时，本－佐夫的注意力被一个突如其来的新情况吸引。

他突然听见"尼娜蜂巢"主通道洞口的大门被人敲得咚咚响。这扇大门并非是防备不速之客的，而是为了抵挡寒风侵袭的。

本－佐夫站起身走了几步又停了下来，他寻思，他大概是听错了。他毕竟不是看门人，再说，其他人并没有自己那么忙，完全可以去开门。因此，他又返了回来。

"尼娜蜂巢"里的人全都睡得沉沉的。敲门声一直在响。很显然，这响声一定是有人敲的，而且还是拿着大工具在猛敲。

"真见鬼！干吗使这么大的劲儿！"本－佐夫心想，"哼，到底是怎么回事？"

于是，他穿过主通道，前去开门。

他走到门背后，厉声问道："谁呀？"

"我！"一个轻柔的声音回答道。

"您是谁？"

"伊萨克·哈卡布特。"

"你有什么事，吝啬鬼？"

"请给我开一下门，本－佐夫先生。"

"你跑这儿来干什么？来卖货吗？"

"您很清楚他们都不肯付我钱！"

"很好，你见鬼去吧！"

"本－佐夫先生，"伊萨克低三下四地说道，"我想见总督大人。"

"他在睡觉。"

"我等他睡醒吧。"

"那好，你就在门外等着吧，守财奴！"

本－佐夫正要返身回去，只见刚刚被吵醒的塞尔瓦达克上尉来到跟前。

"怎么回事，本－佐夫？"

"没什么事，是哈卡布特那个老家伙要求见您，上尉。"

"好吧，把门打开，"赫克托尔·塞尔瓦达克说，"得知道知道他今天来是什么目的。"

"就是为了他的钱呗！"

"你先把门打开！"

本－佐夫听从命令，打开了门。套着破旧的无袖长外套的伊萨克·哈卡布特赶忙奔进通道内。塞尔瓦达克上尉转身返回中央大厅，伊萨克一个劲儿谢个没完，老老实实地跟在上尉的身后。

"您有什么事？"塞尔瓦达克上尉盯着伊萨克·哈卡布特的脸问道。

"噢，总督大人，"伊萨克大声说道，"这几个小时您没再听到什么消息吗？"

"您是跑这儿来打探消息的？"

"是的，总督大人，我盼着您能告诉我点什么……"

"我没什么可以告诉您的，伊萨克船主，因为我什么都不知道。"

"是不是有一个陌生人昨天来到了'热土地'？"

"啊，您已经知道了！"

"是呀，总督大人！我从我那破旧的单桅三角帆船上看到雪橇往远处去了，然后，又回来了！我还看见从雪橇上小心翼翼地抬下来……"

"抬下来什么？"

"总督大人，您是不是真的接纳了一个陌生人……"

"您认识他？"

"噢，我不是这个意思，总督大人，但是，总之，我本想……我本希望……"

"什么呀？"

"同这个陌生人谈谈，因为他可能来自……"

"来自哪里？"

"来自地中海北海岸，他可能带来……"

"带来什么？"

"欧洲的消息！"伊萨克贪婪地看着塞尔瓦达克上尉说道。

这个老家伙在加利亚上都待了三个半月了，仍然冥顽不化！就他那个德行，他肯定比任何人都更加难以在思想上摆脱地球上的事！如果说他不得不颇为遗憾地看到一些不正常的现象出现，比如白昼与黑夜缩短，太阳的升起落下的方位变了等一切，但他的脑子里仍然想的是地球上的事！他仍旧认为，这个大海，始终都是地中海！如果非洲的一部分在某一次灾难中肯定消失了的话，那欧洲却是完整地存在于北方几百法里的地方！它的居民们像往常一样地生活着，而他仍旧可以做买卖、做交易，总之一句话，就是赚钱！由于非洲海岸没有了，"汉莎"号将停靠在欧洲海岸，也许不会没有生意可做！因此，伊萨克·哈卡布特急不可耐地跑来，打听欧洲的消息。

想要说服伊萨克，让他清醒一些，那是白耽误功夫。塞尔瓦达克上尉也不准备再开导他了。再说，他也不想同这个浑蛋多啰唆，他很讨厌这个老家伙。对这老家伙的请求，上尉只是耸了耸肩，不作答复。

比上尉更讨厌这老家伙的是本—佐夫。他听到了伊萨克的请求，在塞尔瓦达克上尉转身离去之后，他便回答起伊萨克的请求来。

"这么说来，我没有搞错？"狡黠的商人两眼放着光说，"昨天来了一个陌生人？"

"是呀。"本—佐夫回答他说。

"还活着？"

"但愿能活着。"

"本—佐夫先生，我能打断一下，这个人是从欧洲的什么地方来的？"

"从巴利阿里群岛来的。"本—佐夫说道，他很想看看伊萨克·哈卡布特到底想干什么。

"巴利阿里群岛！"伊萨克嚷叫道，"那可是地中海地区做生意的黄金地带呀！以前，我在那儿做的生意非常红火！在这个群岛，人人都知道'汉莎'号！"

"太知道了！"

"这个群岛离西班牙海岸不到二十五法里，因此这个陌生人不可能不带来一些有关欧洲的消息。"

"那还用说。他会告诉你一些消息，你听了一定会开心！"

"真的呀，本—佐夫先生？"

"当然是真的。"

"我会……"伊萨克吞吞吐吐地说，"当然……肯定会……尽管我只是个穷人……我还是会拿出几个里亚尔给他，同他聊聊的……"

"那倒是！你去吧！"

"好啊！不过，我是会给他几个里亚尔的……但条件是，我得跟他长谈！"

"行啊！"本—佐夫说，"遗憾的是，他太累了，他还睡着没醒呢！"

"可以叫醒他……"

"哈卡布特！"塞尔瓦达克上尉立刻喝斥道，"如果您胆敢叫醒这儿的任何一个人的话，我立刻就把您轰出去！"

"总督大人，"伊萨克语气更加卑怯，更加低三下四地说，"可是我想知道……"

"您会知道的，"塞尔瓦达克上尉回答道，"当我们的新伙伴告诉我们一些有关欧洲的情况时，我甚至坚持要求您也在场听一听！"

"我也会叫你的，"本—佐夫又说，"因为我很想看看你听了以后的那张开心的面孔！"

就在这个时候，帕米兰·罗塞特突然很不耐烦地叫唤起来，看来伊萨克·哈卡布特无须等太久了。

听到叫唤声，塞尔瓦达克上尉、蒂马塞夫伯爵、普罗科普二副和本－佐夫全都奔向罗塞特老师的床前。

伊萨克也跟着跑去，本－佐夫那有力的大手都拉不住他。

罗塞特老师尚未完全醒来，很可能是在做梦，他大声喊叫道："嗨！约瑟夫！魔鬼把你掳走了！你到底来不来呀，约瑟夫！"

约瑟夫显然是帕米兰·罗塞特的仆人，但是，他无法来这儿，理由吗，想必是他仍旧住在地球上。加利亚与地球碰撞的结果想必是突然而又永远地把主仆二人给分开了。

这时候，罗塞特教授渐渐醒来，一边还在叫嚷着："约瑟夫！该死的约瑟夫！我的那块门板哪儿去了？"

"在这儿呢！"本－佐夫赶忙回答道，"您的门板好好的，没有弄坏！"

帕米兰·罗塞特睁开眼睛，皱着眉头盯着本－佐夫看。

"你是约瑟夫？"他问道。

"为您效劳，帕米兰先生。"本－佐夫镇定地回答道。

"那好，约瑟夫，"教授说道，"我要咖啡，快点弄来！"

"我去拿！"本－佐夫边说边往厨房跑去。

这时候，塞尔瓦达克上尉便帮助帕米兰·罗塞特坐起身来。

"亲爱的老师，我曾是查理大帝中学的学生，您还记得我吗？"他问道。

"记得，塞尔瓦达克，记得！"帕米兰·罗塞特回答道，"都十二年了，我希望您的坏毛病都改了吧？"

"都改了！"塞尔瓦达克上尉笑嘻嘻地回答道。

"那就好！那就好！"帕米兰·罗塞特说，"我的咖啡呢？没有咖啡，我的脑子就不太清醒，可今天，我的脑子一定得清醒！"

幸好，本－佐夫端着咖啡及时赶到——那是满满一大杯很烫的纯咖啡。

帕米兰·罗塞特喝完咖啡，起身下床，走进公共大厅，漫不经心地看了看，最后，坐在一把扶手椅里。那是"多布里纳"号上最好的一把扶手椅。

这时候，尽管他的神情仍然紧绷着，但已经用一种满意的口吻——那口吻让人想起字条上的"All right"、"Va bene"、"Nil desperandum"几个词来。随后，他便进入主题，说道："好，先生们，你们对加利亚有什么看法呀？"

塞尔瓦达克上尉首先想要问的是加利亚究竟是 颗什么星，但是，却让伊萨克·哈卡布特抢先一步跑了过来。

看见伊萨克，教授不禁皱起眉头，厉声问道：

"怎么回事？他是谁呀？"教授边大声喝斥边用手推开伊萨克。

"您别生气，别理他。"本－佐夫说。

可是，很难拽住伊萨克，想阻止他说话也很困难。他不顾一切地要上前问几句：

"先生，"他说道，"看在亚伯拉罕、以色列和雅各的份儿上，请告诉我们一些有关欧洲的消息吧！"

帕米兰·罗塞特像椅子上装了弹簧似的，腾地蹦了起来。

"有关欧洲的消息？"他吼道，"他想知道欧洲的情况？"

"是呀……是呀……"伊萨克紧紧抓住教授的扶手椅，不让本－佐夫将他推开。

"你问这些干什么？"帕米兰·罗塞特问道。

"我要回到欧洲去！"

"回到欧洲去！——今天几号了？"罗塞特教授扭过头去问他的学生。

"4 月 20 号。"塞尔瓦达克上尉回答道。

"好，今天是 4 月 20 号，"帕米兰·罗塞特重复了一句，脑门儿上似乎在放光，"今天，欧洲离我们有一亿两千三百万法里！"

伊萨克·哈卡布特闻听此言，一下子傻了，差点晕过去，仿佛自己的心脏被人挖去了。

"怎么回事？"帕米兰·罗塞特问道，"你们在这儿怎么什么都不知道？"

"这个情况我们倒是知道的！"塞尔瓦达克上尉回答说。

于是，他便简捷地向教授介绍了一些情况。他把 12 月 31 日夜晚开始发生的一切情况全都说给教授听，比如："多布里纳"号进行了一次探测航行，发现了旧大陆剩下的那些小块土地，也就是突尼斯、撒丁岛、直布罗陀、弗芒特拉等几个地方。见到三张匿名字条，放弃古尔比岛，居民们迁移"热土地"，还有"尼娜蜂巢"及那个旧哨所。

帕米兰·罗塞特稍带点不耐烦的神情听完了塞尔瓦达克上尉的叙述，随即开口说道：

"先生们，你们认为你们此时此刻身在何处？"

"在围绕着太阳运行的一颗新的星球上。"塞尔瓦达克上尉回答道。

"依您看，这颗新星球会是……"

"从地球上撞下的一大块土地。"

"撞下来的？啊！是呀，撞下来的！地球上的一块土地！那么，是谁撞的？是怎么撞的？"

"是被一颗彗星撞的，是您给这颗新星球取名加利亚的，亲爱的老师。"

"不，不，先生们，"帕米兰·罗塞特边站了起来边说道，实际情况比您说的要好一些。"

"要好一些？"普罗科普二副兴奋地说。

"是的，"教授又说道，"没错！的确，在 12 月 31 日夜晚到 1 月 1 日凌晨，两点四十七分三十五秒钟多一点，地球受到了一颗彗星的撞击，不过，它只是擦了一下地球，带走了你们探测途中发现的那几小块土地！"

"这么说，"塞尔瓦达克上尉大声问道，"我们是在……"

"在被我称之为加利亚的这颗星球上，"帕米兰·罗塞特得意扬扬地回答道，"你们现在是在我的彗星上！"

第 27 章　有关太阳系的彗星

帕米兰·罗塞特教授在就彗星话题做的一次讲座上，曾根据最著名的天文学家的论述给彗星下了如下定义。

"彗星是由三部分组成的天体，亦即大家称之为中心的彗核，以及雾状云似的彗发和亮亮的彗尾。南于它环绕太阳运行的轨道偏心率非常大，所以地球上的人只能在它运行路程上的某一部分看得到它。"

随即，帕米兰·罗塞特补充说，他的论断是精确无误的，不过，这些彗星可能有时没有彗核，有时没有彗尾，有时没有彗发，但它仍不失为一颗彗星。

他接着根据阿拉戈的理论又补充说道，为了不辜负彗星这个美丽的名字，就必须具有两个条件：一、有自己的运行轨道；二、其轨道必须是一个很长很长的椭圆形，因此而可以远离太阳和地球运行到看不见的地方。第一个条件得以满足之后，它便与行星混为一谈了，而第二个条件却能让它不被认为是一颗行星。因此，这个天体既不是流星，也不是行星或恒星，那它必然就是彗星了。

帕米兰·罗塞教授坐在扶手椅中如此这般地在讲解彗星的知识时，他毫不怀疑自己有一天会被彗星带走，去太阳系遨游。他自始至终都对这些星球情有独钟，无论它们有没有彗发。他也许预感到未来会让他梦想成真。他对彗星的研究颇深。他在弗芒特拉感到最大的憾事就是，自从彗星与地球擦碰之后，没有人来听他做这方面的讲座，因为他早已准备好按照下列顺序进行演讲：

一、宇宙中有多少颗彗星？

二、哪些是周期性彗星——即在一定的时间会返回来的彗星，以及非周期性的彗星？

三、地球与这些彗星中的某一颗发生碰撞的可能性有哪些？

四、地球与彗星相撞的后果有哪些？跟彗核的硬度是否有关？

帕米兰·罗塞特在回答了上述四个问题之后，肯定让他的听众中哪怕是最挑剔者都会感到满意。

我们在这一章里就要代他讲述这几个问题。

第一个问题是，宇宙中有多少颗彗星？

开普勒说过，彗星多得犹如水中的鱼一般。

阿拉戈根据在水星和太阳之间运行的那些彗星的数量说单单只在太阳系里运行的彗星就高达一千七百万颗。

朗贝尔[1]说，光是太阳到土星之间的三亿六千四百万法里的范围内，就有五亿颗彗星。还有的统计甚至说七百四十万亿颗彗星。

其实，大家都弄不清楚这些拖着长尾巴的星星到底有多少，人们也没有去数过，而且也永远不会去数的，反正它们是多得难以计数。开普勒曾有个形象比喻：说一个渔夫站在太阳表面上，向宇宙空间甩一下钓竿，准能钓上一颗彗星来。

这还不是全部的彗星。在不受太阳引力影响的广阔区域还有许多许多的彗星。它们在太空中任意游走，毫无规矩，会从一个引力中心随心所欲地进入到另一个引力中心。它们在太阳系里任意地变来变去，有的运行到地平线上，但从未有人见到过它，还有一些彗星干脆就消失不见，人们再也看不到它们了。

说到真正属于太阳系的那些彗星，它们至少会有一些固定的轨道，什么也改变不了的轨道，因此，它们彼此间相撞的可能性是不存在的，无论是它们彼此之间，还是与地球之间发生碰撞。是不是？不！错了！这些轨道根本就逃避不了外力的影响。它们的轨道会从椭圆形改变成抛物线或双曲线。单说说木星吧，它可是彗星轨道最大的"捣乱者"。正如天文学家们所观察到的那样，它似乎总是在彗星运行的大路上挡道，而且还会对这些小星球造成一种灾难性的影响，而这种影响是它那强大的引力所造成的。

这就是有关彗星世界的粗略的介绍，这个彗星世界是由数百万个彗星组成的。

第二个问题：哪些是周期性彗星？哪些是非周期性彗星？

查看天文年鉴，大家会发现有五六百颗彗星曾经在不同时期被认真仔细地观测到。

---

[1] 朗贝尔，法国哲学家、天文学家和数学家。

但是，真正被了解了其公转周期的只有四十颗。

这四十颗彗星分为周期性和非周期性的两种。周期性彗星在一段或长或短的时间过后，几乎是周期性地重新出现在地平线上，而非周期性彗星离太阳极其遥远，何时返回难以预计。

在周期性彗星中，有十颗被称之为"短期的"，其运行是可以极其精确地计算出来的。它们是哈雷彗星、恩克彗星、冈巴尔彗星、法耶彗星、布罗森彗星、阿莱斯特彗星、图特尔彗星、维纳克彗星、维科彗星和堂佩尔彗星。

在此，还是应该讲讲它们的故事，因为它们中有一颗与加利亚的情况相像，也与地球发生过碰撞。

哈雷彗星是最早被发现的。据说，早在公元前 134 年和公元前 52 年便被看到过，然后便是在公元 400 年、855 年、930 年、1006 年、1230 年、1380 年、1456 年、1531 年、1607 年、1682 年、1759 年和 1835 年出现过。哈雷彗星是从东往西运行的，也就是说，与围绕太阳运行的行星的方向正好相反。它出现的间隔是七十五年到七十六年，这是因为它邻近木星和土星，所以多少会受到这两颗星的一些影响，有时候，出现的时间可能会超过六百天。著名的天文学家赫歇尔于 1835 年在这颗彗星出现的时候，专门跑到好望角去，选择好最佳观测位置，一直跟踪观测到 1836 年年底。那一年由于它离地球太远，所以看不太清楚。哈雷彗星的近日点距太阳两千二百万法里，比金星与太阳的近日点距离更小，这与加利亚的情况相似。它的远日点远离太阳达十三亿法里，超越了海王星的轨道。

恩克彗星的公转周期是最短的，平均只有一千二百零五天，亦即三年的时间。它的运行方向是直接由西往东。它被发现的时间是 1818 年 11 月 26 日，人们在对它的参数进行了计算之后，发现它原来就是 1805 年所发现的那一颗彗星。正如天文学家们早年所预见的那样，人们在 1822 年、1825 年、1829 年、1832 年、1835 年、1838 年、1842 年、1845 年、1848 年、1852 年，都再次见到过它，它在固定的时间总是会在地平线上出现。它的运行轨道就在木星轨道内。它离太阳不超过一亿五千六百万法里，而近日点的距离是一千三百万法里，也就是说，比水星还要近。还有一个重要点，人们发现这颗彗星的椭圆形轨道的最大直径在逐渐缩小，也就是说，它与太阳的平均距离越来越小。因此，有可能恩克彗星最终将被太阳吸附过去，将它烧毁，除非它在炽热的太阳照射下，事先就灰飞烟灭。

冈巴尔彗星又称比埃拉彗星，是在 1772 年、1789 年、1795 年、1805 年被看到的，可是直到 1826 年 2 月 28 日，它的参数才被确定下来。它的运行是顺行方向。它围绕太阳一圈的时间是两千四百零六天，将近七年。它通过近日点的距离与太阳相距三千二百七十一万法里，稍稍小于地球与太阳之间的距离。而它的远日点则是两亿三千五百三十七万法里，超过木星的轨道。1846 年，曾出现一个奇异的景象：比埃拉彗星分成两半出现在地平线上。它想必是在一种内部力量的作用下，在运行途中一分为二了。它断开的两部分便同时在太空漫游，相距七万法里。到了 1852 年，那两部分的距离达到了一百万法里。

法耶彗星于 1843 年 11 月 22 日首次被发现，它也是按顺行方向运行的。它的轨道参数已经计算出来，人们预言七年半之后，或者说是两千七百一十八天之后，它还将再次出现。这一预言得以应验。这颗卫星果然就在预言的那个时期又出现了。它离太阳最近时相距六千四百六十五万法里，比火星要远，而它的远日点则比木星的远日点要大，达到两亿两千六百五十六万法里。

布罗森彗星也是按照顺行方向运动的，于 1846 年 2 月 26 日被发现。它的公转周期为五年半，或者说是两千四百二十天。它的近日点为两千四百六十一万四千公里，其远日点则是两亿一千六百万法里。

至于那些周期短的彗星，阿莱斯特彗星的公转周期为六年半多点，1862 年，它离木星仅有一千一百万法里；而图特尔彗星运行周期为十三又三分之二年；维纳克彗星为五年半；堂佩尔彗星的周期差不多与维纳克相同；维科彗星似乎在太空迷失了，不见其身影。但是，这些周期短的彗星人们观测得并不全面，远不及前面所说的那五颗彗星。

现在，我们来叙述一下"长周期"的那些主要彗星，其中有四十一颗被或多或少地进行了精确的研究。

1556 年发现的那颗彗星，被称之为"夏尔－坎特彗星"，人们估计它于 1860 年会重新出现，但并没有再看见。

牛顿研究过的那颗 1680 年发现的彗星，据惠斯顿说，在它距地球太近时，会产生流星雨，它的被发现可能是在公元前 619 年和 43 年，然后是公元 531 年和 1106 年。它的公转周期大约是六百七十五年，近日点的距离非常近，所以所获得的热量比地球要高，高于后者两万八千倍以上，比铁熔化的温度还要高两千倍。

1586 年的那颗彗星的亮度可与最大的恒星的亮度相媲美。

1744 年的那颗彗星身后拖着好几条尾巴，仿佛跟着土耳其帝王转悠的那些帕夏 [1] 中的一个。

---

[1]　帕夏，旧时土耳其对某些显赫人物冠之的荣誉称号，也指奥斯曼帝国各省的总督。

1811 年的那颗彗星，是以其出现年代冠名的，带有一个直径达一百七十一法里的光环，长达四十五万法里的彗发，一条四千五百万法里的长尾巴。

1843 年的那颗彗星，有人认为就是 1317 年、1494 年和 1668 年出现的那颗彗星，系卡西尼观测出来的，但是，对于它公转的时间，天文学家们各持己见，分歧很大。它与太阳的距离只有一万两千法里，每秒钟速度达一万五千法里。它从太阳那儿获取的热力与四万七千个太阳供给地球的热力相等。即使是大白天，它也是亮亮的，因为那么高的温度在增强它的亮度。

多纳蒂彗星在北半球的星空中通明透亮，其体积却只有地球的百分之七。

1862 年的那颗彗星带着明亮的羽饰，宛如一个怪异别致的贝壳。

最后，1864 年的那一颗，其运行周期绝不少于两千八百个世纪，可以说它将永远消失在无垠的太空中。

第三个问题：地球与彗星发生碰撞的可能性有哪些？

如果我们把行星的轨道和彗星的轨道在纸上画下来，就会看到它俩在很多处地方都是相互交叉的。但是，在宇宙空间情况却并非如此。这些轨道的平面在不同的角度上，与地球平面的那个黄道是倾斜的。尽管造物主"小心谨慎"，但这些彗星数量太庞大，难免会有一颗彗星与地球发生碰撞。

对于这个问题，我们可以做出如下的回答：

大家知道，地球从来不会离开黄道平面，而且它围绕太阳运行的轨道完全是包括在这个平面中的。

一颗彗星与地球相撞的先决条件是什么呢？

它必须具备下列条件：

一、这颗彗星要在黄道平面上与地球相遇；

二、这颗彗星在精确的时间里穿越地球运行中的同样的一个点；

三、二者的中心距离得小于它们的半径。

那么，这三个条件会不会同时产生，以导致二者的相撞？

当有人问及天文学家阿拉戈对此有何看法时，他回答道："对种种可能性的计算提供了这样的一种相遇的机会。计算表明，如果一颗陌生的彗星出现在地球附近的话，二者相撞的概率将是两亿八千万分之一。"

拉普拉斯[1] 说他并不排除类似的相撞发生的可能性，他还在《宇宙纵览》中叙述了种种后果。

---

[1] 拉普拉斯（1749～1827），法国天文学家、数学家。

这种关于相撞的说法是否站得住脚？每个人不过是根据自己的性情说说罢了。不过，必须注意，著名的天文学家的计算是建立在两个千变万化的条件下的：

一、彗星的近日点比地球更近；

二、这颗彗星的直径应该等于地球直径的四分之一。

还有，在这个计算之中，只是指彗星核同地球发生的碰撞。如果是指彗发与地球发生碰撞的话，那么这个概率要扩大十倍，也就是两亿八千一百万比十，或者两千八百一十万比一。

不过，就第一个问题，阿拉戈又补充说道："我们也得承认，如果彗星真的撞上地球，那么整个人类就毁灭了，危险是肯定无疑的，不太可能侥幸活下来，如同我们在一个大瓮里放上两亿八千一百万个小球，其中只放了一个白色的小球，那么只有一伸手就能拿着这个小白球的人才能侥幸生存下来！"

因此，可以看出，地球不可能被一颗彗星撞上。

从前有过这种撞击吗？

天文学家们异口同声地说："没有！"阿拉戈解释说，因为地球始终在围绕着一个永不改变的轴在转动，所以我们可以很有把握地下结论说，地球从未被彗星撞到过。实际上，如果从前有过这么一次碰撞的话，那么就可能会有一个临时的自转轴来代替这个主轴，地球的纬度就得受到持续变化的控制，但是至今仍未见过这种变化发生。地球的纬度永无变化。这就证明了自开天辟地之时起，我们的地球并未被彗星撞击过……再者，如一些学者所说，我们不能将低于海平面一百米的黑海归之于彗星撞击的结果。

从前没有发生过这种撞击，这一点是可以肯定的，但是，它今后是否会发生呢？

我们在这儿自然要介绍一下冈巴尔彗星的意外情况。

1832 年，冈巴尔彗星的再次出现给全世界造成了大恐慌。由于太空中怪异的巧合使得这颗彗星的轨道几乎与地球的轨道相切。10 月 29 日，午夜前，这颗彗星将要在贴近地球轨道的某一处经过。那么，地球在这一时刻是否也运行到了这里？如果是的话，那么它就会与这颗彗星相遇，因为根据奥伯斯的观测，这颗彗星的半径是地球半径的五倍，地球轨道的一小段会淹没在彗星的云雾状物质之中。

幸运的是，地球到达这一地点的时间在一个月之后的 11 月 30 日，由于它的公转速度是每天六十七万四千法里，所以当它从那个点通过时，彗星已经离地球有两百多万法里了。

这可真的是太好了！如果地球到达它的轨道的那个点是在一个月之前，或者彗星到达那儿的时间晚一个月，那么碰撞就会发生了。但是，一个早到或一个晚到的情况可能不可能出现呢？当然可能，即使地球的运行中没有受到什么干扰，但是谁也不敢说彗星的运行不会延缓，因为这些星在其运行过程中会受到非常大的干扰。

因此，如果说这种碰撞以前没有出现过，但它今后肯定会发生。

再者，冈巴尔彗星在 1805 年就已经离地球很近，只相距两百万法里，不过，由于人们并不知道它与地球擦边而过，所以并未引起任何恐慌。而 1843 年的这颗彗星情况则不一样，因为人们担心地球至少会被彗尾套进去，可能会污染地球的大气层。

第四个问题：地球与彗星相撞的后果有哪些？

后果有所不同，要看撞击地球的这颗彗星有没有彗核而定。

的确，这些在太空漫游的彗星，有的有彗核，像水果有核一样，有的则没有彗核。

没有彗核的彗星是由一种细微的云雾状物质构成的，透过它的这层薄雾，人们甚至可以看到十等星。因此，这些彗星的形状经常发生变化，很难识别它们。彗尾就是由这些细微物质组成的。它仿佛受到太阳热力的影响，因气化而形成的。这不难证明，因为彗尾只有当彗星离太阳三百万法里，亦即小于地球与太阳之间的距离的时候，才会开始逐渐增大、增长，有时像是一个长鸡毛掸子，有时又像是一把展开的折扇。然而经常出现的情况是，某些彗星，显然由高密度物质构成，很耐高温，不受其影响，因此而没有彗尾。

在地球与无彗核的彗星相遇的情况下，就不可能发生什么相互碰撞的事。天文学家法耶说，蜘蛛网挡子弹也许都要比彗星的云雾状物质强。如果组成彗尾或彗发的物质并不危害健康的话，那就没什么可怕的。但是，人们担心的是：如果彗尾的物质是由易燃的物质构成的，它就会将地球表面烧得一干二净。或者，如果这些物质会将有害于生命的气体带进大气层，那也是不得了的事。不过，这后一种可能性出现的概率极小。巴比奈认为，地球大气层的高空边缘的密度要比彗发和彗尾的密度大得多，有害气体是很难侵入的。牛顿就肯定过，如果一颗无彗核、其半径为三亿六千五百万法里的彗星的密度达到地球大气层的密度的话，仅用一个直径为二十五毫米的骰子那样大的空间就能容纳得下。

因此，如果彗星只是由云雾状物质组成的话，即使与地球相撞，也没什么危险，用不着害怕。但是，如果彗星是由一个坚硬的彗核组成的，那又会如何呢？

首先，存在不存在这样的彗核？有人会说，当彗核达到一定浓度，它的形态就会从气体变成固体，那时彗核就会存的。在这种情况下，当这颗有彗核的彗星从地球上空经过时，它便被遮掩住了，人们就看不到它了。

阿那克萨哥拉 [1] 说过，公元前 480 年，泽尔士 [2] 时代，太阳就曾被一颗彗星遮挡。此外，在奥古斯都 [3] 逝世后没几天，狄翁也曾观测到这种彗星，它遮掩住的不可能是月亮，因为当时月亮还在地球的背面。

不过，必须指出，那些彗星研究学者并不赞同上述两种观点，他们也许是对的。但是，最近的两次观测却让人们不得不相信带彗核的彗星的存在。的确，1774 年和 1828 年的那两颗彗星都遮掩住了一些八等星。同样应当指出的是，在直接观测之后，1402 年、1532 年、1744 年的彗星都是有坚硬的彗核的。而 1843 年的那颗彗星，就更加可以确定，人们看到了它，当时正值正午时分，它就在太阳附近的天幕上，不用望远镜也看得很清楚。

彗核不仅在某些彗星中存在着，而且，人们还可以测量它。因此，人们知道了它真实的直径长度——1798 年和 1805 年的冈巴尔彗星的直径十一二法里，1845 年的那颗彗星的直径长度：三千两百法里。这最后的一颗彗星可能有一个大于地球的彗核，因此，万一它与地球相撞的话，受到损害的不是彗星，而是地球。

至于那几个最著名的云雾状的彗星，它们的直径长度也被测量到了，均在七千二百法里到四十五万法里。

因此，根据阿拉戈的看法，彗星可分为：

一、一些无核彗星；

二、一些也许是云雾状彗核的彗星；

三、一些可能有坚硬彗核，因而比行星更加明亮的彗星。

现在，在研究地球与上述三种彗星中的一颗相撞，其结果会如何之前，有必要指出，即使没有发生直接的碰撞，最严重的情况也可能发生。

其实，一颗体积很大的彗星，如果离地球很近的话，并非没有危险。如果彗星的体积很小，那么即使离地球较近，也不必害怕。1770 年的彗星就是如此，它离地球只有六十万法里，但它在一年之中却并未对地球有丝毫的影响。

但是，如果彗星与地球的体积相等，而且如果彗星离地球只有五万五千法里，那么它就会使地球年增长十六小时零五秒钟，并使黄道改变两度倾斜。而且，它也许还会将月球顺便裹挟而去。

那么，发生碰撞后结果到底怎样呢？我们立刻就会弄明白。彗星只是微微擦着地

---

[1]　阿那克萨哥拉，古希腊哲学家、学者。

[2]　泽尔士（前 519 ~ 前 465），波斯帝国国王，泽尔士一世，一译薛西斯一世。

[3]　奥古斯都（前 69 ~ 公元 465），古罗马帝国开国皇帝。

球而过，可能会将自己的一点物质留在地球，或者它会带走地球的一小块——加利亚就是这种情况。抑或，彗星被撞落在地球表面上，成为一个"新大陆"。

在上述三种情况之下，地球公转的切向加速度可能会骤然消失。这时候，人呀、树呀、房屋呀、都将以碰撞前所具有的每秒钟八法里的速度被抛向空中。海水将奔涌而出，冲毁一切。地下的岩浆也会因为这种强烈的碰撞涌出地面。地球的自转轴被改变，一个新的赤道将旧赤道取而代之。最后，地球的公转速度被阻遏住了，因此，太阳的吸力就会加大，将地球吸过去，让它垂直地向太阳飞过去，六十四天半之后，便贴到太阳上，被烧得一干二净。

甚至，根据廷德尔 [1] 的理论，热能只是一种运动方式——地球的速度骤然中断，便会自然地转化为热能。这样的话，地球在几百万度的高温折腾下，几秒钟的工夫便灰飞烟灭。

但是，为了结束这个快捷的概述，我们必须指出，地球与彗星发生碰撞的可能性只有两亿八千一百万分之一。

"毫无疑问，"帕米兰·罗塞特稍后说道，"我们摸着了白球。"

第 28 章　罗塞特教授和他的彗星

"加利亚是我的彗星！"这是罗塞特教授最后说的一句话。然后，他看了看他的听众们，皱起了眉头，仿佛听众中有谁想要跟他争夺加利亚的占有权似的。他甚至在想，围坐在他身边的这些不速之客怎么会来到了他的领地上。

此时此刻，塞尔瓦达克上尉、蒂马塞夫伯爵和普罗科普二副一言不发地沉默着。他们终于弄清了事实真相。他们回想起自己的种种假设：首先，根据东西方位的变化，他们以为地球自转轴改变了转动的方向；随后又以为，地球的一大块土地脱离出去，飞入太空；最后才认为，一颗不知其名的彗星与地球发生擦碰之后，带走了几块土地。

过去的情况，大家都了解了。现在的情况也都看到。未来又会如何呢？这位怪异的学者是否预见了未来？塞尔瓦达克上尉及他的同伴们犹豫着没有问他。

帕米兰·罗塞特一副大教授的架势，等着聚集在公共大厅里的这些外来客依次向他做自我介绍。赫克托尔·塞尔瓦达克为了不激怒这位敏感而暴戾的天文学家，便礼貌地为他介绍众人。

---

[1] 廷德尔，爱尔兰物理学家。1871 年，他发现了冰的复冰现象，使他得以解释冰层的运动。

"这位是蒂马塞夫伯爵！"他介绍伯爵说。

"欢迎您的到来，伯爵先生！"帕米兰·罗塞特俨然以一种主人的口吻说道。

"教授先生，"蒂马塞夫伯爵说，"我可并非是心甘情愿地来到您的彗星上的，不过，我毕竟还是要感谢您如此好客地接待了我。"

赫克托尔·塞尔瓦达克听出伯爵的回答中带着刺儿，便微微一笑说："这位是普罗科普，'多布里纳'号双桅纵帆式帆船的二副，我们就是乘坐这条船环绕了加利亚。"

"环绕？"教授惊讶地说。

"整整绕了一圈。"塞尔瓦达克上尉回答道。

然后，上尉又继续介绍说："这位是本－佐夫，我的勤务……"

"加利亚总督的副官，"本－佐夫连忙补上一句，他不想让教授怀疑他和他的上尉的身份。

随后，又相继一一介绍了俄国水手、西班牙人、年轻的帕布罗和小尼娜。教授透过他那副深度眼镜的下方，看了看两个孩子，心里很不高兴，因为他不喜欢小孩。

这时候，伊萨克·哈卡布特也走上前来，说道："天文学家先生，我有一个问题要问，只有一个问题，我对这个问题非常关注……我们何时能够回去？"

"噢，"教授回答，"谁告诉你要回去的！我们这才刚刚动身！"

介绍完众人，塞尔瓦达克上尉便邀请帕米兰·罗塞特叙述他的经历。

这个经历可以概括地介绍一下。

法国政府想要核查一下巴黎所在的子午线上的位置，于是便成立了一个科学委员会，但由于帕米兰·罗塞特不合群，太古怪，所以未邀请他参加。他当然非常气愤，便决定自己单干。

由于最初的大地测量很不准确，他便重新对连接弗芒特拉到西班牙海岸那长长的一大段进行了测量，这一段是个大三角，其中的海岸中有一个竟有四十法里。而这一段，阿拉戈和比奥 [1] 在他之前已经极其精确地进行了测量。

于是，帕米兰·罗塞特便离开了巴黎，前往巴利阿里群岛，在弗芒特拉岛上的最高处建起了一个天文观察站，并同他的仆人约瑟夫一起在那儿像隐居者似的安顿下来，而他招聘的助手中的一位则负责在西班牙海岸的一个高处设置起一个航标灯。如此一来，他便可以用望远镜在弗芒特拉观察到它了。他的全部家当就是几本书、几件观测仪器和可供两个月吃的粮食，外加一副天文望远镜，那是帕米兰·罗塞特从不离手的，它和他仿佛连成了一体。这是因为这位查理大帝中学的前教师对探索宇宙空间情有独

---

[1]　比奥，法国物理学家。

钟，总盼着在天空中发现点什么，以名垂千古。这便是他梦寐以求的理想。

帕米兰·罗塞特的工作首先需要极大的耐心。每天夜晚，他都得看他的助手在西班牙海岸点燃的航标灯，以确定大三角地带的那个最高点，而且，他没有忘记在这样的条件下，阿拉戈和比奥达到此目的之前已经过去六十一天了。不幸的是，有人说，一大片浓密的乌云不仅笼罩着欧洲的这个部分，而且几乎笼罩着全球。

幸好，在这个时候，在巴利阿里群岛海域上空，曾多次云消雾散露出蓝天。这真使罗塞特教授喜出望外。因为他这一时期正在重新修订双子星座的天象图，现在正可利用这一机会将这一工作完成。

用肉眼便可看见的这个双子星座，顶多也就只有六颗星星，但是，如果用二十七厘米的天文望远镜观测的话，就会发现有六千多颗。帕米兰·罗塞特根本就没有这么高倍数的天文望远镜，他只有一架普通的天文望远镜。

不过，有一天，他正在竭力地测定双子星座的最深邃的天空时，他觉得认出了任何天象图上都未标明的一个亮点。那肯定是没有标出的一颗星星。一连几个夜晚，他都专心致志地观测着，可那颗小的新星与其他固定的星星相比较，其运行速度非常快。难道是一颗尚来被人发现的小行星？难道他福星高照，该有什么惊人发现了？

帕尔米兰·罗塞特更加专心致志了，这颗新星的运行速度告诉了他，这是一颗彗星。不过，很快，那团云雾便清晰可见了。然后，当彗星离太阳只有三千万法里时，它的彗尾变得越来越大了。

必须承认，自此时起，那个大三角绝对是被抛到脑后去了。可以肯定，帕米兰·罗塞特的助手每天夜晚在西班牙海岸都点亮航标灯，但是同样可以肯定的是，帕米兰·罗塞特从此就不再朝那个方向观测了。他的全部心思都只放在这颗他想研究并为之命名的这颗新的彗星上了。他今后只活在双子星座所限定的天空的那个角落了。

每当一个人想要计算一颗彗星的参数时，他总是先开始给它假设一条双曲线轨道，这是最好的一种办法。实际上，彗星一般都是出现在它们的近日点附近，也就是说，可以把太阳当作其运行轨道上的一个焦点。当椭圆轨道和双曲线轨道皆以太阳为其共同焦点时，其轨道弧度在太阳附近的差别就不太明显，因为双曲线轨道只不过是一条其中心轴无限远的椭圆形轨道而已。帕米兰·罗塞特把他的假设定在一条双曲线轨道上，他的这种想法不无道理。

为了确定一个圆，必须知道圆周上有三个点，同样，为了确定一颗彗星的参数，必须相继地观测好它轨道上的三个不同的位置。这时候，你才能画出这颗彗星在太空中所要运行的那条路线米，并且以此为据，拟出人家所说的"它的星历表"来。

帕米兰·罗塞特并不满足于只弄清楚这三个位置。他趁一次太空中的浓雾散开的大好机会，便对这颗彗星进行了十次、二十次、三十次的观测，注意到它的上升阶段和下降阶段，终于极其准确地获得了这颗速度惊人的新彗星的五个参数：

一、彗星轨道向黄道倾斜，也就是说向地球公转的曲线的平面倾斜。通常，这两个平面所形成的夹角是比较大的。据说，这就减少了彗星与地球相撞的机会。但是，在目前的这种情况之下，这两个平面是重叠的。

二、确定了彗星的升交点，也就是说它的黄经在黄道上，换句话说，彗星与地球的轨道相切的那个点已经确定下来。

三、彗星轨道中心轴的方向搞清楚了。这是通过计算彗星的近日点获得的，因此，帕米兰·罗塞特便掌握了彗星的双曲线轨道在已确定了的平面上的位置。

四、彗星的近日点的距离。也就是说，当彗星通过最近的那个分隔它与太阳之间的那段距离已经掌握了，就能准确地计算出它的双曲线轨道来，因为它必然是以太阳作为一个焦点的。

五、最后，弄清楚了彗星的运行方向。相对于其他行星而言，这颗彗星是逆向运行的，也就是说，它是由东往西运行的[1]。

帕米兰·罗塞特在掌握了上述情况之后，便着手计算这颗彗星将经过其近日点的日期。让他极其兴奋的是，他发现这颗彗星尚无人知晓，于是，他便为它取了一个名字"加利亚"（他一开始曾十分踌躇，不知叫它"帕米兰"好，还是叫它"罗塞特"好，最后决定把它叫作加利亚），然后，他便开始撰写他的学术论文。

大家都在寻思，不知这位教授是否早已经计算出地球与加利亚的这次可能出现的碰撞。

他的确计算出这次碰撞不仅是可能的，而且还是必然发生的。

说他得知这一情况显得兴奋异常还不足以表达他的心情。他简直是在为这个天文发现而发狂了。是呀！地球将在12月31日夜晚到1月1日之间被撞击，而这次的撞击十分恐怖，是两个星球的迎头相撞！

换了一个人，可能就会立刻离开弗芒特拉。可他却留在了原地。他非但没有离开这个小岛，而且还只字不提他的这一发现。他从报纸上看到，说是欧洲与非洲这两个大陆的上空乌云密布，而所有的天文台又都没有提及这颗新的彗星。因此，他相信只有他发现了这颗彗星。

这的确是不争的事实，而他的这种守口如瓶让世界上其他地方的人们消除了心中

---

[1]　在总共252颗彗星中，顺行方向的彗星有123颗，逆行方向的彗星有129颗。——作者原注

153

的恐惧，否则，如果他们了解了威胁着他们的这一世纪大难迫在眉睫的话，那肯定是要惶惶不可终日了。

如此一来，帕米兰·罗塞特便只有他一人知晓地球会与他在巴利阿里群岛天空中所看到的那颗彗星发生碰撞，而世界其他地方的天文学家们全都没有发现这一情况。

于是，罗塞特教授便留在了弗芒特拉岛上，而且根据他的计算，更加坚定地相信，这颗彗星将在阿尔及利亚南部与地球相撞。因此，他就是要留在那儿，因为罗塞特蔑视他故乡的那个小山岗！

此刻，如果帕米兰·罗塞特在两星相撞之后仍继续观测天象的话，那么那颗彗星的未来会是什么样呢？这可是大家特别关注的。

普罗科普二副不敢惹恼教授，只好小心翼翼地向教授提出了关于加利亚现在在宇宙运行及它围绕太阳运行一周的时间得多长的问题。

"对，先生，"帕米兰·罗塞特说，"在这次碰撞之前，我就已经确定了彗星的运行路线，不过，我还得重新进行计算。"

"为什么呢，教授先生？"普罗科普二副对这个回答颇为惊讶，便问道。

"因为，如果地球轨道在碰撞之后发生了变化的话，那么加利亚的轨道就会受到影响。"

"这个轨道因碰撞而改变了？"

"我敢说这是肯定的，"帕米兰·罗塞特回答道，"因为我在碰撞后做出的那些观测是绝对精确的。"

"您已经获得了新轨道的参数了？"普罗科普二副急切地问道。

"是的！"帕米兰·罗塞特毫不犹豫地回答道。

"这么说，您知道了……"

"我所知道的，先生，那就是：加利亚于12月31日夜晚至1月1日的凌晨两点四十七分三十五秒钟，在其上升过程中，撞到了地球；1月10日，它穿过了金星轨道；1月15日，它经过了近日点；然后，它又回切了金星轨道，于2月1日越过降交点，2月13日，越过火星轨道，3月10日，闯进小行星区域，将奈丽娜抓过来当作它的卫星……"

"这些情况我们大家全都知道了，教授，"赫克托尔·塞尔瓦达克说，"因为我们曾有幸收到了您的字条。只是这些字条全都没有署名，也没有写上地址。"

"咳，你们怀疑这些字条不是我写的？"教授火冒三丈地大声说道，"那就是我写的！我往海里扔下数百个字条，全都是我帕米兰·罗塞特亲手写的！"

"我们当然不会怀疑不是您写的！"蒂马塞夫伯爵正儿八经地说道。

然而，关于加利亚的未来，教授只字未提。甚至于，帕米兰·罗塞特似乎有意在回避直接回答这个问题。当普罗科普二副正准备坚持再问一遍这个问题时,赫克托尔·塞尔瓦达克阻止了二副，心想还是别这么穷追猛打这个怪异的科学家为好，便说道："啊，亲爱的教授，您能不能告诉我们一下，在这么巨大的碰撞中，我们怎么就没有受到多大的伤害呢？"

"这很好解释。"

"您是否认为，碰撞之后，地球除了被撞掉了几块土地以外，并没有受到多大的损害，尤其是它的自转轴并没有突然发生改变？"

"我正是这么认为的，塞尔瓦达克上尉，"帕米兰·罗塞特回答道，"我的理由是：地球当时的运行速度为每小时两万八千八百法里，而加利亚每小时的速度则是五万七千法里。这就像是一列火车以每小时大约八万六千法里的速度飞驰，撞上一个障碍物一样。这种撞击力，先生们，你们是可以判断出来的。这颗彗星的彗核系一种极为坚硬的物质构成，它冲撞地球就如同一颗子弹在近距离发射出去穿过窗玻璃一样，彗星穿过地球而并未毁坏地球。"

"确实如此，"赫克托尔·塞尔瓦达克应声答道，"事情很可能就是这样……"

"当然是这样……"教授信心满满地回答道，"何况地球只是被擦着边而已。不过，如果加利亚是直接撞上地球的话，它就会撞得很深，造成巨大的灾难……"

罗塞特对这次碰撞的后果言之凿凿。谁也不敢提出质疑的意见。只有本－佐夫忍不住冒昧地说了一句："彗星要不是撞在阿尔及利亚，而是撞在蒙马尔特高地上，高地是一定可以顶得住的。"

"蒙马尔特！"罗塞特叫道，"那不过是一个小土包，彗星一撞上去肯定会把它撞个稀巴烂！"

"小土包！"本－佐夫也叫了起来。教授的这句话正好戳到了他的痛处。

塞尔瓦达克赶紧出来解围，厉声喝住本－佐夫。

"闭嘴，本－佐夫！"

这时候,伊萨克·哈卡布特也许相信了现实，便忐忑不安地走到帕米兰·罗塞特近旁。"教授先生，"他又一次问道，"我们会回到地球吗？我们什么时候能回去？"

"您就那么着急吗？"帕米兰·罗塞特回答道。

"对于伊萨克想要请教您的问题，我也想请您更科学地解释解释。"普罗科普二副说道。

"您请讲。"

"您说加利亚旧轨道已经改变了？"

"毫无疑问。"

"彗星的新轨道曲线是抛物线吗？它会不会将加利亚带往无限遥远的太空，毫无回头的希望？"

"不！"帕米兰·罗塞特回答道。

"那么这条轨道可能会变成椭圆形轨道？"

"是呀，椭圆形轨道。"

"它的轨道平面将会永远与地球轨道平面重叠在一起？"

"绝对是这样。"

"那么，加利亚可能会是一个周期性彗星了？"

"对呀，但是一个短期的周期彗星，因为它在围绕太阳运行时，木星、土星和火星都会对它有所干扰，所以其周期是两年，不多不少。"

"那么，"普罗科普二副大声说道，"在碰击两年之后，它就完全有可能在同一个点，即它与地球相撞的那个点，再次相逢了？"

"没错，先生，这可是让人担忧的事！"

"担忧？"塞尔瓦达克上尉嚷道。

"是的，先生们，"帕米兰·罗塞特跺着脚说，"我们待在这儿挺好的嘛，如果照我的意思，加利亚永远也别返回地球了！"

第29章　地球年和加利亚年

对于这些探索者、这些假设的提出者来说，现在一切都一清二楚了，一切都解释得明明白白了。他们被带到了一颗彗星上，而彗星则在太阳系里运行着。灾难发生的最初几天，塞尔瓦达克上尉晚上在身后隐约看到的那个躲在厚厚的一层云后面，不久又不翼而飞的大圆球其实就是我们的地球。由于地球的引力又引发了那无与伦比的大海潮，把加利亚海搅动得波涛汹涌、恶浪滔天。

不过，这颗彗星最终会返回地球，至少罗塞特教授是这么认定的。可是，他的计算是否精确，彗星能否真的返回，毋庸置疑，加利亚人大概全都对此持怀疑态度。

接下来的那几天，人家都忙着将这位新来客安顿下来。幸运的是，这位新来客是一个对生活不怎么讲究的人，对什么都随遇而安。他日日夜夜都在观测天空，观察、追踪那些太空中漫游的星星，至于饮食起居——他的咖啡不在之列——他并不在意。他甚至好像没注意到这群人在"尼娜蜂巢"里扩宽、布置的精工细作之妙。

塞尔瓦达克上尉本想给他昔日的老师提供一间最佳的房间。但是，这位老师却不太愿意与大家分享共同的生活，只想离群索居。他唯一关心的是他的观察室要布置得当，独立存在，这样他就可以安安静静地进行他的天文观测了。

塞尔瓦达克上尉和普罗科普二副于是便张罗着为他找了一间他所要求的那种屋子。他俩幸运地找到了。在火山的半山腰上，在中央山洞上方大约一百英尺处，他俩发现了一个狭窄的洞穴，足以容纳下我们的这位观测者及其仪器工具。里面甚至还可以放得下一张床，几件家具——桌子、椅子、柜子，当然还有他的那架天文望远镜。

教授就在这儿安顿下来了，他的饮食有人定时给他送来。他睡得很少，白天计算，夜晚观天，总而言之一句话，他极少参与共同的生活。不管怎么说，反正他的那种怪诞的脾气大家也都容忍得了，所以只管随他的意愿了。

天气恶劣，寒冷异常。温度计显示的气温平均起来已到零下三十度。温度计在这种极端天气下，水银柱的水银都几乎固定在同一个点上了，不过，它还是在缓慢地逐渐下降。它的这种下降一直要到它达到宇宙空间严寒的极限才会停止，直到加利亚沿着其椭圆形轨道重新靠近太阳才能慢慢地升上去。

如果每天温度计中的水银柱都静止不动的话，那就是说，加利亚上没有一丝的风。这群人在极其特殊的气候条件下生活着。没有一点儿风吹来，这颗彗星的表面上但凡滚动的或液态的物质全都像是冻结起来似的。因此，没有雷雨，没有暴雨，没有水气，天空中没有，海平线上也没有。从未有笼罩在地球两极所见到的那种湿润的或干燥的雾。这儿的天空总是不变的那种宁静清澈，白天阳光明媚，夜晚群星闪烁，但阳光与星光都一样，照到人身上没有一点差异。

不过，必须弄清楚，这种极端的气温在户外是完全可以忍受的。在极地生活的人无法忍受那种严寒，是因为它使人肺部丧失水分，呼吸功能减弱，其原因是冷空气的极速移动，是寒风刺骨肆虐，是不洁的雾气笼罩，是可怕的暴风雨所致。这种种恶劣的气候让极地航海家们失去了生命。但是，在没有寒风的时候，当大气层未受干扰的时候，即使是在梅尔维尔岛或帕黑岛，或是在北纬81°以北地区的卡纳岛，或者更远，超出"北极星"号的勇敢的霍尔及其探险家们所越过的地方，无论严寒有多么难耐，他们还是能挺过去。只要多穿衣服，吃得饱饱的，没有风吹袭，他们就能抗住最极端的天气，而且，在气温降至零下六十度时，他们也这样试过。

"热土地"的居民们现在是在最好的条件下抵抗着宇宙的严寒。双桅纵帆式帆船上有的是皮衣、兽皮，食物充足、健康。因此，尽管气温降得很低，他们仍旧能够在洞外走走，不至于冻着。

再者，加利亚的总督对所有的居民关心备至，让他们穿得暖，吃得饱，每天还坚持锻炼身体，谁都不能不参加公共生活。无论是小帕布罗还是小尼娜，也都不例外。这两个孩子，穿上皮衣服，出现在"热土地"的海岸上时，完全像是因纽特人了。帕布罗总在他的小女伴身边献殷勤，教她滑冰，当她太累了的时候，他便扶着她滑。两个小孩子像是在"过家家"。

那么，伊萨克·哈卡布特怎么样呢？

他在帕米兰·罗塞特面前碰了一鼻子灰之后，哭丧着脸回到了他的单桅三角帆船上。这时候，伊萨克的脑子里有了一种变化：在教授讲述了那些极其正确的情况之后，他不再怀疑了。他知道自己被一颗在太空中漫游的彗星裹挟走了，离地球有好几百万法里。而在那个地球上，他可是生意兴隆、财源滚滚呀！

他思来想去，自己是加利亚的第三十六位居民，似乎现状，排除人为的印象，是有可能改变他的思想和禀性的，他应该对自己有个反思，对这些由于上帝的恩宠使之留在他身边的人表示向善的感情，不再将他们只是看作被搜刮的对象。

但是，实际上并非如此。如果伊萨克·哈卡布特有所改变的话，那他就不是一个自私自利、贪得无厌的人的典型了。恰恰相反，他越来越冥顽不化，一心只想趁着这大好时机，大捞一把。他很了解塞尔瓦达克上尉，相信上尉是不会斥责他的。他知道自己的货物是在一位法国军官的保护之下，不会有人去偷去抢他的东西。这种抢劫的事情看来是不会出现的，于是，伊萨克·哈卡布特便想利用这一大好机会。

返回地球的机会尽管不是十拿九稳，但是仍然存在着，是不应该忽视的。另一方面，金子和金钱，无论英国币还是俄国币，在这群人中都不缺少。但是，这些金币和钱币只有在昔日的地球上才会流通。现在的问题是，得想法一点一点地将加利亚上人们的金钱都挤出来。伊萨克·哈卡布特的如意算盘是：返回地球之前，将货物卖掉，因为物以稀为贵，它们在加利亚上的价值是地球的人想象不出来的，不过，现在尚不能出手，得等这群人急不可耐、不买不行时，那就是"求大于供"了，足可大捞一笔。价格肯定会提高，但是利润是否就可靠呢？因此，伊萨克·哈卡布特犹豫不决起来，是现在卖，还是等着价格更好再卖？

伊萨克·哈卡布特就这么成天待在"汉莎"号的那个狭小的船舱里盘算着。反正，大家对他这种德行也不待见，所以他也不必为此而烦恼。

4 月间，加利亚行进的路程达三千九百万法里，到了月底，它离太阳已经有一亿六千万法里了。这颗彗星的椭圆形轨道罗塞特已经十分准确地画出来了，包括其整个星历表。在这条椭圆形轨道上共分二十四个长短不等的区段，分别代表着加利亚年的二十四个月。这些区段标示出每个月的行进路程。标示在轨道上的那前十二个区段的长度向远日点靠近时，在逐渐减小，这符合开普勒的三大定律之一。然后，过了这个点，其长度则由短到长地靠近近日点。

5 月 12 日，罗塞特教授把星历表拿出来给塞尔瓦达克上尉、蒂马塞夫伯爵和普罗科普二副看。三人非常感兴趣地仔细看着。加利亚的轨道在三人面前一目了然，他们可以从图表上看到这条轨道稍稍延长，过了木星的轨道。图表上还标明了它每个月所运行的路程以及与太阳之间的距离。图表清晰明白，如果帕米兰·罗塞特没有出错，如果加利亚准确无误地在两年时间内完成其公转周期，那么它就会在与地球相撞的那个点，重新返回地球。因为，在这同样短的时间内，地球正好围绕着太阳转了两圈。可是，再次相撞的话，其后果会怎么样？这个问题大家不愿去想！

不过，即使帕米兰·罗塞特的图表让人有所怀疑，也必须三缄其口，不能说出来。

"这么说，5 月里，"塞尔瓦达克上尉说道，"加利亚只运行了三千零四十万法里，与太阳的距离是一亿三千九百万法里？"

"完全正确。"教授回答道。

"这么说，我们已经离开小行星区了？"蒂马塞夫伯爵问道。

"您自己可以判断一下的，"帕米兰·罗塞特说道，"我已经画出了这些行星的区域了！"

"那也就是说，"赫克托尔·塞尔瓦达克又问道，"这颗彗星在整整一年的时间里通过远日点，到达近日点了？"

"正是如此。"

"就在明年的 1 月 15 日？"

"毫无疑问，就是 1 月 15 日……啊，不对！"教授大声嚷道，"您为什么说是 1 月 15 日，塞尔瓦达克上尉？"

"因为从 1 月 15 日到 1 月 15 日，这不就是整整一年吗？换句话说，不就是十二个月吗？"

"地球上的十二个月，没错！"教授回答道，"但并非加利亚的十二个月！"

普罗科普二副听到这个意想不到的回答，不禁笑了。

"您在笑，先生？您为什么笑？"帕米兰·罗塞特立刻问道。

"噢，教授先生，只是因为我发觉您想修订地球年历。"

"我根本没这么想，先生，我只是觉得这符合逻辑而已！"

"那我们就按照逻辑来吧，亲爱的教授！"塞尔瓦达克上尉大声说道，"我们照着逻辑来吧！"

"你们是不是承认加利亚在通过远日点后两年将会再回到远日点？"帕米兰·罗塞特生硬地问。

"承认。"

"加利亚围绕太阳公转的这两年周期是不是就是'加利亚年'的一年？"

"没错，完全正确。"

"这个'加利亚年'是不是同地球年一样分为十二个月？"

"如果您愿意这么说的话，当然可以，教授先生。"

"这不是我愿不愿意的事……"

"对，对！十二个月，没错！"赫克托尔·塞尔瓦达克赶忙诺诺连声地回答着。

"那么，它的每一个月应该是多少天？"

"六十天，因为加利亚上一天的时间减少了一半。"

"塞尔瓦达克上尉，"教授用严肃的口吻说，"好好想想您说的……"

"我觉得自己已经接受了您的思维方式。"塞尔瓦达克上尉回答说。

"您根本没有。"

"那就请您给讲解讲解……"

"这再简单不过了！"帕米兰·罗塞特鄙夷不屑地耸耸肩回答道，"加利亚的每一个月是不是地球的两个月？"

"当然是，因为加利亚的一年是地球的两年。"

"那两个月在地球上是不是六十天呀？"

"对，六十天。"

"那结论是？"蒂马塞夫伯爵问帕米兰·罗塞特道。

"结论嘛，就是地球上的两个月是六十天，等于加利亚的一百二十天，因为加利亚一天的时间只有十二个小时，懂吗？"

"完全明白了，先生，"蒂马塞夫伯爵回答道，"但是，您不担心这新的日历会把人弄糊涂了……"

"弄糊涂了？"教授嚷道，"从1月1日开始，我就这么计算日子了！"

"这么说来，"塞尔瓦达克上尉问道，"现在，就是一个月一百二十天了？"

"您觉得这有什么不对劲儿的吗？"

"没有，没有，亲爱的教授。这么一来，今天不再是5月了，而是3月。"

"对，3月，先生们，加利亚年的这第二百六十六天就是地球年的一百三十三天。今天就是加利亚历的3月12日，当加利亚的六十天再过去之后……"

"那就是3月72日！"赫克托尔·塞尔瓦达克大声嚷道，"好极了！咱们就这么算吧！"

帕米兰·罗塞特心里疑惑，觉得他以前的这个学生是不是在嘲笑他。但是，因为天色已晚，三位来访者便离开了教授的住处。

于是，教授便编纂了一个加利亚历。然而，实话实说，这个年历只是他一个人用，其他人谁都看不懂，当他说"4月47日"或"5月118日"时，也不知道他说的是哪一天。

这时，6月——地球上的年历——已经来到，加利亚大概只运行了两千七百五十万法里，距离太阳远至一亿五千五百万法里。气温一直在下降，但是天气却十分晴朗，同以往一样地宁静。在加利亚的日子很有规律，可以说是规律得十分单调。为了去除这种单调生活，帕米兰·罗塞特帮了大忙。他脾气古怪，个性张扬，任性乖戾。当他走出观测室，来到公共大厅时，总要挑起一点新的冲突。

大家讨论的焦点几乎一成不变地落在一个论点上，即彗星与地球的再次相撞。塞尔瓦达克上尉及他的两位同伴总是盼着这种碰撞的出现。这让教授十分恼火，他仍要继续在加利亚上的研究，不想听到他们谈论返回地球的声音，仿佛他打定主意要永远待在这儿似的。

有一天（6月27日），帕米兰·罗塞特气冲冲地来到公共大厅。他见到塞尔瓦达克上尉、普罗科普二副、蒂马塞夫伯爵和本－佐夫全都坐在那儿，便大声嚷道：

"普罗科普二副，您别兜圈子，直截了当地回答我要向您提的问题。"

"可是我恐怕答不好……"普罗科普二副回答说。

"没关系！"帕米兰·罗塞特像是教授对待自己学生似的说道，"我问您是不是驾驶您的双桅纵帆式帆船环绕了加利亚一圈，几乎是在赤道附近，换句话说，就像您的一次环海航行那样？"

"是的，先生，"普罗科普二副回答道，可是蒂马塞夫伯爵却示意他别回答罗塞特的问题。

"那好，"罗塞特接着说道，"你们在探测旅途中，有没有将'多布里纳'号行驶的路线做了记录？"

"大致地记了一下。"普罗科普二副回答道，"只是用测程仪和罗盘记了一下，而没有根据太阳和星星的高度记录下来，因为无法计算。"

"那你们发现了点什么？"

"我们发现加利亚的周长大约有两千三百公里，是它直径的两倍——七百四十公里。"

"对……"帕米兰·罗塞特自言自语地说，"它的直径大致是地球的十七分之一，亦即一万七千九已二公里。"

塞尔瓦达克上尉和他的两个同伴看着教授，不知他想说些什么。

"好，"帕米兰·罗塞特接着说道，"为了对加利亚的全面研究，我还得知道它的面积、体积、质量、密度和引力。"

"就它的面积和体积而言，"普罗科普二副回答说，"既然我们已经知道了加利亚的直径，那就没什么难的了。"

"我说难了吗？"教授又大声嚷道，"这些计算，我出生之后就已经做过了！"

"噢！噢！"本－佐夫总算找到一次机会，对这个蔑视蒙马尔特的人哼哼了两声。

"塞尔瓦达克同学，"帕米兰·罗塞特看了一下本－佐夫，又接着说道，"您拿出笔来，您既然已经知道加利亚的一个大圈的长度了，那么您告诉我它的表面面积是多大？"

"是这样，罗塞特老师，"赫克托尔·塞尔瓦达克决定当个好学生，便回答道，"我们知道加利亚的周长是两千三百二十三公里了，那么用它的直径七百四十公里乘以一下周长就知道了。"

"对，那您就快点算！"教授大声说道，"结果该出来了吧！怎么样？"

"好的，"赫克托尔·塞尔瓦达克回答道，"我计算的结果是一百七十一万九千零二十平方公里，即加利亚的面积。"

"也就是说，其表面积小于地球表面积的两百九十七倍，地球的表面积为五亿一千万平方公里。"

"哼！"本－佐夫对教授的那颗彗星表现出一副不屑一顾的神情。

帕米兰·罗塞特恶狠狠地盯着本－佐夫的脸看了一会儿，然后又异常兴奋地问道："喏，那么，加利亚的体积是多少？"

"体积？"赫克托尔·塞尔瓦达克迟疑不决地回答了一声。

"塞尔瓦达克同学，您已经知道了一个球体的表面积，怎么就算不出来它的体积呢？"

"算得出米，罗塞特先生，……可您总得让我先喘口气吧！"

"做数学是不能喘口气的,先生,得一气呵成!"

帕米兰·罗塞特身旁的交谈者们不得不认真严肃起来,免得他暴跳如雷。

"算出来了吧?"教授问道,"一个球体的体积是……"

"与面积相等……"赫克托尔·塞尔瓦达克试探着说,"乘以……"

"半径的三分之一,先生!"帕米兰·罗塞特大声嚷道,"半径的三分之一!算完了吗?"

"就快完了!加利亚的半径的三分之一是一百二十三点三三三三三……"

"三、三、三、三……"本－佐夫一直在"三"个没完。

"住嘴!"教授喝斥道,他真的生气了,"您只需用小数点后面的前两位就行了,其他的'三'就省略掉了。"

"好的。"赫克托尔·塞尔瓦达克回答道。

"然后呢?"

"一千七百一十九万乘以一百二十三点三,结果是两亿一千万零四十三万九千四百六十立方公里。"

"这就是我的加利亚的体积!"教授大声说道,"这个体积可不算小呀!"

"可不是吗,"普罗科普二副说,"不过,这个体积还是比地球小,是地球的五千一百七十六分之一,地球的体积是……"

"一百万亿零八百二十八亿四千一百万立方公里,这我知道,先生。"帕米兰·罗塞特说道。

"因此,"普罗科普二副补充说道,"加利亚的体积还是大大地小于月亮的体积,月亮的体积是地球的四十九分之一。"

"嗯,这是谁跟您说的?"教授像是自尊心大受伤害似的气冲冲地反驳道。

"因此,"普罗科普二副不管不顾地继续说道,"从地球上看去的加利亚只不过相当于一颗七等星,也就是说,肉眼是看不到的!"

"我以贝都因人[1]的名义发誓!"本－佐夫大声嚷嚷道,"这是一颗美丽的彗星!我们就住在它的上面!"

"闭嘴!"帕米兰·罗塞特气不打一处来,大声喝斥道。

"一颗榛子、一颗鹰嘴豆、一粒芥末籽而已!"本－佐夫一心想要报复地继续说道。

"闭嘴,本－佐夫!"塞尔瓦达克上尉制止他道。

"就像一枚大头针的针鼻儿似的!毫不起眼儿!"

---

[1]　贝都因人,以氏族部落为基本单位的在沙漠旷野过游牧生活的阿拉伯人。

"浑蛋！还要啰唆？"

本—佐夫知道上尉要发火了，便立刻走出了大厅，一边还哈哈大笑，像火山喷发的回声似的。

他走得正是时候。帕米兰·罗塞特眼看就要咆哮起来，好不容易才憋下这口气。其实，他正像本—佐夫不许别人说蒙马尔特的坏话一样，他也不愿意别人对他的那颗彗星说三道四。双方都认为自己的东西是个宝贝，不让别人贬损。

最后，教授还在继续说，在对他的学生们，也就是他的听众们说：

"先生们，我们现在已经知道了加利亚的直径、周长、面积和体积了。这是很不容易的，但这还不是全部。我打算直接测算，求得它的质量和密度，还想知道它表面的引力有多大。"

"这很困难的。"蒂马塞夫伯爵说。

"没关系。我想知道我的彗星有多重，我肯定会知道的。"

"这个问题不是很好解决的，"普罗科普二副指出，"因为我们并不知道加利亚是由什么样的物质构成的。"

"啊！你们不知道是什么物质构成的？"教授说道。

"我们不知道，"蒂马塞夫伯爵回答道，"如果您能在这个问题上向我们讲解讲解的话……"

"哎，先生们，这没什么关系！"帕米兰·罗塞特说，"即使不知道它是什么物质构成的，我也能解决这个难题。"

"等您准备解决它时，亲爱的教授，我们将听您的吩咐！"塞尔瓦达克上尉赶忙说道。

"我还得花上一个月的时间去观测和计算。"帕米兰·罗塞特回答道，"到 4 月 62 日再谈吧！"

今天是地球年的 7 月 31 日。

第 30 章　罗塞特教授的物理课

这期间，加利亚在太阳引力的作用下，继续在宇宙空间运行着。到目前为止，还没有什么星球妨碍它的运行。被它在穿越小行星区域时掳获的那个奈丽娜卫星一直在忠心耿耿地跟随着它，按时按点地每半个月完成一圈的运行。似乎在加利亚公转周期中，一切都顺顺当当。

但是，加利亚的居民们最关心的始终都是他们还能不能返回地球？天文学家帕米兰·罗塞特的计算会不会有错？他是不是真的确定了这颗新彗星的轨道和它围绕太阳的公转周期？

帕米兰·罗塞特性格怪僻，因此大家没有办法去要求他重新审核一下他的观测结果。

塞尔瓦达克上尉、蒂马塞夫伯爵和普罗科普二副对这事一直放心不下。至于其他人，他们对此并不怎么关心。他们生来就像是听天由命的！他们很实际，过一天算一天！尤其是西班牙人。这些西班牙的穷苦人，还觉得在这儿过得挺幸福！奈格雷特及其同伴们从来也没有享受过这么舒适的生活！加利亚的运行轨道与他们何干？为什么要去操心？为什么关心太阳是不是将把它控制在其引力中心，或者它是不是会逃离太阳系，飞往其他的太空？这帮懒散的人，他们照旧唱歌跳舞，每天都在欢声笑语之中度过。这是多么美妙的生活呀！

这群人中，最最幸福的自然是少年帕布罗和小尼娜了！他俩一起玩耍，一块在"尼娜蜂巢"的长长的通道中跑来跑去，攀爬海岸上的岩石！有一天他俩滑冰，一直滑到了看不见他们的地方。还有一天，他俩兴致勃勃地在那个小泻湖边上钓鱼，由于火山熔岩流的关系，泻湖的水没有结冰。另外，塞尔瓦达克上尉还给他们上课。他俩互相帮助，彼此亲密无间。

这个小男孩和这个小女孩干吗要去考虑未来的事情？他们干吗要去为往昔的事情唏嘘呢？

有一天，帕布罗问尼娜："你有父母吗，尼娜？"

"没有，帕布罗，"尼娜回答道，"我就一个人，你呢？"

"我也是一个人，尼娜。你从前都干什么？"

"我放羊，帕布罗。"

"我嘛，"小男孩回答道，"我没日没夜地跟着马车跑！"

"不过，我们现在就不再孤单了，帕布罗。"

"对，尼娜，一点儿也不孤单了！"

"总督是我们的爸爸，而伯爵和二副是我们的叔叔。"

"本—佐夫就是我们的好朋友。"帕布罗说道。

"其他的人全都很和蔼，"尼娜补充道，"大家都对我们非常宠爱，可是，我们不能老这么让人宠着。得让大家说我们好……永远这么好！"

"你特别聪明，尼娜，同你在一起，我也变得聪明了。"

"我是你妹妹，你是我哥哥。"尼娜一本正经地说。

"当然啦！"帕布罗回应道。

这两个又懂事又乖巧的孩子深受大家的喜爱。大家都对他俩给予了无尽的关心和爱护，连尼娜的那只小山羊也没被人冷落。塞尔瓦达克上尉和蒂马塞夫伯爵更是给予他俩无微不至的真诚的父爱。帕布罗出生在安达卢西亚的干燥的平原上，尼娜生活在撒丁岛的颗粒无收的岩石地上，他俩还会有什么抱怨呢？他俩真的感觉这个世界永远都是他们的。

7月来临。在这个月里，加利亚沿着它的轨道走了两千二百万法里的路程，离太阳大约一亿七千二百万法里。这个距离比地球与太阳的距离大三倍半。而它们的速度现在却是基本上差不多。因为地球的平均速度经由黄道时大约是每月两千一百万法里，即每小时两万八千八百法里。

加利亚历的4月62日，教授给塞尔瓦达克上尉写了一张简短的字条。帕米兰·罗塞特打算就在当天开始演算，以求得加利亚的质量和密度，以及它表面的引力。

塞尔瓦达克上尉、蒂马塞夫伯爵和普罗科普二副不会不赴教授的邀约的。不过，他们不会像教授那样对数据的演算感兴趣，他们更希望了解到似乎是唯一构成加利亚上的岩石的那种物质是什么。

一大早，帕米兰·罗塞特便来到大厅与他们相见。他看上去情绪还算不错，不过，一天刚刚开始，谁知道什么时候他又会发起脾气来。

大家都知道何谓引力。引力就是地心对一个物体的吸力，而大家记得很清楚，这个引力在加利亚上变得很小了，而加利亚人的肌肉却自然而然地增长了。但是，到底比例是多少，他们却并不清楚。

至于质量，它取决于构成这个物体物质的多寡，通过重量来体现，质量是物体本身所含有的。至于密度，则是在一定的体积下，一个物体所含有的物质的多寡。

因此，第一个要解决的问题是加利亚的引力是多少？

第二个问题是加利亚内的物质数量是多少，也就是说，它的质量及重量是多少？

第三个问题，我们已经知道了加利亚的体积，但它的体积中含有多少物质，换句话说，它的密度是多少？

"先生们，"教授说，"今天我们要把构成我的彗星的各种参数计算清楚。当我们知道了它的引力、质量和密度之后，那它对我们来说就没什么秘密了。总之，我们得称一下我们的加利亚了！"

刚走进大厅的木一佐大听到了帕米兰·罗塞特最后说的话。他一句话也没说就又走出去了。但是，隔了一会儿，他又返了回来，用嘲讽的口气说道：

"我白白地跑了一趟'大商店'，根本就没找到什么天平，不过，我真的不知道我们有了天平之后，能挂在哪儿！"

本－佐夫一边这么说着一边瞅着外面，仿佛在天空中寻找一个钉子似的。

教授瞪了他一眼，塞尔瓦达克上尉也用手势止住这个捣蛋鬼。

"先生们，"帕米兰·罗塞特接着说道，"首先，我必须知道，地球上的一千克在加利亚上是多少克。由于加利亚上质量小的缘故，它的引力也就小，因此，在它的上面任何东西称起来都没有在地球上的重。可是，这两种重量的区别究竟在哪儿，这是必须弄清楚的。"

"非常正确，"普罗科普二副回答道，"通常的天平，即使我们有的话，也没法进行这种称量，因为天平的两个秤盘同样受到加利亚的引力影响，无法得出加利亚上的重量与地球上的重量的比例来。"

"确实如此，"蒂马塞夫伯爵说，"比如您用的一千克的砝码同样会失去它所要称的物体的重量，而且……"

"先生们，"帕米兰·罗伯特接着说道，"你们刚才的这些话如果是专门说给我听的，那纯粹是在浪费时间，我请求你们让我继续讲解我的物理课。"

教授比平时在课堂上讲课更显出他的权威来。

"你们有没有一个弹簧秤和一公斤的物件？"教授问道，"全得靠它们了。有一个弹簧秤，就可以称出物体的重量，而加利亚的引力无法对弹簧秤产生影响。如果我把一个在地球上重一公斤的物体放在弹簧秤上，那么，指针就会精确地指出该物体在加利亚上的重量。这样的话，我就能够知晓加利亚的引力和地球引力之间的差异。我再问一遍，你们有没有弹簧秤？"

听众们面面相觑。然后，塞尔瓦达克上尉便回过头来看着本－佐夫，因为他对岛上的一切财物都了然在心。

"我们既没有弹簧秤，也没有一公斤的物体。"本－佐夫回答道。教授气得狠狠地朝地上猛跺了一脚。

"不过，"本－佐夫又说，"不过，我倒是知道有一个弹簧秤，但却没有一公斤重的物体。"

"在哪儿？"

"在伊萨克的船上。"

"你怎么不早说呀，笨蛋！"教授耸了耸肩喝斥道。

"你还不快去找！"塞尔瓦达克上尉催促道。

"我这就去。"本－佐夫答道。

"我陪你去，"塞尔瓦达克上尉说，"因为一牵涉钱的问题，伊萨克肯定会刁难！"

"那我们就全都到他的船上去，"蒂马塞夫伯爵说，"我们顺便也看看伊萨克在他的'汉莎'号上是怎么生活的。"

这么一说，大家便要往外走，这时教授说道："蒂马塞夫伯爵，难道您的手下就没有一个人能够在山体石材中切下一块一立方分米的石块吗？"

"我的机械师可以不费劲儿地弄出来，"蒂马塞夫伯爵回答道，"不过，有一个条件，得给他一个标准的一米长的尺子，他便能精确地测量了。"

"你们没有砝码倒也算了，可是怎么连一个一米的尺子也没有？"帕米兰·罗塞特质问道。

"我们的储藏室里确实没有什么尺子。"本－佐夫这么说时，自己也觉得汗颜。

"不过，"本－佐夫接着又说，"'汉莎'号上很可能会有一个。"

"那咱们赶紧去吧！"帕米兰·罗塞特说着便快步走进了大通道。

大家都跟在他的身后。不一会儿，赫克托尔·塞尔瓦达克、蒂马塞夫伯爵、普罗科普二副和本－佐夫便爬上了俯临海岸的峭壁悬崖。随后，他们一直下到海边，走向"多布里纳"号和"汉莎"号被困在冰上的那个狭窄的小海湾。

尽管气温非常低——零下三十五度，但塞尔瓦达克上尉及其同伴们穿得很多，裹得很严，缩在皮服里，倒也不觉得怎么太冷。他们的胡子上、眉毛上、睫毛上都一下子结上了细碎的霜，因为他们的哈气遇冷冻结了，而他们的脸上也"长出"白花花的一层霜针，又细又尖，如同豪猪一般，看着像是滑稽小丑似的。教授个子矮小，如同一只小熊，更加惹眼。

这时已是上午八点钟，太阳在急速地向天穹行进。由于距离很远，它那圆盘变得很小，如同满月一样。它的光芒照射到地面上没有一点热量，连光线也显得极其微弱。山脚下，海岸边的所有岩石和火山山体全都是银装素裹，一片晶莹闪亮的世界，因为加利亚的大气层中的水气早已结成了冰雪。从海边的山脚下到冒着烟雾的火山口，整个大地宛如铺了一层白色的地毯。在北坡上，熔岩流在缓缓地往下淌。那儿，皑皑白雪不见了踪迹，取而代之的是熔岩流顺着山坡铺天盖地地往下流，垂直落入中央洞穴下的那个深潭里。

在岩洞上方一百五十英尺的半空中，有一个黑乎乎的洞口，在洞口的上方，熔岩流往下四散流淌。一架天文望远镜的镜筒伸出洞穴，那便是帕米兰·罗塞特的天文观察站。

海滩也是白茫茫一片，与冰海交相辉映。中间分不出任何界限。与这雪白的一片相反，天空却是一片淡淡的蓝色。白雪覆盖着的海滩上，留下了这群人的脚印，他们每天都在这儿散步，或者是取些冰块，化成淡水，或者进行滑冰锻炼。冰鞋在坚硬的冰面上划出一圈一圈的冰刀印，如同水生昆虫在水面划出印迹一样。

两行脚印一直从海岸延伸到"汉莎"号旁。那是伊萨克·哈卡布特在下雪之前留下的脚印。这些脚印周边的积雪因极端的严寒所致，坚如钢铁。

那两条船停泊的小海湾到火山脚下有半公里远。

走到小海湾时，普罗科普二副发现"汉莎"号和"多布里纳"号的吃水线在逐渐增高。现在，单桅三角帆船和双桅纵帆式帆船高出海面有二十来英尺了。

"这可真是一个有趣的现象！"塞尔瓦达克上尉说。

"但却令人担忧，"普罗科普二副说，"很明显，这种现象表明船体下面已经结了厚厚的冰层，冻得结结实实。而且，它还会逐渐增厚，最终将两条船高高抬起。"

"那么，到底会升高到什么程度呢？"蒂马塞夫伯爵问道。

"这我不清楚，老爷，"普罗科普二副回答道，"因为严寒尚未达到它的极限。"

"我倒希望气温一直往下降。"罗塞特教授说，"否则，我们千里迢迢，到离太阳八亿公里的地方来，而所遇到的气温不过同地球的两极差不多，那就太划不来了。"

"您可真逗，教授先生，"普罗科普二副回答道，"幸好，宇宙空间的寒冷至多也不会超过零下六十到七十度，倒还可以承受。"

"嗯！"赫克托尔·塞尔瓦达克说，"这种无风的寒冷不是导致感冒的那种寒冷，我们整个冬天都不会打喷嚏的！"

这时候，普罗科普二副便将他担心的双桅纵帆式帆船的状况告诉了蒂马塞夫伯爵。由于冰层是重叠着的，很有可能"多布里纳"号会被越抬越高，到达一个惊人的高度。如果情况如此的话，一旦解冻，那可是一个大灾难，连那些在两极地区过冬的捕鲸船都会遇到全军覆没的情况。可是，又有什么办法呢？

一行人来到被冰层封固住的"汉莎"号附近。伊萨克·哈卡布特新近在冰上凿出一些梯阶，可以供人登船。如果他的单桅三角帆船被抬高到一百来英尺的半空中去，他会怎么办？这得看他自己了。

一缕淡蓝色的炊烟从冰上架起的一个铜制烟囱里袅袅升起，聚集在"汉莎"号的甲板上。这个吝啬鬼极其抠门儿，不舍得加木柴，这是显而易见的，不过，他倒也没太冻着。其实，厚厚的冰层封固住了单桅三角帆船，这也就让它船上的温度不致散得太多，船舱内的温度暂时还是可以忍受的。

"嗨，纳布·索多诺沙[1]！"本—佐夫喊道。

第31章 犹太人伊萨克发现了发财机会

听到本—佐夫的喊声，后舱的门打开了，伊萨克·哈卡布特露出半个身子。

"谁呀？"他先这么大叫一声，"你想干什么？这儿没人！我既不借贷也不卖东西！"

伊萨克·哈卡布特就是这么接待客人的。

"好呀，哈卡布特老板，"塞尔瓦达克上尉厉声喝道，"您在把我们当作小偷吧？"

"啊，是您呀，总督大人。"伊萨克说道，但却并未走出舱门。

"正是，"本—佐夫已经登上单桅三角帆船甲板，说道，"总督大人到访，您该三生有幸才是！行了，快滚出你的狗窝吧！"

伊萨克·哈卡布特决定站到舱门口来，但一只手还半抓住虚掩着的门，准备一旦有什么危险，立刻将门撞上。

"您有何贵干？"他问。

"想同您谈上一小会儿，伊萨克老板，"上尉回答他说，"天气实在太冷，您该不会拒绝我们去您的舱房待上一刻钟吧？"

"怎么，你们想进来？"伊萨克大声说道，他毫不掩饰自己对这个来访颇感惊疑。

"对，我们是想进去。"塞尔瓦达克一边登船一边回答道，他的同伴跟着他上了船。

"我可没什么好给你们的，"伊萨克可怜兮兮地说，"我只不过是个穷光蛋！"

"您又开始哭穷了！"本—佐夫骂他说，"行了，别啰唆了，让开！"

本—佐夫说着便一把抓住他的脖领，狠狠地将他推到一边去，随即，将舱门打开了。

正待进去时，塞尔瓦达克上尉说道："您听好了，我们这次来可不是抢您的东西。我再说一遍，如果有一天，我们为了大家的利益征用您船上的货物，我会毫不犹豫地把东西拿走。我们会按欧洲的通常价格付钱！"

"按欧洲的通常价格呀！"伊萨克喃喃低语道，"不行，得按加利亚的价格，这个价格由我来定！"

---

[1] 纳布·索多诺沙，这里指纳布·索多诺沙一世（公元前605～前562），在其统治时期，新巴比伦十分强盛，曾远征埃及。

170

这时候，塞尔瓦达克及其同伴们已经走进"汉莎"号的船舱。舱房很狭小，大的地方堆满了货物。舱房里有一只小铁炉，正对着他的床，里面放着两块木炭，带死不活地燃烧着。一个紧紧锁着的橱柜摆在舱房的紧里头。另外，还有几只小凳子、一个脏兮兮的冷杉木桌和一些必需的厨房用具。境况十分寒酸，很不舒服，同"汉莎"号的船主倒是相得益彰。

本－佐夫下到船舱，在犹太人关好舱门之后，就往小铁炉里扔了几块木炭，以抵御舱房里的那份寒冷。伊萨克·哈卡布特见状，又是抱怨又是哼叽，如果有办法的话，他宁可用自己身上的骨头来换木柴。本－佐夫在小铁炉旁边站着，一边扇着炉火。随后，来访者们全都将就着坐下了，等着塞尔瓦达克上尉告诉伊萨克，他们此行的目的。

伊萨克站在一个角落里，两手紧紧地握在一起，仿佛一个犯人在等待着判决。"伊萨克老板，"塞尔瓦达克上尉说道，"我们来此只是为了请您帮个忙。"

"帮个忙？"

"为了我们共同的利益。"

"可我同你们并没有什么共同利益呀……"

"您听好了，您不必抱怨，哈卡布特，我们并不是要敲您的竹杠！"

"让我帮个忙！我一个可怜巴巴的人！"犹太人哭丧着脸说。

"一个小忙而已。"塞尔瓦达克假装没有听见对方的话说道。

上尉一脸严肃地向他阐述着，伊萨克·哈卡布特越听越觉得他们是来抢夺他的财产的。

"长话短说，伊萨克老板，"塞尔瓦达克上尉接着说道，"我们需要一杆秤！您能不能借我们用一下？"

"一杆秤！"伊萨克大声嚷道，好像人家要向他借好几千法郎似的。"您是说要借一杆秤？"

"没错！一杆称东西的秤！"帕米兰·罗塞特也说，他已经开始被对方的啰唆弄得极不耐烦了。

"您没有秤吗？"普罗科普二副问道。

"他有秤。"本－佐夫说。

"有啊！没错！……我觉得……"伊萨克·哈卡布特支支吾吾地说。

"那好，伊萨克老板，您能不能大方一点儿借我们用一用？"

"借？"这个放高利贷的家伙大声嚷道，"总督大人，您要我借给您……"

"只用一天！"罗塞特教授急切地说，"就一天，伊萨克！用完就还给您！"

"可是，这东西怕碰，先生，"伊萨克说道，"天气这么寒冷，弹簧会断掉的！"

"哼，这个畜生！"帕米兰·罗塞特气冲冲地骂道。

"再说了，也许你们要用它来称很重的东西呢！"

"你以为，吝啬鬼，"本－佐夫说，"我们想要称一座山呀？"

"比山还要重！"帕米兰·罗塞特回答道，"我们要称加利亚！"

"天哪！"伊萨克惊叫道，他如此这般地假装可怜，一眼便可看出他的目的来。

塞尔瓦达克上尉又上前劝道："哈卡布特老板，我们之所以借秤，是要称一下一公斤的东西。"

"一公斤，天呀！"

"还根本到不了那么重，因为加利亚的引力小。因此，您不必担心会把您的秤弄坏。"

"当然，当然……总督大人……"伊萨克回答道，"可是借嘛……要借的话……"

"您如果不愿意借的话，"蒂马塞夫伯爵立即插言道，"您想不想卖呀？"

"卖！"伊萨克大声嚷道，"让我卖秤！我要是卖了秤，以后卖东西怎么办！我没有天平，只有这个小小的、一碰就坏的秤，可你们还想把它夺走！"

本－佐夫实在弄不明白上尉怎么不立刻将这个冥顽不化的可恶家伙掐死！可是，塞尔瓦达克却饶有兴趣地同伊萨克周旋着，想尽办法要把秤弄到手。"行了，伊萨克老板，"上尉一点儿也不动气地说道，"我看得出您不同意借秤。"

"唉，我也是没办法呀，总督大人。"

"也不愿意卖？"

"卖？噢，绝不卖的！"

"那好，租一下可以吧？"

伊萨克的眼睛立刻亮起来。"那您得保证绝不弄坏？"他异常兴奋地说道。

"那当然。"

"不过，您得先交一笔保证金，万一弄坏了，得赔偿，怎么样？"

"当然，当然。"

"您出多少保证金？"

"您的秤只值二十法郎，我出一百法郎的保证金。够不够呀？"

"还算凑合吧，总督大人，……因为，老实说，这杆秤是新世界上唯一的一杆！还有，"他又说道，"这一百法郎用金币付吗？"

"用金币付。"

"您想租用这杆对我来说不可或缺的秤，只是租用一天？"

“对，就一天。”

“租金是……”

“二十法郎，”蒂马塞夫伯爵回答道，“这总行了吧？”

“唉，我是个弱者……”伊萨克紧扣着双手嗫嚅地说。

交易谈成了，显然，伊萨克高兴得心花怒放了。二十法郎的租金，一百法郎的保证金，而且全都是用法国或俄国金币付账！啊！伊萨克·哈卡布特这下子可占了大便宜，捞了一把！这个狡猾的商人向四周疑惑地看了一眼之后，便离开舱房，去找秤了。

“这是什么人呀！”蒂马塞夫伯爵不屑地说。

“是呀，”塞尔瓦达克上尉回应道，“他在他这一行里，算是个精明的高手！”

不一会儿，伊萨克便小心翼翼地紧攥着它的宝贝秤回来了。

这是一个弹簧秤，有一个钩，可钩着称东西。一根指针可以在刻度盘上移动，显示出物体的重量来。如此一来，正如帕米兰·罗塞特所言，这个弹簧秤显示的重量并不受任何重力的影响。这是地球上所使用的秤，一公斤重的物体在地球上称都是同样的重量，可是，现在是在加利亚上，那它如何显示重量呢？稍后，大家便会明白。

一百二十法郎的金币交到了伊萨克的手里，他双手紧紧地攥着它们，生怕掉下来。弹簧秤交给了本－佐夫，“汉莎”号上的访客们准备立刻离开舱房。

可是，正在这个当口，教授突然想起他还缺少一个称量所必需的东西。如果它无法吊住一个加利亚上的一立方分米的物体的话，那么这个弹簧秤对他来说毫无用处。

“嗯，还缺少东西！”帕米兰·罗塞特停下脚步说，“还得让他借给我们……”

伊萨克·哈卡布特闻听此言，不禁浑身一哆嗦。

“还得借给我们一把尺子和一个一公斤重的东西。”

“啊，这个嘛，先生，”伊萨克回答道，“我很遗憾，这是不可能的！要是可能，我是非常荣幸的！”

这一回，伊萨克·哈卡布特倒是说了实话。他肯定地说，他的船上既没有尺子，也没有一公斤的东西，对此他深表遗憾！要是有的话，他又可捞上一笔了。

帕米兰·罗塞特非常生气，恶狠狠地看着他的同伴们，仿佛要让他们对此事负责似的！不过，他这么沮丧也是情有可原的，因为缺少这两样东西的话，他就无法对计算求得一个满意的结果。

“我必须另辟蹊径了！”他挠着脑袋嘟囔着说。

于是，他快步爬上舱房的舷梯。同伴们随后跟着他上去。可是，他们还没登上单桅三角帆船的甲板，只听见船舱里传来一声清脆的响声。是伊萨克·哈卡布特在谨小慎微地将一些钱币放进橱柜的抽屉里。

一听到响声，教授急忙转身，奔下舷梯，众人也急急忙忙地跟着他下去，也不知道帕米兰·罗塞特到底要干什么。

"您有银币？"教授一把抓住老吝啬鬼的袖子，大声问道。

"哦，我的钱币！"伊萨克·哈卡布特吓得脸色苍白，像是眼前的人是个窃贼似的。

"对！您的钱币……"教授复又极其兴奋地说道，"是法国钱币……五法郎面值的钱币……"

"是的……不是……"伊萨特不知该如何回答地支吾着。

正当伊萨克·哈卡布特想要关上橱柜的抽屉时，教授俯身看见了抽屉里的钱币。塞尔瓦达克上尉、蒂马塞夫伯爵、普罗科普二副不知怎么回事，便决定支持教授的这一举动，静观其变。

"这些法国钱币，我很需要！"帕米兰·罗塞特教授大声说道。

"想都别想！"伊萨克也大声嚷叫道，像是有人要掏他的心肝宝贝似的。

"我必须要，我告诉你，非要不可！"

"那你还不如杀了我！"伊萨克·哈卡布特吼叫道。

这时，塞尔瓦达克觉得该出面商量了。

"亲爱的教授，"他笑着说，"让我像刚才那样来处理这件事吧。"

"啊，总督大人，"伊萨克哭丧着脸说，"您得为我做主，您得为我的财产负责！"

"别说了，伊萨克老板。"塞尔瓦达克上尉回答道。随后，他便转向帕米兰·罗塞特说："您是需要一些五法郎的钱币做称量用吗？"

"是呀，"教授回答道，"先得要四十枚！"

"二百法郎！"伊萨克嗫嚅道。

"另外，"教授又说道，"还要十枚两法郎的和二十枚五十生丁的！"

"三十法郎！"伊萨克声音发颤地说。

"一共两百三十法郎？"上尉问。

"是的，两百三十法郎。"帕米兰·罗塞特回答道。

"好的。"塞尔瓦达克上尉说。

于是，他又转身问蒂马塞夫伯爵道："伯爵先生，您还有什么可以作为抵押给伊萨克，以保证我向他举的债得以偿还？"

"我的钱您可以支配，上尉，"蒂马塞夫伯爵回答道，"可是，我身边只带有俄国纸币：卢布……"

"纸币我不要！我不要纸币！"伊萨克大声嚷道，"纸币在加利亚用不上！"

"您是说银币就可以用得上了？"蒂马塞夫伯爵冷冷地回答道。

"伊萨克老板，"塞尔瓦达克上尉说道，"我看您挺可怜，所以一直跟您好说好商量着。但是，别老这么考验我的耐心。不管您愿意不愿意，反正您得给我们拿出两百三十法郎来。知道吗？"

"这是在偷在抢呀！"伊萨克嚷道。

他还想继续耍赖，但本—佐夫有力的大手一把掐住了他的脖子。

"放开他，本—佐夫，"塞尔瓦达克上尉说，"放开他！他会主动拿出来的。"

"想也别想……绝对不行！"

"您说，伊萨克老板，您开个价，要多少利息您才愿意借给我们两百三十法郎？"

"借债！只是借债！"伊萨克立马脸上放光地大声说道。

"是呀，就是一个普通的借贷您要多少利息？"

"啊！总督大人，"伊萨克温和地回答道，"银币是很难弄到的，尤其是今天，在加利亚上，更是罕见的……"

"行了，别那么多废话了……您要多少利息？"上尉说。

"喏，总督大人……"伊萨克回答道，"我觉得应该是十法郎的利息……"

"每天？"

"是呀……当然是每天！"

他话还没说完，蒂马塞夫伯爵便将一些卢布扔在了桌子上。伊萨克立刻抓起来，开始极快地数起来。尽管全都是"纸币"，但是，这种抵押品大概是可以满足最贪婪的人了。

教授需要的法国银币也拿到手了，他心满意足地装进了口袋。对于伊萨克来说，他划算多了，他只是把他的货物以百分之十八的利息放出去。他如果继续以这么高的利息放贷的话，那他在加利亚上比在地球上发财致富都要快得多。

过了一会儿，塞尔瓦达克上尉及其同伴们离开了单桅三角帆船，帕米兰·罗塞特大声说道："先生们，我虽然用掉了两百三十法郎，但我却解决了一公斤重量和尺子的问题！"

第32章　教授和他的学生们玩起了天文数字的游戏

一刻钟之后，"汉莎"号的访客们聚在了公共大厅里，教授最后的那番话就要有其解说了。

按照教授的吩咐，本—佐夫把桌子上放着的所有东西全都拿走了，桌子上已经干干净净。从犹太人哈卡布特那儿借来的银币，根据价值放在了桌子上，有两摞二十枚五法郎的，一摞十枚两法郎的，和一摞二十枚五十生丁的。

"先生们，"教授满意地说道，"既然各位在两个星球发生碰撞时，没有想到从地球上带一把尺子和一公斤重的物体来，那我们就用这两样东西来代替，以计算我的星球的引力、质量和密度。"

这句开场白有点过长，但是，任何一位对自己信心满满并能让他的听众们注意力集中的演讲者都会这么讲。无论是塞尔瓦达克上尉，还是蒂马塞夫伯爵和普罗科普二副，都没有对帕米兰·罗塞特的开场白表示不满。他们已经习惯了他那急躁的脾气。

"先生们，"教授接着说道，"首先，我深信这些不同的银币几乎是崭新的，既没有被这个犹太人用过，也没有被他弄坏过。它们正是我所需要的那种完好无损、干干净净的银币，足可以保证我的计算能够达到所希望的精确程度。那么首先，我要用它们来精确无误地获知地球上的一米的长度。"

赫克托尔·塞尔瓦达克和他的同伴们还没等教授说完，就已经明白他的想法了。至于本—佐夫，他看帕米兰·罗塞特就像是在蒙马尔特大篷里看魔术师准备变魔术似的。

现在来看一看教授准备要做的第一个实验。这是他在听到伊萨克·哈卡布特抽屉里的银币发出响声之后，突然冒出的灵感。

大家知道，法国钱币是十进制的，从一生丁到一百法郎均皆如此，其中：一、二、五、十生丁是铜质的；二十、五十生丁和一、二、五法郎是银质的；五、十、二十、五十和一百法郎是金质的[1]。

帕米兰·罗塞特教授首先强调的是，法郎在铸造时不准有任何误差，它们的直径是由法律严格规定的，铸造时也不得有误差。就拿银质的五法郎、两法郎和五十生丁来说吧，五法郎的直径是三十七毫米，两法郎的直径是二十七毫米，五十生丁的是十八毫米。因此，只需将一定数量的不同价值的这些银币连接在一起，不就能得到地球上一千毫米的精确长度了吗？

---

[1]　五法郎面值有银质的，也有金质的

这么做是可行的，教授知道这毫无问题，因此，他便从他拿来的二十枚五法郎中取出十枚，又从两法郎中取出十枚，再从五十生丁中取出二十枚。教授飞快地拿出一张纸在上面列好了算式，然后将那张纸递给他的听众们：

直径为三十七毫米的十枚五法郎 = 三百七十毫米

直径为二十七毫米的十枚两法郎 = 二百七十毫米

直径为十八毫米的二十枚五十生丁 = 三百六十毫米

共计：一千毫米 = 一米

"太棒了，亲爱的老师，"赫克托尔·塞尔瓦达克说，"现在，我们只需将这四十枚钱币彼此连接在一起，让其中心点整齐划一，就得到了精确的地球上的一米的长度了。"

"真了不起！"本—佐夫大声嚷道，"当学者真好！"

"这有何难，不值得夸奖！"帕米兰·罗塞特耸了耸肩说。随即，他便将十枚五法郎放在桌子上，一枚接一枚贴紧，让它们的中心连成一条直线，然后又排列好十枚两法郎和二十枚五十生丁。最后在桌子上标记出排成直线的钱币的两个端点。

"先生们，"教授说道，"这就是地球上一米的长度。"

操作极为精确地弄完了。教授用圆规将这条一米线分成十等份，每份即一分米长。一条长木条被截成了一米长，并按照等分标上了刻度，然后伯爵便将已做成了尺子的木条交给了"多布里纳"号的技师。

技师是个心灵手巧的人，他早就收集了火山的各种物质的岩石，只需将它切削成一立方分米的石块就可以了。

尺子的问题算是解决了。现在得找到一个一公斤重的物体才行。这个问题更好解决。

老实说，法国钱币不仅直径十分精确，重量也毫厘不差。

就拿五法郎的银币来说，它正好是二十五克，分毫无误。只要将四十枚五法郎银币放在一起，就是一公斤的重量。

塞尔瓦达克上尉及其同伴们刚弄明白这一点。

"嗯，嗯，"本—佐夫说道，"我总算明白了，做这种事，光是有学问不行，还得……"

"还得什么？"赫克托尔·塞尔瓦达克问他道。

"还得有钱！"

大家看着本—佐夫的憨样儿都笑了起来。

几个小时之后，那块一立方分米的石块十分精准地打磨好了，技师将它交到了教授的手中。

帕米兰·罗塞特有了一个一公斤重量的物体、一块一立方分米的石块和一个弹簧秤，终于可以计算这颗彗星的引力、质量和密度了。

"先生们，"他说道，"鉴于你们根本就不知道，或者说你们已经忘记了牛顿的那条著名的定律，所以我重新让你们温习一下。根据牛顿的这一定律，引力与质量是成正比的，而与距离的平方则成反比。我请各位不要再忘记这个定律。"

教授就是教授，讲解得细致入微！不过，他的学生们也在专心致志地听讲！

"这儿是一堆四十枚五法郎的银币，"他接着说道，"全都放在这只袋子里了。这堆银币的重量即地球上的一公斤。因此，如果我们是在地球上，那么我把这只袋子挂在弹簧秤的钩子上，指针就会显示出一公斤来。你们清楚了吗？"

帕米兰·罗塞特一边讲解，一边不停地盯着本－佐夫看。在这一点上，他同阿拉戈如出一辙，阿拉戈在讲解时，就总是习惯看着一位他觉得不怎么聪明的人。一旦他觉得这个听众明白了，他就深信自己讲解得十分清楚、到位了。

其实，塞尔瓦达克上尉的这个勤务兵并不是不聪明，只是他知道的东西太少了，不过结果都是一回事。

因此，当本－佐夫似乎明白了之后，教授便继续往下讲。他说道："喏，先生们，这四十枚银币，我将把它们吊在弹簧秤的秤钩上，由于我是在加利亚上称量，所以我们马上就会知道这四十枚银币在加利亚上的重量是多少了。"

那一小袋银币挂在秤钩上了，指针在晃动，随后便停下来，在刻度盘上指示为一百三十三克。

"因此，"教授继续讲述道，"地球上称出的一公斤在加利亚上只有一百三十三克，也就是说，是地球上的七分之一重。明白了吗？"

本－佐夫点了点头，表示明白了，教授便接着讲下去。

"现在，你们该明白了，我刚才用一个弹簧秤称出的重量与普通的天平称出来的重量相去甚远。事实上，我把那些法郎银币放在天平的一个盘子里，而将一公斤重的物体放在另一个盘子里，那么两只盘子就保持平衡了，因为二者的重量都在减轻，而且是同步减轻的。明白了吗？"

"连我都听明白了。"本－佐夫回答道。

"如果，"教授继续解说道，"这个重量是地球上的七分之一的话，我们就可以得出结论：加利亚的重力只是地球上的七分之一。"

"精辟！"塞尔瓦达克上尉说，"这个问题算是解决了。那么，教授，我们现在就来解决质量的问题吧。"

"不，先来解决密度问题。"帕米兰·罗塞特回答说。

"的确，"普罗科普二副说道，"我们已经知晓了加利亚的体积，我们又将搞清楚它的密度，那么质量的数据自然而然就得出来了。"

二副的推论是正确的，现在只要对加利亚的密度进行计算就行了。教授正在这么做。他拿起从火山上切削出来的那块正好是一立方分米的岩石。

"先生们，"他说道，"这块岩石不知是什么样的物质构成的，你们在环游加利亚时，在它的表面随处可见。我的彗星正是由这种物质构成的。无论是海岸、火山，还是陆地，在北方和在南方，似乎全都是由这种矿物质构成，只是你们的地质知识几乎一点也没有，所以你们就无法知晓它是什么名称了。"

"是呀，但我们很想知道这是一种什么物质。"赫克托尔·塞尔瓦达克说。

"因此，我觉得，"帕米兰·罗塞特接着说道，"我有权利论证说，加利亚完完全全而且独一无二的是由这种物质构成的，即使它的地底深处也是如此。而这块一立方分米的岩石就是属于这种物质。它在地球上的重量会是多少呢？用它在加利亚的重量乘以七，便是它在地球上的重量了。因为，我再重复一遍，彗星上的引力为地球引力的七分之一。您听明白了吗？您干吗瞪着那么大的眼睛呀？"

教授那最后一句话是冲着本—佐夫说的。

"没听懂……"本—佐夫嗫嚅着说。

"那我就没办法了，我总不能浪费宝贵时间让您听懂吧？这些先生们都听明白了，这就行了。"

"哼，真能装大！"本—佐夫嘟囔着说。

"那我们就来称一称这块石头吧，就像是把彗星挂在秤钩上称了。"

石块在秤钩上挂好了，指针指在一千四百三十克的数字上。

"一千四百三十克乘以七，"帕米兰·罗塞特大声地说道，"差不多就是十公斤。地球的密度大约是五，加利亚的密度便是十，那么加利亚的密度就是地球密度的两倍！加利亚的密度要不是有这样大的话，其表面重力就不会是地球的七分之一，而是十五分之一了！"

教授在说这番话时，脸上显露出骄傲的神色。如果说地球在体积上远远超过彗星，那么他的这颗彗星在密度方面却远胜于地球的密度，但是，他真的不想将二者互相掉个个儿。

现在，加利亚的直径、周长、面积、体积、密度和引力，全都清楚了，只剩下解决其质量——换言之，即其重量是多少的问题了。

这种计算一下子就弄完了。既然已经知道了一立方分米的加利亚物质在地球上的重量是十公斤，其实也就是知道了加利亚密度，而加利亚的体积是两亿一千一百四十三万三千四百六十立方千米……用这一数字乘以十便是地球上以公斤为单位的加利亚的质量或重量了。

因此它要比地球的重量少五千八百七十三万八千八百五十六亿亿公斤。

"那么地球到底有多重呢？"本－佐夫问道，他真的是被这些数十亿的百万倍的数字给弄得晕头转向了。

"我先问你，你知道十亿有多少吗？"塞尔瓦达克上尉笑着问本－佐夫。

"不清楚，上尉。"

"那好，你得知道，自耶稣基督诞生那天到现在，连十亿分钟还不到，如果你欠人家十亿法郎的话，你就是从那个时候起，每分钟还人家一个法郎的话，你现在都还没有还完呢！"

"一分钟还一法郎！"本－佐夫嚷嚷道，"那我不到一刻钟就一分钱都没有了！——还是说说地球到底有多重吧？"

"五千八百七十五万亿亿公斤，"普罗科普二副说，"总共是二十五位数。"

"那月亮呢？"

"七十二万亿亿公斤。"

"只有这么点呀！"本－佐夫说，"那太阳呢？"

"两百万亿亿亿公斤，"教授回答道，"共三十一位数字。"

帕米兰·罗塞特斜着眼睛看了本－佐夫一下。

"这么说，"塞尔瓦达克上尉总结道，"加利亚上的所有物体重量都只是地球上的七分之一？"

"是的，"教授回答道，"因此，我们肌肉的力量也增加了六倍。一个市场上干活的壮汉在地球上能扛一百公斤的东西，那么，到了加利亚，他就能扛七百公斤的东西了。"

"啊，怪不得我们能一下子蹦七倍高！"本－佐夫说。

"那是当然的，"普罗科普二副回答道，"要是加利亚的质量再小点的话，您还能蹦得更高！"

"甚至可以蹦到蒙马尔特高地上去了！"教授眨巴着眼睛说道，故意让本－佐夫恼火。

"那么，在其他的那些星球上，它们的引力又有多大呢？"塞尔瓦达克上尉问道。

"怎么？您连这个都忘了！"教授斥责道，"不过，您一直都是一个差生！"

"这我承认，我真的感到汗颜！"塞尔瓦达克上尉回答道。

"喏！假设地球的引力为一的话，那么月球上的引力就是零点一六，在木星上是二点四五，在火星上是零点五，在水星上是一点一五，在金星上是零点九二（几乎与地球上一样），在太阳上是二十八，也就是说，地球上的一公斤，到了太阳上就成了二十八公斤了！"

"因此，"普罗科普二副说，"在太阳上，如果有一个像我们一样的人存在的话，万一摔了一跤，想爬起来就相当困难了，而且一发炮弹发射出去也顶多打到几十米的地方而已。"

"那可是胆小鬼打仗的好去处！"本－佐夫说。

"不，不，不！"塞尔瓦达克上尉反驳道，"因为他太沉了，想逃跑也跑不掉！"

"这么说，"本－佐夫说道，"既然我们很强壮，跳得又高，可我却感到很遗憾，为什么加利亚不比现在再小一点呢！不过，要缩小可能也真的不容易！"

他的这个想法极大地刺激了帕米兰·罗塞特的自尊心，他可是加利亚的主人呀！因此，他训斥本－佐夫说："你们都看到了吧！这个蠢货的脑袋是不是已经变轻了！这可得当心呀，说不定哪天一刮风，他的脑袋就被吹走了呢！"

"是吗？"本－佐夫说，"那我可得用两只手紧紧地抱住脑袋！"帕米兰·罗塞特见自己同这个顽固不化的本－佐夫要贫嘴，占不了上风，正要抽身，塞尔瓦达克上尉却用手挡住了他。

"对不起，亲爱的教授，"他说道，"我还有最后一个问题，您是否知道构成加利亚的那种物质是什么？"

"也许知道点儿！"帕米兰·罗塞特回答道，"这种物质的性质——它的密度是十……我敢肯定……啊！如果是这样的话，我就可以拿这个本－佐夫开开心了！谁让他老是拿他的蒙马尔特高地同我的彗星比呢！"

"您敢肯定的是什么？"塞尔瓦达克上尉问道。

"我敢肯定，"教授一字一顿地说，"这种物质是一种碲……"

"哼，一种碲……"本－佐夫不屑地说。

"一种碲化金，地球上常可见到这种碲化物，如果其中碲占百分之七十，我估计，金就占到百分之三十！"

"金占百分之三十！"塞尔瓦达克惊叫道。

"这两种物质加在一起，正好是加利亚的密度！"

"那不成了一个黄金彗星了嘛！"塞尔瓦达克上尉重复道。

"颇负盛名的莫佩尔蒂[1]认为这是很有可能的，加利亚就是一个很好的例证！"

"这么说，"蒂马塞夫伯爵说道，"如果加利亚落到地球上，那么它将改变所有货币的状况，因为现在地球上只有二百九十四亿的金币在流通！"

"没错，"帕米兰·罗塞特回答道，"因为这个将我们带往太空的碲化金大石块按地球上的重量将重达两千一百一十四个一百亿亿公斤以上，将近地球上的七十一个一百亿亿的黄金。按每公斤黄金价格三千五百法郎计算，那就是两百四十六亿亿法郎——数字多达二十四位。"

"到了那一天，"赫克托尔·塞尔瓦达克说，"黄金价格一落千丈，一钱不值了，那它就成了'破铜烂铁'了！"

教授没有听见塞尔瓦达克上尉说的话。他在做了最后的那个回答之后，便气宇轩昂地走了出去，回到他的观测台去了。

"我弄不明白，"本—佐夫说，"这个脾气暴躁的学者刚才像变戏法似的做的那些演算有什么用呀？"

"什么用都没有！"塞尔瓦达克上尉回答说，"这是他的兴趣使然！"

第33章　木星将成为加利亚的最大干扰者

的确，帕米兰只是"为科学而科学"。他熟悉有关加利亚的星历表、它在宇宙空间的运行轨道及它围绕太阳公转的周期。至于其他的，如它的质量、密度、引力，它所含的金属，他只不过是对此感兴趣而已。而其他人最想弄清楚的是加利亚什么时候再与地球相遇。

我们就让这位教授去研究他的纯科学吧。

第二天是 8 月 1 日，或者用帕米兰·罗塞特的说法，就是加利亚历的 4 月 63 日。这个月里，加利亚将要运行一千六百万法里，距离太阳一亿九千七百万法里。它还得在轨道上运行八千一百万法里，才能于 1 月 15 日到达远日点。从这个卒开始，它将渐渐返回，靠近太阳。

---

[1]　莫佩尔蒂，法国数学家、学者、随笔作者。

加利亚在朝着一个美丽的空间运行着，还没有任何一个人能这么近地观赏它！

没错，教授不再离开他的观测站不是不无道理的！除他而外，从来还没有任何一位天文学家能用肉眼饱览这奇妙的美景！加利亚的夜空真的是美轮美奂！一丝风也没有，一点雾气也不见，没有任何东西能打破这宁静的夜空！苍穹这本"书"就在那儿敞开着，清晰可见，一目了然！

加利亚往前运行的那个灿烂世界，就是木星的世界，是太阳强大引力控制着的行星中最大的星球。自地球与加利亚相撞以来，已经过去七个月了，加利亚在急速地朝着那颗向它迎来的美丽的木星运行着。到 8 月 1 日为止，这两颗星球相互间的距离只有六千一百万法里了，而到了 11 月 1 日，这个距离将更小。

加利亚靠近木星时会不会有危险呢？它如此贴近木星难道不会造成严重后果吗？木星的质量比加利亚大得多，它的引力会不会对后者产生灾难性后果？当然，教授在计算加利亚的公转周期时，对木星，甚至对土星和火星都做了精确的计算。但是，如果他的计算有误呢？如果他的彗星运行速度比他预想的要延缓得多呢？再假如木星这个捕获彗星的能手会不会……

正如普罗科普二副所说，如果教授的计算出现错误的话，加利亚的危险就大得不得了啦！其危险大致有四种：

一、加利亚无可奈何地被木星吸走，它将掉在木星上面，摔个粉碎。

二、仅仅被木星捕捉去，成为其卫星，或者其卫星的卫星。

三、加利亚偏离自己的轨道，循着一条新轨道运行，无法返回黄道。

四、被木星影响而放慢速度（哪怕慢得很少），它也会比地球晚到黄道，无法与地球相会。

大家将会发现，这四种危险中，哪怕只出现一种，加利亚人就丧失了返回地球母亲怀抱的机会了。

现在，必须明白，在这四种可能出现的危险中，帕米兰·罗塞特最担心的是其中的两种。如果加利亚成为木星的卫星或者木星卫星的卫星，这位胆大的天文学家就觉得很不妙了；但是，如果与地球相会的机会错过了，它继续围绕着太阳运转，或者，离开太阳系,跑到似乎所有可见的星球都在其中的银河系去游荡,他认为这是最好的了。他的同伴们忧心忡忡，一心想着返回地球，因为那儿有他们的家人、朋友，这是可以理解的。但是，帕米兰·罗塞特没有家人，也没有什么朋友，因为他从来就没有时间去组织家庭，结交朋友。再者说，他的脾气怪得吓人，有谁愿意嫁给他，有谁愿意与他交朋友？因此，既然他获得了这么一个被带到一颗新的星球上来的机会，他怎么也不愿意离开这里了。

一个月的时间就这么在加利亚人的担忧和帕米兰·罗塞特的期盼中过去了。9月1日，加利亚与木星的距离只有三千八百万法里了，这正是地球与它的引力中心太阳之间的距离。到了15日，这个距离缩短到了只有两千六百万法里。木星在天穹中越来越大，加利亚似乎被它吸引着前进，仿佛在木星的影响之下，它从椭圆形轨道转而垂直坠落的状况之中。

木星确实是一颗很大的行星，它很有可能会干扰加利亚！它是一块绊脚石，非常危险！根据牛顿的定律，我们知道，物体间的引力同其质量是成正比的，而同它们之间的距离则成反比。木星的质量非常之大，加利亚从它身边运行而过的话，其距离相对而言是很小的！

这颗巨大的行星的直径长达三万五千七百九十法里，是地球直径的十一倍，它的周长达十二万零四百四十法里。它的体积是地球的一千四百一十四倍，也就是说，得有一千四百一十四个地球加在一起才和它一样大。它的质量是地球质量的三百三十八倍，换句话说，它的重量也是地球的三百三十八倍，将近两个十的四十八次方公斤，数字高达二十八位。根据其质量和体积计算的平均密度还不到地球密度的四分之一，仅仅比水的密度超出三分之一。据此看来，这颗巨大的星球也许呈液体状态，至少在其表面应该如此。然而，它的质量摆在那儿，不可小觑，是足以干扰加利亚的。

为了完成对木星的物理方面的描述，应该补充一下：木星围绕着太阳的公转周期为地球年的十一年十个月十七天八小时四十二分，它是在一条十二亿一千四百万法里的轨道上以每秒钟十三公里的速度运行的，它自转一圈只需九小时五十五分的时间，因此它的昼夜时间非常短。它在赤道带的每一个点上的移动速度都比地球在赤道带上快二十七倍，致使它的两极的凹陷达九百九十五法里。它的自转轴几乎与其轨道平面垂直。因太阳几乎一成不变地照耀着赤道地区，因此其昼夜的长短相等，四季变化也不明显。最后一点，它所接收到的光和热只有地球表面所接收的光和热的二十五分之一，因为它是沿着一条椭圆形轨道运行的，致使它离太阳最短的距离也有一亿八千八百万法里，而最大距离则高达两亿零七百万法里。

现在得说一说木星的四个"月亮"[1]，它们时而聚集在同一条线上，时而分开，将木星的夜空点缀得美丽无双。

---

[1] 四个"月亮"，这里指木星的4颗卫星。迄今为止，木星拥有已确认的天然卫星67颗，是太阳系内拥有最多卫星系统的行星。其中最大的卫星有4颗，今天统称为"伽利略卫星"，是由伽利略于1610年发现的。

在这四颗卫星中，有一颗在围绕木星运转时，几乎和地球与木星的距离相等。另有一颗卫星则比地球的月亮要小一些。但是，这四颗卫星在公转时其速度远远大于地球月亮的速度。第一颗的一天时间为十八小时二十八分钟；第二颗三天的时间为十三小时十四分钟；第三颗七天的时间为三小时四十三分钟；第四颗十六天的时间是十六小时三十二分钟。最远的那一颗在远离木星四亿零六万五千一百三十法里处运转。

大家知道，人们第一次测定光的速度，便是通过观测木星的这些卫星进行的。此外，这四颗卫星还可以供人们计算地球的经度。

"我们可以将木星比作一块巨大的表，"有一天，普罗科普二副说道，"其四颗卫星就是表针，走得非常准。"

"这块表有点太大了，我上衣口袋里放不下！"本—佐夫回答道。

"我再补充一句，"普罗科普二副说，"我们的表顶多是三根针，而它却有四根针……"

"我们得小心一点，它眼看就会有第五根针了！"塞尔瓦达克上尉想到加利亚面临变成木星卫星的危险，便如此说道。

正如大家所想的，这个每天都在他们眼前变大的世界，是塞尔瓦达克上尉和他的同伴们每日的谈资。他们的目光离不开它，他们除了谈论它，没有别的话题。

有一天，他们谈起了太阳系的这些行星的年龄，普罗科普二副说不清楚，因此他念了弗拉马里翁[1]的《无垠空间叙话》的一段，他看的是俄译本：

"太阳系星球中那些年龄最大、辈分最高的星球当数那些距离太阳最远的行星。海王星位于太阳十一亿法里远处，是第一个走出太阳星云的，那已经是几十亿世纪前的事了。天王星在远离共同的轨道中心七亿法里运转，它也有数百亿世纪的年龄了。行星中的巨人木星距离太阳有一亿九千万法里，也达七千万世纪的高龄了。火星存在有十亿年，它离太阳有五千六百万法里。地球离太阳有三千七百万法里。从太阳的'肚子'里出来已有数亿年了。金星的年龄只有五千万年，它在距离太阳两千六百万法里的地方运行，而水星的年龄更小，只有一千万年，在离太阳一千四百万法里处运行，而月亮则是从地球诞生的。"

这是新的理论，致使塞尔瓦达克上尉进行了思考："无论如何，宁可让加利亚被水星捕捉去，也不能让木星将它掳去。伺候一个不算太老的主人，可能比较容易伺候好！"

9月的下半月，加利亚和木星继续在彼此靠近。这个月的第一天，加利亚便已到

---

[1]　弗拉马里翁（1842～1925），法国天文学家和天体科普作家。他于1887年成立了法国天文协会。

了木星的轨道，下个月的第一天，这两个星球互相间的距离是最短的。用不着担心二者会直接相撞，因为木星和加利亚的轨道平面并未重叠在一起，它们仅仅是微微地互相倾斜着。的确，木星运行的轨道平面与黄道成一度十九分的一个角度，大家都还记得，加利亚的轨道与黄道自相遇以来就已经处于同一个平面上。

在这半个月中，对于一个加利亚人更加认真的观测对象来说，木星简直可以说令人心扉激荡，兴奋异常。它那圆盘在太阳光芒的照射之下，强烈地反射到加利亚上。彗星上的物体显得格外光鲜亮丽。连奈丽娜接收的太阳光芒，在夜晚也能够隐约看得到。

帕米兰·罗塞特始终待在他的观测站里，望远镜一直对准着木星这颗奇妙的星球，似乎要揭开木星世界的最后秘密。这颗行星远离地球一亿五千万法里，地球上的天文学家是无缘见到它的芳容的，而激情澎湃的教授却在一千三百万法里处获此荣幸！

至于太阳，从加利亚围绕它运行的那段距离看去，它只是像一个圆盘而已，视角直径为五分四十六秒。

几天前，当木星和加利亚相距的距离最短时，木星的卫星用肉眼都能看见。大家都知道，如果没有高倍望远镜，是无法从地球上看到木星的这些卫星的。但是，现在加利亚上这些视力极好的幸运儿，无须任何仪器，也看到了木星的卫星。据科学年鉴记载，开普勒的老师莫斯特兰就曾用高倍望远镜观测过它们。关于这位莫斯特兰，弗兰格尔说他是西伯利亚的一个猎人，而天文台台长布雷斯洛却说他是该城的一个裁缝。就算当时那些观测者们都拥有强大的望远镜吧，倘若他们知道有加利亚这样一个得天独厚的地方，那他们肯定会争着抢着到加利亚上来的。假如他们真的在这一时期居住在"热土地"上和"尼娜蜂巢"里的话，他们现在就可以观察到，木星的第一颗卫星呈较强的白色，第二颗卫星有点泛蓝，第三颗洁白无瑕，第四颗时而橘黄时而淡红。必须再补充一句，在这个距离下，木星似乎无丝毫的闪烁不定。

如果说帕米兰·罗塞特极其淡定地在继续观测着木星的话，那么他的同伴们却一直在担心加利亚会被木星掳走，掉落到木星上。然而，时间一天天过去，这种担心纯属多余。难道除了已经考虑到的那些影响外，木星真的不会对加利亚产生别的影响吗？如果不用担心垂直掉落的话，那么，由于彗星最初所获得的动力。完全有能力抗拒木星的种种干扰，从而使之在两年内得以完成它围绕太阳运行的公转！

想必这就是帕米兰·罗塞特观测的情况，但是，想要从他的口中掏出他观测的结果，恐怕是办不到的。

有时候，塞尔瓦达克上尉和他的同伴们会聊聊这些事。

"呵！"塞尔瓦达克上尉说，"如果加利亚的公转周期改变了，如果加利亚运行放慢了，那么，我以前的这位老师可能会高兴得不得了。他会异常开心地狠狠嘲弄我们一番，我们则无须直接去请教他，看看他那副得意劲儿就知道个八九不离十了！"

"但愿上帝保佑，"蒂马塞夫伯爵说，"他最初的计算千万可别出差错！"

"他，帕米兰·罗塞特，会出错？"上尉反驳道，"我觉得这似乎不可能。他毕竟是一位顶级的观测者，这不能不信。我相信他最初关于加利亚公转问题的那些计算是精确无误的，即使他肯定地说我们得放弃一切返回地球的希望。我对他第二次的计算也深信不疑。"

"喏，上尉，"本－佐夫插言道，"我可不可以告诉您我所疑惑的是什么？"

"那你告诉我们你犯愁的是什么，本－佐夫？"

"您的那位学者将他所有的时间都花在了观测台上，是不是？"勤务兵本－佐夫一脸愁容地说道。

"是呀，的确如此。"赫克托尔·塞尔瓦达克回答道。

"他没日没夜地总在用他那该死的望远镜对着那个想要吞噬我们的木星先生，是不是？"本－佐夫又问道。

"是呀。怎么啦？"

"您难道不觉得，您的这位老师总拿着那该死的望远镜对着那颗星球，难道这不会将它渐渐引过来吗？"

"啊，这个嘛，不可能！"塞尔瓦达克上尉哈哈大笑着说。

"好，那就算了，上尉，不说了！"本－佐夫一副心神不定的样子摇着头说，"我对此似乎没您那么笃定，我只忍耐四天……"

"你要干吗？"赫克托尔·塞尔瓦达克问道。

"把他那个该死的仪器砸了！"

"本－佐夫，你要砸掉望远镜？"

"砸个稀巴烂！"

"你敢，你试试看，我非把你吊起来不可！"

"哦？把我吊起来？"

"难道我不是加利亚的总督吗？"

"是的，上尉！"正直的本－佐夫回答道。

实际上，如果他需要受到惩处，他会自己往脖子上套上绳索的，决不会等着"总督大人"亲自去处理他的生死问题！

10 月 1 日，木星与加利亚之间的距离只有一千八百万法里了。木星与彗星的距离仍比月亮离地球远，最远的时候是月亮与地球的距离的一百八十倍。我们知道，如果木星与彗星的距离缩小到地球和月亮之间的距离那么远，那么木星的直径就达到月亮直径的三十四倍，加利亚人所看到的木星就会比地球上的人看到的月亮大一千二百倍，那它真的是奇大无比了。

大家能清晰地看到木星上那些与赤道平行的色彩各异的色带。这些色带在北半球和南半球是浅灰色的，而在两极则变得明暗相互变换，让木星的边缘显得更加明亮。在这条贯穿木星的色带上，一些斑点清晰可见，大小不同，形状各异。

这些色带和斑点是不是木星的大气干扰所致？这些斑点的存在，它们的性质和移动是不是因为水气聚集，形成云雾，在天空中飘动所导致的呢？因为木星的这种气流，颇似信风，移动的方向正好同木星的自转方向相反。帕米兰·罗塞特对这一问题也同他的地球上的同行们一样无法定论。如果他回到地球上的话，他会因无法解释这个木星世界的最有趣的问题之一而难以释怀。

在 10 月份的第二个星期，忧虑总在折磨着人们。加利亚正以极快的速度奔向那个危险的地点。蒂马塞夫伯爵和塞尔瓦达克上尉通常都能沉得住气，彼此都不露声色，但是，他俩还是感到这个共同的灾难迫在眉睫了。他俩在不停地交换意见。有的时候，当他俩看到希望将要破灭，返回地球无望时，他们便任由思绪奔腾，以猜测这个太阳世界，甚至那银河系将会给他们带来什么样的未来。他们已经预先想好，听天由命就是。他们想象着自己会进入一个新的人类世界，接受那种宽阔的哲学，这种哲学摒斥着地球人的狭窄观念，而在拥抱人类居住的整个宇宙。

然而，说到底，当他们清醒过来之后，他们感到他们不能放弃希望，他们不会放弃返回地球，只要加利亚天空中的群星仍在闪烁，他们还能看到地球就行。再说了，如果他们躲过了木星靠近加利亚而造成的危险的话——普罗科普二副就经常重复他的这一观点，加利亚就没什么可以害怕的了，无论是离得非常远的土星，还是它返回到太阳附近时可能会遇上的火星，都无所畏惧了。因此，他们都希望早日能够像纪尧姆泰尔 [1] 那样"越过那致命的通道！"

10 月 15 日，如果没有新的意外，两星球将要达到最近的距离，只有一千三百万法里。届时，或者是木星的引力将加利亚带走，或者加利亚继续沿着它的轨道毫不迟缓地运行……

加利亚顺利地穿过了那个通道。

---

[1] 纪尧姆泰尔，瑞士神射运动的传奇英雄，出生于 13 世纪末。

第二天，大家看到帕米兰·罗塞特那张气坏了的脸，就知道是怎么回事了。如果说他作为计算者是毫无差错的，但是作为一个寻求冒险的人，他却没能如意！他原本应该是天文学家中最得意的人，可是，他却成了加利亚人中最不幸的人！

第34章　伊萨克在加利亚上做生意

"哈哈，我看我们已经逃过一劫了！"当教授看到所有的危险已经不复存在感到异常失落时，塞尔瓦达克上尉高兴地大声喊道。

然后，他便冲着同他一样欢欣鼓舞的同伴们说道："我们这是在做什么呢？只是一次简单的太阳系旅行，一次两年的旅行而已！要是在地球上的话，旅行时间可能会更长！因此，到目前为止，我们没有什么可抱怨的，因为从今往后，一切都会一帆风顺的，用不了十五个月，我们就返回地球了。"

"又能看到蒙马尔特了！"本－佐夫高兴地说道。

其实，加利亚能够躲过这次碰撞，如同一个水手所说，真是太幸运了。因为彗星在木星的作用下，只要延迟一个小时到达与地球会合的地点，地球那时便跑到十万法里以外去了。要多长时间，它俩才会再次相遇？也许是几百年，也许是几千年。另外，如果加利亚受到木星的干扰，从而改变了其运行轨道或轨道形态的话，它就有可能从此逃出太阳系，跑到外太空去了。

11月1日，加利亚与木星之间距离达到一千七百万法里。再过两个月，它就会从远日点，也就是离太阳最远的地点，开始转向靠近太阳的回程了。

这时候，太阳的光度和热度似乎都大大地减弱了。它照射这颗彗星表面的物体仅有半天而已，从太阳上获得的光度和热度只有地球上的二十五分之一了。但加利亚仍在太阳的引力下运行，用不多久，大家就要返回到这个温度可达到五百万度以上的太阳身边了，因为加利亚即将开始向着太阳靠近。这一美好的远景让加利亚人精神振奋。

伊萨克·哈卡布特情况如何？这个自私自利的人是否知道塞尔瓦达克上尉及其同伴们在这两个月里是怎么熬过来的？

不，他当然不会知道。伊萨克·哈卡布特自从那笔生意大捞了一把之后，就没有离开过"汉莎"号。在教授的演算做完之后的第二天，本－佐夫便赶忙将银币和秤还给了他。租金和利息已经交到吝啬鬼的手里了。随后，他也将作为押金的俄国纸币还给了本－佐夫，因此，他与"尼娜蜂巢"的居民们之间的关系便断了。

与此同时，本－佐夫告诉他，加利亚这片土地全是上等的黄金构成的，但确实也没任何价值，即使蕴藏的黄金极其丰富，一旦他返回地球，也无法将黄金质的加利亚搬到地球上去。

　　伊萨克·哈卡布特当然认为本－佐夫是在嘲弄他。他对这些故事根本就不相信，但他却朝思暮想着如何搜刮加利亚人的钱财。

　　"这真是怪事。"有时候，本－佐夫会这么说，"好像大家对见不到伊萨克已经习惯了！"

　　可是，这一回，伊萨克想要与加利亚人交往了。这是利益驱使他这么做的。一方面，他的存货已经开始变质；另一方面，他觉得必须赶在加利亚返回地球之前将他的货物换成钱。确实，他的这些货物回到地球之后就不值什么钱了。而在加利亚，那可就是另一回事了，这些货他可以卖出很高的价钱，因为这些货物既稀少又急需。这一点伊萨克心知肚明，大家早晚肯定会去找他买的。

　　确实，这个时候，岩洞中贮藏的急需生活用品——油、咖啡、烟草等，即将告罄。本－佐夫已将这一情况报告了上尉。塞尔瓦达克上尉一直信守着与伊萨克·哈卡布特交往的行为准则，决定征用"汉莎"号上的货物。当然，以现金支付。

　　这种卖主与买主一致的想法，使得伊萨克重新恢复甚至是建立起同"热土地"上居民们的关系。由于用高价在出售自己的货物，伊萨克·哈卡布特便急切地希望尽早将这群人的所有黄金白银弄到手。

　　"只是，"伊萨克在他那狭小的舱房里寻思着，"我的这些存货那么多，可他们手中的银币却很少。要是我将他们的钱全都收进我的保险箱里之后，我剩下的货物他们还怎么买呀？"

　　这种可能性不禁让这个贪婪之人惴惴不安。不过，他又及时地想到自己不仅是个商人，也是一个放贷者，或者说得更明白些，一个放高利贷者。他难道就无法继续在加利亚上做这种在地球上他干得顺风顺水的、一本万利的买卖了吗？这笔交易让他心里痒痒。

　　于是，伊萨克·哈卡布特渐渐想明白了，他自言自语道："当这群人钱用光了的时候，我却仍有一些货物，而且这些货物全部稀缺，我可以高价出售。我用不着害怕，可以让他们打借条，待返回地球时作为凭证！哈哈！哈哈！在加利亚上写下的这些借条，到地球上仍然有用！如果到时候他们支付不起，赖账的话，我就上法庭去起诉他们，法庭会支持我的。上帝也不会禁止别人发财的。再说了，塞尔瓦达克上尉特别是蒂马塞夫伯爵——我觉得这位伯爵尤其是不会赖账的——他俩不会在乎利息的多少。啊，借给这种人一些钱，到了地球上，他们准会还钱的，用不着担心！"

伊萨克不期然地在仿效高卢人从前的做法。所不同的是，高卢人借别人的钱要等到下辈子才还。伊萨克，他要他的欠债人到地球上去还。回到地球上情况就不同了，用不了十五个月，幸运就可能倒向他，而霉运却给了欠债者。

总而言之，如同地球和加利亚必然要彼此相向而行，伊萨克要向塞尔瓦达克上尉迈一步，而塞尔瓦达克也会向他迈一步。

11 月 15 日，会面在"汉莎"号的舱房里进行。谨慎行事的商人在故意装出不愿出手的样子，因为他知道对方会前来求他。

"伊萨克老板，"塞尔瓦达克没有任何开场白，单刀直入地说道，"我们需要咖啡、烟草、油和其他日常用品，这是你的'汉莎'号上贮存着的。明天，我和本—佐夫就前来购买我们所需要的这些东西。"

"天哪！"伊萨克惊呼道。这种惊呼总是脱口而出，不管它合适不合适。

"我说过，"塞尔瓦达克上尉说，"我们是来买的，您听明白了吗？说到买，我想就是以一个合适的价格购买一种商品。因此，您也就别唉声叹气的了。"

"啊，总督大人，"伊萨克回答道，他那副腔调可怜兮兮的，像是在乞讨似的声音发颤，"我听见了！我知道您是不会让人抢掠一个濒临破产的不幸商人的！"

"您破不了产的，伊萨克，我再跟您说一遍，我们买多少就付您多少钱。"

"您是……用现金付款吗？"

"对，现金。"

"您是知道，总督大人，"伊萨克又说道，"我是不可能赊账的……"

塞尔瓦达克上尉由他去说，他按照自己的习惯，对伊萨克进行着研究。伊萨克就越说越来劲儿了。

"我觉得……对……我在想……'热土地'上有不少可尊敬的人……我的意思是说很讲信用的人……蒂马塞夫伯爵啦……您本人，总督大人啦……"

塞尔瓦达克有这么一会儿真想狠狠地踹他一脚。

"不过，您也明白……"伊萨克假惺惺地说，"如果我让一个人赊账……那我就非常尴尬……就得也赊给别人。这么做会出现不愉快的场面……所以我觉得最好是……对谁都不赊账。"

"我也是这个意思。"塞尔瓦达克回答道。

"噢！"伊萨克说，"我非常高兴总督大人能同我的看法一致。做生意嘛，就得这么做。我斗胆地问一句总督大人，用什么货币付账？"

"金币、银币、铜币付账，如果它们全都用完了，就用银行发行的纸币……"

"纸币！"伊萨克·哈卡布特惊讶地大声嚷道，"纸币是我最担心的！"

"难道您连法国银行、英国银行和俄国银行都不相信吗？"

"啊，总督大人……只有金币和银币……是货真价实的！"

"我不是跟您说了，伊萨克老板，"塞尔瓦达克上尉装着非常和蔼可亲的样子说道，"我们先付您金币和银币来买您的东西。"

"金币……金币……"伊萨克激动地大声说，"那才是最好的钱呀！"

"没错，特别是金币，伊萨克老板，因为在加利亚，恰恰有着大量的金币：俄国金币、英国金币、法国金币。"

"啊，漂亮的金币啊！"伊萨克低声赞叹道，他那副贪婪样儿让他把全世界通行的"金币"名称全数出来了！

塞尔瓦达克上尉准备走了，他说："那就这么办吧，伊萨克老板，明天见。"

伊萨克·哈卡布特向他走过去。

"总督大人，"他说道，"请允许我再请教您一个问题，好吗？"

"您说。"

"对我的商品……我可以自由定价，对不？价格嘛，得符合我的要求，是吧？"

"伊萨克老板，"塞尔瓦达克上尉不紧不慢地回答道，"我倒是有权给您定一个最高价，但是，我不喜欢对别人采取强迫的手段。您可以按照欧洲市场的通常行情定价，别的您就别多说了。"

"天哪，总督大人！"伊萨克像是被人掏了心肝似的哭嚷道，"您这不是在剥夺我的合法权益吗……这可是违反所有商业规则的呀……我有权利在市场上定价，因为我掌握着我的全部商品！照正当的法律行事，您不可对此表示反对，总督大人……您这完全是在打劫我的财物！"

"就得按欧洲的价格！"塞尔瓦达克上尉干脆地说道。

"这本来是一次很好的机会……"

"我就是要阻止您这么干！"

"这种机会永远不会出现了……"

"您这是想要对您的同胞抽筋剥皮呀，伊萨克老板。哼，您的这种做法，让人非常气愤……可您别忘了，为了共同的利益，我有权征用您的货物……"

"在上帝面前，征用我合法的财物？"

"是的……伊萨克老板……"上尉回答道，"我犯不着浪费时间再跟您解释这么一个简单的道理！您必须照我说的办，按正常行情行事，否则我将采取强硬手段。"

伊萨克·哈卡布特正要再次装出可怜相来，但是，塞尔瓦达克上尉干脆甩给他最后一句话，便走出去了："按欧洲的价格，伊萨克老板，欧洲价格！"

上尉走后，伊萨克一直在诅咒总督和加利亚上所有的人，他说这些人像是打家劫舍，竟然给他定什么"最高价"！他在这么骂了一通之后，气消了不少，但心里仍然恨得痒痒，他说道："哼，好啊，这群浑蛋！我就让你们一步，按欧洲价格卖！不过，我仍旧比你们想象的要赚得多得多！"

第二天，11月16日，一大早，塞尔瓦达克上尉想要检查一下对他的命令的执行情况，便带上本－佐夫及两名俄国水手前往单桅三角帆船所停泊的地方，上到船上。

"喂，吝啬鬼，"本－佐夫大声喊道，"怎么样呀，老浑蛋？"

"您是个大好人，本－佐夫先生！"伊萨克回答道。

"我们前来是要同你做一小笔友好的交易，对吧？"

"是的……是的……友好的交易……不过得付钱……"

"按欧洲价格付。"塞尔瓦达克上尉直截了当地说。

"好了……好了！"本－佐夫又说道，"你不用等多久就能拿到钱的！"

"你们需要些什么呀？"伊萨克·哈卡布特问道。

"我们需要咖啡、烟草和糖，每样十公斤，今天就要，"本－佐夫说，"不过，你给我听好了，一定得是上等货，否则我会砸碎你这把老骨头！今天，我是总务长，你别跟我要花招！"

"我原以为您是总督大人的副官呀？"伊萨克说道。

"两样都对，在正式场合，我就是总督大人的副官，而在市场上，我就是总务长。行了，别浪费时间了！"

"您是说，本－佐夫，需要十公斤的咖啡、十公斤的糖和十公斤的烟草，对吧？"

说到这儿，伊萨克·哈卡布特便走出舱房，下到"汉莎"号的船舱，很快便先带着十包法国烟草公司的烟草上来了，包上贴着国家印花税票，每包一公斤。

"这是十公斤的烟草，"伊萨克说道，"每公斤十二法郎，一共一百二十法郎！"

本－佐夫正要按正常价格付款，却突然让塞尔瓦达克上尉给止住了。

"等一会儿，本－佐夫，"上尉说，"得看一看分量对不对。"

"您说得对，上尉。"

"那何必呀？"伊萨克·哈卡布特回答道，"您都看到了，包装原封未动，上面已经标明了重量。"

"那不管，伊萨克老板！"塞尔瓦达克上尉口气强硬，不容反驳。

"行了，老家伙，去把你的秤拿来！"本－佐夫说。

伊萨克拿了秤回来，吊上一包一公斤的烟草。

"天哪！"伊萨克突然惊呼一声。

确实，这还真的是让那老东西吓了一跳。

由于加利亚上的引力很小，秤上的指针标出的重量就只有一百三十三克了。

"喏，伊萨克老板，"塞尔瓦达克上尉仍旧保持着严肃的表情说道，"您看清楚了吧，我让您称一称还是有道理的，是不是？"

"可是，总督大人……"

"您把烟草补足了，凑上一公斤。"

"可是，总督大人……"

"行了，快补上……"本－佐夫喝令道。

"可是，本－佐夫先生……"

可怜巴巴的伊萨克这下傻了眼！他很清楚这种引力减小的现象。他很清楚这帮"异教徒"是想借机敲他一把，让他多给点烟草。唉，要是先用普通的天平秤，就不会出这种事。可是，他并没有天平呀！

伊萨克还想讨好塞尔瓦达克上尉一番，让他手下留情。可是上尉根本不理这个岔儿，面无表情。这事怪不了他和他的同伴们，其实他还是想按原先的一公斤算一公斤。

伊萨克·哈卡布特无可奈何，只好就事论事了。他看见本－佐夫和几个俄国水手在哈哈大笑，真是哑巴吃黄连——有苦说不出。这事可真有趣！把大家给乐坏了！最后，老家伙只好以七公斤作为一公斤，都给补足了，无论是糖还是咖啡，也照此办理了。

"行了，别哼叽了，阿巴贡[1]！"本－佐夫手里拿着秤反复劝说道，"你是不是觉得让我们拿了东西不付钱更好呀？"

交易总算结束了。伊萨克·哈卡布特拿出七十公斤的烟草以及等量的咖啡和糖，但每样货品都只是按十公斤计算的。

正如本－佐夫所说，"这可全都是加利亚的错！伊萨克老板干吗非要到加利亚上来做生意呀？"

可这时候，原本只想捉弄一下伊萨克的塞尔瓦达克上尉，却于心不忍了，他让本－佐夫按地球上的重量付款。这么一来，伊萨克·哈卡布特拿出来的三种货物仍按每样七十公斤计算了。

---

[1] 阿巴贡，法国十七世纪的剧作家莫里哀的名著《悭吝人》中的主人公。

大家也都明白，塞尔瓦达克上尉和他的同伴们也是迫于无奈才这么教训伊萨克的，伊萨克做生意时确实有点太损了。

不管怎么说，大家办完事便离开了"汉莎"号，伊萨克·哈卡布特能听见从远处传来的快乐的本—佐夫唱起的嘹亮军歌：

我爱军歌嘹亮，

我爱军号高昂，

我爱战鼓擂响，

当我听到大炮轰鸣，

我便心花怒放！

第 35 章　加利亚继续在太阳系中漫游

一个月过去了。加利亚带着这群人继续运转着。这确实是个小小的世界，但是，他们直到今天为止，仍未受到人的欲望的影响。只有伊萨克这个可悲的人表现出了贪婪和自私，他是这个小小社会中唯一的一个污点。

不过，不管怎么说，他们也只是把自己视作匆匆的过客，聚在一起做一次漫游太阳系的旅行而已。因此，这些加利亚人觉得待在这颗彗星上应该尽可能地让自己舒适一些。离开地球两年后，这趟漫游太阳系的旅行就结束了，他们的这条"飞船"就将靠近自己昔日的星球。如果教授的计算绝对正确的话——他的计算必须正确无误才行——他们就会离开加利亚，返回地球。

这条"加利亚"号飞船到达地球，到达"它的停泊港"，肯定会遇到种种极其严重的困难，以及确实令人胆寒的危险。不过，这个问题是以后需要解决的，到时候它会不请自来。

蒂马塞夫伯爵、塞尔瓦达克上尉和普罗科普二副差不多都信心满满地觉得，再过一段时间，他们就会与自己的地球同胞相见。因此，他们根本就不关心为将来着想，储存些食物，趁夏季到来，开垦古尔比岛上的那些肥沃的土地，保留一些牲畜，无论是四蹄的还是家禽，以便繁殖。

但也有许多次，他们在聊天时，谈到如果有一天不可能离开加利亚的话，他们就该试图将它改变为可以居住的地方！为了保证这一小群人的生存，有多少计划要付诸实施，有多少活儿要干。但是一个漫长的二十个月的冬季又让他们多么犯难！

1月15日彗星与太阳的距离将要达到最大值，也就是到达远日点。越过远日点之后，它将逐渐增速，向太阳行进。可是，等太阳的热力让海水解冻，让土地肥沃，还得等上九到十个月！只有到了那个时候，"多布里纳"号和"汉莎"号才有可能将加利亚人和动物运到古尔比岛去。加利亚的夏季极其短暂、极其炎热，必须抓紧时间耕种。及时播种，这块土地就有可能在几个月之内生产出草料和粮食，供应大家。收割草料和粮食在冬季到来之前就可以完成。大家在岛上就能过上踏实、健康的生活，仿佛猎人和农民一样。随后，冬季来临，大家又要回到火山岩洞中度过那严酷而漫长的冬季。

是呀，他们是会如此这般地回到他们温暖的住所去的！不过，他们难道就不想去探测一下煤矿，找找容易开采的煤层？难道他们不想在古尔比岛上为自己构建一个更舒适、更符合大家需求的温度适宜的住处吗？

他们当然想。他们至少会尝试一下，以便逃脱这"热土地"的洞穴里的长期封闭的生活。这种生活对大家的精神和肉体都有着损害。只有帕米兰·罗塞特这个只知道摆弄数字的怪人才会感觉不到这种难以忍受的日子！只有他希望永远在加利亚的这种条件下生活！

此外，有一个可怕的可能性始终在威胁着"热土地"的居民们，这便是整个山洞都靠它取暖的那座火山会不会在哪一天突然熄灭？一旦火山停止喷发，"尼娜蜂巢"的居民们能抵御住宇宙空间的寒冷吗？谁能确信太阳将他们所需要的热量送达居住者们所在的彗星上之前，这种情况不会发生？这个问题很严重，并且为了现在，而非未来，众人曾不止一次地讨论过。加利亚人希望能够逃过这一劫，安然无恙地返回地球。

很显然，在他们想要假定的那个遥远的未来，加利亚的命运大概会像宇宙中所有的星球一样。它那球体里的火将会熄灭。它将成为一颗死亡的星球，如同现在的月球和将来的地球一样。不过，目前，这种远景倒并不让加利亚人担心——他们至少是这么认为的——而且他们也打算在它成为一颗无法居住的星球之前离开它。

然而，火山喷发可能随时会停止，正像地球上所有的火山那样，它们甚至可能在加利亚靠近太阳之前熄灭。在这样的情况之下，去哪里寻找为他们供热的这个岩浆？什么样的燃料能够供给他们足够多的热力，使得他们居所的平均气温达到能够抵御零下六十度的寒冷而又不致让他们或死或伤呢？

这就是那个严重的问题。幸好，直到目前为止火山喷发的物质尚无任何改变。火山仍在正常地活动着，而这种状况是个好兆头。因此，在这方面，既用不着担心未来，也无须为现在着急。这就是始终满怀信心的塞尔瓦达克上尉的看法。

12 月 15 日，加利亚运行到离太阳两亿一千六百万法里处，几乎到了他的轨道的中心轴的最远端。它只是按月平均一千一百万到一千二百万法里的速度在运行。

这时，一个新的世界展现在加利亚人面前，特别是帕米兰·罗塞特面前。在从未有人在他之前这么靠近的地方观察过木星之后，罗塞特教授现在正在集中精力观测着土星。

然而，情况并不相同。加利亚与木星边界相距只有一千三百万法里，但与土星的距离则是一亿七千三百万法里。因此，不必为土星的迟缓而担心，这种迟缓与先前的计算并不一样，因此，根本就用不着害怕。

不管怎样，反正帕米兰·罗塞特仍能用望远镜观测土星，仿佛这颗行星在地球上距离他近在咫尺。

现在，没有必要去问教授有关土星的一些详细情况了。昔日的老师已经不再想讲课了。要想让他轻易地离开他的观测站是不可能的，好像他的望远镜白天黑夜全都举在他的眼睛前。

幸好，"多布里纳"号上的图书室里有几本初级的天文学书籍，多亏了普罗科普二副，加利亚人中对天文感兴趣的人得以了解土星的情况。

大家都知道，勤务兵本一佐夫特别希望他的地球永远出现在他眼前。当大家告诉本一佐夫说，如果加利亚远离太阳，在土星运转的那个距离上，他就不可能用肉眼看到地球了。勤务兵一再说道："只要能看见地球，就什么都没有失去，包括蒙马尔特！"

其实，在土星与太阳间隔的那个距离，是不可能看见地球的，即使眼力再好也看不到。

这时候，土星在离加利亚一亿七千五百万法里的空间运行着，而离太阳则是三亿六千四百三十五万法里。在这样的一个距离上，它顶多也只能获得太阳供给地球热量和光度的百分之一而已。

加利亚人手里拿着初级天文学书籍，得知土星围绕太阳公转的周期为地球年二十九年零一百三十七天，在一条二十二亿八千七百五十万法里的轨道上，以每小时八千八百五十八法里的速度运行着，正如本一佐夫所说："总是不算零头的。"土星的圆周为九十三万零八十法里，其面积为四十亿平方公里，它的体积为六千六百六十亿立方公里。总之，土星是地球的七百三十三倍，但还是小于木星。土星自转一圈是十小时二十九分（这也是它一天的时间），因此环绕太阳公转一圈就是两万四千六百三十天，而它的四季，鉴于它的轴与轨道平面有一个很大的夹角，所以它的每一个季节都相当于地球上的七年。

不过，给土星人——如果有土星人的话——带来一些灿烂的夜空的原因是它的那八颗卫星 [1]。这八颗卫星都有一个神话般的名字：米达斯、昂斯拉德、特蒂斯、迪奥娜、雷阿、蒂坦、伊帕里翁、雅佩特。米达斯环绕土星一圈需要二十二个半小时，雅佩特则是七十九天。雅佩特是在距离土星的九十一万法里处围绕它转，米达斯只是在离土星三万四千法里处转动，几乎是月球围绕地球转动的距离的三分之一。尽管太阳的光芒在土星上相对弱一些，但是，土星的这八颗"月亮"的存在，使得土星的夜空灿烂辉煌。

让这颗行星更加美丽多姿的是，它那无法比拟的环绕着它的三圈光环。土星像是被嵌进一个闪亮的框框里了。一个观测者如果正巧待在这个光环下面，而这个光环却是高高地挂在天穹上，在观测者的头顶上高达五千一百六十五法里的地方通过，那他只能看到一条窄窄的光带。赫歇尔曾估计它只有一百法里宽，它仿佛是一条光亮闪闪的细带伸展在宇宙中。但是，如果观测者站在它的这一边或另一边的话，他就能看到三道同心光带在彼此逐渐展开。靠得最近的那一条，发暗呈半透明状，宽有三千一百三十六法里；中间的那一条，宽达七千三百八十八法里，而且比土星本身还要明亮；最外边的那一条，宽三千六百七十八法里，看上去呈浅灰色。

三圈光环就是土星的那个光亮的延伸部分，它围绕土星转动一圈的时间为十小时三十二分钟。这个延伸部分是由什么物质构成的？它为何能经久不衰？这谁也不知道，但造物主之所以让它存在下去，似乎是想告诉世人天体是以什么方式逐渐构成的。确实，土星的这个延伸部分是星云的剩余部分，它在渐渐地聚集起来之后，便聚在了土星上。有一个无法知晓的原因：它很可能是自己凝固起来的。如果它突然碎裂，它将或者呈小块状落在土星上，或者这些碎块给土星提供了一些新的卫星。

不管怎么说，对于住在南北纬 45° 和赤道之间的土星人来说，这三条光环构成了最奇特的现象。忽而，它们在远方地平线上变成一条巨大的拱桥，在顶头被土星在天穹中投射的阴影截断；忽而又完整地出现，呈半个光轮状。最常见的是，土星的这个延伸部分将太阳遮住，它出现的时间非常准确，土星观测爱好者们想必对此是非常高兴的。如果在这种奇特景象之中，再加上这八个月亮的升起、落下，有的呈满月状，有的呈上下弦月状，有些是光亮闪闪的圆盘，有的是弯钩状，那么，土星的天空在夜间呈现的就是无可比拟、美不胜收的美景。

加利亚人无法观看到土星世界的全部美景。它离得太远太远。地球上的天文学家们，

---

[1] 迄今为止，已确定轨道的土星天然卫星有 62 颗，其中 52 颗已被命名，大部分体积都很小。另外还有几百颗已知的"小卫星"，位于土星环内。

举起高倍望远镜观看土星也要比加利亚人看得清楚些。因此，塞尔瓦达克上尉和他的同伴们不是依靠自己的眼睛，而是通过"多布里纳"号上的有关书籍了解土星的。但是，他们并没有抱怨，因为与这些大星球靠得太近，对于他们的这颗加利亚小彗星来说，危险是太大太大了，所以还是敬而远之吧！

他们无法更多地进入天王星那遥远的世界，但是有人提到过，天王星比地球大八十二倍，离地球最近时，肉眼才能隐约看见，但那看上去也只不过是一颗六等星而已。然而，它吸引到其椭圆形轨道上来的八颗卫星[1]，人们却一个也看不见。天王星的公转周期为八十四年，离太阳的平均距离高达七亿两千九百万法里。

至于太阳系中那最后的一颗行星海王星[2]，它是"彩绘玻璃工[3]"发现的太阳系里最远的行星。加利亚人是无法看到它的。帕米兰·罗塞特想必从他的望远镜中看到了它，但是，他却并没有将自己观察到的情况告诉任何人，因此，大家只好从天文学的书籍中"观测"海王星了……

海王星与太阳间的平均距离高达十一亿四千万法里，它的公转周期为一百六十五年。它在七十一亿七千万法里长的轨道上，以每小时两万公里的速度运行着，它的体积比地球要大上一百五十倍，而它的一颗卫星[4]则在一个离它十万法里的距离上运转着。

海王星远离太阳运转的那将近十二亿法里的距离似乎是太阳系的终端了。然而无论太阳系有多么大，要是与无边无垠的银河系中的诸星相比，简直是小巫见大巫。

太阳系属于银河系中的一员，但太阳在银河系中的亮度只不过是一颗四等星而已。如果加利亚逃脱了太阳的引力，那么它能去哪儿呢？它在恒星世界中会依赖哪个新的引力中心呢？也许会靠近银河系中离太阳最近的那颗恒星——半人马座的 α 星，而光的速度为每秒钟七万七千法里，从 α 星到太阳系光速要用三年半的时间才能到达。那么，这个距离到底有多大？天文学家们如果要计算的话，得用十亿作为单位，因此，α 星离太阳系的距离就是八千个"十亿法里"。

这么大得无法计算的距离，人们能够知晓的，能有多少颗恒星呢？计算过的顶多

[1] 迄今为止，人们已知的天王星的天然卫星有 27 颗。

[2] 当时的天文学家尚未发现海王星以外的冥王星，所以当时人们认为海王星是太阳系中离太阳最远的行星。冥王星自 1930 年 1 月被发现以来，曾一度被认为是太阳系中的第九大行星，但在 2006 年 8 月 24 日于布拉格举行的国际天文联会中，冥王星被划为矮行星。

[3] 彩绘玻璃工，暗指法国天文学家勒威耶（1811～1877），他最先预言了海王星的存在，并计算出海王星的轨道、位置和大小。因其早年从事过化学实验工作，所以作者以调侃的语气称他为"彩绘玻璃工"。

[4] 至 2013 年 7 月 15 日为止，人们已知的海王星的天然卫星有 14 颗。

也只有八颗而已，在这八颗主要的恒星中，有织女星（天琴座 α 星），位于五万亿法里处；天狼星是五十二万二百个十亿法里；北极星是十一万一千六百个十亿法里；五车二（御夫座 α 星）是十七万零四百个十亿法里。这最后的一个数字已经达到十一位数了。

为了对这些距离有一个清晰的概念，根据权威学者们的看法，我们以光速为基础，可以做如下的一种推论：

"假设有这么一个人，其视力强到无可比拟的地步，我们将他放在御夫座 α 星上。如果他朝地球望去，他所看到的，将是七十二年前在地球上发生的事情。如果他移动距离再远些，到达距离超过十倍以上的星球上，那他在那上面就将看到七百二十年以前所发生的事情。如果再远一些，让他在光速需要一千八百年才能到达的那个距离上，他就能看到地球上耶稣受难的那个场面了。如果站到更远处，光速需要六千年才能到达的地方，那他就能看到地球上大洪水的时代了。若是再往远处走，因为宇宙空间是无限大的，他就会看到根据《圣经》上所说的上帝创造世界的那个时代了。确实可以说，宇宙空间里一切都是永恒不变的，一旦在天体世界中发生的事情，是永远磨灭不掉的。

也许喜欢冒险的帕米兰·罗塞特想要漫游银河系是不无道理的，因为那里有无数的新奇美景在吸引着他。如果他的彗星相继地从一个星系到另一个星系的话，那他可能会观测到各种各样不同的星系。加利亚可能就会同那些恒星一起移动，因为这些星球看似固定不动，其实是在运动着的——如同那个每秒的运动速度达到二十二法里的牧夫座 α 星一样。太阳也在以每年六千二百万法里的速度朝着武仙座行进着。但是，这些星彼此间相去甚远，尽管运动得极快，地球上的观测者们并没能看出它们位置有所变动。

然而，这些成百上千年的运动肯定有一天会使星座的形状发生改变的，因为每一颗星球都在以一种并不相等的速度在运动。若干年后，天文学家们就能够测算出这些星球相互间的新的位置来。某些星座的图像再过五万年就能绘制出来了。比如，大熊星座呈现在眼前的不再是不规则的四边形了，而是一个悬挂在天空中的十字形，而猎户星座的五边形也将变成一个简单的四边形了。

但是，无论是加利亚的现在的居民们，还是地球上的人们，都不可能亲眼看到这些星座相继出现的变化了。可帕米兰·罗塞特想要在银河系中寻觅的并不是这种现象。如果出现什么状况把彗星从它的引力中心拽走，让它成为其他星球的"俘虏"，那么教授就会高兴异常，因为他可以看到太阳系未来让他观赏到的奇异美景了。

在远处，确实有一群群的行星并非是被唯一的　个太阳控制着的。"专制政体"

在太空的某些地方似乎是不存在的。那里常常会有一个太阳、两个太阳、六个太阳在彼此的引力作用下,相互依存着、运转着。这些星球颜色各不相同,有红的、黄的、绿的、橘黄的、靛蓝的等。当它们将这些颜色投射在各自星球的表面上时,那五颜六色的色彩多么令人赞叹!说不定加利亚在其远方地平线上看到的白昼是像彩虹一般相继变换着颜色,那是多么令人心醉痴迷啊!

但是,如果加利亚无法进到银河系中某个环绕新引力中心运转的星系的话,那它就不可能在那神秘的星座中漫游了,也无法混迹在那密集的星星群中,更不可能进入那神秘的密集的星云中去——天文学家们知道有五千多个星云团存在于宇宙空间中。

不!加利亚绝不能离开太阳系,也不能抛弃地球。而且,在留下一个近六亿三千万法里的圆形轨迹之后,它在浩瀚无垠的宇宙中只不过是做了一次不值一提的漫游而已。

第36章　在加利亚上庆祝元旦

随着加利亚距太阳越来越远,寒冷度大大地增加。气温已下降到零下四十二度。水银温度计因水银已经冻结而不能使用。因此,"多布里纳"号上的酒精温度计便派上了用场,它的标示已到了零下五十三度。

与此同时,普罗科普二副的预见得到了证实,停泊在小海湾里的那两条船被冰层紧紧地冻结住了。冰层在缓慢但无法抵御地运动着。在"汉莎"号和"多布里纳"号的船体下越结越厚。紧靠在一起为抵御寒风侵袭的双桅纵帆式帆船和单桅三角帆船在这个"大冰盒"里逐渐升高,已经达到加利亚海面以上五十英尺高了。"多布里纳"号比"汉莎"号要轻,稍稍比后者高一点。面对这不断升高的冰面,人力是无可奈何的。

普罗科普二副非常担心双桅纵帆式帆船的命运。船上所有的机器设备全都被抬了起来。其实,船上只剩下船体、桅杆和机器了。不过,不管怎么说,一旦有什么不好的情况出现时,这个船体可是能够作为这一小群人的避难所的呀!如果加利亚海一旦解冻,船就会突然一下子坠落下去,撞个粉碎,要是加利亚人不得不离开"热土地",那可怎么办?

单桅三角帆船同样会遭此厄运。而且,"汉莎"号并不结实,已出现裂隙,倾斜度也在增大。再待在它上面是相当危险的。然而,伊萨克却舍不得扔下他日夜监护着的那些货物。他已经深刻地感觉到,他的生命受到了威胁,而他的货物更是难以自保。

他无时无刻不在祈求上帝的庇护，但是面前的这巨大危险让他知道上帝也无能为力，所以他便不停地诅咒着眼前的一切。

面对着这种种危险，塞尔瓦达克上尉做出了决断，让伊萨克必须服从。如果说伊萨克对这个加利亚群体的每个成员来说无关紧要的话，那么他船上的货物却是大家不可或缺的。因此，首先必须立即抢救货物。一开始，塞尔瓦达克上尉还打算说服伊萨克，让他知道他自己也已经危在旦夕。可是，伊萨克就是不挪窝。

"那就随您的便吧，"上尉说，"但是，您的那批货却必须搬到'热土地'的储藏室里去。"

伊萨克闻听此言，不禁悲从中来，但是他的哀叹却打动不了任何人，于是，12月20日当天，货物就开始被搬运了。

不过，伊萨克可以来"尼娜蜂巢"住下，像以前一样，监视他的货物，照样可以按协商好的价格和重量进行交易。对伊萨克并没有造成任何的损害。说实在的，本－佐夫本想责备他的上尉几句，他觉得上尉太迁就这个可恶的商人了！

其实，伊萨克也只能听从总督的决断。这一决断挽救了他的利益，使得他的货物得以贮藏在安全的处所，而且，从"汉莎"号上搬运东西并没有要他一分钱，因为这件事是"违背他的意愿"而做的。

俄国人和西班牙人一连数日在忙着抢运。他们穿得暖暖和和，紧扣着皮帽，让这极端的严寒无法伤及他们。他们非常当心，绝不光着手去碰他们要搬运的金属物件。要是不小心用手碰着了，那可不得了，手上的皮一下子就会没，就像是被火烧掉了似的。搬运工作中没有出现任何意外，"汉莎"号上的货物终于悉数搬进"尼娜蜂巢"中的一个宽大的通道里去了。

普罗科普二副等到事情全办好之后，才松了一口气。

伊萨克觉得没有任何理由再待在他的单桅三角帆船上了，便住到大通道里，与他的货物厮守在一起。必须说实话，他倒也并不麻烦别人。大家也很少看得见他。他就睡在他的货物旁边，自己吃自己的。他有一只酒精炉，可以用来烧菜烧饭，但做得比以前就更简单了。"尼娜蜂巢"的人们同他没有什么接触，除非是去向他购物。如此一来，不用说，这群人的金币、银币渐渐地就都流进伊萨克的那只锁得严严实实的抽屉里去了。他钥匙从不离身。

地球历的1月1日临近了。自从地球和彗星相撞，使这三十六个人与他们的同胞天各一方之后，眼看没几天就到一年了。但是，不管怎么说，三十六个人一个也没少。而且，在这恶劣的严寒气候下，他们都健健康康的。气温仍在继续下降，但是并没有大起大落，没有忽高忽低，而且也没再刮风，大家甚至连伤风感冒都没有出现过。因此可以说，加利亚的气候还是很不错的。可以肯定，如果教授的计算是正确无误的，如果加利亚能返回地球，那么加利亚人就会悉数回归。

尽管这新年的第一天并非加利亚的元旦，尽管加利亚仅仅开始下半轮的公转，塞尔瓦达克上尉仍然不无道理地想要正式庆祝一下新年的到来。

"我们的同伴们不应该对地球上的事情漠不关心，"他对蒂马塞夫伯爵和普罗科普二副说，"有一天，我们终将返回地球，即使真的回不去了，那么让我们记住自己的地球也是很有意义的，起码还可以回忆回忆。在地球上，人们在欢度新年，我们在彗星上也可以庆祝一番嘛。这种心心相印是件好事。别忘了，他们在地球上应该也在关心着我们呢。在地球上的某些地方，人们也是可以看到加利亚在宇宙中运行着的。如果说肉眼由于目力所限和距离遥远而看不到的话，那么，至少用望远镜和天文望远镜也能看到。而且某种科学的链接在将我们同地球联系在一起，加利亚永远是太阳系的一分子。"

"您说得对，上尉，"蒂马塞夫伯爵回应道，"绝对可以肯定，地球上的各个观测站都在十分繁忙地关心这颗新彗星。我想，在巴黎，在彼得堡，在格林尼治，在剑桥，在开普敦，在墨尔本，一些高倍数的望远镜都经常在对着我们的加利亚观测着呢。"

"它在地球上都成了热门话题了，"塞尔瓦达克上尉又说道，"如果两个大陆的报纸杂志不让公众了解加利亚的各种情况和动向的话，那我觉得简直是不可思议的。我们思念那些在想着我们的人们吧！在这地球上的新年的第一天，我们同他们在心灵上通一通吧！"

"您认为地球上的人们会关心撞了他们地球的那颗彗星吗？"这时，普罗科普二副说道，"我赞同您的意见，但是，我得补充一句，他们对彗星的关心另有原因，不光是对科学的爱好或者出于好奇。天文学家们是从地球上对彗星进行观测的，他们对它的运行规律了解得显然是极其准确的。加利亚每天的运行情况早就已经掌握，人们知道这颗新彗星的数据，知道它在宇宙间运行的路线，知道它会在何时何地如何遇上地球，甚至精确到秒钟的程度。所有这一切肯定是经过极其精确的计算的。正是这种精确的相遇程度才让地球上的人们尤为担心。我再多说一句，我敢肯定，地球上的人们已经做好了相应的准备，以减少一次新的撞击带来的严重后果，当然，如果来得及做好准备的话！"

普罗科普二副既然这么说了，那他大概已经掌握了情况，因为他的话很在理。加利亚与地球的再次相遇是经过精确计算的，所以是地球上的人们最为担心的头等大事。

他们应该想到加利亚，但并非是喜欢它，而更多的是它将靠近地球。的确，加利亚人尽管想要返回地球，但是，对于这个新撞击带来的严重后果，并非不无担忧。如果像普罗科普二副说的那样，地球上的人们已经采取了一些措施以减少灾难的破坏，那么，加利亚上的人是不是也应该有所准备？稍后，这个问题是必须研究的。

不管怎么说，反正 1 月 1 日的新年，该庆祝还是得庆祝，俄国人自己也愿意同法国人和西班牙人一起欢度新年，尽管他们的日历与地球年的日历在日期上有所不同 [1]。

圣诞节到了。大家虔诚地庆祝耶稣基督的诞辰。只有伊萨克独自一人在这一天似乎更顽固地躲在他那黑漆漆的小屋子里。

在这一年的最后一个星期里，本－佐夫忙得不亦乐乎。他在考虑安排一个吸引人的庆祝活动，但在加利亚上，不可能把活动搞得丰富多彩。因此，大家便决定庆祝节日的活动以盛大的宴会作为开始，最后去海上滑冰，往古尔比岛滑。夜晚来临时，再举着火把返回。火把将从"汉莎"号的货物中寻找材料制作。

"如果宴会搞得出奇好的话，"本－佐夫寻思，"那么，滑冰就能玩得更痛快，这就足够了！"

宴会的菜肴搭配是件麻烦的事。因此，本－佐夫和"多布里纳"号上的厨师便经常在一起商讨，最后他们将俄式大餐与法式大菜巧妙地结合在一起，以飨众人。

12 月 31 日晚上，一切准备就绪。从伊萨克那儿以合适的价格买来的肉罐头、野味糜、肉冻及其他肉类等冷盘已经摆上大厅里的大桌子上。热菜则等翌日早晨再用火山熔岩炉加工烧制。

这天晚上，大家考虑是否邀请帕米兰·罗塞特一起欢庆元旦，是否邀请教授也一起聚餐？想必是应该邀请他的。那他会不会接受邀请呢？这挺难说。

塞尔瓦达克上尉本来想亲自登上观测站去邀请教授，但是帕米兰极其讨厌别人去打扰他，所以便决定给他送上一份请束。

请束是由帕布罗送去的，他不一会儿就带着回音回来了。

帕米兰·罗塞特只是说："今天是 6 月 125 日 [2]，明天是 7 月 1 日，既然我们生活在加利亚上，就应该根据加利亚历计算。"

这是一个很科学的拒绝，但仍是一个拒绝。

---

[1] 大家都知道，俄国历与法国历相差 11 天。——作者原注

[2] 用帕米兰教授的算法，地球上的一年是加利亚的半年，因此他把地球年的 365 天中的最后 5 天，都放在加利亚的 6 月了，于是就有了 6 月 125 日

1月1日，太阳升起后一小时，法国人、俄国人、西班牙人和代表意大利的小尼娜，全都入席了，这在加利亚上是从未有过的盛宴。为了搞出一桌像样的热菜来，本－佐夫和"多布里纳"号上的厨师可是没少动脑筋，比如做山鹑烤卷心菜，因为没有卷心菜，便用其他家禽内脏代替了，结果仍旧很好，令人赞不绝口。至于酒嘛，"多布里纳"号上储存了不少，都是上等的葡萄酒。法国酒、西班牙酒，每个人都选自己喜欢的喝，俄国人也没被遗忘，他们正端着几瓶茴香酒在喝呢！

这个宴会正如本－佐夫所希望的那样，办得又好又愉快。

夕阳已经东下（加利亚人已经习惯了这种情况），它像是飞快地往下坠落。在这个缩得小小的地平线上，太阳像是在一些特别的条件下降落。夕阳红的美景根本见不到。甚至冰面上见不到有任何色彩。在这狭小的空间，太阳显得特别大，好似一个大圆盘挂在那儿。突然间，仿佛一扇活动门板在冰面上一下子敞开，太阳便没了踪影，夜幕随之降临。

傍黑时分，塞尔瓦达克上尉将众人召集到一起，要他们跟在自己的周围。大家出来时似"狙击手"一般，返回时就得排成一队，一个跟着一个走，不可在黑地里乱跑，必须大家一起返回"热土地"。黑夜已经伸手不见五指，因为被加利亚捕获过来的"月亮"也朦朦胧胧没什么光亮了。

黑夜来临，星星给加利亚大地投射的光线如同高乃依[1]所说的"惨淡的光芒"。于是大家点起了火把，在飞速滑行，手中的火把似微风吹拂的小旗子，形成一条火炬长龙。

一小时后，"热土地"那高高的海岸像地平线上的一片巨大的黑云朦朦胧胧地出现在远方，没错，那儿就是他们的家园。火山高踞其上，投射出一道浓浓的阴影。熔岩流在冰面上映现出来，让滑行者极其振奋，身后的火把光影拖着长长的尾巴。

又急速滑行了将近半个小时，他们靠近了海岸。突然前方响起一声大喊。这个声音是本－佐夫发出来的，每个人立即停止了滑行，站立下来。

借助即将熄灭的火把的光亮，只见本－佐夫用手指着海岸边。这时候，大家全都喊叫起来，好似在回应本－佐夫的叫声！

火山突然熄灭了。此前一直在从高处往下流淌的熔岩流，现在戛然而止，不再往四处泻下，仿佛一股强劲的大风突然吹进了火山口。

大家一下子明白了，火种刚刚熄灭。是不是熔岩流枯竭了？"热土地"上将再也没有热力供应了？不再有任何可能来抵御加利亚的酷寒了？这是不是死亡的来临？是

---

[1] 高乃依，法国十七世纪著名剧作家，其作品《熙德》至今长演不衰。

严寒导致的死亡！

"往前走！"塞尔瓦达克上尉大声吼叫道。

火把熄灭了，众人在黑暗中滑行。他们很快便滑到海岸边，艰难地攀爬着结了冰的岩石。然后，冲进敞开着的长廊，跑进大厅……

洞内漆黑一片，气温非常低。熔岩流的火光已无法再照射在大海湾上了。普罗科普二副伸出头去，只见因熔岩流的作用而一直未曾结冰的泻湖也因严寒而冻结起来。

以无限欢乐为开始的加利亚的新年头一天就这样结束了。

第 37 章 火山熄灭，严寒还在继续

加利亚人在难以表述的担忧焦虑中度过了那晚余下的几个小时。帕米兰·罗塞特因严寒难耐，不得不离开他的观测站，躲进了"尼娜蜂巢"的长廊里。现在也许是个大好机会——机不可失，时不再来——问问他是否仍然坚持自己的那个想法：在他的那颗无法居住的彗星上漫游太阳系？不过，他肯定仍死抱住他的想法不放的。关于这个问题，还是不问的好，免得他大发雷霆，那可是要闹翻天的。

与此同时，塞尔瓦达克上尉和他的同伴们不得不在火山的更深层去寻找避难所。大厅正冲着洞口，不能再住了。厅内四壁的水汽全都结成了冰晶。此前，由于有熔岩流的那张"帘"遮挡着洞口，气温还可以忍受，现在，不得不将它堵上了。在漆黑的长廊深处，尚有一些余热。里外温度相差较大，但是，这个问题必须尽快解决。大家都感觉到热气越来越少了。火山已经像是一个将死的人，头和脚冰凉，心脏还在与寒冷的死神做最后的抵抗。

"喏，"上尉大声说道，"我们只能到洞穴深处去居住了！"

翌日，上尉召集他的同伴们，对他们说道："朋友们，现在是什么在威胁着我们？是严寒，不过，也只是严寒而已。我们尚有一些粮食，足够吃到返回地球之日，而且罐头还很多，我们吃饭用不着火了。那么，我们该如何度过这冬季的几个月呢？我们毕竟还有大自然无偿地提供给我们的那一点点余温嘛！这个余温很有可能就存在于加利亚的深层，那么，我们就去找那个尚有余温的地方吧！"

上尉的这番鼓舞人心的话语激励了这些正直而勇敢的人，连那几个胆小的人都觉得眼前一亮。蒂马塞夫伯爵、普罗科普二副、本－佐夫立刻走上前去紧紧地握住上尉向他们伸出的手，而他们原本也没有被吓倒。

"咳，尼娜，"上尉看着小姑娘说，"你不会害怕往火山更深处去吧？"

"我不怕，上尉，"尼娜坚定地说，"特别是有帕布罗陪伴着我！"

"帕布罗会同我们一起下去的！他是个勇敢的小伙子！他什么都不怕！——是不是呀，帕布罗？"

"您去哪儿，我就去哪儿，总督大人。"帕布罗铿锵有力地回答道。

现在的问题是如何下到火山深处去。从上方的火山口往火山下层去，非常艰难。由于气温极低，火山的斜坡非常滑，无法行走。滑的时候，脚都找不到可以踩住的地方。因此，必须穿过山体，到达中央火山管，而且立刻就得动身，否则危险重重，因为一个可怕的严寒已经开始侵入"尼娜蜂巢"最深处的角落了。

普罗科普二副在仔细查看了里面通道的布局以及在山体内的走向之后，发现了一个狭窄的通道将通到中央火山管附近。的确，当熔岩在蒸气的推动下，你就会感觉到那"热气"在从石壁上渗透出来。显然，构成火山的这种矿物质——碲，是热力的良好导体。因此，在这条通道里挖出七八米来，就可以通到以前的那条熔岩流流过的路上，也许还很容易从它那儿往里走。

大家说干就干，立刻动起来。干这种活儿的时候，俄国水手们在他们的二副指挥下，干得既灵巧又快速。镐和铁锹对这种坚硬的物质无能为力。必须打一些坑洞，放上炸药，把岩石炸开。活儿干得更快了，两天工夫便大功告成。

在这短暂的两天里，他们可是被冻得不得了。

"如果我们到达不了火山的底部，"蒂马塞夫伯爵说，"我们谁也抵御不了严寒，那么加利亚人就有可能死在这儿了！"

"蒂马塞夫伯爵，"塞尔瓦达克上尉对他说道，"您对万能的上帝是不会怀疑的吧？"

"那当然，上尉，但是，他今天愿意做的事，不一定就不会有所改变。我们无法弄清他的意旨。他的手张开来了，可是，他似乎又合上了……"

"他的手只合上了一半，"塞尔瓦达克上尉说，"他在考验我们的意志力！我总是觉得火山喷发之后，加利亚内部的火，似乎不太可能完全熄灭，这种喷发的停止很有可能是暂时的。"

普罗科普二副赞同塞尔瓦达克上尉的看法。彗星上的另外一处地方也许有另一个火山会喷发。火山熔岩有可能会循着新的通道流出去。火山喷发有很多原因，它们会改变种种情况，但是，始终不变的是，加利亚上的这些矿物质不会停止与氧气结合发生化学变化。只是要到达其气温能抵御宇宙空间的严寒的那个地方，不太容易。

在这两天里，帕米兰·罗塞特既没参加讨论也没参加干活儿。他像一个受苦受难的人在走来走去，心里有所不甘。无论别人怎么说，反正他已经将他的望远镜支在大厅里了。他在那儿，好多次，不论白天黑夜都在观察着天空，直到冻得受不了了才停下来。这时候，他总是嘟嘟囔囔的，诅咒"热土地"，一直在念叨，要是待在弗芒特拉岛上的话就好多了！

1月4日，最后一镐打下去，便听见中央火山管的石头在纷纷往下滚落。普罗科普二副观察到它们并不是垂直落下的，似乎是沿着石壁滑下去的，途中撞上一些突出的岩石。如此看来，中央火山管应该是倾斜的，因此，是可以往下走的。

他的观察极其正确。当洞口打得较大一些，可以容下一个人进去时，本－佐夫举着火把走在前面，普罗科普二副和塞尔瓦达克上尉跟随其后，走进中央火山管。这条火山管是倾斜的，有一个顶多四十五度的角度。人可以下去而不致摔落。再者，石壁因多处风化，出现坑洞、突岩，有粉尘覆盖在其上，脚踩上去感觉是个很结实的支撑点。这说明喷发是最近发生的事。确实，只有当加利亚与适应的气温相配时，喷发才会出现，而且，石壁也没有因熔岩流流过而不成模样。

"好！"本－佐夫说，"现在，这儿是一个阶梯了！稍许拉开点距离！"

塞尔瓦达克上尉与他的两个同伴小心翼翼地往下走去。正如本－佐夫所说，阶梯不全，有好多处没有。他们花了将近半个小时到达了五百英尺的深处，方向朝南。在中央火山管的石壁上，这儿那儿都有一些宽大的坑洞，但全都不是通道。本－佐夫摇晃着火把，让它更亮一些。这些坑洞的底部呈现出来，但是没有一个如"尼娜蜂巢"一样里面有分叉的，在其高处才有分叉出现。

然而，加利亚人并无选择的自由。他们只能接受现状，随遇而安。塞尔瓦达克上尉的希望似乎实现了。随着他往山体下层走去，气温渐渐升高。这并不是像地矿里那样，是一种简单的温度的升高。是这个地方的特殊情况使得这种温度的升高在加快。热源就在地底深处。这儿并不是一座煤矿，而是一座货真价实的火山，这就是他们此次探测的目标。火山底部并没像大家担心的那样，它非但没有熄灭，而且，熔岩还在沸腾着。如果说这些熔岩因为某种尚无法知晓的原因而未升至火山口，没有溢到山外去，那么，它们至少是将其热力全都集中在山的底部了。普罗科普二副随身带了一支水银气温计，塞尔瓦达克上尉手里拿着一个无液气压计，两个仪器均指出加利亚地层低于海平面，而气温在逐渐上升。在地下六百英尺，水银柱显示出零上六度。

"六度，"塞尔瓦达克上尉说，"这么低的温度让人在地下待上好几个月是不行的。咱们再往深处走，既然通风情况良好。"

的确，由于火山那宽大的洞口，它在半山腰还有一个大豁口，外面的空气呼呼地

208

涌进来。空气直往底部输入，有好几处的条件都挺好，呼吸毫无问题。他们可以一直走到温度适宜的地方，而不致感到憋闷。

在"尼娜蜂巢"的位置以下还有四百英尺的路要走。与加利亚海面相比，这儿的深度已经达到两百五十米了。在这里，气温已达到零上十二度。这种温度可以了，只要不出现什么意外，就没有问题。

显然，他们三人本可以沿着斜坡再往下走去，但是，没有任何必要了。他们侧耳细听，已经听得见闷闷的轰隆声，证明他们距熔岩流中心已经不远了。

"咱们就到此为止吧，"本—佐夫说，"如果需要的话，怕冷的人可以再往下走！也许非洲人还嫌不暖和，对我来说，这已经够热的了。"

大家是不是在火山的这个地方凑合着住下来？

塞尔瓦达克和他的两个同伴在一块突出的岩石上坐下，他们借助火把的光亮，从那儿观察他们刚才停下来的地方。

这儿的情况可以说没什么不满意的地方。那条中央火山管在逐渐扩大，在那儿形成了比较深的深坑。这个坑真的可以容纳下加利亚的这群人。但是，要想比较合适地整修一下，那就比较麻烦了。在坑的上方和下方，倒是有一些可以储存粮食的凹处，但是，要想给塞尔瓦达克上尉和蒂马塞夫伯爵单独安排一个好点的住处，那是根本不可能的。给尼娜找个小小的地方，也许还能做到。这样大家成天就得待在一起，过共同的生活。主坑作为餐厅、客厅和寝室。几乎在像兔子似的在窝内生活过之后，这帮人又得像鼹鼠似的深入地下了。

不过，为这个漆黑的深坑照明的问题倒是很容易解决，他们有灯具，而且，油也不缺，因为储藏室里还存有好几大桶油，还有一些酒精可以用来烧煮。

至于整个加利亚的寒冬期间蛰居的问题，那肯定也不是绝对的。他们御寒的衣服还足够，所以可以经常出外活动，或去"尼娜蜂巢"，或去海边岩石上。不过，必须去弄冰块化水，以解决生活之必需。每个人必须轮流去干这个挺艰难的活儿，因为得爬到九百英尺的高处，然后，背上沉重的冰块再走下住地。

最后，经过再三地仔细查看，决定搬到这个黑漆漆的大坑洞中住下，并尽量搞得舒适一些。

这唯一的大坑将作为众人的住处。塞尔瓦达克上尉和他的两个同伴住得不会比在极地过冬的人差。因为极地的环境更恶劣，不是住在捕鲸船上，就是住在北美代理商行的小屋子里，不会有更大的房间。大家简单地弄出一个宽敞的大厅，那儿潮气不太容易渗入。那些小旮旯儿的地方可以去打猎，那儿兔子窝什么的不少，而且窝里很暖和。

以上就是普罗科普二副简单地向大家介绍的情况，因为他熟悉极地的情况。他的同伴们只好照着猫冬的人那样做了，既然他们被迫要在此过冬。

三人从下面上来，回到"尼娜蜂巢"。大家知道所做出的决定，全都表示赞同。因此，大家说干就干，先是动手将洞中的灰土清除干净，随后便马不停蹄地将"尼娜蜂巢"里的东西悉数搬走。

大家争分夺秒，一刻也不停。上面已经结冰了，甚至在原先的住处的长廊里也都不例外。众人情绪亢奋，奋勇争先，从来也没见过这么卖力地干活儿的人，但凡需要的，件件都得搬走：家具、睡垫、各种日常用具，双桅纵帆式帆船上的储存物、单桅三角帆船上的商品，全都搬走了。这次大搬家还是较容易的，因为是在往下搬运，而且所搬运的东西也不太重，所以搬起来比较快。

帕米兰·罗塞特只好随着大家一起躲到加利亚的深处去了，但是，他不许大家将他的望远镜搬到下面去。确实，望远镜也不是为这种阴暗的深洞设计的，它得架在三脚架上，放在"尼娜蜂巢"的大厅里。

至于伊萨克·哈卡布特，他那没完没了的哀诉大家也听得够多的了，用不着再叙述了。他的那些说惯了的废话别再去听了。全世界的商人中，没有一个像他那样死皮赖脸的。他不顾众人的嘲笑，仍旧认真仔细地在监督对他货物的搬运。塞尔瓦达克上尉下令，但凡属于他的东西要单独存放，而且要放在他所居住的那个洞里。

没几天工夫，全都安排就绪。有几盏小灯间隔较远地照亮着通往"尼娜蜂巢"的拐弯处。这儿倒也有一些迷人之处，仿佛《一千零一夜》里的景致。作为大家共同居住的那个大坑洞有"多布里纳"号上的灯具照明。1月10日，人人都在这地底深处住了下来，很严实可靠，至少可以抵御住外面的寒气侵入，外面的气温已经降到零下六十度了。

"Vabene！（小尼娜就是这么说的）"本－佐夫大声嚷道，他总是对什么都很满意。"我们没能住在一层，但我们住到了地下，不就这么回事嘛！"

然而，蒂马塞夫伯爵、塞尔瓦达克上尉和普罗科普二副对未来并非毫不担忧，他们心事重重，只不过是没有显露出来罢了。如果火山的热力有一天突然消失了，如果有什么意外的干扰延缓了加利亚围绕太阳的公转，如果又一个冬季来临，还得在这样的条件下过冬的话，那么能否在加利亚的核心部位找到至今仍旧很缺乏的燃料呢？从前那地质时期埋藏的，并随着时间的推移而矿物化了的原始森林的残余所变成的煤炭，在加利亚的地下是否存在呢？我们是不是被逼无奈，只好使用火山深处储藏起来的那些喷发物质？可是，到那时火山也许完全熄灭了？

"朋友们，"塞尔瓦达克上尉说，"不会有问题！没有那么严重！我们还有的是时间好好思考、商量、讨论的！我就不信，如果想不出一个法子来，那才叫见鬼了呢！"

"说得对，"蒂马塞夫伯爵突然眼睛一亮，说道，"我们会找到办法的。再说了，我就不信，在加利亚的夏天到来之前，我们就没有这地下热力了！"

"没错，我也这么认为，"普罗科普二副回应道，"我老听见地下在轰隆轰隆地响。有可能这个火山物质的燃烧是最近才发生的事。在彗星与地球发生碰撞之前，它还在运行时，它并没有任何的大气层，因此，氧气只是在发生碰撞之后才有可能进入的，从而产生了一种化学反应，其结果便是火山喷发。鉴于冥王普路托的神力只是在加利亚的核心中最初所起的作用，我认为是可以这么考虑的。"

"我完全赞成你的看法，普罗科普，"蒂马塞夫伯爵说，"我倒并不担心地下的势力完全没有了，而是担心有可能会出现一种对我们来说更可怕的情况。"

"什么情况？"塞尔瓦达克上尉问道。

"上尉，火山有可能突然间又喷发了，而且我们正好在熔岩流的路上被堵截住了！"

"见鬼！"塞尔瓦达克上尉嚷道，"这完全有可能！"

"我们得好好监视，"普罗科普二副又说，"只要我们小心谨慎，提高警惕，我们就可以躲过去。"

五天之后——1月15日，加利亚运行到远日点，到达它的轨道主轴的远端，远离太阳两亿两千万法里。

第38章　最艰难的日子

自1月15日开始，加利亚便在它的椭圆形轨道上，以一种逐渐加快的速度向着近日点运行而去。从今往后，除了直布罗陀的十三名英国人之外，加利亚所有的人都将钻进火山里去。那些英国人自愿待在那个孤岛上，可他们是如何抗过了加利亚冬季的严寒呢？大家普遍认为，他们的处境一定比"热土地"的居民们更好一些。确实，他们并没有迫于无奈，去求助于火山的热力以解决生活之需。他们储存的煤炭和粮食非常充裕。他们既不缺食物也不缺燃料。他们驻守的哨所，似坚固的碉堡一般，全都是厚厚的砖头砌起，明显地在保护着他们不受气温急剧下降的威胁。他们穿得暖、吃得饱，肯定都养胖了。莫尔菲准将和奥利芳少校想必仍旧在推杯对弈，鏖战正欢。谁都不会觉得在直布罗陀的日子过得不好，不舒适。

如果塞尔瓦达克上尉及其同伴们受到严寒威胁有生命危险的话，他们完全可以躲到直布罗陀的那个小岛上去。他们有过这种想法。毫无疑问，如果他们真的要去，肯定会受到欢迎的，尽管第一次去的时候并不尽如人意。英国人是不会不伸出援手，救人于水火的。但是，此行路途遥远，又是在茫茫冰原上前行，没有歇脚处，没有取暖的地方，也许并不是所有的人都能走到目的地！所以，只有到万不得已时，才可孤注一掷。反正，只要火山仍然可以提供足够的热力，他们是不会离开"热土地"的。

前面已经说过，"热土地"上的所有人都在中央火山管的坑洞里找到避难所了。一些家畜也离开了"尼娜蜂巢"的长廊。塞尔瓦达克上尉和本—佐夫的两匹马也被他们弄到了地下深处。上尉和他的勤务兵舍不得丢下"和风"和"烘饼"，他们想着将来要把它们一起带回去。他们喜欢这两匹可怜的马，觉得它们不适应这新的环境，他们就更应该爱护它们。正巧，有一个宽阔的坑洼可改成马厩，可供它们生存，幸运的是，还有足够的草料够它们吃。

至于其他的家畜家禽，不得不杀掉一部分。将它们养在地下建筑中是一个无法完成的任务。将它们放在上面的通道里，就等于把它们冻死。所以只好把它们宰杀掉。由于这些家禽肉可以长期储存在先前的那个温度极低的储藏室里，所以这倒也不错，又增添了一些肉类的储存。

还有那些鸟儿，由于严寒，不得不让它们离开"尼娜蜂巢"，栖息在山中的黑漆漆的坑洞之中。可是，它们的数量仍旧很大，而且它们又很烦人，因此必须将它们放生并杀掉一大部分。

所有这一切，让大家一直忙乎到1月底，人也全都安排住下了。但是，这时候，加利亚人开始感到单调乏味了，不禁垂头丧气，懒洋洋的。他们能否抗御这种悲观、萎靡的日子吗？因为成天无所事事、枯燥乏味毕竟不是个好兆头。头头们试图改变这种状况，便将日常生活安排得满满当当的，大家参加聊天，阅读旅行日记和科普读物，甚至可以大声朗读。俄国人或西班牙人也全都围着大桌子坐下，聆听或交流，这么一来，等到有一天，得以返回地球，他们就会增加不少的知识，比待在他们各自国家时要强得多。

这时候，伊萨克·哈卡布特在干什么呢？他对这种交谈、这种阅读感兴趣吗？一点兴趣也没有。他大概赚了许多钱，因为他每天不停地数钱。他赚的钱，加上他已经有的钱，至少有十五万法郎，其中有一半是欧洲的金币。这些金币碰在一起叮叮当当地响，回到地球上，他会让它们有所增值。但让他感到痛心的是，日子一天天流走了，而他的钱在自己手上却无法借出去，收取利益。看来，一时半会儿他是找不到机会，像他希望的那样，让钱生钱了。

在这群人中，只有帕米兰·罗塞特为自己尽快地找到了活儿干。他成天摆弄他的那些数字，一点儿也不觉得闲得慌。多亏了这些数字，他才觉得这漫长的冬季的日子并没有那么难熬。

他对加利亚已经知道得很清楚了，但是对它的卫星奈丽娜却并不太了解。他觉得他对加利亚拥有所有权，那么它的卫星当然也就该归他所有。因此，他便理所当然地要好好研究一番这颗卫星。

于是，他便开始对它进行分析计算。他需要先掌握一下奈丽娜在其运行轨道上的几个点。他已经了解了加利亚的质量，他本来也就能在他的黑屋子里弄清奈丽娜的质量的。

他在这儿没有他称之为"工作室"的那个黑屋子，因为，说实在的，他也不能叫它为观测站了。因此，在 2 月初的头几天，他便心急火燎地去找塞尔瓦达克上尉说了这事。

"您需要一间工作室是吗，亲爱的教授？"塞尔瓦达克上尉问他道。

"是的，上尉，但是，我要的工作室得让我能安心工作，不得有人打扰。"

"我们马上替您找一间这样的工作室，"赫克托尔·塞尔瓦达克回答道，"只是这间工作室也许不那么舒适，不过，它肯定是安静的，没有干扰的。"

"这就足够了。"帕米兰·罗塞特说。

"那就这么定了。"

当帕米兰·罗塞特正要离开时，上尉又说道："亲爱的教授，我有点事想问您一下。"

"您问吧。"

"您计算出的加利亚围绕太阳公转的周期显然是精确的，"塞尔瓦达克上尉又说道，"但是，要是我没弄错的话，您的彗星迟半分钟或早半分钟就不可能在黄道上与地球相遇了！"

"您的意思是……"

"喏，亲爱的教授，是否再核实一下您的计算结果的精确性……"

"没有必要。"

"普罗科普二副将会全力帮助您的这种工作。"

"我不需要任何人的帮助。"帕米兰·罗塞特像是敏感神经被触到似的回答道。

"可是……"

"我从来不会弄错的，塞尔瓦达克上尉，您的要求不合适。"

"咳，亲爱的教授，"赫克托尔·塞尔瓦达克反诘道，"您对您的同伴们不太友好呀，而且……"

塞尔瓦达克上尉并没有往下说，因为帕米兰·罗塞特是一个难缠的人。

"塞尔瓦达克上尉，"教授生硬地说道，"我不会再重新思考我的计算了，因为我的计算是百分之百正确的。但是，我也想告诉您，我为加利亚所做的一切，我也会为它的卫星奈丽娜做的。"

"这个问题非常好，"塞尔瓦达克上尉严肃地说，"不过，我一直认为奈丽娜是天文望远镜中看到的一颗小行星，它的相关资料地球上的天文学家们已经掌握了。"

教授恶狠狠地瞪着塞尔瓦达克上尉，仿佛他的工作受到了质疑。随即，他又激动不已地说道："塞尔瓦达克上尉，尽管地球上的天文学家们已经观测到奈丽娜了，尽管他们已经了解了它的周日运动、它的公转周期、它与太阳的平均距离、它的偏心率、它的近日点的经度、它当时的平均经度、它的升交点的经度、它的轨道的倾斜度，但这一切仍旧得重新计算。因为奈丽娜不再是天文望远镜观测范围中的一颗行星了，而是加利亚的一颗卫星。因此，既然它是一颗卫星，那么我就想拿它作为卫星来研究。我就不明白了，为什么加利亚人就不会像地球人研究地球卫星那样研究加利亚的卫星呢？"

好好看看帕米兰·罗塞特说"地球人"那三个字的神情吧！他现在但凡谈及地球上的事总是一副鄙夷不屑的样子！

"塞尔瓦达克上尉，"他说道，"我们的讨论如何开始就如何结束吧，不过，我请求您给我安排一间工作室……"

"我马上就去办这件事，亲爱的教授……"

"噢，我倒也不是太着急，"帕米兰·罗塞特回答说，"不过，我希望这件事能在一个小时内办好……"

这件事花了三个小时，最后，帕米兰·罗塞特总算是进到一个洞穴中，里面摆好了他的桌子和扶手椅。在随后的几天里，尽管寒气逼人，但他仍旧上到他原先的大厅里，不止一次地观测奈丽娜。观测工作结束，他便深居于自己的工作室里，大家也没有再看到他。

其实，这些加利亚人，深居于地下八百英尺处，精神压力极大。每天枯燥乏味的生活让他们的精神都快要崩溃了。许多天过去了，可是他们中没有一个人再上到地面上去，要不是为了储存冰块化成水，他们也就不再离开这火山底部了。

不过，他们仍然对中央火山管的底部做了几次调查。塞尔瓦达克上尉、蒂马塞夫伯爵、普罗科普、本－佐夫尽可能地往远处去，看看加利亚的核心的那个深洞。他们对这座岩石中含有百分之三十的黄金含量的火山并不太在意。再者，这种物质在加利亚上并不值钱，即使到了地球上，也不会有多大的价值，所以他们对这种如同花岗岩似的碲化物不怎么关注。

但是，这种调查倒是让他们了解到火山中心仍然有岩浆在流动，因此，他们得出结论，认为火山不再在这个管道中喷发的原因，可能是因为它在加利亚别的地方找到了喷发口。

2月、3月、4月、5月就这样地过去了，可以说，这些穴居人是在一种不知不觉的麻木状态下度过的。这种麻木慢慢便变成了恐惧。最初的阅读书籍、听人朗读已无人参与，没人再围着那张大桌子学习了。两三个人交谈的声音也越来越轻。西班牙人尤其苦不堪言，他们都不怎么愿意离开自己的铺位了。他们只是为了取点食物填填肚子才挪挪窝。俄国人的状态要好一些，干活儿的劲头大一些。这么长时间的蛰居，又不活动，是相当危险的。塞尔瓦达克上尉、蒂马塞夫伯爵、普罗科普二副清楚地看到萎靡不振的状况在发展，可是他们又能做些什么呢？一再地劝说、鼓舞均无济于事。连他们自己也都感觉到这种特殊的压力在侵入自己的身体，很难解脱。这帮人不是嗜睡，便是厌食，什么都不想吃。这些被闲在地底下的人已经像冬眠的乌龟似的了。

在这群人中，唯有小尼娜最活泼可爱。她跑来跑去，还不断地鼓励同样被这种寂寞无聊侵扰的帕布罗。她不停地问问这个人，安慰安慰那个人，像一只百灵鸟似的用甜美的声音去驱散那浓重的忧愁。她逼着这个人吃饭，又强迫另一个人喝水。她成了这个团队中的灵魂，她的跑来跑去也激励了大家。在这个阴暗寂寥的环境里，当大家全都沉默不语时，她便会唱几支欢快的意大利歌曲。她像一只苍蝇似的在嗡嗡地响，但她这只苍蝇是极其可人的，不是那种讨人厌的苍蝇。在这个小小的生命中蕴藏着丰富的活力，她在将自己的青春活力传达给大家。也许她的这些做法几乎没有真正让其他人感受到什么，但是她的热情是真诚的，小尼娜的存在对那些困在这个坟墓中的半睡眠状的加利亚人无疑是有益的。

几个月就这样过去了。

临近6月初，那种普遍存在的恐慌情绪似乎在逐渐缓和。是不是加利亚在逐渐向太阳靠近，受到太阳的影响使然？也许是的。可是，太阳还离得很远呢！普罗科普二副在加利亚公转的前半周期时，便仔细地记下了教授所认定的彗星的位置和数据。他还据此绘制了加利亚的运行图，并知道了比较精确的彗星的运行路线。

一旦越过远日点，就很容易确定加利亚返回轨道上的各个点。这么一来，他便可以把这些情况告诉他的同伴们，用不着再去求教帕米兰·罗塞特了。

因此他看到，6 月初，加利亚再度穿过木星的轨道之后，离太阳仍旧很远很远，达到一亿九千七百万法里。不过，根据开普勒的定律之一，在四个月之后，它将回到小行星区域，距太阳只有一亿两千五百万法里了。

临近这一时期——6 月的下半月，塞尔瓦达克上尉及其两个同伴的精神和体力都完全恢复过来了。

他们去"尼娜蜂巢"那荒废的大厅的次数在增多。塞尔瓦达克上尉、蒂马塞夫伯爵、普罗科普也去海滩上走走。外面依然寒冷异常，但是天气仍然是正常的，天空无一片云雾，没有一丝风。之前踩在海滩上的脚印仍然留在那里，就像刚刚踩出的脚印一样。

海岸边只有一处有所变化。那便是俯临小海湾的岩石山冈。在这个地方，冰层在继续往上升高，都已经达到一百五十英尺了。从下面望去，双桅纵帆式帆船和单桅三角帆船高踞其上，根本别想爬到船上去。一旦解冻，它们必然摔下来，肯定是"粉身碎骨"。没有任何办法能救它们。

幸好，伊萨克·哈卡布特一直陪伴着山底下的他的那个商品店铺，没有跟着塞尔瓦达克上尉等一同去海滩上散步。

"如果他去了的话，"本－佐夫说，"老浑蛋的那种可怕的尖叫声能把人吓死！孔雀叫了之后还会开屏，可是他叫了之后，没人搭理他，特别没劲！"

又过了两个月——7 月和 8 月，加利亚距太阳一亿六千四百万法里了。夜晚虽短，但是寒冷彻骨。不过，白天的时候，由于"热土地"位于加利亚的赤道附近，太阳射出阳光，能使温度增高二十来度。加利亚人每天便趁此机会享受一下这温暖的阳光，连山洞里的鸟儿也飞了出来，在空中翻飞扑腾，直到日落方会返回到洞中。

一种春天——能这么运用这个词吗？——带来了春意，让加利亚的居民们感到幸福无比。他们心中又燃起希望和信心。白天，太阳那圆盘在远方显得大了一些。夜晚，地球在稳定不动的星群中间好像也在增大。地球仍然离得很远，但是大家能看见它了，只不过它在宇宙空间是个小小的一个点。

有一天，本－佐夫看到这个景象，心里一番激动，对塞尔瓦达克上尉和蒂马塞夫伯爵说道："说实在的，我简直不敢相信蒙马尔特高地竟然能在那个上面！"

"它就是在那上面呀，"塞尔瓦达克上尉回答他说，"我完全相信我们还能在那上面看见它！"

"但愿如此，上尉！不过，请您告诉我，如果罗塞特先生的彗星同不了地球的话，是不是就再没有办法迫使它返回去了？"

"再也返不回去了，我的朋友，"蒂马塞夫伯爵说道，"没有任何人的力量能够打乱宇宙中的星辰排列。如果每个人都能够改变他的彗星的运行轨道的话，那不就乱成一团了！而且，上帝也不允许这么做，我觉得上帝是非常明智的。"

第39章　天文学家和吝啬鬼

9月来临，但仍不能离开漆黑却暖和的地下避难所而回到"尼娜蜂巢"去。"蜜蜂们"如果回到以前的洞穴里去的话，必冻死无疑。

"我们在这儿闹心地待了七个月了，上尉！"有一天，本－佐夫这么说道，"您有没有看到这么长的时间，我们的小尼娜总是那么欢快呀？"

"没错，本－佐夫，"塞尔瓦达克上尉回答道，"这个孩子真是个挺特别的孩子！看上去，她心中装着我们大伙儿呢！"

"是呀，上尉，那以后……"

"以后什么呀？"

"是呀，我们以后返回地球，我们可别撇下这个好孩子呀！"

"那当然！本－佐夫，咱们干脆把她收养了吧！"

"好极了，上尉！您就是她父亲，如果您愿意的话，我就当她的母亲！"

"那我们不就是夫妇俩了，本－佐夫？"

"是呀，上尉。"正直的士兵回答道，"我们早就是夫妻俩了！"

10月初的那几天，寒冷几乎能够忍受了，甚至在夜晚，只要不刮风，就不是很冷了。加利亚与太阳之间的距离已经不到地球与太阳之间距离的三倍了。气温均保持在零下三十到三十五度之间。在"尼娜蜂巢"，甚至在洞外，气温也经常往上升。加利亚人经常跑到海滩上去，但并不觉得冷。天公赐予的那光滑平整的冰面又可以上去滑行了。他们就像长期蹲监狱的犯人似的离开了牢房，去享受那份自由的欢乐。蒂马塞夫伯爵、塞尔瓦达克上尉和普罗科普二副每天都要讨论那"重大的着陆问题"。着陆问题可不是儿戏，必须尽可能地排除发生碰撞的种种可能性。

在过去几个月中，往"尼娜蜂巢"跑的次数最多的人，要算是帕米兰·罗塞特教授。但是，几天之后，他的同伴们发觉他好像又不太满意了，他不停地在中央火山管的斜坡隧道里上上下下，忙个不停。好像比以前更难以接触了。有这么一两回，本－佐夫——大家都知道的一个正直的人——大概是患了忧郁症，不知何故去找那个可怕的教授去了。教授如何接待他的，那就用不着多说了。

"看上去那上面的事不像他所期待的那样呀，"本－佐夫在寻思，"管他呢，只要他别扰乱天空的秩序，别殃及我们就行！"

然而，塞尔瓦达克上尉、蒂马塞夫伯爵和普罗科普二副坚定地认为帕米兰·罗塞特在这一点上出了问题。教授是否重新检查了他的数据？它们与新的观测不一致？

这是他们最为担心的事。他们一直都是对帕米兰·罗塞特的计算寄以最大希望的，这一下可是不妙了，看见教授如此焦急烦躁，众人着实胆战心惊。

的确，教授渐渐成了天文学家中最不幸的人了。很显然，他的计算与他的观测不一致，而像他这样的人是无法承受这么强烈的刺激的。总之，他每次返回他的工作室，走在那冰冻难耐的长隧道中，心里总是愤恨不已。

如果此时有谁走近他的身边，就能听见他在反复地自言自语："真见鬼了！这是怎么回事？它跑那儿去干什么？它没有待在我们计算出的那个位置上！这个该死的东西！它迟缓了！要么牛顿是个疯子，要么它疯了！这一切都与天体运行的规律背道而驰！真见鬼！我不可能弄错！我的观测是正确的，我的计算也是正确！啊！该死的彗星！"

帕米兰·罗塞特双手捂住脑袋，狠扯头发，尽管头上毛发并不多。他翻来覆去地检查，但结果总是一样的：计算与观测之间总是不一致，原因不明。

"嗯，"他寻思，"是不是出现什么干扰，打乱了天体的运行规律？不，这不可能！是我自己计算错了！可是……可是……"

帕米兰·罗塞特，乱了方寸，不知如何是好。

如果他乱了方寸的话，大家就要慌神了，不过他对此倒不怎么在意。

然而，这种状况总得有一个终结！

10 月 12 日这一天，本－佐夫在围着"尼娜蜂巢"的大厅转悠时，教授也在那儿，他听见教授喊叫了一声，响极了。

本－佐夫赶忙向他奔过去。"您怎么啦？是不是摔了一跤？"本－佐夫问他道，心里在想："他是不是身体出了问题？"

"厄雷卡[1]！厄雷卡！"帕米兰·罗塞特像是疯了似的拼命踩脚。

在他那副欣喜若狂的神态中既有高兴也有愤恨。

"厄雷卡？"本－佐夫不明白，也说了一下这个词。

"是呀，厄雷卡！你知道这个词是什么意思吗？"

---

[1] 厄雷卡，希腊词，是突然找到答案或想出办法时用的惊叹语。意为：有办法了！

"不知道。"

"那好，你见鬼去吧！"

"至少，"本－佐夫心想，"罗塞特先生还算客气。"

于是，本－佐夫没有去见鬼，而是赶忙去找塞尔瓦达克上尉。

"上尉，"他说道，"有新情况。"

"什么新情况？"

"教授……喏！他有'厄雷卡'了。"

"他找到了……"塞尔瓦达克上尉大声嚷道，"可是，他找到什么了？"

"这我就不知道了。"

"嗯！这可得搞清楚！"

此刻，塞尔瓦达克上尉比任何时候都更惴惴不安。

这时候，帕米兰·罗塞特正在返回他的工作室，仍旧边走边嘀咕：

"是的，有办法了……有办法了……啊！要是这样的话，我可饶不了他……但是，他会承认吗？他绝不会承认的！我恨不得掐死他……好呀！我也要要一要你……咱们走着瞧！"

这真是太不像话了，他真弄不明白那个家伙为什么要这么干，不过自那一天起，帕米兰·罗塞特对待伊萨克·哈卡布特老板的态度变得客气了。在这之前，他对伊萨克或者是不屑一顾，或者恶言相向。

他俩谁会感到惊讶呢？那肯定是伊萨克老板啦，因为他很不习惯这样的客气法。帕米兰·罗塞特突然对他，对他的生意非常感兴趣。他经常下到他黑漆漆的小店里，问他生意做得好不好，进账多不多，还问他是否能有千载难逢的大好机会捞上一把，等等。可是他这么干的意图到底是什么呢？

伊萨克·哈卡布特是一只老狐狸，非常狡猾，他只是支支吾吾地应答着。教授对他突然一百八十度的大转变，把他给吓住了。他暗自寻思，帕米兰·罗塞特是不是在打算向我借钱呀？

不过，大家都知道，伊萨克·哈卡布特是不会拒绝借贷的，当然，他会收很高的利息。他甚至想依靠借贷的方式让自己的财富升值。不过，他只愿意将钱借给很有偿还能力的人，必须实话实说，他只看中蒂马塞夫伯爵。伯爵是俄国富有的贵族，他是可以大胆地借钱给他的。塞尔瓦达克上尉大概是个穷光蛋，没有一文！至于教授嘛，伊萨克老板可从来就没有想过要借钱给一个教授的！因此，伊萨克老板对教授十分谨慎。

另一方面，伊萨克现在也不得不用钱买点东西了，这是他自己也没有料到的。

确实，在这一时期，他已经把他储藏的食品全都卖给了加利亚人。他根本没有动动脑子留点食品供自己食用。除了食品之外，咖啡也见底了。

说到咖啡，尽管大家省着喝，但是，正如本－佐夫所说，"咖啡一旦没有了，那就不再有了。"

伊萨克此时此刻也喝不到他离不开的咖啡了，他不得不要跑到公共储藏室去求助了。

在反复思考之后，伊萨克心想，不管怎么说，他同大家一样享有同等权利，公共储藏室里的东西也应有他一份，所以他便跑去找本－佐夫了。

"本－佐夫先生，"他语气甜丝丝地说，"我有一个小小的请求，请您恩准。"

"你说吧，吝啬鬼。"本－佐夫回答他道。

"我需要在公共储藏室取一斤[1]咖啡，我自己喝。"

"一斤咖啡！"本－佐夫说，"怎么！你要一斤咖啡？"

"是的，本－佐夫先生。"

"啊，啊，这可有点麻烦！"

"是不是没有咖啡了？"

"有啊，还有一百来公斤。"

"是吗？"

"喏，老家伙，"本－佐夫摇晃着脑袋回答说，"不过，我不知道能不能给你咖啡！"

"给我点吧，本－佐夫先生，"伊萨克说，"给我点吧，我会感激不尽的！"

"感激不感激跟我无关！"

"可是，换了别人，您也会拒绝吗……"

"啊，因为你不是别人！"

"那怎么办，本－佐夫先生？"

"喏，我去向总督大人禀报一下。"

"啊！本－佐夫先生，我相信总督大人是公正的……"

"正好相反，老家伙，我很为你担心他的那份公正……"

本－佐夫让伊萨克·哈卡布特苦苦地思索去，自己便去禀报了。

在本－佐夫和伊萨克二人谈话之时，帕米兰·罗塞特已经来到这里。他觉得这个机会甚好，可以冒险一试，于是，他便走向前去，说道："哟，伊萨克老板，您想要咖啡？"

"是呀……教授先生。"伊萨克·哈卡布特回答道。

---

[1] 斤，此为法国古斤，一斤约合 489.5 克。

"您的咖啡全卖光了？"

"唉，我犯了个大错！"

"天哪！您不喝咖啡可不行！是呀……是呀……咖啡是提精神的！"

"可不是吗……在这个漆黑一片的坑洞里，我没有咖啡还真不行！……"

"喏，伊萨克老板，他们会给您足够的咖啡喝的。"

"就是呀，教授先生……尽管我把咖啡全卖掉了，但是我仍然像其他人一样有权领取我的那一份咖啡喝的！"

"那是当然……伊萨克老板……那是当然的……您需要很多吗？"

"只要一斤……我会省着喝的……我会喝很长时间的！"

"那他们怎么称这斤咖啡呢？"帕米兰·罗塞特不由自主地微微加强了点语气问道。

"用我的秤呗……"犹太人喃喃地说。

帕米兰·罗塞特相信自己听到了伊萨克老板从胸腔里发出的一声叹息。

"是的……"教授回答道，"用你的秤！这里没有别的秤吧？"

"没有！"伊萨克回答道，他也许很遗憾自己发出了一声叹息。

"呃，呃，伊萨克老板……这对你大有好处啊！为这一斤咖啡，他们得给你称出七斤来的！"

"对呀……七斤！就是七斤嘛！"

教授看着对方，死死地盯着他。他想问他一个问题……但转而一想，也许伊萨克不会对他说实话。他想不惜任何代价地把真情实况从伊萨克那儿掏出来。

正在这时，本—佐夫回来了。

"怎么样？"伊萨克·哈卡布特急切地问道。

"喏，总督不愿意……"本—佐夫回答说。

"他不愿意让人给我咖啡！"伊萨克嚷嚷道。

"不，他只是想让人卖给你咖啡。"

"卖给我？天哪！"

"是呀，这很公正呀，因为你卖东西给大伙儿，大捞了一笔呀。咱们看看你的包里装了多少金币吧！"

"你们强逼我花钱买，可是别人……"

"我不是跟你说了吗，你不是别人！你到底买不买？"

"啊！上帝啊！"

"你快点回答，不然我要关店门了！"

221

伊萨克很清楚，跟本－佐夫是开不得玩笑的。

"好了……我买。"他说道。

"那好。"

"但是，价格呢？"

"就按你卖出的价，我们不会扒你的皮！你的皮不值得去扒！"

伊萨克·哈卡布特把手伸进口袋，从中摸出几个银币来。

教授越来越专注了，他似乎在等着抓住伊萨克的话柄。

"喏，"伊萨克问，"一斤咖啡你们要我多少钱？"

"十法郎，"本－佐夫说。"这是'热土地'上的通行价格。不过，这对你是个小意思，等我们返回地球之后，金子就不值钱了。"

"金子就不值钱了？"伊萨克说，"真的会这样，本－佐夫先生？"

"你就等着瞧吧。"

"哎呀！上帝呀，快来帮帮我吧！一斤咖啡要十个法郎呀！"

"少废话，十个法郎，要不要？"

伊萨克·哈卡布特掏出一块金币，他在灯下照着看了看，几乎用嘴贴紧了。

"你们用我的秤称吗？"他问话的口气极其悲哀，反倒让人怀疑。

"不用你的，让我们用什么称呀？"本－佐夫顶了他一句说。

然后，他拿起秤，把一只盘子吊在秤钩上，往盘子里倒咖啡，指针显示出一斤——也就是七斤——来。

伊萨克，哈卡布特两眼直勾勾地盯着本－佐夫。

"够了！"本－佐夫说。

"指针完全回到零点了吗？"伊萨克倾身对着刻度表仔细地查看。

"回到了，老吝啬鬼！"

"您用手指稍稍拨一下指针，本－佐夫先生！"

"为什么呀？"

"因为……因为……"伊萨克·哈卡布特嗫嚅着，"因为我的秤也许不……完全……准……"

此言一出，帕米兰·罗塞特便扑上去掐住了伊萨克的脖子，使劲儿地摇、勒、掐他。

"畜生！败类！"教授吼叫道。

"救命呀！快救救我！"伊萨克·哈卡布特呼喊道。

教授继续掐他。

本－佐夫在一旁看着，并不干涉。相反，他还在起哄。对本－佐夫而言，这两个相拼相斗的人他都没有好感。

这时候，塞尔瓦达克上尉、蒂马塞夫伯爵和普罗科普二副听到吵闹声，赶忙跑过来了。

大家把伊萨克和教授拉开了。

"到底怎么回事？"塞尔瓦达克问道。

"这个骗子，"帕米兰·罗塞特说，"这个骗子，他给我们的是一个假秤，这个秤称出来的东西比实际重量要重！"

"是这样吗，伊萨克？"

"总督大人……是的……不是……"他语无伦次地说，"……是的……"

"只有这种小偷才用假秤蒙人，"天文学家帕米兰·罗塞特教授愈发怒气冲冲地喊道，"当我用他的秤来称我的彗星时，我称出的重量要高于彗星的实际重量。"

"是这样吗？"

"是……不是……我不知道……"伊萨克·哈卡布特慌了神地嘟囔着。

"我就是用的这个假秤称的，想以此作为我新的计算的基础，可是这些新数据跟我的观测不一致，所以我不得不认为彗星已不再位于它原来的位置上了！"

"您说的是——加利亚？"

"不是，是奈丽娜，我们的月亮！"

"那加利亚呢？"

"噢，加利亚一直待在它应该位于的地方……这个天杀的伊萨克……连上帝都被他骗了！"

第40章　上尉和他的勤务兵出发又回来了

确实如此，自从伊萨克·哈卡布特开始在沿海航行中做生意起，他便开始欺骗顾客，缺斤短两。此人惯用这种手法，人人皆知，没人觉得惊讶。但是，当他从卖主变成买主的那一天起，他的骗人把戏便转而针对了自己。他发财致富的主要工具就是他的那个秤，这个秤称出的重量都要比原重量少四分之一，仿佛是大家认可了的。可是，这要让教授必须根据正确的标准来重新计算他的观测数据。

在地球上，这个秤标出的一千克物体，实际上只有七百五十克。因此，它所标示的加利亚的重量，必须减掉四分之一。大家这才明白，教授的计算是建立在彗星的重量多了四分之一的基础，所以与奈丽娜的实际位置就不一致了。

帕米兰·罗塞特狠狠地教训了一顿伊萨克，总算出了一口气，又重新开始测算奈丽娜。

挨了这顿打之后，伊萨克·哈卡布特遭到众人的不齿。这是不言而喻的！本－佐夫一再训斥他说，再这么缺斤短两，总有一天会蹲牢房。

"那会在何时何地蹲牢房？"伊萨克问道。

"待我们回去后，在地球上。浑蛋！"本－佐夫挖苦他说。

于是，这个可怜又可恨的家伙躲在他那个黑漆漆的小坑洞里，不敢出来了，人们很少看到他。

距加利亚人期盼着的与地球相遇的那一天还有两个半月。自 10 月 7 日起，彗星便回到伸缩性望远镜中所观测到的行星区域了，也就是回到了它捕捉到奈丽娜的那个地方了。

11 月 4 口，小行星运行的那个区域很幸运地便穿越过去了。这些小行星可能是在火星与木星之间运行的某颗行星爆炸而形成的。在这个月里，加利亚将沿着一个弧形轨道运行四千万法里，届时，近日点将是七千八百万法里。

气温在上升，不是那么难以忍受的寒冷了，大约为零下十至二十度。然而，看不出有任何解冻的征象。加利亚海的冰面上仍然冻得结结实实，那两条船高高地立在冰堆上，俯临着深渊。

这时候，滞留在直布罗陀的孤岛上的英国人又受到了众人的关注。大家并不怀疑他们已经安然无恙地度过了加利亚恶劣的严冬。

塞尔瓦达克上尉对待这个问题的看法充分表明了他的慷慨仗义。他说道，尽管"多布里纳"号在访问过程中英国人的态度很恶劣，但是他仍想与他们沟通，将英国人可能不知道的情况转告给他们。返回地球的事不管怎么说，都只是一次新的撞击的结果，很可能是极其危险的。因此，必须通知那些英国人，甚至应该敦促他们前来共同抵御危险。

蒂马塞夫伯爵和普罗科普二副完全赞同塞尔瓦达克上尉的意见。这是个人道主义的问题，他们不能不关心。

可是，这个时期怎么才能到达直布罗陀岛呢？

当然得从海上走，也就是说，趁冰面仍旧很结实时赶快前去。再说了，这是从一个岛到另一个岛的唯一办法。一旦冰面解冻，就没有任何办法前往了。确头，大家已无法再依靠双桅纵帆式帆船或单桅三角帆船了。至于那蒸汽小艇，如果使用它的话，就会消耗掉数吨煤炭，那可是精心地储存起来的呀，是为大家返回古尔比岛时用的！

当然，还有已经改装成雪橇的交通艇。大家都知道它行驶的速度又快又安全，它曾从"热土地"飞驰到弗芒特拉。但是，它必须借助风力才能滑行，可是，加利亚上却感觉不到风。也许解冻之后，夏季的气温会扩大雾气，加利亚大气层中可能会有一些新的现象产生吧？这时候没有一丝风，交通艇也无法驶抵直布罗陀岛。

现在看来只有靠步行或滑冰去了。可是这段路程的距离非常远，将近一百法里呢。在这样的条件下，能否尝试一下呢？塞尔瓦达克上尉主动请缨，每天滑行二十五到三十法里，也就是大约每小时两法里，对于一个滑冰高手来说，这难不倒他。在到达直布罗陀将情况转告英国人之后，他就返回"热土地"，一来一回就八天时间。只要带上一个指南针、一些冷冻肉、一只煮咖啡的酒精炉就足够了，用不着再带什么，而且这种有点突如其来的任务很适合他这样敢于冒险的人去干。

蒂马塞夫伯爵和普罗科普二副也不甘落后，要求代替他前往，或者陪他一起去。但是，被塞尔瓦达克上尉婉拒了，因为，万一出现不幸的情况，必须有蒂马塞夫伯爵和普罗科普二副这样的人留守在"热土地"。没有他们二人，他们的同伴们返回地球时不知道会怎么样呢？

蒂马塞夫伯爵不得不让步了。塞尔瓦达克上尉只想要一个同伴——他忠实的本－佐夫。他问本－佐夫一起去有没有问题。

"见鬼，有什么问题呀！"本－佐夫大声嚷嚷道，"你看你，还问有没有问题，真是的！正好是个活动腿脚的大好机会！再说了，您以为我会让您一个人独自前往呀！"

于是决定第二天——11月2日动身。毫无疑问，塞尔瓦达克上尉首先想的是帮助那些英国人，尽人道主义义务。不过，他的脑子里还蕴藏着另一个想法，但他并没有告诉任何人，想必他不愿意讲给蒂马塞夫伯爵听。动身的前一天，他对本－佐夫说："本－佐夫，你能不能在储藏室里找点材料缝制一面三色旗？"

"可以呀，上尉！"本－佐夫回答道。

"那好，你要偷偷地缝制这面国旗，装在你的背包里带着。"

本－佐夫没有多问，听从命令去缝制了。

塞尔瓦达克上尉脑子里装的到底是什么计划？他为什么对自己的同伴们只字不提呢？

在讲出这一缘由之前，有必要在这里明确指出。由于人类的软弱，又考虑到这事与天文问题毫不相干，所以他就自然而然地闭而不语了。

自从加利亚逐渐靠近地球，蒂马塞夫伯爵和塞尔瓦达克上尉越来越疏远。有可能这种心态二人是在不知不觉之中产生的。他俩曾是情敌，因为在一起同呼吸共命运地生活了二十二个月，以致把这旧日的敌对情绪完全忘到了脑后，但是，现在却又慢慢地在脑子里浮现出来。一旦返回地球，这两位共患难的同伴会不会又将回到往日那敌对状态中去？尽管双方都已成为加利亚人，但毕竟还是人，人性难改呀！L夫人也许仍旧单身……当然，这么猜想，简直是在污辱她！

不管怎么说，不管愿意不愿意，反正伯爵和上尉之间出现了某种冷淡的情绪。再者，大家可以看出他俩之间从未有过真正的亲密友谊，只是二人所处之环境所迫，才维持着一种友好的关系而已。

这么一说，塞尔瓦达克上尉的计划便清楚明白了——这个计划也许会燃起蒂马塞夫伯爵和塞尔瓦达克上尉之间的新的怒火。鉴于此，上尉就不想将他的计划说出来了。

必须承认，他的这个计划确实是他那爱想事的脑子里产生出来的。大家都知道，英国一直占据着直布罗陀岛，坚守着英国自己的领土。如果这个哨所完好无损地回到地球上，他们仍旧有理由占有，至少无人会跟他们争夺。

可是，直布罗陀的对面，耸立着休达岛。在发生两星相撞之前，休达岛属于西班牙人管辖。但是，现在休达已成空白地带，谁先占领便会归属于谁。因此，前往休达岛，以法国的名义占领它，在上面插上法国国旗，成了他心中念念不忘的大事。

"谁知道呢，"他心想，"说不定休达到不了该到的人手中，控制不了地中海中的某个重要的地方？因此，在这个小岛上，插上法国国旗，就名正言顺地表明它已属于法国了！"

为此，塞尔瓦达克上尉和他的勤务兵什么都没告诉别人，便前去占领休达岛了。

说实在的，本—佐夫对上尉的心思是一清二楚的。为法国占领一个小岛！顺便戏弄一下英国人！这便是上尉想做的事！

两人向同伴们告别，随即出发，到达悬崖下面。这时，已没有其他人在场，上尉便将自己的计划全盘告诉了本—佐夫。

这时候，似乎那老军歌的旋律又在本—佐夫的脑海里响了起来，他便开始以嘹亮的歌喉唱了起来：

太阳升起，

我们迎着朝阳！

啊！非洲军团，

啊！飞马向前！

塞尔瓦达克上尉和本－佐夫穿得暖暖和和的，本－佐夫还背着背包，带着一些旅行用具。他们穿着冰鞋，踏上了白茫茫一片的冰雪世界，很快便看不见"热土地"那高山了。

一路上顺顺当当，中途定好了在各段路上休息的时间，歇息用餐。气温有所回升，即使到了夜晚，也不再冷得无法忍受。仅仅三天，两位英雄便滑到离休达仅有几公里的地方了。

本－佐夫很激动。如果发起冲锋的话，这个英勇的士兵肯定会像巨人一般抵挡住数骑的攻击，打退他们。

早晨，只见正前方正是指南针所指的方向，他们出发之后便一直朝着这个方向滑。在五六公里处的阳光下，休达岛显现出来。

二人立即准备脱下冰鞋，踏上该岛。

突然间，在距小岛三公里左右的地方，视力极强的本－佐夫停了下来，说道："上尉，您看！"

"怎么啦，本－佐夫？"

"岛上有什么东西在动。"

"我们上去。"塞尔瓦达克上尉说道。

没几分钟工夫，二人便滑过了两公里。塞尔瓦达克上尉和－佐夫放慢了速度，然后停了下来。

"上尉！"

"怎么啦？"

"休达岛上肯定有一个人，他在狠命地向我们挥手呢。他那个样子像是一个睡了太长时间的人醒了，在伸展胳膊。"

"见鬼！"塞尔瓦达克上尉嚷道，"我们是不是来得太晚了？"

二人继续向前滑去，不一会儿，本－佐夫又嚷了起来："啊，上尉，那是一根电线杆！"

那确实是一根电线杆，类似于在休达岛上使用的信号台的那种电线杆。

"见鬼啦！"上尉嚷道，"既然有电线杆，那就是有人竖起的！"

"至少，"本－佐夫说，"在加利亚，是长不出电线杆来的！"

"如果它在晃动，那就是说有人在摇动它！"

"唉！"

赫克托尔·塞尔瓦达克十分沮丧地望着北边。

远处，就是直布罗陀的悬崖峭壁，在本－佐夫和上尉看来，似乎是岛顶峰上竖起的又一根电线杆，是与前面电线杆下的电报台连接的。

"他们占据了休达岛，"塞尔瓦达克上尉大声说道，"我们被直布罗陀的人发现了！"

"那怎么办，上尉……"

"我们必须将占领它的计划藏起来，本－佐夫，不动声色，见机行事！"

"不过，上尉，假如上面只有五六个英国人在守卫着呢？"

"不，本－佐夫，"塞尔瓦达克上尉说，"我们已经被发现了，除非我们的说法让他们相信，否则，我们只好'收兵'。"

赫克托尔·塞尔瓦达克和本－佐夫狼狈地来到小岛下边。这时候，一名哨兵蹿了出来，像是被弹簧弹出来似的。

"谁？"

"是朋友，法国人！"

"这儿是英国地界！"

在双方互相喊问之后，小岛的最高处出现了四个人。

"你们是干什么的？"四个人中的一个喊道。

"想跟你们的长官谈谈。"塞尔瓦达克上尉回答道。

"是找我们休达岛的指挥官吗？"

"既然休达岛上有指挥官，那我们就是要找他。"

"我去通报一下。"英国士兵回答道。

不一会儿，休达指挥官一身戎装，走到小岛最前端的岩石上。

来人正是奥利芳少校。

看来已经无可怀疑了。塞尔瓦达克上尉想到的那个占领休达的主意，早就有人想到了，而且已经抢先一步。他们已经在这个岩石岛上构筑了一个坚固的碉堡。在大海冻结之前，他们就用直布罗陀指挥所的小艇将粮食和燃料运到岛上来了。

一股浓烟从岩石中冒出来，证明他们在加利亚的寒冷腊月中炉火熊熊，温暖如春，没有受到严寒的困扰。的确，这些英国士兵一个个心宽体胖，连奥利芳少校也微微发福了，尽管他也许不愿意承认这一点。

再者说了，休达岛的英国人也不太孤单，因为他们离直布罗陀顶多也就四法里。

他们或穿过昔日的海峡，或通过电报，与直布罗陀保持着经常性的联系。

甚至还得补充一句，莫尔菲准将和奥利芳少校还从未中断过他俩的对弈。他们的每一着棋都久久地思来想去，然后通过电报走棋。

在这一点上，这两位可尊敬的军官在效仿两个英国人，他们曾在 1846 年，不顾狂风暴雨，仍然在华盛顿和巴尔的摩之间通过电报对弈，成为佳话。

无须多说，莫尔菲准将和奥利芳少校，在塞尔瓦达克上尉去直布罗陀的造访期间，仍旧继续下着那盘尚未终结的棋。

"我想，你是奥利芳少校吧？"塞尔瓦达克上尉向对方敬礼，说道。

"正是，奥利芳少校，休达岛的指挥官。"少校回答道，然后又问道，"请问您的尊姓大名？"

"塞尔瓦达克上尉，'热土地'的总督。"

"噢，很好！"少校回答道。

"先生，"于是，赫克托·塞尔瓦达克说道，"请允许我冒昧地问一句，这儿是西班牙昔日领地的一部分，您是怎么在这儿当上了指挥官？"

"您问得好，上尉。"

"我斗胆地问一声，您凭什么权力……"

"凭借先来后到。"

"很好，奥利芳少校。不过，你想没想过，现在已成为'热土地'的客人们的西班牙人会要求收回这个小岛吗……"

"我不这么认为，塞尔瓦达克上尉。"

"请问，那是为什么呢？"

"因为这些西班牙人已经将休达岛的主权让给英国了。"

"你们签订合同了，奥利芳少校？"

"签订了正式合同。"

"噢！真的吗？"

"他们甚至收取了英国金币，转让了权力，塞尔瓦达克上尉。"

"噢，原来如此，"本-佐夫大声说道，"怪不得奈格雷特及其同伴们口袋里都装得鼓鼓的！"

事情确实如奥利芳少校所说。当西班牙人还在休达岛上时，那两位英国军官——塞尔瓦达克上尉想起来了——曾经秘密地上岛访问过。在那一次便轻易地取得了转让权，休达岛便归属英国了。

因此，塞尔瓦达克上尉到来前所依仗的依据便落空了。他不禁感到十分沮丧，但又无法坚持己见，也不想让对方猜测到他们的计划。

"我可否问一句，您大驾光临，有何贵干？"奥利芳少校追问道。

"奥利芳少校，"塞尔瓦达克上尉回答道，"我此次前来是想帮助您和您的同伴们。"

"噢！"少校那傲慢的口气无异在表示他无须任何人的帮助。

"也许，奥利芳少校，您还不知道所发生的事情，也不知道休达岛和直布罗陀都是在同一颗彗星上，在太阳系里运行着吧？"

"一颗彗星？"少校毫不相信地微微一笑说道。

塞尔瓦达克上尉简单明了地将地球与加利亚相撞的结果告诉了少校。奥利芳听了之后声色不动。随后，塞尔瓦达克上尉又补充说道，几乎所有的可能性都表明彗星会返回地球，因此，最好是加利亚的居民们能够团结一致防止再一次撞击的发生。

"因此，奥利芳少校，您的这个小哨所以及直布罗陀哨所是否愿意移至'热土地'上去……"

"我太感激您了，塞尔瓦达克上尉，"奥利芳少校冷冰冰地回应道，"可是，我们不能放弃我们的哨所。"

"为什么？"

"我们没有接到我国政府的命令，我们写给海军上将费尔法克斯的信件还一直在等着邮差顺路过来捎回去。"

"不过，我再跟您说一遍，我们现在已经不是在地球上了，到不了两个月，彗星将再次与地球相遇！"

"这我并不惊讶，塞尔瓦达克上尉，因为英国肯定会不遗余力地要将它拉回到地球上的！"

很显然，少校根本就不相信塞尔瓦达克上尉对他叙述的那一切。

"那就随您的便吧！"塞尔瓦达克上尉回答他道，"您是要坚守住休达和直布罗陀这两个哨所吧？"

"那当然，塞尔瓦达克上尉，因为它们扼守住地中海的入海口。"

"噢，也许地中海不再存在了，奥利芳少校！"

"地中海永远会存在的，它适合英国！不过，请您原谅，塞尔瓦达克上尉，莫尔菲准将给我发了一封电报，训斥了我一通。请您原谅……"

塞尔瓦达克上尉气得直拔胡子，向刚刚向他致意的奥利芳少校回了一礼。英国士兵们回到碉堡里去了，可这两位远征者却独自待在了岩石下面。

"怎么样，本－佐夫？"

"喏，上尉！我不是在说您，我们可是碰了一鼻子灰！"

"我们走吧，本－佐夫。"

"我们走吧，上尉！"不再想唱非洲军团的战歌了的本－佐夫说道。

他俩空手而归，连挂上法国国旗的机会也没有了。

返回去很顺利，11 月 9 日，他们便踏上了"热土地"的海岸。

必须补充一句，他们回来时，正碰上帕米兰·罗塞特在大发雷霆！不过，说实在，他这么气急是有原因的！

大家回想一下，教授曾经就奈丽娜重新做了一系列的观测和计算。在穿过行星区域后，现在它却消失不见了，想必是被某个更强有力的小行星给捕捉去了！

第 41 章　如何返回地球

塞尔瓦达克上尉回来后，便向蒂马塞夫伯爵汇报了对英国人拜访的结果。他对伯爵说，休达已经被西班牙人卖掉。他认为，他们根本无权出卖它，但上尉并没有把自己的计划说出来。

因此，大家便决定，既然英国人不愿意来"热土地"，那就随他们的便吧。情况已经告诉了他们，就让他们自己去拿主意吧。

现在必须对待的问题是彗星与地球可能发生新的碰撞。

原则上来说，必须将第一次的撞击看作一个真正的奇迹，因为塞尔瓦达克上尉以及他的同伴们，还有牲畜家禽等，虽然全都被抛出地球，但毕竟还是侥幸活下来了。想必这是因为在一些不明原因的条件迫使下，运行慢慢发生了变化。如果地球上已经有人丧命了，我们以后是会知道的。总而言之，有一点是确定无疑的：无论是在古尔比岛、直布罗陀、休达，还是在马达莱纳和弗芒特拉，被彗星带走的那些人中，没有一个因撞击而受伤的。

那么，返回地球时，是否仍旧会安然无恙呢？很有可能不会这么顺顺当当的。这是他们在 11 月 10 日所讨论的重大问题。塞尔瓦达克上尉、蒂马塞夫伯爵和普罗科普二副在作为共同大厅的那个坑洞中聚在一起讨论起来。本－佐夫自然是被允许列席会议的。至于帕米兰·罗塞特，已经正式地通知过他，但他拒绝前来，因为他对这个问题没有一点兴趣。自从他的奈丽娜消失后，他无法释怀，别不过劲儿来。因为失去了他彗星的卫星，就像他失去了自己的卫星似的，他希望让自己平静平静，不想被人打扰。所以大家也就不去打扰他了。

塞尔瓦达克上尉和蒂马塞夫伯爵二人的关系越来越冷淡，但是，他俩都没有让自己内心的想法显露出来，只是讨论一些有关共同利益的问题。

塞尔瓦达克上尉首先发言，他说："先生们，今天是 11 月 10 日。如果我昔日老师的计算是正确的话——它们应该是正确无误的，那么再过五十一天彗星与地球就会再次相撞。为了避免碰撞所产生的严重后果，我们该做些什么准备呢？"

"很显然，上尉，"蒂马塞夫伯爵回答道，"我们完全是受上帝支配的，我们自己能有什么办法？"

"上帝并没有禁止大家相互帮助呀，伯爵先生，恰恰相反，上帝是要求我们团结一致的。"塞尔瓦达克上尉说道。

"那您是否有什么想法，认为该怎么做，塞尔瓦达克上尉？"

"说实在的，还真的没有。"

"怎么啦，先生们，"这时，本－佐夫插嘴说，"你们都是些专家学者，我对你们是十分崇敬的，难道就掌控不了这颗该死的彗星，让它想去哪儿就去哪儿吗？"

"本－佐夫呀，首先，我们并不是专家学者，"塞尔瓦达克上尉回答道，"即使我们是的话，我们对它也是无可奈何。要不，看看帕米兰·罗塞特有什么办法吧，他可是个学者啊……"

"那个粗鲁的人！"本－佐夫不屑地说。

"行了，他虽然是一位学者，他也不能阻止他的加利亚与地球再次相撞！"

"那科学还有什么用呀？"

"对于科学，大部分时间，我们都还是不全清楚的！"蒂马塞夫伯爵说。

"先生们，"普罗科普二副说道，"可以肯定，如果发生新的碰撞，我们可是危险重重。如果你们同意的话，我就给你们摆一摆各种危险，看看我们能不能战胜它们，或者至少减小它们所造成的伤害。"

"那你说吧，普罗科普！"蒂马塞夫伯爵说道。

于是，他们便心平气和地聊了起来，仿佛已经把危险置之度外了。

"先生们，"普罗科普二副说道，"首先，必须想一想彗星与地球的再次相撞会以什么方式发生。然后，我们看一看在种种可能性中，有哪一个是最令人担忧的，或者是最让人感到能够安然无恙的。"

"这话很有道理，"塞尔瓦达克上尉回应道，"但是，咱们可别忘了，这两颗星球是相向而行的，而且，它们的速度，在相撞的那一时刻，将高达每小时九万法里！"

"那可是两列火车的迎头相撞啊！"本—佐夫插言道。

"咱们得看看这种碰撞会如何进行，"普罗科普二副继续说道，"这两颗星球在碰撞时，或者是斜向碰撞，或者是迎头相撞。如果是第一种情况，那么，加利亚就只是像第一次一样轻轻擦过地球，带走地球的几小块土地，然后返回宇宙空间运行。但是，它的轨道想必被打乱了，如果我们侥幸地活下来的话，也很少有可能再见到我们的同胞了。"

"那是帕米兰·罗塞特先生的事，而不是我们的事。"明智的本—佐夫说道。

"先把这个假设放在一边吧，"蒂马塞夫伯爵说道，"我们对利与弊已经知道不少了。咱们就直截了当地讨论一下迎头相撞的情况吧，也就是说，加利亚在撞到地球时的情况会是什么样的？"

"那就会撞出一个疙子似的……"本—佐夫说。

"你闭嘴，本—佐夫！"赫克托尔·塞尔瓦达克说。

"是，上尉！"

"咱们来看看，直接相撞会出现哪些情况吧，"普罗科普二副说，"首先，必须承认，地球的质量远超于加利亚的质量，而且地球的速度在这新的撞击中不会慢下来的，它将把这颗彗星一起带走。"

"这个看法是对的！"塞尔瓦达克上尉回应道。

"喏，先生们，假设是一种直接相撞，那么加利亚与地球的相撞，或将在我们位于的赤道的表面部分，或者是我们的南北极中的一极。在这几个不同的情况之下，加利亚上幸存的人可能全都会死亡，无一幸免。"

"请您解释一下，二副！"塞尔瓦达克上尉说。

"如果发生碰撞时，我们正好就在赤道的相撞地区，那我们全都会死的。"

"这是肯定的！"本—佐夫说。

"如果我们处于这一地区的两端的话，因为速度极快的缘故，我们瞬间便会死光。"

"这等于是一种大撞击——我们将会窒息而死。确实，加利亚的大气层将与地球大气层混合在一起，在这个加利亚在地球上构成的高达一百法里的大山顶上，就没有一点氧气了。"

"那如果加利亚撞上两极中的一极的话呢？"蒂马塞夫伯爵问道。

"在这种情况下，"普罗科普二副回答道，"我们不可避免地在一次可怕的跌落之中被抛了出去，摔个粉身碎骨。"

"很好！"本—佐夫说。

"我再补充说一句，即使这些假设都没有出现的话，那我们照样会被烧死。"

"被烧死？"赫克托尔·塞尔瓦达克说。

"是的，当加利亚的速度因为障碍而突然丧失，转为热能了，那么它或全部或部分地被烧毁，因为它的温度会升高到数千度！"

普罗科普二副所说的这一切都是正确无误的。他的听众们看着他，并不太惊讶地听着他对种种假设的分析。

"不过，普罗科普先生，"本—佐夫说，"我有一个问题，如果加利亚掉在海里呢？"

"无论大西洋还是太平洋有多深，"普罗科普二副回答道，"它们的海底的深度也超不过几法里。那点海水的力量不足以减小冲击力的。因此，我刚才所指出的那种种结果都会出现……"

"即使掉进海里也必死无疑啰！"本—佐夫说。

"因此，先生们，"塞尔瓦达克上尉说道，"摔死、淹死、砸死、闷死或烧死，等等死法都在等着我们呢，无论相撞的方式如何，全都一样，反正是个死！"

"是呀，塞尔瓦达克上尉！"普罗科普二副毫不犹豫地说。

"那好，"本—佐夫说，"既然如此，我绝对只有一件事要做！"

"什么事？"塞尔瓦达克上尉问道。

"那就是在相撞之前离开加利亚。"

"也许，"他又说道，"不管我的计划让你们觉得有多么怪诞，但我却认为应该试一试。"

"你怎么试，普罗科普？"蒂马塞夫伯爵说。

二副沉默了一会儿，思考着。然后他说道："本—佐夫所说的这个办法是可以采纳的：在撞击之前，离开加利亚。"

"这可能吗？"蒂马塞夫伯爵问道。

"可能……也许……是的，可能！"

"那怎么离开呢？"

"用气球！"

"气球？"塞尔瓦达克上尉嚷道，"那太古老了！甚至在小说中，大家也都不敢再使用气球了！"

"请听我说好吗，先生们？"普罗科普二副微微蹙起眉头说道，"如果我们能精确地知道撞击的时刻的话，我们就能提前一个小时升到加利亚的大气层里。这个大气层将肯定会以它原有的速度将我们带走的，但是，在与地球大气层相混合的时候，很有可能由于飘动的缘故，气球会左右摇摆、移动，从而避开那个直接的撞击。在撞击发生时，它会停在空中的。"

"说得好，普罗科普，"蒂马塞夫伯爵称赞道，"我们明白你所说的……我们将照你说的做！"

"就一百种机会而言，"普罗科普二副又说道，"有九十九个是对我们不利的！"

"九十九个！"

"至少是如此，因为可以肯定，它在做平行移动时会停止下来，气球将会烧毁。"

"它也会这样？"本－佐夫惊诧地说。

"它和彗星同样会的，"普罗科普回答道，"除非这两个大气层融合在一起……我不太知道……我很难说清楚……不过，我觉得最好是撞击发生时，离开加利亚地面。"

"对！对！"塞尔瓦达克上尉赞同道，"哪怕是只有千分之一的机会，我们也将抓住它！"

"可是，我们没有氢气来充气球……"蒂马塞夫伯爵说。

"我们有热气球就可以了，"普罗科普说，"因为没有必要在空中待上一个多小时。"

"好，"塞尔瓦达克上尉说，"……一只热气球……这很原始，但却更容易制作……可是，它的外壳呢？"

"我们就用'多布里纳'号的船帆来裁制，这船帆又轻柔又结实……"

"说得对，普罗科普，"蒂马塞夫伯爵赞扬道，"你可真的是万事通啊！"

"乌拉！万岁！"最后，本－佐夫呼喊道。

普罗科普二副刚才提议的真是一个大胆的计划。不过，危险肯定是少不了的，很可能会死人，但是只好冒险一试了。为此，必须知晓碰撞的确切时间，不仅是精确到小时，而且还要精确到分钟，甚至，有可能的话，要精确到秒钟。

塞尔瓦达克上尉负责想尽一切办法去询问帕米兰·罗塞特。因此，自此刻起，在二副的指挥下，大家便开始动手制作热气球了。它应该有一个大的容量，能够装得下"热土地"上的二十三位居民，而直布罗陀和休达的英国人，在他们拒绝之后，就无须再去考虑他们了。

另外，普罗科普二副还决心增加脱险的可能性，以便在碰撞发生之后，使热气球在空中飘浮的时间更长一些，如果热气球能抗得住的话。他也就有更多的时间寻找一个合适的降落地点，否则它会摔坏，要死人。因此，他决定带上一定数量的燃料——干草或秸秆，以向热气球供热，从前驾驶热气球的人就是这么干的。

"多布里纳"号的船帆已经储存在"尼娜蜂巢"了。这些船帆织得细密，为了让它们更加不漏气，还在上面涂了一层漆。这些杂货是在"汉莎"号上找到的，因此，普罗科普可以支配。他事先做好了一个准备裁剪用的棋板。

这样一来，就方便多了，大家一起动手来缝制，连小尼娜也参与其中。俄国水手们对这种活计熟练至极，并教西班牙人怎样动手缝制，在这新设立的"车间"里，大家干得热火朝天。

我们说是"全体"，并不包括那个犹太人，他不参加，大家也并不感到遗憾，至于帕米兰·罗塞特，他连大家在忙着制作热气球的事都不想知道！

大家忙乎着干活儿，一个月便过去了。塞尔瓦达克上尉尚未找到机会向他昔日的老师询问有关两星再次相遇的问题。白天，气温上升，几乎可以忍受得住了，教授蛰居在他的观测室里不出来，而且也不让别人进去。塞尔瓦达克上尉有一次推门进去，教授都没有给他好脸看。他比以前更不愿意回到地球上去，所以他不想关心返回地球的危险性，也不想为了大家共同的利益而操心。

可是，这两颗星球以每秒钟二十七法里的速度在彼此靠近，危险极大，所以必须弄清楚这个确切的时间在什么时候出现，这是头等的大事。

塞尔瓦达克上尉不得不捺住性子，他必须不急不躁。

然而，加利亚却在逐渐地靠近太阳。地球那圆盘明显地在增大，加利亚人看得清清楚楚。彗星在 11 月份，已经运行了五千九百万法里了，到了 12 月 1 日，它离太阳只有七千八百万法里了。

气温在大幅度地升高，冰一旦解冻，海面便会解体。这个大海如果冰化水涌，那是颇为壮观的。正如捕鲸人说的那样，人们会听见那种"冰裂的嘎吱声"。火山和海岸的斜坡上，刚融化成水的细流将随意地漫山流淌，不几天，便变成了激流和瀑布。山顶上的皑皑白雪也将化作水，顺流而下。

与此同时，雾气在远方开始升起，渐渐地形成云彩，在漫长的加利亚严冬期间停息很久的风又刮起来了。可以想见，接下来便会出现狂风暴雨的天气，不过，这毕竟是生命随着热力和光度返回到了彗星表面，万物复苏了。

然而，有两个预见到的灾难终于发生了，这会儿的加利亚海波涛汹涌，无处躲藏。

在冰雪消融的这一时刻，双桅纵帆式帆船和单桅三角帆船仍然高踞于海面一百英尺之上。船的底座有点变形，随着冰融而有所倾斜。如同北冰洋的冰山一样，冰块化作了水，水温增高，船底将与水面脱节而坠落。想要挽救这两只船是根本不可能的，现在只能是用热气球来代替它们逃生了。

到了 12 日夜至 13 日期间，冰已全部消融。随即，两条船船体失去平衡，咚的一声坠落下去，撞在了海边礁石上，粉身碎骨了。

这个灾难是他们预料的，而又无法阻止的，如此一来，让众人不禁痛苦不堪。看来，他们不知如何是好了。

伊萨克·哈卡布特眼睁睁地看着自己的单桅三角帆船突然坠落。摔个粉碎，不禁悲从中来，痛不欲生他大声诅咒这帮人，指责塞尔瓦达克上尉等人。他觉得他们本不该强逼着他将"汉莎"号驶往"热土地"的那个小海湾里去，他认为如果把他的船留在古尔比岛的港口，什么事都不会发生！他们违背他的意愿蛮横从事，他们应该赔偿他，等回到地球上去之后，他肯定得找他们算账！

"胡说八道！"塞尔瓦达克上尉喝斥道，"您给我闭上您的鸟嘴，伊萨克老板，否则我就把您铐起来！"

伊萨克·哈卡布特闻言，不敢再吭声，回到自己的小洞里去了。

12 月 14 日，热气球制作完成了。它被仔细地缝制好，还涂上了漆，结实得不得了。气球上的吊绳是用"多布里纳"号上的柔韧的缆绳编制的，而吊篮则是用"汉莎"号上的柳条编织的，可以容纳下二十三个人。不管怎么说，反正这只是一个短暂的上升飘浮，随后便随着加利亚大气层一起滑向地球大气层，不用太注重舒适与否了。

但是，始终如一的难题便是时、分、秒的精确时间。可是，在这个问题上，顽固又倔强的帕米兰·罗塞特还没有吭过一声。在这一时期，加利亚穿过火星的轨道，火星离它尚有近五千六百法里的距离。

12 月 15 日夜间，加利亚人以为末日来临了。某种地震突然发生。火山在摇晃，仿佛被地下的某种力量摇来晃去。塞尔瓦达克上尉及其同伴们以为加利亚要崩裂了，慌忙从晃动着的火山体内跑了出来。

与此同时，教授在他的观测室里发出了一阵阵的惊叫声，不一会儿，大家便看到倒霉的帕米兰·罗塞特手里拿着摔坏了的望远镜，站在悬崖上。

不过，大家并没有去为他悲叹。在这个漆黑一片的夜晚，围绕着加利亚运行的第二颗卫星出现了。

其实，那就是从加利亚上分裂出来的一个碎块。

在其内力的作用下，加利亚一分为二了，如同以前的那颗甘巴尔彗星一样。那个碎块很大，自动离开了加利亚，被抛向了宇宙空间，并带走了休达岛上的英国人和直布罗陀上的英国人！

第42章 告别加利亚

从加利亚的角度看，这种严重的情况可能会出现什么样的结果呢？塞尔瓦达克上尉及其同伴们还不敢回答这个问题。

太阳突然在远方升起，而且它骤然增大了一倍。加利亚的运行方向发生了变化。如果说它始终如一地在它的轴上从东往西运转，那么它的昼夜运转着的时间又减少了一半。太阳升起、落下、又升起的这一间隔时间就只有六个小时，而不是十二个小时了。太阳出现在远方地平线之后六小时，它便落到了对面地平线下面去了。

"真见鬼！"塞尔瓦达克上尉说道，"这么一来，我们的一年就变成两千八百天了！"

"这种历法连老天爷也搞不清楚！"本—佐夫回应道。

如果帕米兰·罗塞特想要将他的历法与加利亚的每天的长短结合起来的话，他就会说这是 6 月 238 日，或者 12 月 325 日了！

至于将英国人和直布罗陀掳走的加利亚的一小块，大家仍能看见它在围绕着加利亚旋转着。不过，它离加利亚已经很远很远了。那么，它是否随之带走了加利亚海和大气层的某一部分呢？它那上面是否能够居住？还有，它最终会返回地球吗？

这些问题我们日后会知道的。

加利亚的运行一分为二了，那么其结果会是怎样的呢？这便是蒂马塞夫伯爵、塞尔瓦达克上尉和普罗科普二副要考虑的问题。

加利亚的质量明显地在减少，它的运行速度会不会因此而改变呢？有没有可能出现迟缓或超前而使它错过了返回地球的时间？

如果真的如此，那可是没法补救的一个大灾难了！

加利亚的速度是否已经改变，哪怕是极少的改变？普罗科普二副并不这么认为。但是，他却不敢说出来，因为他对这方面的知识还很欠缺。

只有帕米兰·罗塞特能够回答这个问题。因此，不管采用什么方法，不管是说服还是强迫，都必须让他开口；并且让他说出两星相撞发生的具体而精确的时刻。

在其后的日子里，大家可以看到教授的脾气极坏。是不是因为他失去了望远镜？或者，我们是不是可以得出这样一个结论：加利亚一分为二并没有影响它的速度，因此它会在准确的时间到达地球？如果在彗星一分为二之后，它或超前或延后，如果它的返回受到干扰，那么帕米兰·罗塞特本会高兴得欣喜若狂。既然他并没有那么喜形于色，那就说明彗星的运行速度没有改变。

塞尔瓦达克上尉及其同伴们正是基于这一点才这么认为的，但是，这只是个猜测而已。必须从这个"刺猬"嘴里将他的秘密掏出来。

最后，塞尔瓦达克上尉终于大功告成了。

12 月 18 日，暴躁不安的帕米兰·罗塞特同本－佐夫争吵起来。本－佐夫对教授的彗星表示蔑视、不屑，说它像个儿童玩具似的破碎了，像一只羊皮袋似的开裂了，像一颗干核桃似的爆裂了！这就等于是住在一颗大炸弹上，火捻已经点燃了！等等。最后，二人拳脚相向，扭打在了一起，他俩脑子里，一个想着的是加利亚，另一个则想着他的蒙马尔特。

在他俩吵得不亦乐乎之际，塞尔瓦达克上尉来了。

是不是他骤然间脑子一动，灵感来了？反正他心里在想，既然同帕米兰·罗塞特来软的不成，也许来硬的更有效？因此，他便干脆站在了本－佐夫一边。

教授的怒火在瞬间便被那些尖酸刻薄的话语激了起来。

塞尔瓦达克上尉一脸的气愤——假装的气愤，他说："教授先生，您可以说一些不合我意的话，一些我不能忍受的话，这是您的自由！但是，您大概忘了，您是在跟加利亚的总督在说话！"

"您？"气不打一处来的天文学家反诘道，"您的忘性太大了，我可是加利亚的主人！"

"这算得了什么，先生！您的所有权不管怎么说是有争议的！"

"有争议？"

"既然我们现在无法返回地球，您就得服从加利亚现行的法律！"

"哼，真的？"帕米兰·罗塞特回答他道，"我今后就得听人摆布了？"

"正是如此。"

"你以为加利亚回不了地球了？"

"我们得永远待在加利亚上了！"塞尔瓦达克上尉回答道。

"为什么加利亚返回不了地球？"教授极其不屑地问道。

"因为自从它一分为二之后，"塞尔瓦达克上尉回答道，"它的质量减少了，因此，它的速度就不得不发生改变了。"

"这是谁说的？"

"我说的，大家也这么说！"

"哼，塞尔瓦达克上尉，您和大家，你们都是一些……"

"罗塞特先生！"

"……愚昧无知的人，一些蠢驴！对天体运动一无所知！"

"您说话注意点儿！"

"而且连最基本的物理知识都不懂……"

"老师……"

"啊，一个很差的学生！"气得吹胡子瞪眼的老师又说道，"我一点儿也没忘记您以前老是在班里捣乱！"

"您太过分了！"

"您是查理大帝中学的耻辱！"

"您再说，我可就……"

"不说不行，非说不可，您给我听着，我可不管您是什么上尉不上尉的！你们可真行啊！都是了不起的物理学家！就因为加利亚的质量变少了，你们大家就以为这已经改变了切线的速度了！仿佛这种速度完全依赖着它同太阳引力结合在一起的初速度！仿佛可以不顾被干扰了的星球的质量，干扰就可以生成似的！不！你们计算过它们的干扰吗？唉，是呀！我感到您真可怜呀！"

教授气还没消，可本—佐夫以为塞尔瓦达克上尉真的是怒发冲冠了，便帮腔说道："您要不要我把他暴揍一顿，上尉？"

"好啊，您试试看，看您敢动我一根毫毛！"帕米兰·罗塞特挺直他那矮小的身子，大声吼叫道。

"先生，"塞尔瓦达克上尉激动地说，"我会让您就范的！"

"我将控告您犯恐吓罪，到法庭上去理论理论！"

"是加利亚的法庭吗？"

"不，上尉先生，是地球上的法庭！"

"那去吧！地球离得好远好远呢！"塞尔瓦达克上尉又说道。

"不管离得有多远，"帕米兰·罗塞特吼道，"即使有无穷远，到了12月31日夜至1月1日期间，我们照样要切过与地球的交汇点，并且将在凌晨两点四十七分三十五又十分之六秒时与地球会合……"

"亲爱的教授，"塞尔瓦达克上尉毕恭毕敬地向老师边致敬边说道，"我要向您求教的就是这个！"

说完，他便离开了，让帕米兰·罗塞特弄不清是怎么回事，愣在了那儿，本—佐夫见状也毕恭毕敬地向对方致敬。

赫克托尔·塞尔瓦达克及其同伴们终于知道了他们梦寐以求的情况了：与地球

的相会将在凌晨两点四十七分三十五又十分之六秒钟进行。因此，还得等待地球历的十五天，也就是旧历的加利亚的三十天，亦即新历的六十天。

这时候，大家热情高涨地完成了出发的准备工作。对于大家来说，都在急着离开加利亚。普罗科普二副的热气球似乎是返回地球的最可靠的工具。带着加利亚的大气层飘回到地球的大气层，这看上去是最简单方便的事情。大家忘了乘热气球旅行时那前所未有的种种危险。普罗科普二副不无道理地一再说，热气球在它飘浮的过程中突然停下来，就会连同乘坐者们一起烧毁——当然，除了出现奇迹。塞尔瓦达克上尉却故意装出很乐观的样子。至于本－佐夫，他是一直想着坐上热气球好好地玩玩。他的愿望终于可以实现了。

蒂马塞夫伯爵要冷静得多，而普罗科普二副则有所保留，但只有他们二人看到了这个尝试会遇到的种种危险。不过，他俩已经做好了一切应急准备。

这段时间，大海解冻了，又可以在海上航行了。蒸汽艇已经检修完毕，准备好起航，他们用剩余的燃料，已经往古尔比岛去了几次。

塞尔瓦达克上尉、普罗科普二副和几个俄国人是第一批做这样的旅行的。他们回到古尔比岛，又见到了哨所，经过这漫漫严冬，小岛和哨所依然如故。岛上可见几条小溪已经在潺潺奔流了。振翅飞离"热土地"的鸟儿们，又回到了这片肥沃的土地来，它们又见到了绿油油的草原和树木。在这每天只有三个小时的充分的日照下，田野上遍地冒出了新芽。太阳光让大地复苏，暖烘烘的。这是个炎热的夏天，是紧随冬季而来的赤热的、一片生机盎然的夏季。

大家跑到古尔比岛上去割青草和干草，以供热气球使用。如果这大家伙不是这么又大又碍事，他们有可能从海上将它运到古尔比岛上去。不过，最好还是从"热土地"上升空，并装载上供热气球使用的空气。

为了每日之所需，大家便用两只船的残骸来生火。当大家正要利用"汉莎"号的船帮残骸时，伊萨克·哈卡布特想要阻拦。但是，本－佐夫告诉他说，要是想狮子大开口的话，那你就得付上五万法郎才可坐上热气球。

伊萨克叹了口气，不说话了。

12月25日，出发前的一切准备工作都已完成。大家像一年前一样地庆祝了圣诞节，不过，宗教感情更加浓烈了。至于新年，大家都想到地球上去庆祝，本－佐夫甚至答应给小帕布罗和小尼娜各送一份新年礼物。

"你们瞧，"他对他俩说道，"你俩就像已经拿到礼物了！"

可是，令人费解的是，塞尔瓦达克上尉和蒂马塞夫伯爵在想着别的心事，而没去考虑登陆时的种种危险。他俩彼此间的冷淡态度并不是装出来的。在远离地球共同度过的这两年，对于他俩来说，是一个将忘却了的梦，他俩又将回到现实中去面对面了。一个美丽娇艳的身影横亘在他们二人之间，致使二人无法像以前那样友好地相处了。

正是在这个时候，塞尔瓦达克上尉在他的脑海中完成了那首著名的十二三行诗，将最后的那一小段补齐。这是加利亚为地球培养出来的一个诗人！

在此期间，塞尔瓦达克上尉在他的脑海中将他所有的不合他意的诗句全都修改过了。

在这些人中，蒂马塞夫伯爵和普罗科普二副心急火燎地想要回到地球上去。那些俄国人只有一个念头——主人想带他们去哪儿，他们就跟随他去哪儿。

而西班牙人则觉得加利亚上生活很惬意，他们很想主动留下来过完余生。但是最后，奈格雷特和他的人觉得能回到他们的安达卢西亚故乡去，他们也十分乐意。

至于帕布罗和尼娜，他俩非常乐意与他们所有的朋友们一起回去，但是条件是二人永远在一起，永不分离。

现在，只剩下唯一的一个不开心的人——暴躁的帕米兰·罗塞特。他怒气未消。他发誓绝不上热气球。不，他不会丢弃他的彗星的！他仍旧夜以继日地在观测天象。唉！望远镜没了，他好伤心啊！现在，加利亚就要闯入流星群那狭小的区域了！难道他在那儿没有什么新天象可观察？难道他不会有所发现吗？

沮丧绝望的帕米兰·罗塞特做出一个英勇的决定，将自己的眼睛瞳孔放大，以便代替一点望远镜的功能。于是，他便利用颠茄的作用，根据"尼娜蜂巢"的药房的药品功效数据，用眼盯着天空观察着，一刻也不停，直到瞪得眼睛都要瞎了！但是，尽管他这么努力地提高视力，增加视网膜的反应，他还是什么都没看见，什么也没发现！

最后的那几天，大家全都异常激动，无一例外。普罗科普二副在监督检查最后的准备情况。双桅纵帆式帆船的那两根桅杆插在了海滩上，作为巨大的热气球的支柱杆。热气球尚未充气，但是网绳已经结好了。吊篮就放在地上，足够容纳全体人员。有几只羊皮袋挂在立柱上，万一热气球落在海上，羊皮袋还可以让它在海上漂浮一段时间。很显然，万一它落在大洋中间，它很快便会带着所有的人一起沉入洋底，除非附近有一条船正好停在那儿，将他们搭救上船。

12月26日、27日、28日、29日和30日过去了。他们只能在加利亚的陆地上度过四十八小时了。

12月31日到了。再过二十四小时，充满了气的热气球就将升上加利亚的大气层。的确，加利亚大气的浮力不如地球大气的浮力大，但是，它的引力却较小，热气球升起来容易得多。

加利亚离太阳有四千万法里，稍微比太阳与地球之间的距离大一点。它以极快的速度朝着地球轨道运行着，将在两量轨道交汇点切入地球轨道，那儿正是地球将位于的黄道的那个点。

至于彗星与地球之间的距离，只有两百万法里了。而且，这两颗星球在相向运行，它们在以八十七万法里的时速飞驰，加利亚的时速为五万七千法里，而地球的时速则将近两万九千法里。

最后，夜里两点，加利亚人准备出发了。两星相会将在四十七分三十五又十分之六秒进行。

由于加利亚在其轴心的转动的改变，已经是白昼的彗星将要擦上的地球那一面也是白昼。

热气球经过一小时的充气，已经鼓足了，非常成功。那个大家伙在两根桅杆之间飘动着，准备好飞行。吊篮已挂好，只等大家上去了。

加利亚离地球只有六十五万法里了。

伊萨克·哈卡布特第一个上去就座。

但是，正在这时，塞尔瓦达克上尉发现一条布带鼓鼓地围在犹太人的腰间。

"那是什么？"上尉问道。

"这个吗，总督大人，"伊萨克·哈卡布特回答道，"那是我随身携带的一点点钱！"

"您的那个一点点钱，到底有多重？"

"噢，只不过三十来公斤。"

"三十公斤，我们的热气球的上升力只够带上我们这些人的重量！把您那没用的累赘扔掉。"

"可是，总督大人……"

"求也没用，老实告诉您，我们不能让吊篮超载！"

"上帝啊！"伊萨克哀号着，"我的全部财产、全部积蓄是好不容易积攒起来的呀！"

"喂，伊萨克老板，您很清楚您的金币在地球上就毫无价值了，因为加利亚就值两百四十六个十的三十六次方……"

"嗨，总督大人，可怜可怜我吧！开开恩吧！"

"少啰唆，老吝啬鬼，"本－佐夫说道，"要么你就下去，要么你就将金币扔了——二选一！"

倒霉的伊萨克不得不解下他那厚重的腰带，也不知道他是哀伤呢，还是气愤，反正大家也不去细想他了。

至于帕米兰·罗塞特，那就是另一回事了。这位脾气怪异的学者声称不离开他的彗星，让他离开简直是在要他的命！再者说，这个热气球是个荒唐的设计！从一个大气层转到另一个大气层时，热气球必然是像一张小纸片似的飘来飘去！在加利亚上危险就少得多，即使加利亚轻轻擦过地球——这是不可能的，至少帕米兰·罗塞特将继续同它一道运行着！最后，尽管教授愤怒至极，骂个不停，还是得将他弄上吊篮去，他一再威胁他昔日的学生塞尔瓦达克也无济于事！

不管怎么说，教授还是第二个坐进了吊篮里，只不过是由两名强壮的水手抓住他硬将他拽上去的。塞尔瓦达克上尉坚决不让教授留在加利亚上，便采取了这种激烈的强制手段把他拽上了吊篮。

那两匹马和尼娜的小山羊不得不丢下了！这对上尉、本—佐夫和小姑娘真是剜心地疼，但是，这也是被逼无奈。在所有的动物中，只有给尼娜的那只鸽子留了点地方。说不定这只鸽子可以作为信使在吊篮上的逃难者们与地球上的某一处之间飞出送信的？

在上尉的邀请之下，蒂马塞夫伯爵和普罗科普二副也上了吊篮。

最后，只有塞尔瓦达克上尉和他忠实的本—佐夫还站在加利亚的地面上。

"好了，本—佐夫，你上吧！"上尉说道。

"您先上，上尉！"

"不，我得最后一个上，如同一位船长不得不丢弃他的船那样！"

"可是……"

"我跟你说，你就先上去吧。"

"那我就服从命令了！"本—佐夫回答道。

本—佐夫跨进了吊篮。塞尔瓦达克上尉随后上去，坐在了他的身旁。最后，拴住热气球的那几根绳子被割断了，热气球稳稳当当地升入了大气层。

第43章　吊篮中的人看到了什么

热气球升到两千五百米的高空了，普罗科普二副决定将热气球停在那个高度上。他将铁丝编制的一个炉子吊在热气球的下面，里面装满干草，便于点燃，并保持住所需的空气，以便热气球不致往下坠落。

吊篮里的人在向下看，向四周看，向上边看。

气球下方是加利亚海宽阔的海面，像是一个凹陷的大湖。

在北边，有一个孤立的点，那是古尔比岛。

在西边，没有见到直布罗陀岛和休达岛，它们已经消失不见。

火山耸立在南边，俯临着海岸和"热土地"那片大地。这个半岛与大陆相连，框着加利亚海。到处都是奇异的景象，到处都是那种黄金碲化物的矿物质，在阳光照射下闪闪发光。就是这种物质构成了加利亚彗星的坚硬的核。

在吊篮的四周，在似乎同热气球一起做上升运动的地平线上方，天空碧蓝如洗。但是在西北方向，即与太阳相对的方向，有一颗新的星球在运转着。他没有普通星球大，也没有一颗小行星大，它很可能是一颗流星。它就是在加利亚内力的作用下抛出去的那个碎块。这个巨大的碎块沿着一条新的轨道运行，离开其本体达好几千法里。它看上去有点模糊，但是到了夜晚，它就同其他星星一样在太空中闪烁着。

终于，在吊篮的上方，微微倾斜的地方，地球鲜亮地显露出来。它像是朝着加利亚扑了上来，掩住了半个天空。

地球这个圆盘光亮闪闪，晃人眼睛。二者的距离相对而言已经非常近了，几乎可以同时看见对方的两极了。加利亚与地球的平均距离每一分钟都在大大地缩小，它现在比月球离地球的距离都要小一半了。它的表面闪耀着各种各样的斑点，有的很亮，那是陆地，而另外的则很暗淡，那是海洋，它们把太阳光吸走了。在上方，有一些很宽很长的白带在缓慢地移动，从它的背面看去，会感到很暗淡，那是地球大气层上散布开来的云彩。

不过很快，因为每秒钟高达二十九法里的速度使然，地球的那个有点模糊的面貌渐渐清晰起来。宽大的海岸线清晰了，山岳越显越高。山脉与平原泾渭分明，不再模糊不清。看上去就像一张山峦起伏的地形图，吊篮里的观测者们好像在俯身看着它。

凌晨两点二十七分，彗星离地球只有不到三万法里了。这两颗星球在相向飞驰。两点三十七分钟时，只剩下一万五千法里的路程了。地球上的大的地方已经十分清晰。这时候，塞尔瓦达克上尉、蒂马塞夫伯爵和普罗科普二副同时发出呼喊声：

"欧洲！"

"俄国！"

"法国！"

他们没有看错，地球朝向加利亚的那一面，在正中午时，显现出欧洲大陆来。每个国家的边界也都一清二楚。

吊篮上的人们望眼欲穿地看着逐渐靠近他们的那个地球。他们一心想着着陆，并不去想着陆时的种种危险。他们终于要回到他们以为永远都看不到的人类社会了。

没错，在他们眼前清晰地呈现的确实是欧洲大陆！他们看到了各国的形状各异的边界，那是大自然或国际条约给它们划定的。

那是英国！它像是一位贵妇人在朝着东方行走，身着褶裥状长裙，头戴着小岛和岛屿状的帽子。

瑞典和挪威，犹如雄狮一般，挺起它那山峦脊梁，从北极的中心向欧洲猛扑过去。

俄国，一头巨大的北极熊，脑袋冲着亚洲大陆，左爪踩住土耳其，右爪抓住高加索。

奥地利，一只蜷缩起来的大猫，睡着了也不老实。

西班牙，像一面展开的旗子插在欧洲的底端，而葡萄牙则像是一只游艇。

土耳其，像一只好斗的公鸡，一只爪子抓住亚洲海岸，另一只爪子则在捏住希腊。

意大利，一只长筒靴，精巧修长，像是在踢西西里岛、撒丁岛和科西嘉岛三只球。

普鲁士，一把利斧，深深地砍进德意志帝国，而其刀口则在切着法国。

最后，法国，像是一个壮健的胸腔，巴黎就是它的心脏。

没错，所有这一切全都看得清清楚楚，众人心中不禁激动异常。但是，正在这个时候，一个怪腔怪调的声音喊叫起来。

"蒙马尔特！"本－佐夫大声叫道。

塞尔瓦达克上尉的勤务兵离着如此之远能看到他那可爱的家乡，似乎是不太可能，但也不必去挑明！

至于帕米兰·罗塞特，他把脑袋伸出吊篮往下看着，但视力所限，只能看到这个被丢弃的加利亚，在他的身下两千五百米处飘浮着。他甚至都不愿意去看欢迎他归来的那个地球，他只想观测他的彗星，那颗在宇宙空间的光照下闪闪发光的他的彗星。

普罗科普二副手里拿着秒表，在计算分和秒。在他的指挥下不时地添加燃料的炉火，保证了热气球飘浮在合适的区域。

不过，大家都待在吊篮里，不怎么说话。塞尔瓦达克上尉和蒂马塞夫伯爵一直在贪婪地看着地球。与地球相比，热气球稍稍有点靠边，不过，却是待在加利亚的后面，也就是说，彗星应该先于热气球坠落在地球上——这对热气球是有利的，因为它在飘入地球大气层时，不会翻跟斗。

那么，它将落在何处呢？

是不是落在陆地上？要是落在陆地上，那上面有人吗？能否与居住在地球上的一部分人联系上？

会不会落在海洋上？在这种情况之下，能否期盼着出现奇迹，有一只船就在近旁前来搭救他们这些落水者呢？

各种危险层出不穷，因此蒂马塞夫伯爵不敢说，他和他的同伴们绝对会被上帝之手搭救。

"现在是两点四十二分钟！"普罗科普二副见众人沉默不语，便说道。

还有五分三十五又十分之六秒，两星就要相撞……彗星与地球相距不到八千法里了。

这时，普罗科普二副观测到彗星在沿着稍有点倾斜的方向朝着地球飞去。这两颗星球并未在同一条线上运行。不过，不得不相信会出现彗星完全戛然而止，而并非如同两年前出现的那种轻微的擦碰。如果加利亚不是正常地擦着地球，那么就会像本—佐夫所说的"它将死死地撞上地球"。

还有，如果吊篮里的人在这个撞击中无一生还的话，如果热气球在两个大气层融合的时候被大气层的旋涡卷进去，撕裂扯坏，坠落地面的话，如果这帮加利亚人没有一个能够回到其同类之中的话，那么，他们的一切记忆——在彗星上生活的记忆，在太阳系里漫游的记忆——是不是永远消失了？

不！塞尔瓦达克上尉有一个主意。他从笔记本上撕下一张纸来，在上面写下彗星的名字、被从地球分裂出去的那些地方的名称、他的同伴们的名字，以及其他等，然后，他签上了自己的名字。

然后，他向尼娜要她抱在怀里的鸽子。

小姑娘轻柔地亲了亲鸽子，毫不犹豫地将它递给了上尉。

塞尔瓦达克上尉将纸条系在鸽子颈上，将它抛上空中。

那鸽子在加利亚大气层中螺旋式下降，在离热气球不远的下方稳定住了。

再过两分钟，就只有三千两百法里左右了！这两颗星球以一种三倍于地球沿着其轨道运行的速度在相互靠近。

不用说，吊篮中的人根本就没有感觉到这种可怕的速度，而他们的热气球似乎仍然一动不动地在吸引着它的那个大气层里。

"两点四十六分钟！"普罗科普二副说。

两颗星球的距离缩小到一千七百法里了。地球像是在彗星下面挖出一个大坑洞似的要将加利亚吸进去！

"两点四十七分钟。"普罗科普二副又报了一次时间。

再过三十五又十分之六秒钟，每秒钟的速度将达到两百七十法里！

这时候，一种颤抖的声音出现了。这是地球在抽取加利亚的空气，这样一来，热气球被拉长了，让人觉得它眼看就要破碎不堪了！大家都死死地抓牢吊篮，恐惧异常……

瞬间，两个大气层融合在一起，一层厚厚的云层形成了。云雾越聚越厚。吊篮里的人们什么也看不见了。他们觉得一个巨大的火炬将他们包围起来，脚下感觉不到支撑的地方。他们不知道是什么缘故，也无法解释其中的缘由，便回到地球上了。他们当时是晕晕乎乎地离开了地球，现在又是在一阵眩晕之中返回了地球！

至于热气球，已经不见了踪影！

与此同时，加利亚稍微倾斜地轻轻擦过地球，与大家估计的相反，它只是轻轻地擦了一下而已，随后便在东边消失了。

第 44 章　结尾并不是感叹与配对

"啊，上尉，阿尔及利亚！"

"是啊，本－佐夫，我们正是在莫斯塔加奈姆！"

同伴们苏醒过来，塞尔瓦达克上尉和本－佐夫二人脱口喊道。

像所有的无法解释的奇迹一样，大家全都安然无恙地活下来了。

"莫斯塔加奈姆！阿尔及利亚！"塞尔瓦达克上尉和他的勤务兵不会弄错，因为他俩在这个地方驻守了好几年。

他们在太阳系里漫游了两年之后，几乎又回到了同一地点！

一个惊人的巧合——既然加利亚与地球就在黄道上的同一时间和同一地点相遇，那还能说是一个巧合吗？——几乎又将他们送回到他们的出发点。

他们离莫斯塔加奈姆还不到两公里！

半小时之后，塞尔瓦达克上尉及其同伴们走进了市内。

让他们觉得惊讶的是，地球上似乎一切都平静如常。阿尔及利亚居民们正常而平静地忙着他们日常的事情。动物们没有受到任何的惊扰，在吃着被 1 月份的露水稍稍打湿的青草。此刻大约是早上八点钟，太阳正常地从它惯常的地平线上升起。似乎地球上不仅没有任何的异常现象，而且，居民们也没见到任何不正常的情况。

"啊，怎么回事？"塞尔瓦达克上尉说道，"他们并不知道彗星要与地球相撞的事吗？"

"确实如此啊，上尉，"本—佐夫回答道，"可我还以为会受到凯旋的那种盛大的欢迎呢！"

很显然，没人知道彗星会撞上地球。否则，惊异失措、六神无主的恐怖就会在全球蔓延，居民们将全都以为像 1000 年那样，世界末日到来了！

在马斯卡拉城门前，塞尔瓦达克上尉正巧碰上了他的两个同僚——第二步兵团团长和第八炮兵连上尉。双方一见，立刻拥抱在了一起。

"您是塞尔瓦达克！"团长说。

"正是！"

"您从哪里来的呀，我可怜的朋友？怎么不说一声，人就不见了？"

"我会告诉您的，团长，不过，如果我说出来的话，您是绝不会相信的！"

"怎么……"

"唉，朋友们！握握我的手吧，我可从未忘记过你们呀，就算我是做了一场梦吧！"

赫克托尔·塞尔瓦达克不管对方怎么说，反正他不想更多地说些什么了。

然而，他还是问起两位军官一个问题："嗯，L 夫人……"

炮兵连长没有听他说完，便回答道："她已经结婚了，是再婚，亲爱的！这是没有办法的！缺席的人总是倒霉的……"

"是呀，"塞尔瓦达克上尉回答道，"错就错在不该去一个梦幻世界待了两年！"

然后，他又转身对蒂马塞夫伯爵说："见鬼！伯爵先生，您听到了吧！其实，我很高兴用不着再同您刀枪相逼了。"

"可我，上尉，我很高兴坦诚地与您握手言和！"

"我也很高兴这样，"赫克托尔·塞尔瓦达克嗫嚅道，"我也用不着去写完我那可怕的回旋诗了！"

这两个不再有任何理由争高下的对手，互相握住了对方的手，结下了永远也不放弃的友谊。

蒂马塞夫伯爵与塞尔瓦达克上尉商量好了，闭口不谈他俩所经历过的那桩桩件件，以及他们那无法解释的出走和归来。对他俩来说，这真的是绝对解释不了的事，因为在地中海沿岸，一切依然，无任何改变。因此，还是不说为佳。

第二天，这一小伙人相互告别了。俄国人同他们的蒂马塞夫伯爵和普罗科普二副回到俄国去了。西班牙人回返西班牙，伯爵仗义疏财，临走给了他们很多钱，让他们过上衣食无忧的生活。这些正直的人们在分别之时，一片真诚，难舍难分。

至于伊萨克·哈卡布特，他因"汉莎"号没了，金币、银币也没了，而成了破落户，消失不见了。说实在的，没有一个人想着去寻找他。

"那个老浑蛋，"有一天，本－佐夫说道，"他大概跑到美洲，像个太阳系的鬼魂似的大肆炫耀去了！"

现在得讲讲帕米兰·罗塞特了。

这个人，做事不管不顾，我行我素，他肯定不会沉默不语的！因此，他把什么都一五一十地说了出去……大家都不相信他说的话，也没有任何一位天文学家看到过地平线上出现过他的那颗彗星。《天文年鉴》上一点也没提及这颗彗星。暴躁乖戾的教授怒火满胸膛，气不打一处来，简直让人无法想象他会这样。在他返回地球之后两年，他出了一个长篇回忆录，内容包括他的加利亚的各种数据，以及他个人的冒险经历。

他的观点和看法在欧洲学界有所分歧。一部分人——系大多数——表示否定，而另外那部分人——系少数——却表示赞同。

对他的回忆录——这很可能是他能够写出的最佳文章——的回答，是将帕米兰·罗塞特的文章缩小到一个合理的公正的尺度，给它取了个故事名称:《一个想象的故事》。

教授得知此事，气得暴跳如雷，他声称自己不仅再次见到他的彗星加利亚在宇宙空间运行着，而且彗星的碎片还带着十三个英国人在无垠的天穹中运行着！他很不甘心自己未能成为他们的旅行伙伴！

赫克托尔·塞尔瓦达克和本－佐夫无论是否真的完成了这个对太阳系的真假难辨的探索，他们的工作依然如故，一个仍是上尉，另一个仍是勤务兵。两人的关系比以前更为密切，没有什么可以将他俩分开。